江陵地域의 傳統文化 研究

杜 鎭 球 編

국학자료원

차 례

강릉단오제의 현대적 계승

김 경 남*

Ⅰ. 개 관

강릉은 태백산맥을 중심으로 동해에 접한 영동지역의 행정, 문화, 사회, 경제, 교육의 중심도시이다. 강릉은 지리적 조건으로 대관령과 동해로 인하여 나름대로의 독특한 사회, 독특한 문화를 형성하여 왔다. 인접 도시들과는 다른 형태의 언어와 음식, 관혼상제 등의 풍속과 생활양식을 지니고 있다. 또한 이천여년의 오랜 역사를 지닌 고도(古都)로서 '문화재와 명승지의 보고', '문향(文鄕)', '예향(禮鄕)'등으로 부르기도 한다. 이러한 까닭으로 전통성과 고전성을 지닌 문화의 도시로서 아름다운 고유의 전통과 명승, 고적 등이 강원도 전체 보유 문화재의 93%나 지니고 있는 곳이기도 하다. 이는 우리나라에서도 서울, 경주, 부여에 이어 많은 문화재가 있음을 알 수 있다.

문화란 인간의 생활방식과 생활양식 또는 생활의 습관을 의미한다. 강릉의 문화는 '임영문화'라는 이름으로 독특한 면모를 지니고 있다. 앞에서도 언급이 있었지만 동쪽은 바다, 서쪽은 산이라는 지리적 조건과 기후에서 기인한 사고방식이나 생활방식을 엿볼 수 있

---

* 문학박사 · 중앙대 강사.

다. 이러한 영향 아래 오랜 역사 속에서 끊임없이 이어져 온 강릉단오제는 진정 강릉의 중요한 전통문화이다.

강릉단오제는 강릉지역 전통문화의 상징이며 이 지역 주민들의 역사와 삶의 향기이다. 강원도 영동과 영서를 잇는 중요한 관문인 대관령은 강릉단오제가 시작된 곳이다. 대관령의 산신께 치제(致祭)하고 국사서낭신과 국사여서낭신을 모시고 신과 인간이 하나 되는 전통의 축제가 바로 강릉단오제이며, 그 규모와 역사 또한 우리나라에서 제일 가는 것이다.

음력 4월 5일 신주(神酒)빚기를 시작으로 음력 5월 7일 신을 돌려보내는 의식인 송신제(送神祭)까지 강릉지역 주민 뿐만 아니라 전국 각지의 주민들까지 한마당에 모여 장관의 축제를 엮어내는 것이 강릉단오제이다. 이러한 강릉단오제는 전통축제의 중요성이 인정되어 1967년 1월에 중요 무형문화재 제 13호로 지정되었다.

강릉단오제는 「단오절」, 「단양일」, 「단양놀이」, 「단양굿」 등으로 부르기도 하며 고대 부족국가의 제천의식(祭天儀式)에서 비롯된 대부락제(大部落祭)로서 농경 의례를 중심으로 한 민속축제이며, 전래의 모습이 그대로 보존된 중요한 민속문화재이다.

단오의 세시명절은 한반도의 북쪽과 영동지역을 중심으로 성황을 이루었고 중남부 지역에서는 추석을 으뜸으로 여겼다. 이러한 북동지역의 단오절은 그 원래의 전통적 관습이 강릉에서만 현재까지 보존, 계승되고 있어 더욱 귀중한 것이다.

또한 강릉단오제는 예로부터 민(民)과 관(官)이 하나 되어 부락신께 치제(致祭)하며 지역 주민의 안녕과 풍년, 풍어, 질병예방, 안전행로 등을 기원하고 이를 계기로 농악, 그네, 씨름, 관노가면극과 같은 전통의 민속놀이를 펼치며 애향심, 주민협동 등의 지역민의 혼을 다져온 대축제라 할 것이다. 제사의식 속에서도 민과 관의 일체감은 잘 나타나고 있다. 과거 양반사회의 유교식 제의와 고유 민간신앙에서 출발한 무속제의가 바로 그것이다. 그리고 관의 동참을 상징하는 관노가면극에서는 지위와 귀천을 초월하여 한데 어울리고 남, 여 서낭신이 일년에 한번 상징적 결합을 하게 함으로써 성(性)을 신성시하고 이를 숭배했던 우리나라 원시신앙의 의미도 담겨있어 주목할 만하다. 이러한 전통은 현대에도 보존, 계승되고 있으니 오늘날에도 남녀노소 모든 시민들이 단오기간에는 다양하게 참여하여 지역민의 일체감을 형성하여 왔다. 이것이 바로 강릉지역 주민들이 강릉단오제라는 전통의 민속축제를 오늘날까지 계승시킨 하나의 원동력으로 자리매김하게 되었다.

강릉단오제는 전통예술이 보존, 계승된, 성공적인 사례의 하나이다. 관노가면극의 경우 문화재로 지정되어 보존회가 유천동 주민들에 의해 결성되어 있는데, 경포초등학교, 율곡중학교, 문성고등학교, 관동대학교, 강릉대학교 그리고 강릉문화원부설 임영향토문화학교 등의 보존회가 있다는 것이 그것이다.

그리고 우리나라에서 독특한 판놀이 구조와 가락으로 정평이 있는 강릉농악의 경우에도 지속적으로 각 마을마다 강릉단오제를 통한 공연과 발표를 함으로써 인정을 받았으며, 조선시대에 세조대왕에 그 소리의 멋과 맛을 아꼈다는 기록이 전하는 강릉민요도 꾸준히 강릉단오제 행사 기간에 공연과 대회를 거치면서 전통예술의 중요한 부분으로 인정받고 있다. 위의 세 가지 즉, 관노가면극, 강릉농악, 강릉민요 모두는 전통예술의 귀중함이 인정되어 중요 무형문화재로 지정을 받았다. 이는 강릉단오제를 통한 애향심의 발로와 전통문화 예술에 대한 자긍심 등이 자발적인 보존회 결성, 공연하게 되었던 계기가 된 것이라 하겠다.

이처럼 강릉단오제가 현대까지 계승에 성공할 수 있었던 까닭이 여기에 있다. 또한 강릉단오제는 강릉의 상징처럼 되어 있는 중요한 요소이다. 이는 단오제라는 전통축제를 통하여 살아있는 축제의 도시(City of festival)로 지역의 문화, 경제, 관광활성화의 기틀이 되고 있음을 알 수 있다.

Ⅱ. 단오의 세시 민속

음력 5월 5일은 단오절로 이 날을 천중가절(天中佳節), 수릿날, 단양절이라 한다. 천중가절이란 5월 5일 오시(午時)가 되면 천체가 중앙에 놓인다고 해서 이름지어진 것이다. 수리는 우리말의 수레(車)이다. 이날 쑥으로 떡을 만드는데 수레바퀴 모양으로 만들어 먹는다. 단오에 먹는 떡이 마치 수레바퀴와 비슷한데서 유래되었다고 한다. 우리 나라에서는 3월 3일, 5월 5일, 7월 7일, 9월 9일 등 월일이 홀수이면서 같은 숫자로 되는 날이면 대개 명절로 정하여 왔다. 그 가운데에서도 5월 5일은 양기가 가장 왕성한 날이라 하여 큰 명절로 생각해 왔다. 또한 수리란 「高」, 「上」, 「神」 등을 의미하는 옛말인데 5월 5일은 「신의 날」, 「최고의 날」이라는 뜻에서 이런 이름으로 부르게 되었다.

강릉에서는 단오제를 단오절, 단오굿, 단양일, 단양놀이, 단오놀이, 단양굿 등으로 부른다. 그럼 단오에 대한 민속을 살펴보자.

먼저 단오날이면 창포를 삶은 물에 머리를 감으면 머리카락에 윤기가 흐르며 빠지지 않고 소담스러워진다 하여 머리를 감는다. 아침 일찍 창포잎이나 상추잎의 이슬을 받아 세수를 하면 여름에 더위를 먹지 않으며 부스럼도 없다 한다. 그리고 창포 뿌리를 잘라 비녀를 만들어 이날 하루 머리에 꽂아 두면 재액을 물리치는 기능이 있다. 또 이 비녀에다 수·복(壽·福)의 글자를 새겨 복을 빌기도 하고 연지로 붉게 칠하여 악귀를 쫓기도 했다.

또한 단오날 오시(午時)에 익모초와 쑥을 뜯는 풍속이 있다. 익모초와 쑥을 말려 두었다가 약으로 쓰기 위해서이다. 익모초(益母草)는 이름대로 산모에 이롭다 하는데, 여름에는 즙을 내서 마시면 입맛이 나고 식욕을 돋구는 효능이 있다. 단오 쑥은 한 다발 엮어서 대문에 걸어두면 재액을 물리친다고 한다. 그리고 강릉 지역에서는 어린 잎에 막걸리를 뿌려 그늘에 말려두었다가 한약재료로 요긴하게 사용했다. 그리고 말린 쑥을 아녀자가 달여 마시면 아이를 잉태할 수 있다는 기자(祈子)풍습도 있어 흥미롭다. 지금도 할머니들은 단오날 남대천으로 굿구경 나올 때 창포비녀와 쑥을 머리에 꽂고 나온다.

이날에 농촌에서는 대추나무 시집보내기를 한다. 설날이나 정월대보름에는 과일나무 시집보내기를 하지만 단오날에는 오시(午時)에 대추나무를 시집보내면 대추가 많이 열린다고 하여 가지 사이에 돌을 끼운다.

그밖에도 옥계면 도직리에서는 산맥이라는 산치성을 올리는데 단오날 동이 틀 무렵 아녀자들이 한해 동안 부엌에 모셨던 산맥이 줄을 모시고 마을 뒷산에 올라가 제물을 진설하고 제를 올리며 가내 평안을 기원하는 풍속이 있다.

Ⅲ. 강릉단오제의 시대별 양상

1. 1970년대의 강릉단오제

1967년 1월 중요무형문화재 제13호로 지정 받은 강릉단오제는 새로운 변화의 시기를 맞이했다 하겠다. 한국 근대사의 질곡과 함께 강릉단오제는 일본의 민족문화 말살정책으로 인하여 강제적으로 단절되기도 하였으며, 또한 6·25전란을 겪으면서 외국에 의존하는 의식이 증대되었기에 외래문화의 위세로 전통문화의 재정립을 위협당하였으며, 70년대에 이르러서는 경제의 급속한 성장이 상대적으로 전통문화의 위축을 초래하였다 할 수 있다. 이러한 과정 속에서도 문화재 지정은 강릉단오제가 새롭게 인식되고 새롭게 정리될 수 있는 하나의 커다란 요인으로 작용했다. 60년대 문화재 지정 이후 강릉시에서 행사를 주관하던 관주도형에서 벗어나는 계기가 되었다. 1976년 이후에는 강릉문화원에서 주관하여 강릉단오제위원회를 결성, 완전히 민간주도형으로 그 성격이 탈바꿈하게 되었다. 이는 관주도 형태의 폐쇄적, 위압적 인식을 탈피하게 됨으로써 민간주도형의 개방적, 자발적인 모습으로 변화하는 계기가 되었다는 것을 의미한다.

그러나 관에서 지원하는 모든 것이 없어졌다는 것이 아니라 모든 행정적 지원은 이루어지며 행사일정, 내용, 예산집행 등의 모든 사항이 순수민간 단체인 강릉문화원이 주관하게 되었다는 것이다. 따라서 단오제와 관련된 여러 가지 행사가 점차적으로 확대, 개편되어, 다양한 양상으로 변모하게 되었는 바, 60년대말, 70년대초의 단오제 조직과 행사내용은 아래와 같다.

<1968년 단오제 조직>

° 위원장 – 강릉시장
° 부위원장
° 총무부
° 재무부
° 제전부

° 시설부
° 경호부
° 구호부
° 지도부
° 선전부
° 민예부
° 농악부
° 그네부
° 궁도부

<1970년대 단오제 조직>

° 위원장 – 강릉시장
° 부위원장
° 총무부: 횃불행진, 각부지원, 행사운영
° 제전부: 대관령서낭제, 국사여서낭제, 남대천가설성황사의 제전무악
° 문화재부: 가면극, 시조경창, 민요, 바둑, 윷놀이
° 농악부: 농악경진대회
° 그네부: 그네뛰기
° 씨름부: 씨름대회
° 궁도부: 궁도
° 줄다리기부: 줄다리기(동 · 읍 · 면 대항)
° 체육부: 농구, 배구, 축구, 야구, 태권도
° 선전부: 선전보도
° 섭외부: 숙박안내
° 경비부: 주변경비, 주변정화
° 관리부: 행사장 관리

<1970년 단오제 행사 내용> – [음력]

° 5월 3일, 횃불행진 [시내], 始祭

〃 5월 4일~8일, 祭典
〃 5월 5일, 관노가면극
〃 5월 5일~7일, 농악(남대천 백사장)
〃 5월 5일~8일, 그네(남대천 백사장)
〃 5월 5일~8일, 씨름(남대천 백사장)
〃 5월 5일, 궁도(남대천 백사장)
〃 5월 5일, 줄다리기(공설운동장)
〃 5월 5일~6일, 시조(도미노 예식장)
〃 5월 6일~7일, 민요(남대천 백사장)
〃 5월 5일~8일, 배구, 야구, 축구, 정구, 유도, 태권도(공설운동장)
〃 5월 5일, 보이스카우트 전진대회

위의 내용을 보면 처음에는 강릉시에서 주관하여 관리위원들이 각각 맡겨진 부서에서 행사를 진행하게 하였다. 행사내용에 있어서 지정문화재 행사나 민속행사보다는 오히려 체육행사의 내용이 양적으로 우세하다. 이러한 사정은 문화재로 지정 받은 이후 단오제와 관련된 전통민속과 행사들을 발굴하거나 연구하지 못한 결과인 듯하다.

1976년 이후 강릉문화원으로 단오제의 주관처가 이관되면서 지정문화재의 세분화, 민속놀이 중심의 행사, 단오제관련 학술행사, 그리고 시민의 참여를 유도하고 축제로서의 변화를 모색하는 발전기의 모습으로 짐작할 수 있다. 1976년의 행사내용은 그 이전의 행사와는 확연히 구별되는데 그 일면을 보면 다음과 같다.

<1976년 행사내용> - [양력]

행 사 명	장 소	일 자	내 용	주 관 단 체
산 신 제	대 관 령	5. 13	풍농, 풍어, 향토안전	제 전 부
국사성황제	〃	〃	〃	〃
여 성 황 제	홍 제 동	〃	〃	〃
여 성 황 제	〃	5. 31	〃	〃
등 불 행 진		〃	학생200명, 농악대30명	총 무 부
제 전	행 사 장	6. 1~6. 4	무 악	제 전 부
관 노 가 면 희	〃	6. 1~6. 3	관 노 가 면 희 발 표	관 노 가면부
그 네	〃	6. 2~6. 4		그 네 부
농 악 경 연	〃	6. 2~6. 4	농 악 경 연 대 회	농 악 부
씨 름 대 회	〃	6. 1~6. 3		씨 름 부
궁 도 대 회	광 덕 정	5.31~6. 1		궁 도 부
정 구 대 회	경포테니스코트	6. 1~6. 2	강 원 도 일 원	테니스 협회
시 조 경 창	강 릉 문 화 원	6. 1~6. 3	시 조 경 창 대 회	시조 경창부
연 구 지 발 간	〃		관노가면희연구지발간	연 구 부
국 제 민 속 학 심 포 지 움	관 동 대 학	5.29~6. 3	민 속 학 연 구 발 표	관 동 대 학 민속연구소
시민위안노래잔치	공 설 운 동 장	6. 3	시 민 위 안 잔 치	강릉문화방송
축 구 대 회	〃	6. 2	고 등 부	
민속예술대향연	행 사 장	5.31~6. 4	사단법인대한노인회 전 국 국 악 인 공 연	

2. 1980년대의 강릉단오제

강릉단오제는 1970년대의 도약의 시대를 거쳐 1980년대에 진입하면서 발전하는 모습으로 변화하기 시작하였다. 이 시기는 70년대의 급속한 경제성장을 바탕으로 우리 전통문화에 대한 국민들의 관심이 높아지면서 이에 대한 재인식이 이루어진 시기라 할 수 있다. 그 가운데 1988년 올림픽 개최는 우리 사회 전반에 걸쳐 민족의 전통과 긍지를 갖게 한 중요한 계기가 되었다. 물론 1980년은 정권교체기의 혼란으로 인하여 강릉단오제의 행사가 공식적으로는 이루어지지 않았지만 그 후 정치・사회의 불안이 안정되면서 1981년부터 강릉단오제는 지정문화재 행사, 민속행사, 경축행사 등으로 개편하여 많은 실험적 과정을 거치게 된다.

지정문화재 행사의 겨우는 1976~1982년까지 내용이 같았으며, 1983년에는 산신제, 국사성황제, 봉안제, 영신제, 부사행차, 등불행진, 조전제, 무격굿, 송신제, 관노가면극 등의 내용으로 이루어졌다. 이 가운데 '부사행차'와 '제의(祭儀)'의 경우 '조전제', '무격굿'으로 개편하게 되었다. 이 내용은 1989년까지 동일하게 이루어졌다. 그리고 1978년부터 관동대학 부설 강릉무형문화 연구소에서는 공연하던 관노가면극을 장정룡 교수의 지도로 유천동 주민들이 결성한 강릉관노보존회가 1987년 처음으로 공연에 참여 하였다. 이는 이후 관노가면극의 저변 확대에 많은 공헌을 하게 되는 큰 흐름으로 작용하게 된다. 또한 내용도 현재에 볼 수 있는 새로운 과장(科場)으로 정리되었다.

그리고 그네, 농악, 씨름, 궁도외에 시조, 민요 등이 대회가 추가되었다. 이 가운데 농악경연대회와 민요경창대회는 단오제를 통해서 지역 전통예술의 보존・계승의 기틀을 마련하는 중요한 계기가 되었음을 큰 공과로 꼽을 수 있다. 앞에서도 언급한 바 있지만 80년대 단오제의 행사가 형식이나 내용면에서 그 규모를 달리 하게 되는 가장 큰 요인은 88서울올림픽 대회였다. 1988년도의 행사 일정표는 아래와 같다.

행사내용		장소	일자	내용	주관단체
종목	행사명				
지정 문화재 행사	산신제	대관령산신당	5. 30	기원제	제전부
	국사성황제	국사성황당	5. 30	〃	〃
	봉안제	국사여성황당	5. 30	〃	〃
	영신제	〃	6. 16	〃	〃
	부사행차	홍제동행사장	6. 16	강릉대학 (레오클럽)	총무부
	등불행진	〃	6. 16	중학생 200명	〃
	조전제	행사장	6. 17~6. 20	기원제	제전부
	무격	〃	〃	축원굿	〃
	송신제	〃	6. 20	송신제	〃
	관노가면극	〃	6. 17~6. 20	관노가면보존회 관동대학생	가면부
민속 행사	민요경창		6. 18	향토민요경창	민요부
	그네대회	〃	6. 17~6. 19	개인 및 단체	그네부 KBS
	농악경연	〃	6. 17~6. 19	도내 경연	농악부 KBS
	씨름대회	〃	6. 17~6. 20	초·중·고 일반	씨름부
	시조경창	월화예식장	6. 17~6. 20	전국대회	시조부
	궁도대회	남대천사장	6. 16~6. 18	도내대회	궁도부
경축 행사	줄다리기	공설운동장	6. 18	읍·면·동 대항	줄다리기부
	투계대회	〃	6. 17	개인	투계부
	축구대회	〃		초·중·고 도내대회	축구협회
	테니스대회	경포테니스	6. 18~6. 19	도내대회	테니스부
	게이트볼대회	공설운동장	6. 17~6. 19	노인회대항	협회
	태권도대회	〃	6. 17~6. 19	도내대회	태권도부
	단오절큰잔치	〃	6. 18	시민위안찬치	강릉 MBC
	경축서예전				
	수석전	시청전시실	6. 17~6. 19	수석전	강일수석고회
	단오제학술대회	강릉문화원	6. 20	강릉단오제 현장론적검토	강원 민속학회

이 올림픽 대회를 계기로 국가와 지방행정부의 우리 문화에 대한 관심과 지원이 확대되면서 국가단체, 지방관청, 언론사 등의 지원과 후원이 뒤따랐다. 그러므로 88년도 올림픽 대회를 기점으로 전・후

의 시기에 강릉단오제는 많은 단체의 후원으로 경축행사가 풍부해졌다. 그리고 각종의 경축행사는 자연스럽게 시민이나 시민단체가 참여하는 계기가 되었다.

1985년 경축행사	1986년 경축행사	1987년 경축행사	1988년 경축행사	1989년 경축행사
마라톤대회	줄다리기	줄다리기	줄다리기	줄다리기
육상대회	테니스대회	테니스대회	투계대회	축구대회
테니스대회	축구대회	축구대회	축구대회	테니스대회
탁구대회	투계대회	투계대회	테니스대회	게이트볼대회
축구대회	내고장큰잔치	내고장큰잔치	게이트볼대회	태권도대회
시민잔치	전국노래자랑	전국노래자랑	태권도대회	탁구대회
전국노래자랑	게이트볼대회	게이트볼대회	단오절큰잔치	단오절큰잔치
국악잔치	등산대회	등산대회	경축서예전	경축서예전
	경축서예		수석전	수석전
			학술대회	

경축행사 가운데 단오제 경축 마라톤 대회는 문화재로 지정받기 전에도 있었는데 문화재 지정 이후 없어졌다가 77년과 82, 83, 84, 85년까지 부활되었으며, 86년부터 93년까지는 일시적으로 중단되였다가 1994년에 또 다시 부활되었다. 1980년대의 강릉단오제는 70년대 중반 강릉문화원이 행사를 주관하면서 순수 민간주도형의 전통축제로 그 발전된 시기였음을 알 수 있다.

3. 1990년대의 강릉단오제

1990년대는 강릉단오제의 비약기의 시대이다. 80년대의 새로운 행사의 발굴, 그리고 다각적인 학술적 연구 성과를 바탕으로 90년대가 지닌 시대의 변화에 맞추어 강릉단오제는 비약의 시대로 진입하게 되었다. 이는 70·80년대를 거치면서 전통문화에 대한 새로운 인식과 90년대 초의 지방자치제의 실시를 그 배경으로 한다. 그러므로 전통문화를 바탕으로 하는 문화관광의 비중이 높아지면서 강릉단오제는 지역축제가 아닌 한국적인 전통축제로 인식하게 되었으며 강릉시의 문화정책, 관광정책의 중요한 핵심으로 각광받게 된 것이다. 또 다른 배경으로는 90년대의 '한국방문의 해', '대전엑스포', '문화유산의 해' 그리고 97년에는 '한국의 10大축제' 선정 등을 계기로 강릉단오제의 위상이 지역－전국－세계적 단위로 변화하는 배경의 요인이 되기도 하였다.

이러한 시대적 배경에 맞추어 강릉단오제 위원회의 조직도 1993년도에 개편이 이루어졌다. 기존의 조직을 대폭 활성화하여 총무분과, 재정분과, 홍보분과, 예술분과, 학술분과, 경축분과를 두고 분과별 위원회를 구성, 1년 내내 단오제 행사와 관련된 기구로 상설 운영하게 된다. 따라서 1993년부터 강릉시, 강릉문화원, 강릉단오제 위원회 홍보분과에서 가시적 성과가 있어왔다. 먼저 대대적인 홍보물 제작이었다. 문화재지정 이후 1종의 포스터, 1종의 팜플렛 제작에서 93년에는 4종의 포스터, 영문판, 일문판, 중문판의 팜플렛의 제작 그리고 지역 기업의 협찬을 받아 1년 내내 홍보할 수 있는 리플렛 제작이 이루어지게 되었다. 94년도 홍보물 제작 내용을 보면,

1) 팜플렛, 60,000부(한글, 영문, 일문판)

2) 포스터 4종, 40,000부(한글, ;영문표기)

3) 리플렛 3종, 150,000부(한글, 영문, 일문판)

4) 강릉단오제 사진도록 제작, 3000부 (한글, 영문판)등이다.

또한 홍보물 제작뿐만 아니라 홍보물의 배포에 있어서 한국관광

공사를 통하여 해외홍보에도 주력하게 된다. 그리고 강릉단오제가 한국의 축제라는 명성에 걸맞게 문화관광상품으로 인식되면서 홍보분과에서는 단오제 행사기간에 외국인을 위한 행사안내, 전문통역관을 배치하는 등의 활동을 선보이게 되었다. 다른 한편으로는 단오제와 관련된 기념상품의 개발에도 관심을 보여 T셔츠, 관노가면탈(벽걸이, 목걸이), 다식판, 방자수저, 단오제기념 사진엽서가 선을 보였다.

90년대는 강릉시에서 강릉 남대천 정비 계획에 의하여 남대천변 단오제장의 정비가 이루어져 기본적 시설 확충을 하게 되어 94년도에 단체장 진입로의 확포장, 관람석 정비, 중앙도로포장, 하수도시설, 가로등의 설치 등의 시설 사업을 마무리하여 단오제장의 모습이 새롭게 단장되었다. 또한 이 시기 강릉시의 도로안내 표지판에도 단오장을 안내하는 표지가 등장, 민·관 모두 단오제에 쏟는 정성과 열의가 대단하였음을 보여주고 있다.

단오제 행사에 있어서도 92년 축제의 활성화를 위한 기본틀을 마련하기 시작하여 지정문화재행사, 민속행사, 예술행사, 체육행사, 경축행사 등으로 구분되어 확대개편이 이루어졌다. 그 후 96년에는 야간공연행사가 추가되어 50여종의 각종 행사를 헤아리게 되었다.

행사의 큰 변화모습을 살펴보면 먼저 지정문화재 행사이다. 이 행사 가운데 93년에 농악경연대회, 94년에는 신주근양, 진또배기, 95년에는 학산오독떼기 공연이 편입되어 지정문화재 행사가 14종목으로 현재에 이른다. 92년에 대관령푸너리, 사물공연, 민속행사로 93년에 부사행렬, 줄다리기, 한시백일장, 대관령, 외다리씨름, 투호, 국악공연 등이 편입되었고, 94년에는 강릉사투리 경연대회, 궁도 그리고 95년에는 장기대회 등이 신설되었다. 특히 강원일보사 주최 강릉사투리 경연대회는 새로운 볼거리로 등장, 인기 있는 행사로 자리잡게 되었다.

예술행사와 야간공연행사는 주민참여를 높이기 위해 많은 볼거리를 제공하였으며 그 활성화에 있어 예총 강릉지부의 주관 및 후원에 힘입은 바 크다. 이밖에도 체육행사와 경축행사는 신축적으로 기획되어 대회, 전시회 등의 운영으로 진행되었다.

이처럼 70·80년대와는 달리 90년대는 지역주민 모두가 참여하여 전통문화의 우수성, 강릉단오제의 문화관광상품, 강릉단오제의 세계화 등을 위하여 비약의 발전을 하는 시기였다 할 수 있다.

Ⅳ. 강릉단오축제와 난장의 의미

1. 열린 공간으로서의 전통축제

제사는 행동되어진 행위 속에서 상징화된 이미지를 낳고, 공동체의 복지에 빼놓을 수 없는 성스러운 놀이이며, 그 기능은 단순하고 신성한 행위 자체가 제사에 참여하여 신에 대한 존경심을 유발시킨다. 그것은 우주적 통찰에 충만된 사회적 발전을 잉태한 놀이이다.[1] 이 말은 제의가 담고 있는 축제적 모습을 단적으로 보여주고 있다. 축제는 다름 아닌, 원시 종교적 행사인 제의에서 기원한다. 제의는 자연과 신과 조상들의 은덕을 기리는 것인 동시에 가정과 마을, 국가의 안녕을 비는 경건한 축제이다.

이러한 축제의 모습은 「삼국유사」 가락국기 首露王의 신령스러움을 전하는 이야기에 잘 나타난다.

---

1) Huizinga저 · 권영빈 역, 『놀이하는 인간』, 홍성사, 1985. p. 25.

> 이 중에 또 수로왕을 사모해서 하는 놀이가 있다. 매년 7월 29일에는 이 지방 사람들과 吏卒·軍卒들이 乘岵에 올라가서 장막을 치고 술과 음식을 먹으면서 즐겁게 논다. 이들은 동과 서로 눈짓을 하면 건장한 人夫들이 좌우로 나뉘어서 망산도에서 말발굽을 급히 육지로 향해 달리고 뱃머리를 둥둥 띄워 물 위로 서로 밀면서 북쪽 古浦를 향해서 다투어 달리니 이것은 대개 옛날에 留天干, 神魂干이 王后가 오는 것을 바라보고 급히 首露王에게 알리던 옛 자취다.[2]

위 기록의 7월 29일은 수로왕이 허황후와 혼인한 날이다. 처음 수로왕과 혼인하기 위해 허황후가 찾아왔던 당시의 상황을 재현하는 이 행사는 분명히 축제적 요소를 지니고 있다. 望山島에서 뭍으로 사내들이 경주를 하고 해안에서는 배를 탄 사람들이 경기를 벌이니 놀이라 할 수 있다. 그리고 이 행사는 휘장을 설치하여 술과 음식을 배설하고, 술과 음식을 먹고 환호하는 가운데 열린 <戱樂>의 행사이자 사모의 행사이기도 했다. 다시 말하면, 首露王과 허황후의 결합을 재현함으로써 多産과 豊饒로움을 기원하는 제의[3]였을 것이다. 이러한 제의는 바로 축제의 모습이다.

강릉단오제의도 이러한 전통 축제의 모습을 고스란히 간직하고 있다. 여러 부락신을 모셔놓고 일련의 제의를 올리는 파종축제적 성격을 띠고 있다. 그리고 이 제의를 통하여 신에게 풍년, 풍어, 행로안전을 기원했다.

과거에는 음력 3월 20일부터 음력 5월 7일까지 50여일간에 걸쳐 제의, 가면놀이 등을 행하고 八端午라 할만큼 대대적으로 열렸으며

---

2) 此中更有戱樂思慕之事 每以七月十九日 土人吏卒 陟乘岾 設帷幕 酒食歡乎而東西送目壯健人夫 分類以左右之 自望山島 駮蹄駸駸而競湊於陸 鷁首泛泛而相推於水 北指古浦而爭趨 盖此昔留天神鬼等望 后之來急促告君之遺迹也

3) 김경남, '河西郡樂 德思內의 性格' 『임영민속연구』, 임영민속연구회, 1994, p.75.

현재에도 다소의 차이는 있지만 거의 같은 일정으로 축제의 기간이 설정되어 있다.

그러면 먼저 과거 <八端午>의 일정을 살펴보면 다음과 같다.

3월 2일 : 神酒謹釀
4월 1일 (初端午) : 獻酒와 巫樂
4월 8일 (再端午) : 獻酒와 巫樂
4월 14일 (初端午) : 奉迎出發
4월 15일 (三端午) : 奉迎, 山神祭, 大關嶺城隍祭, 국사서낭신을 홍제동 女城隍祠에 모심.
4월 27일 (四端午) : 巫祭 (大城隍祠)
5월 1일 (五端午) : 花蓋, 官奴假面劇(本祭始作)
5월 4일 (六端午) : 官奴假面劇, 巫樂
5월 5일 (七端午) : 官奴假面劇, 巫樂, 줄다리기, 시조창, 체육대회, 그네, 씨름, 국도, 윷치기 (本祭)
5월 7일 (八端午) : 燒祭, 奉送

이상과 같이 단오제가 진행되어 왔지만 현재에는 다소 그 모습이 변했다. 이 변모된 오늘날의 일정을 필자는 <新八端午>라 부르고자 한다.

4월 5일 (초단오) : 신주빚기
4월 15일 (재단오) : 대관령산신제, 국사서낭제, 구산서낭제, 여성황사봉안제, 강문진또배기제
5월 1일 (삼단오) : 남대천 가설성황사 터고사
5월 3일 (사단오) : 영신제, 국사서낭행차, 정방댁제의, 단오등 띄우기
5월 4일 (오단오) : 조전제, 무격굿, 관노가면극, 그네, 씨름
5월 5일 (육단오) : 조전제, 무격굿, 관노가면극, 그네, 씨름, 농악놀이, 민요경창대회
5월 6일 (칠단오) : 조전제, 무격굿, 관노가면극, 그네, 씨름, 농악놀이

5월 7일 (팔단오) : 무격굿, 송신제, 관노가면극, 그네

과거에는 50여일간 축제의 기간이 설정되어 왔지만 현재에는 신축적 운용에 의하여 30여일간으로 되었다.

이 기간에는 일상적 세계와 비일상적 세계의 이중구조적 축제의 운용으로 이루어진다. 이러한 축제의 상반된 대조적인 원리나 형식을 한국축제의 이중성이라 할 수 있다.[4] 부락축제는 두 가지가 있다. 하나는 유교식이라 하는 정숙형의 축제이고, 다른 하나는 무속식이라는 소음형 별신굿형이다.[5] 강릉단오 축제의 모습도 바로 이러한 일상과 비일상, 유교식 정숙형과 무속식 소음형의 이중구조를 고스란히 간직한 전통 축제의 모습을 보여주고 있다. 그리고 축제를 형성하는 근본적인 구조는 제의, 놀이, 난장이다.

이러한 구조 속에서 神과 인간, 남녀노소, 민과 관이 하나되는 열린 공간의 전통축제가 바로 강릉단오제이다. 또 이러한 전통적 축제를 통하여 지역주민들은 지역의 역사를 인식하고 나아가 지역의식과 연대의식을 강화하게 된다. 아울러 강화된 의식은 전통문화의 보존 계승이라는 뚜렷한 목적의식을 획득하게 되는 것이다. 그리고 강릉단오제는 축제의 일탈적이고, 비일상적인 경험을 통하여 일상적인 생활의 창조적인 생산활동으로 이어질 수 있도록 하게 하는 새로운 활력의 공간으로 살아 있는 전통 축제의 모습을 간직하고 있다 하겠다.

2. 기원으로 흥청거리는 난장

난장 속에는 나름대로의 규칙과 순서가 있다. 그러나 전체적으로

4) 최길성, 『한국민간 신앙연구』, 대구: 계명대학교 출판부, 1989, pp. 63~64.
5) 최길성, 위의 책, 같은 곳.

볼 때 무질서한 <난장판>으로 볼 수 있는데 축제의 일탈성과 비일상적인 경험이 바로 이 난장판에서 이루어진다.

이 난장판은 단순한 난장판이 아니라, 제의를 가지고 있는 난장판이기 때문에 여기에서 일어나는 모든 행위들은 긍정적으로 홍청거림의 난장판의 한 부분으로 이해될 수 있다. 이 홍청거림의 난장이야말로 우리 전통 축제의 한 단면이었다. 앞에서의 「가락국기」에 나오는 질펀한 놀이와 음식 그 속에서 벌어지는 모든 상황은 홍청거림의 난장으로 표현할 수 있다. 특히 우리 나라의 제천의식에는 난장을 조성하기에 필수적인 飮酒歌舞[6][7]를 꼭 수반했다.

이러한 제의를 통한 축제는 최대의 기간과 공간이 되었음을 알 수 있게 해 준다. 그리고 그 동안 삼가왔던 일상적인 삶의 응어리를 축제의 난장을 통하여 풀어내면서 남녀노소 가림없이 진솔하게 함께 즐기는 한국적인 홍청거리는 이 난장문화를 지니고 있는 것이라 할 수 있다. 또한 이 난장 속에는 단오제가 활성화될 수 있도록 거대한 시장을 형성하고 있어 주목된다.

亂場은 시장을 처음 개설할 때 또는 일정한 주기가 없이 열리는 부정기 시장[8]을 말한다. 난장은 대개 시장이 개설 그리고 마을단위의 기념할 만한 축제에서 벌어진다. 이것을 <난장 튼다>[9]라고 한다. 강릉단오 축제에서 가장 중요한 요소 가운데 하나는 바로 <난장>이다. 이 <난장>은 강릉단오제의가 전통의 모습을 잃지 않고 온전하게 그 생명력을 이어올 수 있었던 가장 큰 요인이었다. 이 난장을 통하여 축제의 비일상적인 종교제의, 놀이, 각종 행사 등과 함께 종합적

---

6) 『三國志』 魏志 東夷傳, 以殷正月祭天國中大會連日飮酒歌舞名曰迎鼓 常用十月節祭天書夜飮酒歌舞名之爲舞天 常以五月下種訖祭鬼神羣聚歌舞飮酒書夜無休.
7) 『三國志』 魏志 東夷傳.
8) 정승모, 『시장의 사회사』, 서울: 웅진출판, 1992, p. 36.
9) 최길성, 앞의 책, p. 64.

전통의 축제 모습으로 발전할 수 있게 되었다. 이 축제가 많은 볼거리, 살거리, 먹거리를 제공하여 인근 각처 그리고 전국적으로 연인원 100여만을 헤아리는 대규모로 성장할 수 있었던 것은 바로 이 난장의 엄청난 흡인력 때문이다. 강릉은 지리적으로 교통의 여건이 불편하여 정기적인 시장의 기능보다는 오히려 부정기적 기능이 한층 더 효과를 발휘할 수 있었으리라는 생각이다. 그리고 이 난장의 상인들이 주축이 되어 성대하게 강릉단오제를 이끌었다고 하겠다.

<놀이>

° 민속놀이: 그네, 씨름, 줄다리기, 윷놀이, 궁도, 투호, 농악
° 오락놀이: 써커스, 표창던지기게임, 공던지기(농구형태), 공던지기(야구형태), 사격, 고리 던지기, 말타기(로데오게임), 퐁퐁게임, 당구, 윷놀이, 방개놀이, 오락실, 뽑기, 핸드볼게임, 동전던지기

<물품>

° 의　　류: 남녀의류, 아동의류, 속옷, T셔츠, 양말, 츄리닝(운동복)
° 신 발 류: 구두, 운동화, 슬리퍼
° 먹거리류: 팔도음식점, 주류, 안주, 솜사탕, 아이스크림, 냉차, 커피, 엿, 술, 뻔데기, 군밤, 과자류, 사탕, 빵, 과일류(수박, 바나나, 파인애플, 기타 수입과일), 시식코너
° 침 구 류: 이불, 요, 벼개, 방석
° 주방용품: 칼, 도마, 수세미, 그릇, 도자기, 냄비, 다용도 후라이팬, 쟁반
° 잡 화 류: 모자, 라이터, 우산, 제기용구, 방향제, 도자기 공예품, 죽제품, 벨트, 다리미대, 지갑, 가위, 코팅제, 머리핀, 악세사리, 낚시대, 선글라스, 문패, 건조망, 커텐, 마이크, 도장, 앨범, 비디오테이프, 카세트데이프, 난초, 알로에, 카펫트, 문방구류, 노래방기기, 기름짜기기계, 책, 열쇠고리, 본드, 자동차악세사리, 부채, 혁필화, 찻상, 액자, 치솔, 태극기, 안마기, 건어물, 수첩, 수건, 목각인형, 도자기 인형, 솜인형, 신발깔창, 완구류(조립식 장난감, 완제품)

<자라, 금붕어, 골동품 류>

° 약　　품: 무좀약, 위장약, 한약재, 동물기름(오소리, 두꺼비, 지네, 고슴도치)

여기서 이러한 것을 사실로 입증하기 위해 1930년대에 발표한 金南天의 소설 '端午'의 도입 부분을 살펴보고자 한다.

> 내일이 단오라고 보통학교는 오후의 수업을 폐지하였다. 어떤 명절보다도 단오를 세우는 이곳서는 단오를 가운데 놓고 전후 사흘은 읍민들이 영업을 폐지하고 노는 습관이 아직도 남아있다. 물론 몇 년 전 모양으로 사흘을 두고 하로는 솔밭에 오르고 하로는 금산에 오르고 또 하로는 방선문(訪仙門) 밖으로 모이어 그네뛰고 씨름하는 습관은 없어졌으나 지금도 강가에다 씨름터와 추천장을 만들어 놓고 단오 하로를 질겁게 놀았다. 관청에서 산화방지로 솔밭에 오르기를 금지하고 사흘씩 씨름판을 버려서 귀중한 농가의 시간을 허비함은 「자력갱생」과 「농촌진흥」의 추지에 맞지 않는다고 하로 동안만으로 단축식힌 관계상 고을 사람들은 새옷을 입고 번동번동 놀면서도 단오전에 노름터를 벌리지는 못하였다. 그러나 이런 것을 전부 폐지하면 장사하는 데도 지장이 많으므로 잡화상 하는 청년들과 옷감파는 상전주인들이 발기인이 되어 기부를 받어 가지고 강까 나루터 어구의 넓은 시장을 이용하야 시름판과 추천장을 꾸며 놓고 일등에는 씨름에 송아지 그네에 옷두자라 하야 「서조선 각히추천대회」라고 널리 광고를 써 붙였다.10)

이 소설의 공간적 배경은 평안남도 성천군 성천면이다. 일제치하의 탄압 속에서도 단오날의 그네와 씨름의 행사를 상인들이 발기인이 되어 민속전통의 풍속으로 이어가려는 모습을 서술하고 있다.

소설이 현실의 반영이라 한다면 이 소설에 구체적으로 묘사하고

---

10) 김남천, '단오' (『광업조선』, 1939, 10), p. 64.

있는 상인들의 홍행은 바로 난장의 모습을 엿볼 수 있게 하는 부분이다. 강릉단오축제는 이러한 홍행적 난장과 부락제의가 조화를 이루어낸 것이 축제의 힘과 공간의 확대를 재편하면서 오늘날까지 이어져 온 것이라 하겠다. 전국의 부락제의와 난장이 어우러져 이루어진 전통의 축제들은 대체적으로 이 난장의 기능을 상실함으로써 그 모습이 축소되거나 다소의 제의기능만 담당하고 있는데 그 대표적인 것이 경북 자인의 韓將軍祭나 충남 은산의 恩山別神祭의 모습들이다. 그러나 강릉단오제는 오늘날까지 난장이 튼튼히 뒷받침해 줌으로써 축제가 갖은 의미를 좀더 구체적으로 파악할 수 있게 해 주고 있다.

> 남북이 락락하온대 소식이 구조하야
> 오늘이나 편지올가 내일이나 소식올가
> 이마에 손을 언고 주야로 고대하나
> 음식이 돈절하야 식불감이 밤맛읍고
> 침불안석 잠 못자오 가사에 분주하오
> 일신이 괴로우오 그다시 무정하오
> 그동안 멘날동안 다정한 정분이
> 저승이가 지척에 잇사오나 보지하니 철이로다
> 맛참잇때 단양가절이 반도강산에 도라왓소
> 풍년에 듯사오니 단오날 강릉읍에
> 천하며익 춤을추고 일등미색 소리하고
> 단성사에 신파연극 굉장하게 잘 놀다니
> 백사만사 전폐하고 일차당임 하옵시기
> 천만축복 하난이다
> 자미잇고 다정한 말 후일 만냅시다[11]

---

11) 김선풍, '강릉지방규방서간문' 『어문논집』 24, 중앙대학교 문과대학 국어국문학과, 1995. pp. 12~13.

이는 강릉지방 규방서간문으로 오월에 다정한 동무에게 단오구경을 가자고 하는 내용인데 이 가운데에 강릉단오제와 관련된 신파극을 소개하고 있다. 이처럼 강릉단오제의와 관련된 난장은 오늘날 점차로 확대되어 새로운 축제의 풍광으로 각광받고 있다. 이 난장은 지역 경제의 활성화의 주요한 재원으로도 인식되고 있어서 주목할 만하다.

Ⅴ. 강릉단오제의 미래

많은 미래학자들은 21세기를 나름대로 여러 가지의 예견을 하고 있다. 그 가운데 공통적으로 강조하고 있는 것은 세계를 거의 동일 시간대로 묶는 교통과 통신의 혁명, 그리고 새로운 과학산업의 등장으로 인한 전세계의 보편화 현상 즉 세계화 현상이다. 이러한 현상 아래에 놓여질 미래의 우리문화를 세계문화로 꽃피울 수 있게 하는 길은 바로 우리의 것을 지켜내고 계승될 수 있도록 하는 것이다. 그러므로 강릉단오제가 세계의 문화유산으로 승화하기 위해서는 새로운 시대의 변화를 겪어야 하는 과제를 안고 있다.

강릉단오제는 오랜 세월동안 우리의 전통문화의 다양한 요소를 지니고 있어 중요한 문화재로 널리 각광을 받아왔다. 강원도를 대표하는 살아있는 민속문화의 결정체로 전국 유일의 오랜 전통과 규모를 자랑하며 확고한 자리매김을 하게 되었다.

강릉단오제의 튼튼한 역사적 뿌리는 고대 제천의식에 두고 있다. 이는 상고시대에 숭배되었던 다양한 자연신앙을 바탕으로 하여 이루어진 제의(祭儀)의 전통이다. 부족사회에서 숭배되었던 자연신은 천신, 산신, 해신, 부족장신 등이었는데 수렵, 농업, 가축, 전쟁에서의 승리, 풍어 등의 행운을 가져다 준다고 믿어왔다. 이러한 의식이 점차 부족단위에서 부락단위로 변모되었다. 옛 문헌을 통해 보면 강원도에서는 강릉 단오제의와 같은 양상의 전통의식으로 삼척의 오금잠제, 택백의 산신제, 양구의 단오서낭제 등이 있으며 퍽 흥미롭다.

또한 과거 강릉단오제의 중심공간이었던 강릉의 대성황사(大城隍祠)에는 12신(神)을 모셨는데 12신 가운데 태백산 산신이 있어서 지역적 차이는 있지만 중요한 신앙의 대상이었던 것으로 파악할 수 있다. 그러나 삼척의 오금잠제와 태백의 산신제, 양구의 단오서낭제 등은 오늘날 그 흔적을 찾기가 어렵지만 강릉단오제는 역사·지리·환경상의 특성으로 인하여 수많은 역사의 굴절을 경험하면서도 질박한 우리의 전통문화를 느낄 수 있는 중요한 문화유산으로 오늘날가지 계승된 것이다. 그러므로 이제 강릉단오제는 강릉이라는 한 지역을 벗어나 세계적인 문화의 장으로 거듭나야 한다.

이러한 인식의 출발은 1994년 강릉단오제전 위원회 홍보분과에서 강릉시와 함께 제작한 강릉단오제와 관련된 일련의 간행물들이 그 첫 걸음이 되는 셈이다. 그 홍보물에는 영문, 일문, 중문의 안내가 실리면서 「세계적」이라는 무게가 실리기 시작했다. 일단 대내적인 차원의 세계문화로서의 인식은 확보한 셈이다. 또한 근년에는 단오제 기간에 연인원 백여만명을 헤아리는 그야말로 전국 최대규모임을 자랑하고 있다.

그러나 명실상부한 「세계문화로서의 강릉단오제」라는 과제는 또 한번의 새로운 인식의 전환을 요구하고 있다. 이제는 강릉지역에서만의 축제에서 벗어나 강원도, 전국, 세계 단위로 한데 묶는 작업을 시작해야 한다. 강릉단오제가 지닌 중요한 전통문화의 요소를 좀 더 확대하여 나아가는 계기로서 세계화의 기틀을 마련할 수 있어야 한다. 이러한 요소로 굿, 놀이, 농악, 가면극, 민속춤, 민요 등의 다양함을 지닌 강릉단오축제의 특질을 종합적 세계민속축제로 승화시킴으로써 세계 문화유산으로서 그 가능성을 제시할 수 있다.

이러한 모든 행사를 확대 개편하여 전국이나 세계의 단위로 새로운 시도를 모색함이 바람직할 것이다. 단오 기간 중에 세계 굿대회, 세계민속음악축제, 세계가면극축제, 세계민속무용축제, 세계민요축제, 세계민속놀이축제 등을 해마다 개최하며 동시에 이와 관련된 학술대회를 개최함으로써 세계민속무대의 구심점으로의 역할을 기대할 수 있을 것이다. 이러한 행사는 세계적 홍보에도 많은 효과를 기대할 수 있을 뿐만 아니라 강원도 전체를 묶는 부가적 관광홍보에도 많은 효과를 기대할 수 있겠다. 그러므로 세계인들의 이목이 이곳에 집중된다면 새로운 세계적 명소로 될 수 있을 것이다.

이런 행사가 해마다 개최되는 것이 불가능하다면 한 해는 전국단위의 행사를, 한 해는 세계단위의 민속축제를 개최하면 될 것이다. 그리고 이러한 과정에서는 자라나는 청소년에게 민속을 경험하게 할 수 있는 기회로 많은 문호를 개방해야 한다. 전국단위의 행사로 전주의 대사습놀이가 성공한 사례인데 강릉단오제에서는 전국청소년 사물대회를 개최한다면 전국적으로 관심의 대상이 될 수 있는 기대효과를 볼 수 있을 것이다.

이제는 이전의 단오제가 지닌 전통을 어떻게 잘 보존하느냐 하는 데서 벗어나 바로 이러한 세계화의 과정에서 우리문화의 우수성을 발견하면서 그 보존책을 세워야 한다. 지금 강릉단오제와 관련된 일련의 유적이나 의례와 관련된 여러 가지 도구들의 보관상태는 그리 사정이 좋은 것은 아니다. 그러므로 체계적인 장기적 대책이 있어야 한다.

이에 따라 강릉단오제의 상설화는 사실상 가장 먼저 서둘러야 할 당면과제이다. 그러므로 강릉단오제 민속박물관과 그와 관련된 민속마을 그리고 잃어버린 문화재의 건립이 절실히 요청된다. 일제 강점기에 일본인에 의해 헐려버린 강릉단오제의 중심공간이었던 대성황사의 건립이 그것이다. 대성황사는 강릉과 관련 있는 12신으로 모셨던 곳으로 그곳에 일본의 신사를 건립하여 우리문화 말살의 표본이 되는 곳이기도 한다. 기록에 의하면 이곳은 강릉단오제의가 이루어졌던 아주 중요한 공간이다. 이 대성황사가 일제 때 강제로 헐리면서 단오제의 공간이 지금의 남대천으로의 이동이 불가피해진 것이다. 그러므로 과거의 위치(강릉 칠사당 뒷편)에 건립할 수 없다면 상설 강릉단오제 박물관과 관련된 민속마을을 건립하여 단오제의 중심적 역할을 감당토록 해야 한다. 이렇게 함으로써 강릉단오제와 관련된 유적과 여러 도구를 한 곳에 모아 상설 사계절 관광상품으로 활용하면 될 것이다. 또한 단오기간 중에 이곳에서 세계민속축제와 학술대회를 개최하면 여러 측면에서 부수적 효과를 다양하게 기대할 수 있을 것이다.

이렇게 강릉단오제를 상설화 하여 지속적으로 홍보할 수 있는 효과를 얻을 수 있으며 세계문화의 중심적 역할을 이룩해 낼 수 있는 업적이 될 수 있을 것이다. 물론 이러한 작업은 단기간에 이루어질 수 없는 것이다. 먼저 많은 예산과 인력 등을 확보하여 강릉문화원 내에 단오제 세계위원회를 설립 상설화 하여 체계적인 홍보, 계획, 연구 등이 선행되어야 할 것이다. 장기적 안목으로 '세계'라는 바다를 건너다 볼 수 있는 지혜와 안목이 우리의 전통문화가 세계 속에 자리잡을 수 있는 그 첫 단계임을 직시해야 한다. 그렇게 기반적인 단계부터 시작하여 매진한다면 강릉단오제의 미래는 새로운 전통문화의 꽃을 피울 수 있을 것이다.

강릉지역 다리 이름 고찰

김 기 설*

Ⅰ. 머리말

강릉지역의 서쪽에는 백두대간이 남북으로 길게 이어져 있고, 그 대간에서 동쪽으로 내려온 줄기에는 많은 산봉우리와 계곡들이 있다.

이런 산과 계곡에서 흘러내린 물줄기들이 바다쪽으로 흐르면서 마을과 마을을 구분지었고, 또 이웃 마을과의 교류도 방해해 왔다. 그러나 이웃 마을과의 교류의 필요성을 느낀 주민들은 하천에 다리를 놓고 적극적으로 교류를 하였다.

강릉지역의 다리는 북단인 주문진읍 향호리에서 남단인 옥계면 도직리 사이에 있는 다리를 말하는데 다리는 단절되었던 이웃 마을과의 어울림이 시작되는 계기를 만듦과 동시에 새로운 갈등을 야기하는 요인이 되기도 했다.

산은 물을 가르고 물은 산을 건너지 않는다(山自分水嶺)[1]는 것은 자연의 이치지만 사람은 산도 넘고, 물도 건넌다. 사람은 산을 넘기

---

* 강릉민속문화연구소 소장

1) 조석필, 『산경표를 위하여』, 산악문화, 1994, P.22.

위해 길을 만들었고, 물을 건너기 위해 다리를 놓았다. 강릉지역 사람들도 자연의 장애를 극복하기 위해 길을 내고 다리를 만들어 이웃과 교류를 시작했다.2)

농경사회에서는 생존의 문제를 해결하고자 하는 차원에서 길과 다리를 만들었는데 비해 산업사회에서는 생존의 문제를 넘어 편리함 추구와 동시에 물자수송, 사람의 이동을 위해 만들었다. 농경사회에서의 다리는 단순한 교류, 이동을 위함이고 산업사회에서의 다리는 대량 수송의 필요성 때문에 확충되고 있다.

산업사회에서는 사람들의 삶의 질이 높아져서, 고도의 정보가 요구되고, 다양한 정보를 확보하기 위해 교류를 확대했다. 교류가 확대될수록 길의 중요성도 더욱 증대되었다.

교류의 필요성에 의해 다리를 놓고 다리에다 이름을 붙여서 다리의 고유성이 생기기 시작한 것이다. 그런데 다리에는 이름이 붙여진 것이 있고, 또 이름이 붙여지지 않은 것도 있는데 대부분 다리에 이름이 붙여지지 않았다. 이름이 붙여진 다리는 그 이름과 지역성과의 상관관계가 있는 것도 있고, 상관관계가 전혀 없는 것도 있다.

본고에서는 강릉지역의 다리 이름을 통해 다리 이름의 특이성을 알

---

2) 이런 다리놓기는 주민들의 화합과 단결에 기여했고, 이것이 민속놀이로 승화하였는데 다리 놓기를 소재로 하여 강원도 민속예술경연대회에 참여한 작품은 다음과 같다.

① 양양 패다리놓기, 1983년, 제1회 강원도 민속예술경연대회.
② 홍천 석전 다리놓기, 1984년, 제2회 강원도 민속예술경연대회.
③ 영월 주천 쌍다리놓기, 1986년, 제4회 강원도 민속예술경연대회.
④ 고성 명파 다리놓기, 1988년, 제6회 강원도 민속예술경연대회.
⑤ 강릉 좀상날 억지다리뺏기, 1992년, 제10회 강원도 민속예술경연대회.
⑥ 동해 원님 답교놀이, 1993년, 제11회 강원도 민속예술경연대회.
⑦ 태백 외다리놓기, 1993년, 제11회 강원도 민속예술경연대회.
⑧ 정선 도원골 길치고 다리놓기 놀이, 1995년, 제13회 강원도 민속예술경연대회.

아보고자 한다.

Ⅱ. 으뜸말

1. 다리의 사회적 기능

다리는 하천, 호소(湖沼), 해협, 만, 운하, 저지(低地) 또는 다른 교통로나 구축물 위를 도로, 철도, 수로 등이 건너갈 수 있도록 만든 고가 구조물[3]이며, 또 '도로, 철로, 수로 따위 교통로를 연락하기 위하여 하천이나 순하, 계곡 등의 위, 즉 공중에 가설하며 건너다니도록 만든 구조물[4]이다.

이런 다리는 주민들이 마을과 마을의 교류를 방해하는 하천이란 자연물을 극복하기 위해 만들었는데 이는 자연의 장애에 대해 순응하지 않고 장애를 극복하기 위해 적극적인 의지로 만든 것이다.

다리는 이웃과 교류하는 연결의 의미와 교류를 방해하는 단절의 의미도 가진 이중적 의미를 내포하고 있는데 다리가 생기지 않았을 때는 교류하지 않는 단절의 상태였으나, 다리를 놓음으로써 교류의 의미가 생기게 된 것이다.

주민들이 교류를 위해 만든 다리의 종류는 여러 가지가 있다. 다리의 구분은 재료에 따른 구분과 형식에 따른 구분으로 분류할 수 있으니

재료에 따른 구분 - 흙다리, 나무다리, 돌다리,

형식에 따른 구분 - 보다리, 구름다리, 징검다리, 누다리, 매단다리,

---

3) 『동아원색세계대백과 사전』, 동아출판사, 1990, p.229.
4) 신기철 · 신용철, 『새 우리말 큰 사전』, 삼성출판사, 1984, p.753.

배다리[5]

가 있고, 그 외 형태에 따라 통나무(조강)다리, 출렁다리, 외나무다리, 섶다리 등이 있다.

다리를 놓는 곳은 마을 입구나 사람들의 내왕이 많은 교통의 요지를 택한다. 시골 한적한 소로에는 외나무다리가 보통이고, 관로 또는 대로에는 돌다리를 가설한 곳도 있지만 흔한 것은 아니며 징검다리가 가설된 곳이 대부분[6] 이다.

다리의 사회적 기능은 갈등야기와 갈등해소라는 이중적 기능을 갖고 있다. 다리는 마을과 마을의 경계를 긋는 하천에 놓여서 갈라진 두 마을을 서로 연결시켜 주는 '교통 통로의 중요한 의미[7]를 갖기도 하지만 두 지역간에 갈등을 야기시키는 요인도 되고, 갈등을 해소시키는 화해의 공간도 된다. 촌락사회에서 하천이나 산을 중심으로 마을간에 경계가 생겨 생활이나 문화양식도 달라진다. 그런데 하천이나 산에 다리나 길을 냄으로써 교류가 시작되지만 교류가 시작됨으로써 서로의 마을이 비교되고, 나아가 대립의식까지 생기게 된다.

교류를 통해 이웃 마을 사람과 혼척관계도 형성되고, 또 이해관계가 상충돼 배척하려는 마음과 텃세의식이 생길 수도 있게 된다. 이러한 일들이 반복되면 지역간에 갈등이 증폭되게 된다.

이러한 갈등관계의 한 예로 정월 대보름날 저녁이나 좀생이날 저녁에 이웃마을과의 경계인 다리에서 횃불 싸움이나 돌싸움을 했다.

이웃마을과 결력하게 한바탕 싸우고 나면 갈등관계는 해소되고, 다시 정상적으로 교류가 시작되었던 것이다.

옛날부터 강릉에서는 정월 대보름날이나 좀생이날에 다리에서 횃

---

5) 손영식, 『옛다리』, 대원사, 1992, p.21-26.
6) 방동인, 「강릉의 교통편」, 『강릉시사』상, 강릉문화원, 1998, p.123.
7) 『목민심서』 12권, 공전도로(工典道路)조.

불싸움이나 돌싸움을 한 지역이 많이 있는데 경쟁관계가 있는 마을과의 싸움이었기에 치열했다.

이들은 싸움에 이긴 마을에는 풍년과 건강이 온다고 믿었기 때문에 사력을 다하여 싸웠던 것이다. 경쟁관계에 있는 이웃 마을과의 싸움에서 이김으로써 이웃마을의 기운을 빼앗고 상대방의 기를 제압했던 것이다.

이웃 마을의 기를 눌러야 자기네 마을에 풍년이 들고, 건강하게 한 해를 보낼 수 있다고 믿었다. 농경사회에서 풍년은 농경민들의 최대소원이고, 또 건강해야 농사일을 잘 할 수가 있기 때문이다.

그런데 이들은 왜 정월 대보름날과 좀생이날에 싸웠을까?

정월 대보름은 1년 가운데 제일 먼저 보름달이 뜬다. 보름달은 둥글고, 둥근 것은 완전을 의미하기[8] 때문에 농경민들은 이 날에 완전한 자연현상에 의지하고자 했고, 또 그들은 보름달은 생명, 생식과 밀접한 관계가 있다고 믿었으며[9] 달의 주술력을 통해 최대기원인 풍년과 건강을 해결하고자 했던 것이다.

정월 대보름날 횃불싸움을 하는 지역을 보면 청양이 마을(청량동)과 월호평 마을(월호평동)은 유다리(율다리)에서, 오봉마을(성산면 오봉리)과 구산마을(성산면 구산리)은 방도교에서, 납돌마을(신석동)과 어리미 마을(유산동)은 섬둘교에서, 회산마을(회산동)과 금산마을(성산면 금산리)[10]은 장림교에서, 죽헌동 핸달과 아랫말은 삼정재에서,

---

8) 김기설, 「강릉지역의 정월대보름과 망월제」, 『임영문화』 제22집, 강릉문화원, 1998, p.36.

9) 서정범, 『무녀의 사랑 이야기』, 범조사, 1979, p.286.

10) 이 마을들은 남대천을 사이에 두고 남북으로 마주보고 있는데 조선조때 이런 일화가 있다. 이들은 서로 사이가 나빴기에 다리를 상대 마을에서 놓으라고 했다. 이렇게 다리놓는 문제로 서로 싸웠으나 결판이 나지 않자 당시(고종때) 강릉부사인 유후조에게 물어봤다. 그래서 부사는 '두 물이 가운데를 나눴으니 백구에게 물어봐라'(二水中分하니 問於白鳩)고 했다. 그래서 주민들이 다시 부사보고 '백구에 물어보니 대답이 없고, 사군탄으로 홀연히

주문진읍 교항리 음짓말과 양짓말은 금영교에서, 주문진읍 장덕리 성황뎅이와 놀메기는 노동교에서 싸웠고, 횃불만 들고 다리밟기[11] 하는 마을은 주문진읍 장덕2리 재궁말, 주문진읍 향호2리 향골마을이다.

다리밟기는 다리(脚)를 튼튼하게 하기 위해 자기 나이 숫자만큼 걷는데 다리(橋)와 다리(脚)가 음이 같아서 생긴 유사연상법이다. 이렇게 하면 일년 내내 다리에 병이 생기지 않는다[12]고 한다. 그런데 이런 답교를 각병(脚病)과 결부시키는 것은 한낱 속설에 지나지 않는다[13]고도 한다.

또 좀생이날에 다리에서 싸움을 하는데 좀생이날은 음력 2월 초4, 5일경이다. 좀생이는 묘성(昴星)을 말하는데 묘성은 육안으로도 여나믄 개 정도 보인다.

이 날부터 농사가 시작되는데 낮에 주민들은 마을에 모여 국수를 해 먹고 놀다가 저녁때 좀생이 별과 초승달과의 거리를 보고 한 해 농사를 예측한다. 달과 좀생이 별과의 거리가 가까우면 흉년이 들고, 멀리 떨어져 가면 풍년이 든다고 한다.

날아 갔네', (問於白鳩, 白鳩不答, 忽飛四君灘)라 하여 부사가 판결해 주도록 다시 요청했다(한국구비문학대계 2-1, 강릉 명주편, 한국정신문화연구원, 1980, p. 175.) 또 이 두 마을은 횃불 싸움 때 감정이 격해져서 자녀들의 혼사까지 파한 일도 있다고 한다.

11) · 정월대보름날 북평지역에서는 전천에 있는 북평교를 밟으며 답교놀이를 했는데 이창식은 「답교놀이의 민속연희적 연구」(동해문화논총, 제1집, 동해문화연구회, 1996, p.19.)에서 우선 민중이 부락축전의 행사로 민중의식이 양반선망의 길을 볼 수 있다고 했다.
· 『동국세시기』 정월, 상원조, 서울에서는 음력 정월 대보름날밤에 장안 남녀들이 종각에 와 보신각 종소리를 들은 후 종로 부근에 있는 광통교, 수표교를 밟았다.
· 『열양세시기』 '다리밟기'조에 上元夜踏過 十二橋 謂之度盡十二月厄라 함

12) 『동국세시기』, 정월 상원조.

13) 양재연 외 3인, 『한국풍속지』, 을유문화사, 1971, p.31.

농사의 결과는 농경민들의 최대의 관심사다. 농사가 잘 되어 풍년이 들면 가족의 생존이 해결되고, 흉년이 들면 가족의 고통은 심화될 수밖에 없다.

이 날 저녁에 횃불 싸움을 하는데 송정마을(송정동)과 초당마을(초당동)은 억지다리에서, 사천면 하평리 마을과 방동리 마을은 후리둔지 다리에서 싸웠다.

억지다리 빼기는 일제 강점기때까지 지속되었는데 싸움이 격렬하여 살상까지 생겨 일제가 강제로 없앴다. 일제가 강제로 없앤 표면상의 이유는 이웃간의 싸움에서 목숨까지 잃으니 너무 과격하다는 것이다. 그러나 그 이면에는 세시풍습을 통해 나타날 수 있는 지역민의 단결을 차단하고, 또 민족의식을 사전에 봉쇄함으로써 민족저항의 근원을 도려내고자 함이었다. 이 싸움을 할 때 양쪽 지역 사람들이 억지다리를 넘어 상대 마을 안에 있는 다리를 점령하였는데 초당은 송정의 동명초등 학교 앞에 있는 다리를 점령하고, 송정은 초당의 도틀끝 다리를 건너 마을로 들어갔다.

마을 가운데 있는 다리를 건넘으로써 싸움은 끝난다. 다리는 교통의 통로이고 많은 사람들이 다니는 길목에 있다. 많은 사람들이 건너는 다리를 건넘으로써 상대 마을을 이긴 것이다.

이긴 마을에서는 마을의 질병과 흉년을 다리 건너 이웃 마을에다 갖다 주었고, 진 마을에서는 이웃 마을의 질병과 흉년이 다리를 건너왔다고 생각하였다. 그래서 횃불싸움은 치열했던 것이다.

횃불은 여러 가지가 있는데 늦가을에 가는 소나무 뿌리를 캐어 햇볕에 말린 다음 여러 겹을 묶은 것, 묵은 대나무를 여러 겹 묶은 것, 가늘고 긴 솔 가지를 속에 넣고 깻짚이나 조이짚으로 바깥을 싸서 감은 것, 저릅(겨릅)을 여러 겹 묶은 것, 속에 마른 소깝을 넣고 싸리껭이(싸리나무)나, 수수깡으로 바깥을 싸고 새끼로 감은 것 등이 있다.

2. 다리의 이중적인 기능

다리는 하천이라는 자연물이 사람들의 교류를 제약하기 때문에 주민들이 적극적인 교류를 위해 만든 구조물이다. 주민들이 교류를 위해 만든 다리에는 상반된 기능을 가지고 있다. 다리는 갈라진 두 마을을 잇는 연결성과 홍수때 유실됨으로써 야기되는 단절성도 갖는다.

1) 다리의 연결성

다리의 원래 기능은 끊어진 두 마을을 잇는 연결성을 가지고 있다. 이웃과 교류의 필요성을 느낀 주민들이 다리를 놓기 시작했는데 교류를 통해 견문을 넓히게 되고, 또 다른 세계도 접할 수 있게 된다. 또 다른 세계란 희망, 가능의 세계일 수도 있다. 현실의 고통, 괴로움에서 다리를 통해 새로운 가능의 세계로 나아갈 수 있는 것이다. 다리는 가능의 세계로 갈 수 있는 길목이 되는 것이다.

적군에게 쫓겨 위기에 놓인 고구려 주몽은 자라와 물고기가 자신의 몸으로 만든 다리[14]를 건넘으로써 위기에서 벗어나 고구려를 건국하였던 것이다.

왕의 여러 아들과 신하들이 주몽을 죽이려고 꾀하니 주몽의 어머니가 알고 그에게 말하되 '주인이 장차 너를 죽이려고 하니 너의 재략으로 어디를 간들 못 살겠느냐. 속히 도망하여라', 하였다. 이에 주몽은 오이(烏伊) 등 세 사람으로 벗을 삼아 엄수에 이르러 물에

---

14) 『삼국유사』 권 제 1, 기이제 1, 고구려 조.

고하되 '나는 천제의 자요, 하맥의 손인데 오늘 도망하는데 쫓는 사람이 거의 닥치게 되었으니 어찌하면 좋겠느냐?' 하였다. 이때 고기와 자라가 다리를 이뤄서 건너게 하고 곧 흩어지니 쫓아오던 적기(敵騎)가 건너지 못 하였다.

고려 공민왕이 홍건적의 난을 만나 부인인 노국공주와 딸을 데리고 안동지방에 왔을 때 이 지방의 부녀자들이 냇가에서 인교인 놋다리[15]를 만듦으로써 무사히 내를 건널 수 있었다. 견우와 직녀는 까치와 까마귀가 만든 오작교를 건너 서로 만날 수 있었고, 어머니의 밀회를 도와 주기 위해 만든 다리(효불효교)[16]는 일곱 아들의 눈물이 담겨있는데 이 다리는 어머니의 불륜을 건네주는 다리면서, 인간을 건네주는 다리인 것이다.[17] 젊은 남녀가 일년 내내 사랑을 나눌 수 있었던 짚다리[18]는 사랑을 잇는 다리이고, 신라 제16대 진평왕때 귀신들이 놓은 귀신다리[19]는 현세와 내세를 이어주고 있다.

자라와 물고기가 만든 다리, 까치와 까마귀가 만든 다리, 안동부

---

15) 임동권, 「안동의 차전과 놋다리」, 『한국민속학 논고』, 선명문화사, 1973, p.253.

16) 『동국여지승람』, 권지21, 경주 교량조, 「孝不孝橋」 일곱 아들을 둔 과부가 물건너 마을에 정부를 두고 매일밤 자식들이 잠든 후 그곳에 다녀오는 것을 안 자식들이 다리를 놓아서 어머니의 밤길을 편안하게 해 주었다.

17) 장덕순, 『한국설화 문학연구』, 서울대 출판부, 1978, p.130.

18) 춘천시 사북면 지암리에 있는 짚다리 마을 앞에 내가 있는데 이 내는 마을 뒤에 있는 화악산에서 흘러내린다. 이 내를 두고 양쪽에 사는 처녀 총각이 사랑에 빠졌다. 그러나 장마철만 되면 시냇물이 불어나 남녀가 돌다리를 건너지 못하게 되자 짚으로 굵은 새끼를 만들어 이 짚다리를 이용해 내를 건너 일년 내내 사랑을 나누게 되었다.(1995년 11월 8일 『강원도민일보』, 16면).

19) 『삼국유사』 권제1, 기이 제1, 도화녀와 비형랑조, 신라 25대 진지왕의 영혼과 동침한 도화녀는 비형이라는 아이를 낳게 된다. 비형은 자라면서 밤마다 귀신 혹은 도깨비를 데리고 놀았다. 어느날 진평왕은 그에게 하룻밤사이에 엄청난 큰 돌다리를 놓으라고 명을 내린다. 비형은 고민하던 중 날마다 같이 놀던 귀신을 동원해 밤사이에 거뜬히 큰 돌다리를 놓았는데 이들 귀교(귀신다리)라 부른다.

녀자들이 만든 다리는 만든 뒤 곧 없어졌으나 연결의 기능에 가치를 더 둔 다리고, 효불효교는 어머니의 사랑을 자식들이 도와 주었으나 한편으로는 어머니의 불륜을 도와 준 다리이기도 하다.

귀신이 놓은 귀신다리는 이승과 저승을 잇는 경계의 상징으로도 대표적인 존재였다.[20]

이런 다리는 현재의 위기, 고통, 번민, 갈등에서 벗어나 새로운 세계로 갈 수 있게 해 주었다. 다리를 건넘으로써 괴로움에서 벗어나 새로운 희망의 세계를 맞이하고 목적을 달성하게 된다.

2) 다리의 단절성

다리의 기능에는 연결성 이외에 단절성도 있는데 이는 다리가 없어짐으로써 생기는 단절이다. 처음부터 다리가 없어서 내를 건너지 못함으로써 단절의 의미도 있지만 있던 다리가 없어짐으로써 교류를 하지 못한 단절도 있는 것이다. 다리가 있어 다리를 건너면 목적을 달성할 수가 있으나 다리가 없음으로써 건너지 못해 교류가 단절되는 것이다.

홍수가 나서 다리를 건너지 못하고, 운명이 바뀐 것은 다리의 단절성을 의미한다. 서로를 연결을 하지 못함으로써 단절된 것은 그만큼 다리의 중요성을 인식할 수 있는 것이다. 교류의 중요성을 갖는 다리와 도로는 외적의 침입이 잦았던 우리의 현실에서 이적행위로 단정되는 수가 있었는데[21] 이는 다리의 연결성보다는 단절성을 강조한 것으로 풀이된다.

홍수가 나서 다리를 건너지 못함으로써 운명이 바뀐 남양 홍씨의

---

20) 依田千百子, 「요괴도깨비와 한국의 민속우주」, 『한국민속학』 19집, 민속학회, 1986, p.433.

21) 이규태, 『역사산책』, p41, 1987.

탄생담[22]과, 신라 선덕왕때 서라벌의 알천을 건너지 못한 김주원의 이야기[23]에서는 다리의 단절성도 볼 수 있다.

아들을 장가 보내기 위해 신부집으로 아들을 데리고 간 아버지가 내를 건너지 못하여 낯선 사람이 우의(상객)로 따라 감으로써 운명이 바뀌었고, 서라벌의 알천이 넘쳐 내를 건너지 못해 궁궐로 가지 못함으로써 임금이 되지 못한 것이다.

남양 홍씨 탄생담은 아버지가 내를 건너지 못해 자식의 운명이 바뀌었고, 김주원공은 본인이 내를 건너지 못함으로서 운명이 바뀐 경우다.

---

22) 결혼 전날 아버지가 아들을 데리고 우의로 신부집으로 갔는데 그 동네에 거의 다 가니 물이 넘쳐 다리가 끊겼다. 그런데 아들은 다리를 겨우 건넜으나 나이 많은 아버지는 건너지 못했다. 그래서 아들은 지나가는 낯선 사람을 아버지 대신 우의로 신부집에 데리고 갔다. 그런데 우의로 간 낯선 사람이 신랑 대신 여자와 결혼함으로써 남양 홍씨의 시조가 탄생되었다.(한국구비문학대계 2-4, 강원속초, 양양군, 한국정신문화연구원, 1983, p.812).

23) ·『삼국유사』, 권제2, 원성대왕 편

미구에 선덕(宣德)왕이 돌아가자, 국인이 주원을 왕으로 삼아 장차 왕궁에 맞아 드리려 하였다. 그 집이 천북에 있었는데 갑자기 비가 와서 냇물이 불어 건너오지 못하였다. 왕이 먼저 궁에 들어가 즉위하니 주원의 무리가 모두 내부하여 신왕에게 배하 하였는데 이가 곧 원성대왕이다.

·『삼국사기』 신라 본기 제10, 원성왕 조.

선덕왕이 돌아가고 아들이 없었으므로 여러 신하가 후사를 논의하여 왕의 족자 주원을 세우려 하였으나 주원의 집은 서울 북쪽 20리 지점에 있었고, 때마침 큰 비가 내려 알천 물이 넘쳤으므로 주원이 건너올 수 없었다. 혹은 말하기를 '인군의 대위란 실로 인모로 되는 것이 아니다. 오늘의 폭우는 하늘이 혹시 주원을 세우지 못하도록 하려는 것이 아닌가? 지금 상대등 경신은 전 왕의 아우요, 덕망이 높아 인군의 체모가 있다' 하였다. 이에 중론이 일치되어 위를 계승하게 되었는데 얼마 지나 비가 그치므로 나라 사람들이 모두 만세를 불렀다.

3. 강릉지역의 다리 이름 종류

강릉에는 하천, 국도, 우회도로, 동해고속도로, 또 호수, 하구 등에 다리가 많이 있는데 이런 다리에 이름이 있는 다리도 있고, 이름이 없는 다리도 많이 있다.

1) 고속도로에 있는 다리 이름

강릉에는 영동고속도로와 동해고속도로가 있는데 영동고속도로는 강릉의 서쪽 지역으로 가고, 동해 고속도로 강릉의 남쪽 지역으로 가는 도로다. 고속도로의 다리는 국도나 길보다 높은 곳에 위치하여 하천을 건너기 위한 다리만 있는 것이 아니고 지하통로로서의 기능을 감당한다.

· 죽헌교 - 죽헌천(앞내)에 있는 우회도로
· 지변2교 - 죽헌교 남쪽
· 지변1교 - 죽헌2교 남쪽 강릉대 입구
· 강릉육교 - 홍제동 인터체인지
· 강릉대교 - 남대천
· 장현육교 - 장현동과 노암동 사이
· 유산교 - 어리미 앞
· 신석교 - 섬석천
· 구룡교 - 운산동 구룡소 위
· 상시교 - 와천(시동천)
· 군성강교 - 군선강
· 정동천교 - 정동천 산성우리 밝개 마을
· 주수천교 - 주수천

2) 우회도로에 있는 다리 이름

우회도로는 시가지 외곽지역으로 통과하는 도로인데 국도를 확장하거나 직선화할 때 만든 도로로 이 도로에는 신리2교(신 7번국도 신리천), 연곡교(신 7번국도 연곡천), 연곡육교(신 7번국도 연곡천 북쪽), 동덕육교(신 7번국도 연곡육교 북쪽 주문진 입구 인터체인지) 등이 있다.

3) 국도 및 지방도에 있는 다리 이름

강릉지역에는 7번 국도와 6번 국도가 지나가는데 7번 국도는 남북으로 이어지고, 6번 국도는 연곡면 면 소재지인 방내리에서 서쪽 진고개를 넘어 평창군으로 이어진다.

(1) 7번 국도

7번 국도에는 도직교(옥계면 도직리), 산성교(강동면 산성우리)가 있고, 임영(강릉명주)지[24]에 보면 섬석교(섬석천), 강릉교(남대천), 군정교(경포천), 정동교(대전천), 사천교(사천천), 백일교(연곡천), 신리교(신리천), 향호교(향호), 군선교(군선강), 낙풍교(낙풍천), 주수교(주수천), 방학교(주문천), 금산교(금산리), 금산제2교(금산리), 어흘교(어흘천), 어흘제2교(어흘천), 초막교(어흘천) 등이 있다.

(2) 지방도

지방도에는 방도교, 왕산교, 도마교, 목계교, 고단교, 송림교, 퇴곡

---

24) 『임영(강릉명주)지』, p141-142, 임영지 증보발간위원회, 1975년.

교, 삼산교 등이 있다.

(3) 시군도

시군도에는 강문교, 운정교, 박월교, 남항교, 언별교, 남양교, 남양2교, 남산교, 내곡교, 회산교, 난곡교, 지변교, 신석교, 금광교, 청학교, 정동교, 고단교, 대기교, 장현교, 담산교, 사기막교 등이 있다.

(4) 기타 교량

기타 교량으로는 병산교, 청량교, 구산교, 학산교, 여찬교, 보광교, 동덕교, 영진교, 행신교, 유등교, 금룡교, 노동교, 향호교, 30교, 위촌교 등이 있다고 기록되어있다.

또 임영(강릉 명주)지 보다 먼저 나온 증수임영지[25]에 나타난 교량은 다음과 같다.

· 누교 - 강릉부 남쪽 10리에 있는데 물이 깊고, 언덕이 높아 다리 형태가 누다락과 같다고 함.
· 강문교 - 강릉부 동쪽 10리 되는 곳에 있으며 경포호수 물이 빠져나가는 출구로써 중간에 없어졌다가, 지금 다시 세웠다.
· 남천교 - 강릉부 동남쪽 100여보 되는 곳에 있으며 소화 임신년(1932)에 철교로 개설 하였다.
· 장림천교 - 강릉부 서쪽 10리 되는 곳에 있으며 남대천 상류지역이다. 다리 주변에 소나무 숲이 길게 이어져 붙혀진 이름이다.
· 낙풍교 - 강릉부 남쪽 60리 되는 곳에 있으며 소화 신미년(1931)에 철교로 개설 됨.
· 사천교 - 강릉부 북쪽 30리 되는 곳에 있으며 오늘날 개설하였다.
· 연곡교 - 강릉부 북쪽 40리 되는 곳에 있으며 오늘날 개설하였다.
· 신리교 - 강릉부 북쪽 50리 되는 곳에 있으며 소화 기사년(1929)에 철

25) 『완역증수임영지』, 교량조, 강릉문화원, 1997년, pp.40-41.

교로 개설하였다.
- 군선교 - 강동면에 있으며 대정 갑자년(1924)에 가설하였다.
- 주수교 - 옥계면에 있으며 소화 신미년(1931)에 가설하였다.
- 고단교 - 왕산면에 있다.
- 정동교 - 정동면(丁洞面)에 있다.
- 만덕교 - 왕산면에 있다.
- 목계교 - 왕산면에 있다.
- 평촌교 - 왕산면에 있다.
- 선도교(船渡橋) - 왕산면에 있다. 이상은 임신년(1932)에 모두 가설하였다.

위에 나타난 이상의 다리 이름을 보면 면 단위, 행정리 단위의 이름을 딴 다리 이름이 대부분이고, '장림천교, 만덕교, 평촌교, 선도교'만 소지명을 다리 이름으로 사용했다.

또 장림천교, 남천교, 군선교는 강 이름을 따서 다리 이름으로 사용했다.

4) 하천에 있는 다리 이름

강릉지역에 있는 다리는 대부분 하천에 놓여 있는데 그 다리의 이름들은 그 지역의 지명을 따서 붙인 것이 대부분이다.

(1) 고단천

고단천은 왕산면 고단리 안쪽 덕우산과 비오깃재에서 발원한 물과 송현리 뒤 대화실산에서 발원하여 송현리를 거쳐 온 물이 거리 고단에서 만나 정선군 임계면으로 흐른다.

새마을교(1) - 고단리 안고단 제일 안쪽에 있는 다리

양촌교 - 고단리 양짓말에 있는 다리

다리교 - 다리골 입구에 있는 다리
새마을교(2) - 다리교 아래에 있는 다리로 안고단과 거리고단을 잇는 다리
고단교 - 거리고단에 있는 다리로 정선과 강릉을 잇는 도로에 있다.

(2) 관음천

관음천은 성산면 관음리 개자리에서 흘러온 물과 안곡에서 흘러온 물이 괴일에서 만나 금산리를 거처 남대천으로 흐른다.

금산교 - 금산리 국도에서 갈매간으로 들어가는 입구에 있는 다리

(3) 구라미내

구라미내는 사천면 석교2리 숫돌봉에서 흘러 구라미를 지나 좁은 목에서 강해평으로 흐른다.

호성교 - 마을 가운데 있는 다리
하구암교 - 호성교 아래에 있는 다리
구라미교(1) - 옛 7번 국도에 있는 다리
구라미교(2) - 신7번 국도에 있는 다리

(4) 구정천

구정천은 구정면 구정리 안쪽 늘막재에서 발원하여 구정리를 지나 여찬리 앞에서 장현저수지로 흐른다.

① 마을교 - 구정교 아래 있는 다리
② 구정교 - 전은교 아래 구정 마을에 있는 다리
③ 전은교 - 구정리 안쪽 전은골 입구에 있는 다리

④ 청파교 - 마을교 아래에 있는 다리로 청파동 입구
⑤ 오동교 - 청파교 아래 여찬리와 왕고개를 잇는 다리
⑥ 장현교 - 장현저수지 밑에 있는 다리로 장현동사무소와 모산 초등학교를 잇는다.

(5) 군선강

군선강은 강동면 언별리 만덕봉에서 흘러 단경골을 지나 모전리의 넓은 들에서 임곡천과 만나 안인리와 안인진리 사이로 흐르다가 해령산 밑에서 바다로 빠진다.

① 제3모방교 - 언별리 단경골 제일 안쪽에 있는 다리
② 제2모방교 - 제3모방교 아래에 있는 다리
③ 제1모방교 - 제2모방교 아래에 있는 다리
④ 언별교(1) - 언별리 송담서원(본동)앞에 있는 다리
⑤ 언별교(2) - 언별리(가둔지)와 큰말 사이에 있는 다리
⑥ 장작교 - 모전리 돌펭이와 장작골 사이에 있는 다리
⑦ 모전교 - 모전리 본 마을과 태봉을 잇는 다리
⑧ 군선교(1) - 옛 7번 국도에 있는 다리로 안인 역말과 안인진리 송천을 잇는다.
⑨ 군선교(2) - 신 7번국도에 있는 다리
⑩ 명성교[26] - 해령산 서쪽 낙맥으로 안인리와 안인진리를 잇는 다리

(6) 금진천

금진천은 옥계면 금진리 뒤 말탄봉에서 마을 쪽으로 내려오는 물줄기로 평소에는 말랐다가 비가 오면 흐른다.

---

26) 명성교는 명선교(溟仙橋)의 잘못된 표기다.

금진교 - 금진1리와 2리 사이에 있는 다리

(7) 낙풍천

낙풍천은 옥계면 북동리 검정밭골과 덕우리골에서 흘러온 물이 마을 입구 저수지에서 만나 낙풍리를 지나고 옥계의 넓은 들을 지나면서 조산에서 주수천과 만난다.

밤수교 - 북동리 덕우리와 밤두고 사이에 있는 다리
덕우교 - 밤수교 아래에 있는 다리
미륵교 - 북동리 흐내에 있는 다리
낙풍교(1) - 낙풍리 입구 7번 국도에 있는 다리
낙풍교(2) - 7번 국도에서 금진리 마을 입구에 있는 다리

(8) 남대천

남대천은 도마천, 왕산천, 보광천, 어흘천이 성산면 구산리 도리깨소에서 합류하여 강릉시내로 관류하면서 하구에서 섬석천과 만나며 전주봉에서 바다로 흐른다.

① 오봉교 - 성산면 오봉리 앞에 있는 다리
② 구산교 - 성산면 구산리와 산북리 사이에 있는 다리
③ 여전교 - 금산리와 제비리 남발 사이에 있는 다리
④ 회산교 - 회산 입구에 있는 다리
⑤ 강릉대교 - 동해고속도로가 지나가는 다리
⑥ 내곡교 - 남문동과 내곡동 사이에 있는 다리
⑦ 남산교 - 성내동과 노암동 사이에 있는 다리
⑧ 잠수교 - 성남동과 노암동 사이에 있는 다리
⑨ 강릉교 - 옥천동과 입암동 사이에 있는 다리로 7번 국도가 지나간다.

⑩ 2002년 월드컵교 - 옥천동과 입암동 사이에 있는 다리
⑪ 옥천고가교 - 옥천동에서 월드컵교로 들어가는 다리
⑫ 포남대교 - 포남동과 입암동 공단을 연결하는 다리
⑬ 공항대교 - 남대천 하구로 송정과 병산을 연결하는 다리

(9) 남양천

남양천은 옥계면 남양리 남면재 밑과 자병산 밑 정상골에서 발원한 물이 영내터에서 만나 아래로 흐르다가 흑싯골 입구에서 흑싯골에서 흘러온 물과 만나고 양짓말에 와서는 여림재 밑에서 흐른 물과 만나 현내리 조울뜰로 흐른다.

① 영로교 - 남양2리 영내터에 있는 다리
② 남양교 - 남양1리와 2리를 잇는 다리
③ 흑수교 - 남양리 흑수동 앞에 있는 다리
④ 중앙교(1) - 남양1리 양짓말에 있는 다리
⑤ 중앙교(2) - 남양천 지류에 있는 다리로 양짓말쪽으로 흘러오는 내에 있다.
⑥ 남양1교 - 중앙교 아래 있는 다리
⑦ 칠저교 - 남양1교 아래로 칠저 마을 입구에 있다.

(10) 내곡천

내곡천은 구정면 삼정평에서 흘러 내곡동을 지나 뇌눌에서 남대천으로 빠진다.

① 제비교 - 내곡동 자조아리 서쪽 냇가에 있는 다리
② 내천교 - 내곡동 뇌눌에 있는 다리

(11) 도마천

도마천은 왕산면 목계리 삽현 뒤 대화실산에서 발원하여 목계리 관터에 와서 구화골에서 흘러온 물과 만나서 흐르다가 방터골에서 흘러온 물과 만나 도마리로 흘러 오봉저수지에 와서 왕산천과 만나 남대천으로 흐른다.

① 목계교(1) - 삽현 밑 도마천 상류에 있는 다리
② 관들교 - 목계리 구화골과 관터를 잇는 다리
③ 구화교 - 구화골 입구로 도마천 지류에 있는 다리
④ 평촌교 - 평촌에 있는 다리
⑤ 목계교(2) - 평촌교 아래에 있는 다리, 왕산에서 정선으로 가는 도로에 있는 다리
⑥ 방터교(1) - 목계교(2) 아래에 방터골 입구에 있는 다리
⑦ 방터교(2) - 방터골 안에 있는 다리로 도마천 지류에 있다.
⑧ 목계교(3) - 방터교(1) 아래에 있는 다리
⑨ 목계교(4) - 방터교(3) 아래에 있는 다리
⑩ 석우교 - 도마리 석우동 마을에 있는 다리로 도마천 지류에 있다.
⑪ 입고지교 - 도마리 금선정 입구에 있는 다리로 도마천 지류에 있다.
⑫ 도마교(1) - 입고지교 아래에 있는 다리 도마천 지류에 있다.
⑬ 도마교(2) - 도마교(1) 아래에 있는 다리
⑭ 도마교(3) - 도마천 지류에 있는 다리로 옻밭골에서 흘러 내리는 내에 있다.

(12) 보광천

보광천은 성산면 보광리 뒤 곤신봉 밑 여골에서 흘러 삼왕과 보겡이를 지나 보현평에 와서 절골에서 흘러온 물과 만나 굴면이에

가서 어흘천과 만나 남대천으로 흐른다.

① 삼왕교 - 보광리 삼왕에 있는 다리

② 보광교(1) - 보광리 앞에 있는 다리

③ 보현교 - 뱀골과 보현평을 잇는 다리

④ 보광교 - 보현평 앞에 잇는 다리

⑤ 대관령 2교 - 보광리 굴면이에 있는 다리로 성산에서 대관령으로 가는 곳에 있다.

⑥ 방도교 - 보현천 하구로 구산리와 오봉리 사이에 있다.

⑦ 법륜교(法輪) - 보광리 절골 보현사 밑에 있는 다리

(13) 사천천

사천천은 사천면 사기막리 뒤쪽 매봉산에서 흘러 내려 무릉데미, 용연을 지나 사기막 본동에 와서 무일골과 운계골에서 흘러온 물과 만나고 노동리 장씨나들이에서 사월재에서 흘러온 물과 만나고, 갈골에서는 흰재에서 흘러온 물과 만나 미노리를 지나 방동리에서 바다로 흐른다.

① 무일교 - 사기막리 본동에서 무일골로 기는 다리로 사천천 지류다.

② 사기막교 - 사기막리 본동에서 큰 무일골로 들어가는 다리

③ 수구성교 - 사기막리 입구에 있는 다리

④ 진월교 - 노동상리 진목정에 있는 다리

⑤ 장씨나들이교 - 장씨나들이에 있는 다리

⑥ 현평교 - 노동중리와 덕실리 사이에 있는 다리

⑦ 갈골교 - 노동중리 갈골에 있는 다리로 사천천 지류에 있다.

⑧ 야촌교 - 노동중리 갈골에 있는 갈골교 위쪽에 있다.

⑨ 사천교(1) - 7번 옛 국도에 있는 다리로 미노리와 석교리 사

이에 있다.

⑩ 사천교(2) - 7번 옛 국도에 있는 다리로 사천교(1) 아래에 있다.

(14) 산계천

산계천은 옥계면 산계리 안쪽 석병산에서 발원한 물이 황지미골, 절골, 야달이골로 흘러가서 학림에 와서 만나 산계리를 지나 현내리 조울뜰에서 남양천과 만난다.

① 삼천교 - 산계리 황지미골 안쪽에 있는 다리

② 동굴교 - 산계리 절골에 안쪽 석화 동굴 아래에 있는 다리

③ 성황교 - 산계리 학림에 있는 다리

④ 원평교 - 성황교 아래로 학교 앞에 있다.

⑤ 설암교 - 원평교 아래 쇠바우 동네에 있다. 산계천 지류가 된다.

(15) 산북천

산북천은 성산면 산북리 뒤 새재에서 흘러 산북마을을 지나 성산면 구산리에서 남대천으로 흐른다.

① 산북교(1) - 산북리 자망동 안쪽에 있는 다리

② 산북교(2) - 산북교(1) 아랫쪽에 있는 다리

(16) 섬석천

섬석천은 구정천, 학산천, 어단천이 합류하여 섬둘을 지나 청양이(청량동)와 월호평 사이를 가로 지르며 남항진에서 남대천으로 흐른다.

① 섬석교(1) - 고속도로가 지나가는 다리

② 섬석교(2) - 7번 국도에 있는 다리, 유산동과 신석동 사이
③ 유다리 - 섬석교(2) 아래로 청양이와 월호평을 잇는 다리
④ 남항진교 - 병산동과 남항진동을 잇는 다리

(17) 송천

송천은 왕산면 대기1리 비오깃재 밑에서 흘러 벌말에 와서 용수골과 닭목이에서 흘러온 물과 만나 배나들이로 흘러가 평창군 도암면 황병산에서 흘러온 물과 만나 정선군 북면 구절리로 흘러간다.

① 당목교 - 대기리 닭목이에 있는 다리
② 대기교(1) - 대기리 닭목이에 있는 다리
③ 대기교(2) - 대기리 늘막골 입구에 있는 다리
④ 늘 막교 - 대기1리 늘막골 안에 있는 다리
⑤ 판막교 - 대기리 늘막교 아랫쪽에 있는 다리
⑥ 대기1교 - 대기리 신직이 입구에 있는 다리
⑦ 대기2교 - 대기1교 아래에 있는 다리
⑧ 대기3교 - 대기리2리 벌말에 있는 다리
⑨ 용수교(1) - 용수골 골안에 있는 다리
⑩ 용수교(2) - 벌말 용수골 입구에 있는 다리
⑪ 평촌교 - 벌말에서 배나드리로 가는 다리
⑫ 벌마을교 - 평촌교 아래에 있는 다리
⑬ 곰자리교 - 벌마을교 아래에 있는 다리
⑭ 대림교 - 곰자리교 옆, 임간도로로 가는 다리
⑮ 배나드리교 - 배나드리 앞에 있는 다리

(18) 송현천

송현천은 왕산면 송현리 안쪽 화실산에서 흐른 물이 마을을 지나

고단리에서 고단천과 만난다.

① 평촌교 - 송현리 평촌에 있는 다리
② 송현교 - 평촌교 아래에 있는 다리
③ 사반교 - 송현리 아래에 있는 다리

(19) 신리천

신리천은 주문진읍 삼교리 안쪽 철갑령 밑에서 흐른 물과 삼형제봉 밑에서 흐른 물이 궁궁터에서 만나 장덕리, 교항리를 지나 바다로 빠진다.

① 사기막교 - 사기막리에 있는 다리
② 장덕 제1교 - 장덕리 재궁말에 있는 다리
③ 장덕 제2교 - 장덕 제1교 아래에 있는 다리
④ 노동교 - 장덕리 놀메기에 있는 다리
⑤ 대동교 - 장덕리 대동말에 있는 다리
⑥ 성황교 - 장덕리 성황동에 있는 다리
⑦ 금룡교 - 교항리 청룡뿔과 금룡골을 잇는 다리
⑧ 신리2교 - 우회도로 7번 국도에 있는 다리
⑨ 신리교 - 신리천 맨 아래로 속칭 큰다리라 한다.

(20) 신왕천

신왕천은 연곡면 신왕리 안쪽 매봉산에서 흘러 말암터를 지나 저수지를 이루고 새왕이에서 연곡천으로 흐른다.

① 마암교 - 신왕리 안쪽 말암터에 있는 다리
② 부귀교 - 마암교 아래에 있는 다리
③ 신왕교 - 신왕 저수지 아래에 있는 다리

(21) 안현천

안현천은 사천면 방동리 안골에서 발원하여 산대월리를 지나 안현동 사근진에서 바다로 빠진다.

① 마재교 - 저동 이청골과 마재동을 잇는 다리
② 문산교 - 안현동 민미에 있는 다리
③ 안현교 - 사근진과 순개를 잇는 다리

(22) 어단천

어단천은 구정면 어단리 칠성산에서 흘러 보래미를 지나 동막에서 흘러온 물과 만나 금광리로 흘러와서 금광리에서 구청천과 만나 섬석천으로 빠진다.

① 보래미교 - 어단천 제일 상류에 있는 다리
② 동막교 - 동막저수지 밑에 있는 다리
③ 교전교(校前) - 금광초등학교 앞 냇가에 있는 다리
④ 금성교 - 금광리에서 송담서원으로 가는 다리
⑤ 금광교 - 금성교 아래에 있는 다리
⑥ 성황교 - 금광리에서 운산으로 가는 다리
⑦ 버들교 - 버들이에 있는 다리

(23) 어흘천

어흘천은 성산면 어흘리 뒤 제왕산 밑에서 흐른 물과 선자령 밑 초막골 안쪽에서 흘러 삼포암을 지나온 물이 제민원에서 만나 아랫제민원에서 귀새골에서 흘러온 물과 만나 굴면이에서 보광천(보현천)과 만나 남대천으로 흐른다.

① 임우교 - 어흘리 가마골과 윗제민원을 잇는 다리
② 옛길교 - 대관령 옛길 입구에 있는 다리

③ 대관령교 - 치마골 입구에 있는 다리, 대관령 국도가 지나간다.

④ 초막교 - 초막골 입구에 있던 다리, 지금은 차량이 다니지 않는다.

⑤ 부동교 - 어흘리 가마골 앞에 있는 다리

⑥ 어흘교 - 굴면이 앞에 있는 다리

(24) 연곡천

연곡천은 연곡면 삼산리 진고개 밑에서 흘러 송천을 지나 장천 아래 있는 퇴곡리에 와서, 삼산리 노인봉 밑 청학동에서 흘러 용수골을 지나온 물과 만나 연곡의 들을 이루면서 흐르다가 골감냉이, 신왕골에서 흘러 온 물과 만나고 영진리와 동덕리 사이에서 바다로 빠진다.

① 구지교 - 삼산리 송천 상류에 있는 다리

② 마야교 - 삼산리 삼산 초등학교 앞에 있는 다리

③ 금강교 - 삼산리 장천에서 소금강으로 가는 다리

④ 우정교 - 퇴곡리 용수골 입구에 있는 다리

⑤ 버들교 - 유등리 버들이 입구에 있는 다리

⑥ 행신교 - 행정리와 신왕리를 잇는 다리

⑦ 송림교 - 송림리 상초시와 버당말을 잇는 다리

⑧ 백일교 - 동덕리에 있는 다리로 옛 7번국도에 있다.

⑨ 연곡교 - 백일교 아래 신7번 국도

⑩ 영진교 - 연곡천 하구에 있는 다리

(25) 와천(상시동천)

와천은 구정면 덕현리 안쪽 덕고개에서 발원하여 강동면 상시동리를 지나 강동면 하시동리에서 풍호로 빠진다.

· 시동교 - 강동면 사무소 앞에 있는 다리로 7번 국도가 지나간다.

(26) 왕산천

왕산천은 왕산면 왕산리 맹떼기에서 발원하여 큰골 입구에 와서 횡계재에서 흘러온 물과 만나 오봉저수지로 흐른다.

왕산교 - 왕산골 입구에 있는 다리로 오봉저수지 위쪽에 있다.

(27) 운정천(뒷내)

운정천은 성산면 송암리 안쪽에 있는 미리재에서 흘러온 물이 광양이에 와서 광양이 안쪽에서 흘러온 물과 만나 거리송암에 와서 곽가터에서 흘러온 물과 만나 대전동 즈무를 지나 한밭, 운정동 앞에서 경포호로 빠진다.

① 신평교 - 대전동 즈무에 있는 다리로 보성 선씨 오충사로 간다.
② 한밭교 - 한밭과 죽헌동 원퉁이를 잇는 다리.
③ 정동교(1) - 한밭교 아래에 있는 다리로 신 7번 국도가 지나간다.
④ 정동교(2) - 정동교(1) 아래에 있는 다리로 옛 7번 국도에 있다.
⑤ 행정교 - 정동교(2) 아래로 행정말 입구에 있는 다리.
⑥ 난곡교 - 운정동 동사무실 앞에 있는 다리.

(28) 위촌천(앞내)

위촌천은 성산면 위촌리 골아우 뒤 사실이재에서 흘러 내린 물이 황계를 이루며 위촌리에 와서 망월이에서 흘러온 물과 만나 죽헌저수지를 이루고 죽헌동 죽헌 마을 앞을 지나면서 운정천과 만나 경포호수로 빠진다.

① 방학교 - 위촌 초등학교 앞에 있는 다리.

② 전주이씨 안원대군 자립교 - 방학교 아래에 있는 다리.
③ 수붕구교 - 위촌리 입구인 수붕구에 있는 다리.
④ 회암교 - 유천동 회암영당 앞에 있는 다리.
⑤ 유천단봉교 - 회암교 아래에 있는 다리.
⑥ 느릅내교 - 유천 단봉교 아래에 있는 다리.
⑦ 느릅내2교 - 느릅내교 아래에 있는 다리.
⑧ 핸다리교 - 죽헌동 죽헌 저수지 밑에 있는 다리.
⑨ 죽서교 - 핸다리교 아래에 있는 다리.
⑩ 지변교 - 죽헌동과 못올을 잇는 다리.
⑪ 군정교 - 7번 국도에 있는 다리 교동과 죽헌동을 잇는다.
⑫ 운정교 - 군정교 아래에 있는 다리로 위촌천과 운정천이 합류하는데 있다.

(29) 임곡천

임곡천은 강동면 임곡리 덕우리재와 큰골에서 흘러온 물이 마을을 지나 모전리에서 군선강과 만난다.

① 큰골교 - 임곡리 제일 안쪽 큰골 입구에 있는 다리.
② 임곡교 - 임곡리 대수원이에 있는 다리.
③ 동방교 - 임곡교 아래에 있는 다리.
④ 현대교 - 동방교 아래에 있는 다리.
⑤ 모전교 - 현대교 아래에 있는 다리.

(30) 정동천

정동천은 강동면 산성우리 피내산에서 흘러 산성우리를 지나 명계동, 오류동에서 흘러온 물과 만나 정동진리에서 바다로 빠진다.

① 본동교 - 산성우리 본동에 있는 다리

② 산성교 - 산성우리 오류동에서 흘러 오는 물에 있는 다리. 7번국도가 지나가고 정동천의 지류다.
③ 정동교 - 정동진리 고성동과 학교를 잇는 다리
④ 정동1교 - 정동진리 정동초등학교를 잇는 다리

(31) 주문천

주문천은 주문진읍 주문리 거물이 안쪽에서 흘러 소돌에서 바다로 빠진다.

① 거문교 - 주문리 거물이에 있는 다리.
② 향호교 - 거문교 아래로 우회도로가 지나간다.
③ 방학교 - 주문리 방학동에 있는 다리. 7번 국도가 지나간다.
④ 우암교 - 주문리 소돌에 있는 다리.

(32) 주수천

주수천은 옥계면 현내리 조울뜰에서 남양천과 산계천이 만나 천남리, 주수리를 지나 조산에서 바다로 빠진다.

① 천남교 - 현내와 천남을 잇는 다리
② 주수교 - 천남교 아래로 우회도로가 지나간다.

(33) 학산천

학산천은 구정면 어단리 뒤에 있는 칠성산에서 흘러 학산리를 지나 담산동에 와서 담산동 안쪽에서 흘러온 물과 만나 장현동에서 구정천과 만난다.

① 어단교 - 어단 저수지 위쪽에 있는 다리로 법왕사 아래에 있다.
② 칠성교 - 어단리 버스 종접에 있는 다리로 어단리와 학산리 사이에 있다.

③ 현촌교 - 칠성교 아래에 있는 다리
④ 학산교 - 구정초등학교와 왕고개를 잇는 다리
⑤ 성황교 - 학산교 아래에 있는 다리
⑥ 삿갓2교 - 성황교 아래에 있는 다리
⑦ 삿갓1교 - 삿갓2교 아래에 있는 다리
⑧ 모산교 - 삿갓1교 아래에 있는 다리
⑨ 장대교(章垈) - 모산 장터말과 박월동을 잇는 다리
⑩ 박월교 - 장대교 아래에 있는 다리

(34) 향호천

향호천은 주문진읍 향호리 향골 안쪽에서 흘러 향호를 지나 바다로 빠진다.

① 취향교(聚香) - 향호 상류에 있는 다리
② 향호교 - 향호 하류에 있는 다리로 옛 7번 국도가 지나간다.
③ 향호3교 - 향호교 옆에 있는 다리로 신 7번 국도가 지나간다.

(35) 회산천

회산천은 구정면 제비리 버들고개에서 흘러 제비리를 지나 회산동 준벵이에서 남대천으로 빠진다.

· 우람교(雩嵐) - 회산천 하류 경월주조 앞에 있는 다리

5) 하천 이외에 있는 다리

(1) 호수 하구에 있는 다리

강릉지역에 있는 호수로는 경포호(강릉시 저동), 순개(사천면 산대

월리), 향호(주문진읍 향호리), 풍호(강동면 하시동리)가 있다. 이러한 호수와 바다 사이로 길이 생기면서 다리를 놓은 것이다.

호수 하구에 있는 다리로는

경포호수 - 경호교, 월송교, 강문교[27],

순개 - 순포교,

향호 - 향호교

등이 있다.

(2) 옛 철길위에 있는 다리

철길 위에 있는 다리로는 해마(海馬)(연곡면 영진리에 있는 다리)가 있는데 현재는 이곳으로 기차는 다니지 않는다.

4. 다리이름(橋名)이 지명으로 된 경우

다리이름이 지명으로 된 경우가 더러 있는데 이러한 지명은 원래 다리의 형태를 따서 지은 다리 이름이 나중에 다리가 없어지면서 그 다리이름이 특정 지역의 이름으로 쓰여진 경우를 말한다.

'우리 지명 가운데 널다리, 배다리, 돌다리, 뗏목다리 등은 모두 교량의 특징적인 시설물에서 비롯된 것[28]인데 널다리는 널판지로 만든 다리가 있어서 생긴 이름이고, 돌다리는 돌로 만든 다리가 있어 생긴 이름이다.

---

27) 강문교는 조선조 선조때 송강 정철이 강원도 관찰사로 부임하여 금강산, 설악산, 관동8경 등을 두루 살피고 쓴 가사체 문학인 관동별곡에 나오는데 "고주해람하야 정자 우헤 올라가니 강문교 너믄겨테 대양이 거기로다"에서 나오는 강문교가 이 다리다.

28) 방동인, 「강릉의 교통편」, 『강릉시사』상, 강릉문화원, 1998, p.123.

1) 강릉지역

◦ 허궁다리(영진리) 너다리께(삼산2리) 싸근다리(삼산리) 잿다리(행정리) 너다리골(퇴곡리) <이상 연곡면>

◦ 돌다리골(보광리) 허궁다리(어흘리) 방아다리(위촌리) 잔다리 팔자(오봉리) <이상 성산면>

◦ 방아다리골(산계리) 다리목(낙풍리) 다리바위(금진리) 쌀래다리(천남리) <이상 옥계면>

◦ 가작다리, 목매다리(교동), 조강다리(옥천동), 유다리(청량동), 억지다리(초당동), 구렁다리(포남동), 섬다리(저동), 배다리(운정동), 흰다리(죽헌동), 자작다리(운산동), 삼형제다리(송정동) <이상 강릉시>

◦ 반무다리(삼교리) 사다리논골(삼교리) 무다리(삼교리) 작은무다리(삼교리) 무다리등(삼교리) 작은다리(주문리) 큰다리(교항리) 다리목(교항리) 잿다리골(향호리) 흙다리골(향호리) 구성어다리(장덕리) 방아다리골(주문리) 방풍어다리(장덕리) <이상 주문진읍>

◦ 너문다리(석교리) 집어다리(석교리) 다리논굼(산대월리) 방아다리(방동하리) 배다리(판교리) <이상 사천면>
다리골(고단리, 대기리) 다리재(대기리) 뚝다리골(목계리) <이상 왕산면>

이상의 지명은 예전에는 다리가 있어서 생긴 이름인데 현재는 그 다리가 남아있는 것도 있고 이미 없어진 다리도 있다.

2) 강릉이외의 지역

다리 이름이 지명으로 된 예는 강릉 이외의 다른 지역에도 많이 있는데 그 예를 강릉의 인근에 있는 시·군지역에서 살펴본다.

(1) 고성군[29)]

교암리(토성면)

(2) 동해시[30)]

다리골(이로동)

(3) 삼척시[31)]

큰다리목(도계읍 신리), 마교리(도계읍), 허궁다리(신기면 신기리), 호므다리(신기면 서하리)

(4) 속초시[32)]

쌍다리(교동), 배다리(조양동), 흙다리(대포동), 잔다리골(대포동), 다리슴(대포동)

(5) 양양군[33)]

잔교리(현북면), 석교리 · 사교리 · 침교리(이상 강현면)

(6) 영월군[34)]

흙다리(남면 토교리), 다리골(남면 연당리), 잔다리(영월읍 연하리), 너다리(북면 문곡리), 널다리(하동면 내리)

---

29) 『지명유래지』, 고성군, 고성문화원, 1998.
30) 김기설, 『동해시 지명유래』, 문왕출판사, 1999.
31) 『삼척군 지명유래지』, 삼척군, 1994.
32) 『속초의 지명』, 속초문화원, 1990.
33) 『양양의 땅이름』, 양양문화원, 1995.
34) 『영월의 땅이름 뿌리를 찾아서』 영월군, 1995.

(7) 정선군[35]

돌다리(정선읍 덕송리), 싸근다리(임계면 용산리)

(8) 춘천시[36]

삽다리(북산면), 다리골(남산면)

(9) 태백시[37]

흙다리골(황지동), 들미다리(철암동)

(10) 평창군[38]

잔다리골(대화면 신리), 높은다리(도암면 유천리[39]), 말다리(방림면 방림리), 운교리(방림면)

(11) 홍천군[40]

다리골(내면 광원리, 두촌면 원동리, 서면 생골리)

5. 강릉지역 다리 이름의 특이성

강릉지역의 국도, 지방도, 고속도로, 우회도로, 하천, 호수, 하구

---

35) 『정선의 옛지명』, 정선문화원, 1997.
36) 『춘천의 지명유래』, 춘천문화원, 1995.
37) 『태백의 지명유래』, 태백문화원, 1989.
38) 『한국지명총람』 2, 강원도편 한글학회, 1967.
39) 이 다리는 조선조 중종때 용궁현감으로 발령을 받은 삼가 박수량 당시(강릉시 사천면 미노리에 거주)이 암소를 타고 이곳에 오니 신현 맞이로 고을원을 모시려고 가마를 가지고 와서 높은 고을원을 맞이했다고 하여 생긴 이름이다.(한국구비문학대계 2-1, 강원 강릉 명주편, 한국 정신문화연구원, 1980, P.148.).
40) 『한국지명총람』2, 강원도편, 한글학회, 1967.

등에는 많은 다리가 있는데 고속도로, 우회도로에 있는 다리에는 대부분 이름이 붙여져 있지만, 그 외의 다리에는 대부분 이름들이 붙여지지 않았다.

다리에 이름이 붙여진 것은 지역 이름의 영향을 받아 지은 다리 이름이 있고, 반면 지역성과 상관관계가 없이 회사의 이름이나 개인의 호를 따서 지은 다리 이름도 있다.

1) 지역성과 상관관계가 있는 다리 이름

(1) 지역성

다리 이름 가운데 제일 많이 나타나는 것이 지역성과 관련 있는 이름이다. 지역성과 관련 있는 다리 이름은 소지역명, 행정리명, 행정면(동)명을 따서 지은 이름이 대부분이다.

① 소지역명

소지역명으로 된 다리 이름은 다리가 놓여 있는 지역의 지명을 따서 다리 이름으로 붙인 것을 말하는데

> 우암교, 거문교, 성황교, 삿갓교, 방학교, 한밭교, 행정교, 느릅내교, 핸다리교, 큰골교, 부동교, 초막교, 구지교, 마야교, 곰자리교, 판막교, 용수교, 평촌교, 벌말교, 버들교, 양촌교, 다리교, 구라미교, 전은교, 오동교, 장작교, 덕우교, 삼왕교, 밤수교, 여전교, 칠저교, 관들교, 평촌교, 방터교, 입고지교, 보현교, 무일교, 장싸나들이교, 갈골교, 원평교, 설암교, 당목교

등이 있다.

② 행정리명

행정리명으로 된 다리 이름은 다리가 놓여있는 곳의 소지역명을 딴 것이 아니고, 그 지역의 행정리명을 따서 지은 다리 이름이다.

이런 다리는 대개 그 지역에서 제일 먼저 생긴 다리에 이런 이름을 붙였는데

대기교, 도마교, 목계교, 고단교, 송림교, 퇴곡교, 삼산교, 금산교, 구산교, 언별교, 모전교, 임곡교, 금진교, 낙풍교, 오봉교, 산북교, 남양1교, 제비교, 보광교, 사기막교, 어흘교, 주수교, 천남교, 도직교, 어단교, 향호교, 산성교, 학산교, 시동교

등이 있다.

③ 행정면(동)명

행정면(시,읍)명으로 된 다리 이름은 다리가 있는 곳의 행정면(시, 읍) 이름을 따서 지은 다리 이름인데

강릉교, 왕산교, 사천교, 연곡교, 강릉대교, 강릉육교, 연곡육교

등이 있다.

또 행정동명으로 된 다리 이름은 시 지역의 동이름을 다리 이름으로 사용했다.

병산교, 남항진교, 장현교, 회산교, 내곡교, 포남대교, 난곡교, 지변교, 운정교, 박월교, 강문교

등이 있다.

(2) 개인(문중)형으로 된 다리 이름

개인형으로 된 다리 이름은 다리가 있는 지역에서 영향력을 행사하며 생활한 자연인의 호나 이름을 따서 다리 이름으로 사용한 것

을 말하는데

회암교, 전주이씨 안원대군 자립교, 신평교, 장씨나들이교, 우람교

등이 있다.

(3) 두 지역의 이름을 따서 지은 다리 이름

두 지역의 이름을 따서 지은 다리 이름은 한 지역의 지명만 딴 것이 아니라 두 지역의 지명 가운데 한 자씩 따서 다리 이름에 붙인 것을 말하는데

행신교(연곡면 행정리와 신왕리), 군정교(강릉군과 정동면)

등이 있다.

(4) 서수형으로 된 다리 이름

서수형으로 된 다리 이름은 행정리 명이나 소지역명으로 된 다리 이름이 여러 개가 있어서 이를 구별하기 위해 숫자를 붙여 지은 이름을 말하는데,

장덕제1교, 장덕제2교, 지변1교, 지변2교, 삿갓1교, 삿갓2교, 대기1교, 대기2교, 제1모방교, 제2모방교, 제3모방교

등이 있다.

(5) 이중으로 된 다리 이름

이중으로 된 다리 이름은 같은 지역에 다리가 여러 개가 있어서 동일 이름으로 다리 이름을 붙인 것을 말한다.

이런 다리는 교통량이 늘어나면서 기존의 도로를 확대하거나 직선화 하면서 도로를 새로 내면서 붙혀진 이름인데

산북교, 섬석교, 정동교, 보광교, 도마교, 목계교, 방터교, 중앙교, 낙풍교, 언별교, 군선교, 구라미교, 새마을교

등이 있다.

2) 지역성과 상관관계가 없는 다리 이름

지역성과 상관관계가 없는 다리 이름은 다리가 놓여진 지역의 지역성과는 관련이 없고, 다만 다리를 지은 시공회사나 개인의 이름을 따고, 또 지역의 특이성을 다리 이름으로 사용했다.

(1) 회사명(단체)으로 된 다리 이름

회사명으로 된 다리 이름은 다리의 시공회사의 이름을 다리에 붙였거나, 농장이 있어서 농장 이름을 다리에 붙인 것을 말하는데

삼천교, 현대교, 청파교, 임우교, 우정교

등이 있다.

(2) 개인명으로 된 다리 이름

개인명으로 된 다리 이름은 다리 시공주체의 대표 이름을 다리 이름으로 사용하였는데

백일교(연곡면 연곡천 옛 7번국도)

가 있다.

(3) 작전수행을 기념하기 위해 생긴 다리 이름

작전수행을 기념하기 위해 생긴 다리 이름은 군부대에서 작전을 수행하고 그 작전을 기념하기 위해 지은 다리인데

해마교[41]

---

41) 1962년 해병대들이 해마작전을 위해 놓은 다리. 『한국지명총람』 2, 강원도

가 있다.

(4) 종교형으로 된 다리 이름

종교형으로 된 다리 이름은 사찰 앞이나, 서원 앞, 성황당 앞에 있는 다리에 붙여진 이름이다.

① 불교형 - 미륵교(낙풍천), 법륜교(보광천)
② 유교형 - 방도교(어흘천)
③ 민속종교형 - 성황교(학산천, 어단천, 신리천)

(5) 시의형(時宜型)으로 된 다리 이름

시의형으로 된 다리 이름은 다리 이름을 붙인 당시 시대적인 상황을 고려하여 붙인 이름을 말하는데

2002년 월드컵교(남대천), 새마을교(고단천)

등이 있다.

(6) 위치형으로 된 다리 이름

위치형 다리 이름은 다리가 놓여 있는 위치의 특이성을 따서 다리 이름으로 사용한 것을 말하는데

교전교(校前橋), 공항대교, 중앙교, 동굴교, 옛길교

등이 있다.

(7) 형태형으로 된 다리 이름

형태형 다리 이름은 다리의 형태나 다리의 재질에 따라 다리 이름을 지은 것을 말하는데

편, 한글학회, 1967, p.91.

잠수교, 유다리(율다리)
등이 있다.

III. 맺는 말

지금까지 강릉지역에 있는 다리 이름의 사회적 기능, 다리의 이중적인 기능, 강릉지역 다리 이름 종류, 다리 이름이 지명으로 된 경우, 강릉지역 다리 이름의 특이성을 살펴보았는데 다음과 같은 결론을 내릴 수 가 있다.

◦ 다리 이름은 새마을 사업할 때 놓은 작은 다리들은 대체로 이름이 없고, 최근 도로를 확장하거나 직선화할 때 놓은 다리에는 이름이 있다.
◦ 최근에 새로 놓은 다리에는 이름이 붙혀졌는데 그 이름이 기존 다리 이름과 중복되게 지어 이중으로 된 다리 이름들이 많이 있다.
◦ 다리는 연결성과 단절성이란 이중구조를 가지고 있다.
◦ 다리 이름이 특정 지역의 지명으로 된 것이 많이 있다.
◦ 다리 이름에는 지역성과 상관관계가 있는 것도 있고, 상관관계가 없이 지은 이름도 있다.
◦ 다리 이름에는 소지역명으로 된 다리들이 대부분이다.
◦ 다리 이름에는 서수형, 이중형, 종교형, 개인명, 회사명으로 된 것이 있다.
◦ 다리 이름에는 시대적 상황에 따라 지은 시의성이 있는 것이 있다.

◦ 다리 이름에는 다리가 있는 지역의 특징에 따라 지은 이름이 있다.

참고문헌

〈단행본〉

김기설(1997), 『강릉지역 지명유래』, 인애사.
______(1999), 『동해시 지명유래』, 문왕출판사.
서정범(1979), 『무녀의 사랑이야기』, 범조사.
손영식(1992), 『옛다리』, 대원사.
신기철 외(1984), 『새 우리말 큰사전』, 삼성출판사.
양재연 외3(1971), 『한국풍속지』, 을유문화사.
이규태(1987), 『역사산책』.
임동권(1973), 『한국민속학논고』, 선명문화사.
장덕순(1978), 『한국설화문학연구』, 서울대 출판부.
조경필(1994), 『산경표를 위하여』, 산악문화.

〈자료〉

『강릉시사』(상) (1996), 강릉문화원.
『동국세시기』
『동아원색 세계대백과사전』 (1990), 동아출판사.
『목민심서』12권
『삼국사기』
『삼국유사』
『삼척군 지명유래』 (1994), 삼척군.
『속초의 지명』 (1990), 속초문화원.
『신증동국여지승람』
『양양의 땅이름』 (1995), 양양문화원.
『열량세시기』
『영월 땅이름의 뿌리를 찾아서』 (1995), 영월군.
『완역 증수 임영지』 (1997), 강릉문화원.
『임영(강릉명주)지』 (1975), 임영지 증보 발간위원회.
『정선의 옛지명』 (1997), 정선문화원.
『지명유래지(고성군)』 (1998), 고성문화원.

『춘천의 지명유래』(1995), 춘천문화원.
『태백의 지명유래』(1989), 태백문화원.
『한국구비문학대계』2-1 강릉명주 (1980), 한국정신문화연구원.
『한국구비문학대계』2-5 속초, 양양 (1983), 한국정신문화연구원.
『한국구비문학대계』2-9 영월군 (1986), 한국정신문화연구원.
『한국지명총람』2, 강원도편 (1967), 한글학회.

〈논문 및 정기 간행물〉

『강원도민일보』, 1995년 11월 8일자
『강원민속학』 2집(1984), 강원도 민속학회
『동해문화논총』 제1집(1996), 동해문화연구회
『한국 민속학』 19집(1986), 민속학회

강릉 農謠 연구

김 선 풍*

Ⅰ. 강릉지역의 환경과 주민성

민속문화는 자연과의 투쟁과 자연에로의 순화 속에서 발생되는 법이다. 강릉에 신화가 발생하였고 그에 따른 신가가 이어져 나오고 민요, 전설, 속담, 제의 등이 그 나름의 특질을 지니면서 자생소멸하는 것 역시 자연 환경의 소치다. 농부가 농경작업을 하면서 부른 민요를 농요라 한다. 그러면 강릉지방 농민의 내면세계(생활 감정과 사상)를 더듬기 위해 권농에 관한 기록을 더듬어 보기로 한다.

백제, 신라 등 농업에 지리적 여건을 누리고 있던 나라에서는 초기부터 적극적인 권농책이 행하여졌던 것이니 이에 관하여 몇가지 예를 들면 ≪삼국사기≫에 「王巡撫部落 務勸農事」라 하고, 「發使勸農桑 其以不急之事擾民者 皆除之」라 하였으며, 「下令國南州郡 始作稻田」이란 기록도 보인다.

신라에 있어서도 「王巡撫六部 妃閼英從焉 勸督農桑 以盡地利」라 한 것을 비롯하여 권농에 관한 기사가 신라조에 자주 보이거니와 특히 일성이사금(제7대) 11년조에 「春二月 下令農者政本 食惟民天

* 문학박사 · 중앙대 민속학과 교수.

諸州郡修完堤防 廣闢田野」란 문헌기록에서 얼마나 중농정책을 써왔던가를 알 수 있다. 뿐만 아니라 우리 선민들에 중농정신은 고대의 문헌에도 무수히 나타나는 바이다.

우리는 강릉민요가 발생할 수 있는 여건과 주민성, 지역성 등을 다음의 ≪허백당기≫에서 찾아볼 수 있겠다.

≪허백당기≫에 보면

「대체로 인정이란 땅이 기름지지 못한 곳에서 살면 부지런하고 땅이 기름진 곳에서 살면 게으르게 된다.

관동의 대도는 오직 강릉과 원주인데 이 두 고을 사이가 거리로는 그렇게 멀지 않으나 풍속이 서로 다른 점에서는 차이가 퍽 크다. 원주 사람은 나면서부터 그 부모가 먼저 두속을 주어 재곡으로 자본을 삼고, 해마다 이식을 취하는데 있어서도 아무리 적다 할 지라도 만금과 같이 중히 여기고, 새벽 일찍 논밭에 나가 밭갈이하는 것을 보살피기를 쉬지 않다가 저녁때가 되어 어두워서야 집으로 돌아온다. 이웃끼리 서로 모여서 먹고 마시지 않으며 혼인을 지내는 데도 아무개는 천렵을 하니 좋지 못한 사람이고 아무개는 산에서 꿩사냥을 하며 놀고 있으니 좋지 못하다 하여 반드시 부지런하고 재물을 아끼는 사람을 골라 사위를 보고 한번이라도 방랑한 사람이면 그곳에서는 서로 이웃하여 살기 어렵다. 그런 탓으로 이곳 면중에는 부자가 많고 가난한 사람이 없다. 강릉은 그렇지 않아 襁褓를 떠날 때쯤 되면 편안한 사치와 집치장을 일삼고 부자집 돈을 꾸어서라도 遊宴의 자금을 마련하여 술에 취하지 아니하는 날이 없어 혹 이러한 일로 이곳 풍속에 월조의 평이 있다. 비록 농사철을 맞아 농사짓는 일을 하기는 하나 아침을 늦게 먹은 뒤에 일터에 나갔다가 해만 기울면 집에 돌아와서 말하기를 물것이 물어서 일터에 더 있을 수 없으며 더위가 甚해서 견딜 수 없다는 등 이야기한다. 이런 탓으로

江陵邑에는 대대로 이어오는 양가는 많으나 부귀한 사람은 없다. 내가 일찍 그 까닭을 알려 하였으나 알지 못하였는데 이 땅을 몸소 밟아 본 뒤에야 산천의 氣像이 그곳에 살고 있는 사람의 성품과 관가 있다는 것을 알았다. 강릉은 들판이 질펀한 데다가 송정, 경포 등지는 신선이 놀던 곳으로 그 경치가 천하에 으뜸이다. 이로 보면 메마른 땅에 살면 부지런하고 기름진 땅에 살게 되면 사람이 안일하게 된다는 것이 사람의 심정이다. 그러나 사람의 성품은 악하지 아니하여 변할 수 있고 사람의 습속은 선악이 없이 변화에 따르니 하물며 강릉사람의 사치함이라야 일러 무엇하랴」

라고 적혀 있다.

이 글에서 우리는 강릉주민들이 좀 게으르나 사치를 일삼고 놀기를 즐겨 했음을 알 수 있다. 노는 데는 노래가 수반할 수밖에 없는 일이니 강릉지방의 가사나 농요의 풍성함도 다 환경의 순리를 벗어난 것이 아님을 알 수 있겠다.

Ⅱ. 강릉 농요의 특질

강릉 향언에 살아 생전에는 모학산이요. 죽어서는 성산이란 말이 있다. 즉, 문벌 좋은 집안이 많이 살아 온 모산과 학산은 양자손 할 곳이기 때문에 좋은 곳이요, 성산은 태백산과 오대산 내력이 쭉 뻗고 합쳐진 곳으로 산색, 내력이 잘 된 곳이기 때문에 좋은 곳이라고 한다. 학산 古老들은 남한일대에 일개 부락으로 국회의원 5명이 나온 곳은 학산리 밖에 없을 것이라고 자랑한다. 또 학산은 강릉신화의 고향답게 한 폭 그림 같은 마을이다. 특히 돌이 많기로 유명하여 「학바위」전설이 나올 수 있는 설화적 여건을 갖춘 마을이라 하겠다.

강릉민요는 하나의 희곡적 스타일과 신성을 갖추고 있는 집단 노동요가 많다는 점이 장점이요, 특징이다. 그 노래는 순서가 있으니 대강 아리랑→사리랑→오뚝떼기→싸대→불림의 순이 된다.

Ⅲ. 아 리 랑

① 아리야 아라리요
아리아리 고개를 넘어가네
② 노세노세 젊어노세
늙구야 병들면 못 노느니
③ 심어 주게 심어 주게 심어 주게
오종종 줄모(로)를 심어 주게
④ 이슬에 아침에 만난 동무
석양 전에야 이별일세
⑤ 반달 같은 해 점심코리
여게도 뜨구야 저게도 떴네
⑥ 천하지대본은 농사란데
농사짓기를 힘씁시다
⑦ 점심 때를 모르거든
갓을 쓰고서 숙여 보세

아리랑도 「긴 아리랑」과 「자진 아리랑」으로 나뉜다. 본 민요는 모심을 때, 소리와 일에 맞추어 하는 것이니, 모심을 때 이 아리랑을 해야 손이 잘 나간다고 말한다. 강릉 아리랑은 이같이 홍청거리는 유흥적 일반민요와는 다른 풍요란 점이 타지방보다 독특한 점이다. 내용은 처음에 아리랑조로 낸다.

그리고 가사는 단편적인 것이 대부분이지만 내용은 일실성이 있다. 먼저 한 사람이 아리랑을 시작하면 뒷 사람이 받아 이어 주는 식으로 진행된다.

Ⅳ. 사 리 랑

다음에 연결되는 소리는 「사리랑」이다. 사리랑의 가사는 「오뚝떼기」잡가와 중복되는 것도 있으나 곡조만은 다르다.

① 들어를 간다. 들어를 간다.
삼 밭으로 들어를 간다.
(후렴) 에루 [에헤헤] 사리랑 제일 적노 노던 사리랑
② 바람이 불고 비 올 줄 알면
어떤 잡년(이) 마짐을 잘가
------후 렴--------
③ 저 중천에 뜬 까마귀 골 골마다 정자 졌네.
------후 렴--------
④ 안국절 중놈 세 세모시 고깔
점방 처녀 솜씨로다.
------후 렴--------
⑤ 세월이 가고 님마저 가면 이내 몸은 어이 할까
------후 렴--------

이상의 사리랑곡은 호남 소리같이 미끄럽진 않지만 그야말로 사리사리 스리스리 스리살짝 넘어가는 듯한 노래라는 뜻에서 나온 잡가 소리가 아닌가 한다.

Ⅴ. 오뚝떼기

오독떼기는 이 지방에서 옛날부터 흐뭇하게 젖어 내려 오던 농부소리(풍가)로 불교적 정서가 듬뿍 담긴 듯한 곡조를 갖고 있는데, 전

강릉지역을 대표할 수 있는 전통적 향요라고 할 수 있다. 이 오독떼기에 대해서 다음과 같은 이야기가 전한다.

옛날 신라 때는 화랑 무리들이 강릉 근방을 순력하면서 풍류도를 닦았다고 하는데, 그 당시 국선들이 부르던 노래가 곡조만 살아서 내려왔다는 설과 다섯 번을 꺾어 부리기 때문에 오독떼기라고 했다는 설, 오독떼기란 「동서남북중앙의 오독을 떼기(개간)한다」는 뜻(요즘도 밭떼기, 논떼가기가 있듯이)에서 왔다는 설, 「오」는 「신성하고 고귀하다」는 뜻이고 「들떼기」는 「들판을 개간한다」는 뜻에서 생겼다는 설이 있다.

옛날 어느 원님이 이 고을에 왔을 때 왕고개를 넘다가 이 노래를 듣고 어찌나 좋던지 향청으로 불러서 노래시켰다는 이야기로 미루어, 본 오독떼기의 조종은 냇골(내골) 즉 학산, 여찬리 부근이 아닌가 생각된다.

또 ≪조선왕조실록≫에 세조께서 동순시 강릉농민으로 하여금 오독떼기 선가자를 뽑아 노래하게 하여 크게 讚嘆하고 施賞했다는 기록도 있다. 특히 ≪삼국사기≫樂志에 보면,

> 但古記云 政明王九年 幸新村 設酺奏樂 笳舞 監六人 笳尺二人 舞尺一人 下幸熱舞 監四人 琴尺一人 舞尺二人 歌尺三人

이란 기록에 의하면 왕이 직접 행차하여 잔치를 베풀고 음악을 연구했음을 알겠다.

다만 伽倻琴이 창조되었던 진흥왕시대 이전의 악과 그 이후의 악을 분명히 알 길이 없는 것이 遺憾이다.

≪삼국사기≫ 악지에 실린 악곡명을 列記하면 다음과 같다.

〈표 2〉

악 곡 명	연 대	작자·지방	
會樂 及 辛熱樂	儒理王代	미 상	不 傳
突阿樂	脫解王代	〃	〃
枝兒樂	婆娑王代	未 詳	不 傳
思內樂(一作詩惱樂)	奈解王代	〃	〃
笳 舞	奈密王代	〃	〃
憂息樂	訥祗王代	〃	〃
碓 樂	慈悲王代	百結 先生	〃
竿 引	智大路王代(智證王)	未 詳	〃
美 知 樂	法興王代	〃	〃
徒 領 歌	眞興王代	〃	〃
捺絃引	眞平王代	淡 水	〃
思內奇物樂	〃	原 郎 徒	〃
內 知	〃	日上郡樂	〃
白 實	〃	押梁郡樂	〃
德思內	〃	河西郡樂	〃
石南思內	〃	道同伐郡樂	〃
祀 中	〃	北隈郡樂	〃

그리고 同樂志에 「此皆鄕人喜樂之所由作也 而聲器之數 歌舞之容 不傳於後世」라 했으니, 즉 모든 鄕人이 音樂을 좋아해서 만든 것이라는 記錄속에서 우리는 강릉 사람이 얼마나 음악을 즐겼는가를 推斷할 수 있겠고, 더 나아가서 그 노래가 河西郡樂이라고 지목한 이상 溟州를 대표할 수 있는 향가임에 틀림없다고 본다. 그런데 상기 표에서 알 수 있듯이 작자가 있는 노래는 다 밝히고 있으나, 德思內와 石南思內 등 몇몇 노래만은 그 연대나 작자를 언급하고 있지 않다. 다만 어느 군이라고만 되어 있을 뿐이다. 이는 그럴 밖에 없는 것이 토속민요였기 때문이다.

그러면 「德思內」란 표현은 무슨 뜻인가 하는 疑問이 간다.

필자는 現江陵地方 地名 속에서 여러 개의 「德」자를 찾을 수가 있었다.

〈표 3〉

邑·面名	部·落名	俗　名
玉 溪 面	德 洞 里	덕우리
邱 井 面	德 峴 里	덕고개
注文津邑	長 德 里	·
連 谷 面	冬 德 里	·
沙 川 面	德 實 里	덕　실

이상 지명에서 볼 수 있는 바와 같이 德字가 들어 있는 마을이 많음을 알 수 있다. 그렇다면 德思內는 德과 思內의 합성어인 바 「덕마을」이 된다. 즉 「德이 있는 마을」이 된다. 沙川面의 「덕실리」나 「덕실」은 그야말로 德思內의 音韻變化現象에 不外하다. 그렇기 때문에 「德性」과 「道德」을 닦기 위해 金庾信을 비롯한 國仙들이 이곳에 와서 巡歷하지 아니하였나 하는 생각마저 든다. 좀 비약된 말 같으나 비유컨대 화랑의 5德, 즉 世俗五戒를 닦을 수 있는 지방은 「5德의 마을」인 「德思內」 지방이었고, 여기서 그들이 修養하면서 부른 노래가 오독떼기 노래였던 것이 아닐까. 과연 曲調의 흐름을 考察할 때 일반 전래민요와는 그 類를 달리한다.

짧은 가사 속에 連鎖法을 사용한 音曲은 他地方에 별반 없는 것 같다. 비록 짧은 가사지만 그 속에서 어떤 意味를 隱見할 수 있다.

즉 그들의 노래가 긴 호흡을 要한다는 사실은 요가에서 쓰는 수양법으로 심호흡법을 사용하는 것과 일치한다. 고로 花郎傳來說은 肯定할 만한 설이 된다. 다만 가사만이 후대로 내려오면서 그 시대에 맞는 동화작용을 하고 있을 뿐이다. 또 한 가지 一傍證으로 강릉지방에서는 현 內谷洞보다 鶴山이 더 물이 세고 소리가 세다고 말한다. 이 북촌의 오독떼기를 「냇골」 또는 「자진 오독떼기」라 하는데 자진 오독떼기라 함은 下坪(一名 江陵坪), (草堂, 月呼坪등 바닷가 南村) 오독떼기를 부르는 마을들에 비하면 곡의 진행이 잦기 때문에 붙인 말이다. 오독떼기는 가사보다도 가창상의 가락이 매우 이색적인데, 가락으로 따지면 메나리조가 여기 해당되지 않나 한다.

강릉 오독떼기는 대개 지역적으로 보아 셋으로 나뉜다.

① 냇골(內谷) 오독떼기
② 수남(水南) 오독떼기
③ 하평(下坪) 오독떼기

지방민들에 의하면 모심을 때는 「아리랑」을 불러야 하지만, 김 맬 때는 「오독떼기」를 불러야 기운이 부쩍부쩍 나서 풀을 버쩍버쩍 잡아당길 수 있다고 말한다.

노래 방식은 이러하다. 한 사람이 메기면 다음 사람이 얹고 하여 이부합창으로 나간다. 나중에 얹을 때 뒷소리(뒤에서 응원을 하는 것)까지 하면 그 소리가 5리를 간다고 한다. 특히 석양녘의 오독떼기는 구슬프며 멋들어지는데 대개는 참(站數)으로 부른다는 점이 構成的이다. 일군들이 노래할 때 대개는 다른 소리, 즉 잡가를 하다가 참 때가 거의 되면 한번 부른다. 이 오독떼기 노래를 부르면 정신없이 일하던 다른 일터 농부들도 「이젠 술참이 되었구나」라는 것을 안다. 그런데 오독떼기를 많이 하게 되는 시간은 오후 점심 먹고 한 참 하고 두 번 김 맬 때 제일 많이 부른다. 석양참 때 해는 너울너울 넘어가는데 이 오독떼기를 한번 부르면 먼 곳까지 계속을 흘러나가는데 그 멋이란 비길 데가 없는 것이다. 그 소리가 5리까지 간다는 古老들의 말은 말만의 과장이 아닌 것 같다.

① 이슬아침 만난 동무 석---
석양 전에 --- 이별일세
② 머리야 좋고 실한 처녀 줄 ---
줄뽕 남게 글앉았네
③ 강릉이라 남대천 물 빨 ---
빨래 방치 둥실 떴네
④ 팔도라 돌아들어 간 ---
간데 쪽쪽 내 집일세
⑤ 모학산에 자란 처녀 한 ---
한양 낭군 찾아 가네

이 曲은 비록 짧은 歌詞이긴 하나 한 小節을 노래하는 時間은 5인을 相對로 調査한 결과 거의 정확하게 55초~56초 사이를 넘나들었다. 그렇기 때문에 前者 아리랑 曲에서 「이슬에 아침에 만난 동무」라고 하던 歌詞가 긴 호흡 관계로 「이슬에 아침 만난 동무」가 되어 토가 省略되고 있다. 재미있는 사항은 한 句의 마지막 單語를 마치고 다음 句의 첫 單語의 韻을 先唱者가 띄워 준다는 事實이다. 이는 修辭上으로 보면 連鎖法을 農謠曲에 代入한 것과 같다 하겠다.

아무튼 이 노래는 한국의 요들 송이라고 자랑할 수 있는 농요로 우리가 길이 保存해야 할 地方無形文化財인 것이다.

Ⅵ. 雜 歌

그런데 村民은 「오독떼기는 엉덩이와 똥꾸로 뀐다」고 말한다. 이는 오독떼기는 音이 高音으로 올라가기 때문에 몹시 힘이 든다는 表現이다. 그렇기 때문에 노래하다가 되면 「雜歌」라는 그 사이에 하는 「중간노래」를 한다. 실제 老人들은 이 오독떼기는 적어도 5년 이상은 배워놔야 그 眞髓를 體得할 수 있다고 한다. 이 雜歌를 하는 이유는 숨이 덜 가쁘기 때문이다. 이 雜歌는 音曲이 약간 單純할 뿐 교대교대로 주고 받는다는 점은 前者와 비슷하다.

① 어--- 안국절 중놈 서---
세모시 고깔 정방 큰아기(처녀)
(소) 솜씨로다.
후렴: 어허리 어허으으으 호지야 아이고나 이리야
아이골 싸디여라 사람이여
지야자는 지여 올 줄 무어 못 오든가 [오시는가]
② 오동동추야 (달 밝은 밤에)
일이 생각이 무얼 절로 난다
---후 렴---
③ 바람이 불고 ---
비 올 줄 알면

Ⅶ. 싸 대

序詞 : 모학산에 자란 처녀
한양 낭군 찾아가네

또는

序詞 : 손돌려 주게 손돌려 주게
요 논밤에 손돌네 주게
① 에--- 에헤루--- 싸데 [야]---
에--- 에헤루--- 싸데 [야]---
② 싸대 싸대 소리는 늘어지오
에--- 에헤루--- 싸데야
에--- 에헤루--- 싸데야
아[에]에야 에--- 우--- 쌈 싸게

아[에]에야 에--- 우--- 쌈 싸게
에--- 에--- 에--- 확

이처럼 오독떼기하고 쌈싸고 해야 階梯가 맞아가는 노래다. 이 노래는 논배미를 거의 다 매갈 때 열이면 열, 열다섯이면 열다섯 둥그렇게 左右를 둘러 싸 가지고는 앞 뒤 손잡이가 先頭에 나와서 指示하는 대로 싸 나간다. 그래서 「쌈」을 싸듯이 포옥 싸 가지고 아주 달랑 들어낸다(죽여 내린다)는 뜻이다. 이때 한 20~30명이 매년 복판에 3, 4명이 들어가서 일을 한다.

Ⅷ. 불 림

다음은 벼를 벨 때 하는 소리가 있다. 이 소리를 江陵 土俗語로 「불림」 또는 1명 「벼베기 興調」라고 한다.

① 에--- 한단 묶었네
② 에--- 한 단을 묵었네
③ 에--- 또 한 단을 묵었네
④ 에--- 나도 또 한 단 묶었네

또는

① 얼--- 는--- 하더(드)니
한 단 묶는다[또 한 단이다]음--- 음
② 얼--- 는--- 하더니
나는 또 묶는다 음--- 음

Ⅸ. 타작노래

다음은 「타작노래」다. 타맥가의 歷史는 거의 우리 民族이 생기고부터 시작했을 것이니 그 起源은 原始時節로 거슬러 올라간다. 「五月農夫 八月神仙」이란 農諺이 있듯이, 오유월 뙤약볕에서 죽게 일하던 農夫는 여기서 보람을 찾게 되는 것이다. 三冬三春을 넘길 수 있는 豊作이 들었을 때의 農民의 어깨는 한없이 가볍기만 한 것이다.

(상 소 리) : 에헤이 마데이야
(메기는 소리) : 에--- 호 에호 에헤--- 에호
(받 는 소 리) : 에--- 호 에호 에헤--- 에호
(상 소 리) : 사람은 많아도 소리는 적네
(받 는 소 리) : 에--- 호 에호 에헤--- 에호
(상 소 리) : 여러분이 일심 받어
(받 는 소 리) : 에--- 호 에호 에헤--- 에호
쿵쿵 다져도 헤--- 이

옛날에는 도리께(물푸레나무로 만듬)를 들고 쿵쿵 찧을 때 하던 稀貴한 鄕謠로 상소리 내는 사람이 소리를 메기면 다른 사람은 10인이고 20인이고 그 소리를 받을 때 항시 「에--호 에호 에헤-- 에호」라는 後斂으로 받아야 한다.

그러다가 맨 마지막에 <끼익> 소리를 한번 지르면 도리깨가 뻣뻣하고 집더미 같은 짚가리가 덜썩덜썩 하는 것이다. 타맥가는 江陵만이 아니라 全國的인 民謠임을 添言해 둔다.

오독떼기 채집가사

1) 동해 동천 돋는 해는 서해 서산으로 넘어간다.
2) 점심참이 진다 말고 일심 받아서 매어주오
3) 줄뽕 참뽕 내 따 주마 백년언약 나와 맺자
4) 술맛 좋고 딸 둔 집에 아침 저녁 놀러 가서
6) 너로구나 너로구나 오매불망(다시 보니) 너로구나
7) 강릉 남천 흐르는 물에 배채 씻는 저 처너(녀) 야(저 아가씨야)
8) 오늘 해도 건주 갔네 골골마다 정자졌네
9) 해는 지고 저문 날에 어린 선비 울고 가네(간다)
10) 양근 지평 썩 나서니 경기 바람 완연하네
11) 연줄이 가네 연줄이 가네 해 달 속으로 연줄이 가네
12) 상돌 빗돌 받침석하니 망두석이 마주섰네
13) 말을 몰고 꽃밭에 드니 말발굽에서 향내가 난다
14) 오동동 추야월에 달도 밝고 명랑하다
15) 오동 목파 거문고 타고 나니 돈 달란다.
16) 저녁을 먹고 썩 나서니 월편에서 손짓한다.
17) 일락서산에 해가 지고(해 너머가고) 월출동령(녁)에 달 솟았네
18) 민두레미(맨드라미) 봉숭아(봉선화) 꽃은(을) 동원 뜰이 다 붉혔었네
19) 방실방실 웃는 님을 못 다 보고 해 넘어가네
20) 월정이라 오대산 물은 청심대로 돌아든다
21) 삼척이라 오십천 물에 빨래 방망치 두둥실 떴네
22) 이슬 아침 만난 동무 해질 거름에 이별이라
23) 술렁술렁 배 띄워놓고 강릉 경포대 달마중 가자(세)
24) 오동추야 달 밝은 밤에 임의 생각이 절로 난다

25) 임아 임아 정든 임아 날 버리고 어디로 가나
26) 천길 만길 떨어져 살아도 님 떨어져선 못 살겠네
27) 차문주가 하처재(借問酒家 何處在)요 목동요지 행화촌(牧童遙指 杏花村) 이라
28) 건곤불로 월장재(乾坤不老 月長在)이라 적막강산 금백년(寂寞江山 今百年) 이라
29) 천증세월 인증수(天增歲月 人增壽)하니 춘만건곤 복만가(春滿乾坤 福滿家)라
30) 삼산반락 청천외(三山半落 靑天外)하니 이수중분 백로주(二水中分 白鷺洲)라
31) 만경창파 욕모천(萬頃蒼波 慾暮天)하니 천어환주 유교변(穿魚換酒 柳橋邊) 이라
32) 권군갱진 일배주(勸君更進 一盃酒) 하니 서출양관 무고인(西出陽關 無故人) 이라
33) 매화만국 청모적(梅花萬國 聽暮笛) 하니 도죽잔년 수백구(桃竹殘年 愁百鷗)라

강릉지역 설화의 특질

두 창 구*

Ⅰ. 머 리 말

강릉지역이라 하면 강릉시와 최근에 행정구역 개편에 따라 편입된 명주군을 포함한 지역이다.

강릉지역은 유서깊은 전통을 지녀왔으니 일찌기 예국(穢國)의 도읍지로서 영동지역의 중심을 이루었다. 영동지역은 서쪽으로 험준한 백두대간이 가로막고 있기에 동서간에 유통이 단절되어 영동과 영서 사이의 생활양상이 달랐으므로 이에 따라 생활양식과 문화적 의식이 다를 수밖에 없었다. 이 지역은 험준한 산맥과 동해 사이에 낀 협소한 농토, 그리고 빈약한 어업에 의지하여 살아왔기에 물산이 빈곤하였으며 고르지 못한 기후의 조건은 생계를 유지하는데 악조건이 되어왔다.

따라서 이러한 조건을 극복하면서 살아오는 동안 영동 사람들에게는 영동인 나름의 사고방식과 생활양상이 형성되어 왔다. 자연을 두려워하고 의지하려는 경천의식(敬天意識)과 협동정신은 영동인들

---

* 문학박사 · 관동대 교수, 강릉무형문화연구소장.

의 저변적 전통으로 굳어졌다. 이러한 의식은 위로는 고성에서부터 울진까지 미치고 있지만 그 축은 강릉지역이었다고 해도 과언은 아닐 것이다.

강릉지역이라 하면 강릉시가 중심이 되지만 북으로 주문진, 남으로 옥계에까지 포괄되는 지역이다. 삼국시대 고구려의 남진정책이 강릉지역에 뻗쳤고 신라의 북진정책 또한 강릉을 요충지대로 삼았던 것은 비단 영토의 확장에만 목적이 있었다기보다 강릉지역의 지리적 중요성과 문화적 가치성을 염두에 두었기 때문이 아닌가 한다. 이처럼 강릉에 김이사부와 김유신 장군을 파견하고 김주원으로 명주군왕을 봉했으며 강릉도호부를 설치한 데에서도 강릉지역의 가치성을 추측할 수 있다.

본고에서는 이 지역에 전승되고 있는 설화를 중심으로 강릉지역 설화의 특질을 살펴보고자 한다.

Ⅱ. 강릉지역의 역사적 배경

강릉의 역사적 배경은 B.C. 2000년경에는 예국(穢國, 蘂國, 濊國)의 도읍지였으며 B.C. 128년에는 군장 남려(南閭)가 위만조선의 우거왕(右渠王)을 배반하고 26만의 인구를 데리고 요동에 항속했을 때 창해군(滄海郡)에 속했다. 108년에는 한사군의 설치에 따라 임둔군(臨屯郡)의 통치를 받았으며 82년에는 임둔군을 파하자 현토군(玄菟郡)의 관할하에 들어갔고 75년에는 낙랑동도위(樂浪東都尉)가 설치되었다. 그러다가 30년에 이르러 한나라의 예속에서 벗어나 동해안 중부지역 읍락(邑落) 사회의 독자적 세력을 지녔던 소국(小國)인 예국(濊國)을 형성하였다.[1]

그 뒤로 후한 말에 이르러 고구려의 영향을 받았으니 A.D. 313년(고구려 미천왕 14)에는 하서량주(河西良, 何瑟羅州)라 하였다. 그러다가 397년(신라 내물왕 42)에는 신라의 영향권에 들어갔으니 가뭄으로 인한 죄수석방과 세금면제[2]가 이를 뒷받침하고 있다. 그 후 512년(신라 지증왕 13)에 신라의 김이사부가 군주로 있으면서 우산국(울릉도)을 하슬라에 귀속시켰다. 그러나 매년 바치기로 약속한 토산물을 바치지 않자 계교로써 목우사자를 만들어 배에 싣고 가 어리석은 저들을 위협했던 것[3]도 이곳이 신라의 영역권에 있었음을 입증한다. 그리고 639년(선덕여왕 8)에 북소경(北小京)이라 하고 사신(仕臣)을 두었고, 658년(태종 무열왕 5)에는 이곳 강릉이 말갈과 연접하여 백성이 편안치 못하기에 경(京)을 폐지하여 주(州)로 삼고 도독(都督)을 두었다. 그러나 명주(溟州)라는 명칭을 붙인 것은 757

---

1) 方東仁, 「溟州郡의 沿革」, 『溟州郡의 歷史와 文化遺蹟』, 관동대 박물관, 1994. P.24.

2) 『三國史記』, 卷 3, 新羅本紀 奈勿尼師今 42年條.
42년 7월에 북변 하슬라에서 가뭄과 누리가 있어 연사(年事)가 나쁘고 기근이 일어나매 수도(囚徒 -죄수)를 곡사(曲赦 - 특정 지역의 죄인만 사면시킴)하고 일 년간 구실을 면제하였다. (四十二年 秋七月 北邊何瑟羅旱蝗 年荒 民飢 曲赦囚徒 復一年租調)

3) 『三國史記』, 卷 4, 新羅本紀 智證麻立干 13年條
13년 6월에 우산국이 귀복(歸服)하여 해마다 토의(土宜 -토산품)을 바치기로 했다. 우산국(于山國)은 명주의 정동 해도(海島)에 있어 혹은 울릉도라고도 하는데 지방이 백 리로 험준한 지형을 믿고 귀복치 아니하였다. 이찬 이사부(異斯夫)가 하슬라주의 군주가 되어 생각하기를 우산인은 어리석고도 사나와 위세로써 내복(來服)케 하기는 어려우나 계교를 써서 항복받을 수는 있다 하고 이에 목우사자(木偶獅子 - 나무로 사자형상을 깎음)를 많이 만들어 전선에 나누어서 싣고 그 나라 해안에 이르러 거짓말로 이르기를 '너희들이 만약 항복치 않으면 이 사자를 풀어 밟아 죽이겠다'고 하니 그들이 두려워 곧 항복하였다. (十三年 夏六月 于山國歸服 歲以土宜爲貢 于山國 在溟州正東海島 或名鬱陵島 地方一百里 恃嶮不服 伊湌異斯夫爲何瑟羅州軍主 謂于山人愚悍 難以威來 可以計服 乃多造木偶獅子 分載戰船 抵其國海岸 誑告曰 汝若不服 則放此猛獸踏殺之 國人恐懼則降)

년(경덕왕 16)에 이르러서인데 하서주를 명주라 고치고 9군 25현을 영속시켰다. 명주가 처음엔 고구려에 속했다가 신라에 예속된 시기는 4C말로 보고 있다.

그 후 고려가 개국되자 명칭이 자주 바뀌었으니 936년(태조 19)에 동원경(東原京), 983년(성종 2)에 하서부(河西府), 986년(성종 5)년에 명주도(溟州道)라 개칭하고 도독부를 두었으며 995년(성종 14)에는 삭방도(朔方道)라 하여 화주(和州)와 명주를 합쳤다. 1178년(명종 8)에는 연해명주도(沿海溟州道)라 했고, 1261년(원종 2)에 몽고가 침입했을 때 공을 세운 김홍취(金洪就)의 고향이기에 경흥도호부(慶興都護府)로 승격되었으며 1308년(충렬왕 34)에 강릉부(江陵府), 1356년(공민왕 5)에 강릉삭방도(江陵朔方道), 1366년(공민왕 15)에 강릉도, 1388년(우왕 14)에 교주강릉도(交州江陵道)라 하였는데 1389년(공양왕 원년)에는 강릉부를 강릉대도호부로 승격하고 임영이라 하여 여러가지 명칭이 쓰였지만 강릉이란 지명이 정착되고 있음을 볼 수 있으니 강릉은 고려 후기에 정착된 지명이라 하겠다.

조선왕조가 들어선 이후 1413년(태종 13)에는 강원도에 예속시켜 강릉대호부는 연곡현과 우계현을 속현으로 두었고, 삼척과 양양의 진을 관할하였으며 평해, 간성, 고성, 통천의 4군과 울진, 흡곡의 2현을 거느리게 했다. 그러다가 1666년(현종 7)에 원양도(原襄道)의 속현으로 강등되기도 하였지만 1675년(숙종 1)에 다시 대도호부로 승격되었으며 1782년(정조 6)에 다시 원춘도(原春道)의 속현으로 되었다가 7년 후에 다시 부(府)로 되었으며 1895년(고종 32)에 강릉부가 되었고 이듬해에 강릉군으로 바뀌면서 21면(北一里面, 北二里面, 丁洞面, 嘉南面, 沙火面, 連谷面, 新里面, 城山面, 南一里面, 南二里面, 德方面, 丘井面, 資可谷面, 羽溪面, 望祥面, 臨溪面, 道巖面, 珍富面, 蓬坪面, 大和面, 內面)을 두었다. 1916년에는 북1, 북2, 남1리를 합쳐 강릉면이 되고 1931년에는 읍으로 승격했다. 그러나 1929년에 임계, 도암을 정선군에, 대화(大和), 진부(珍富), 봉평(蓬坪) 3개면을 평창군에 내면을 인제군에 넘겨주었고 1940년에는 신리면(新里面)을 주문진읍(注文津邑)으로 편입시켰다. 1955년에는 강릉시로 승격되었으며 1973년에는 명주군 왕산면 구절리(旺山面 九切里)와 남곡리(南谷里)를 정선군 북면에 편입하였다. 그러다가 1995년 지방행정구역 통합에 따라 명주군의 1읍(주문진읍) 7면(연곡, 사천, 성산, 왕산, 구정, 강동, 옥계)을 강릉시로 통합하였다.[4]

그런데 명주나 강릉이란 명칭은 최근의 명주군이나 강릉시란 지역적 개념과는 달라서 광역적으로 사용되었다. 19세기 말까지만 해도 북쪽으로 주문진, 내면에서 남쪽으로 망상, 서쪽으로 봉평·대화·도암 지역을 뜻하는 명칭은 1895년 이후로 볼 수 있다. 그렇지만 명주, 강릉은 영동지역 전체에 걸쳐 정치, 경제, 사회, 문화의 중심권을 이루어왔기에 조선왕조시까지 영동지역문화권의 주축이 되어왔다. 그러나 인구의 증가와 행정적 편의에 따라 지역이 축소되어 1973년에 강릉지역은 강릉시와 이를 에워쌓은 명주지역만으로 축소되었는데 영동정서의 발원지가 바로 이 지역이었음은 누구도 부인할 수 없을 것이다.

Ⅲ. 강릉지역 설화의 자료조사

강릉지역 설화자료는 최상수가 전국의 설화를 수집하여 간행할 때 소개된 것이 최초이다. 최상수의 자료집은 1946년에 최초로 간행되었는데 당시 자료는 확인할 수 없고, 1958년에 간행된 자료는 전

4) 방동인, 앞의 책. pp. 24～35.

국 총 317편의 자료 중 강원도는 23편이 수록되어 있는 바 이중에 이북지역의 금화군 2, 홍천군 1, 회양군 7, 평강군 1편이 있으며, 철원군, 인제군, 정선군, 영월군, 원주시, 강릉시 지역에 걸쳐 조사되어 있다.[5] 그러나 이남지역 중 강릉지방은 4편만 수록되어 있어 아주 소략한 바 설화자료 발굴조사 현황을 보면 다음과 같다.

◇『韓國民間傳說集』[6]
　江陵郡 (4) (鏡浦臺의 積穀 조개, 月花亭, 二十年 고개, 安仁津의 海娘堂)
◇『韓國口碑文學大系』, 2-1.[7]
　江陵市(101)
　명주군 성산면(2) 강동면(2) 구정면(10) 옥계면(15) 사천면(1) 주문진읍(1)
　　　　계 31편
◇『江原文化研究』, 3.[8]
　江陵 (10)
　溟州 (13)
◇『溟洲의 香氣』[9]
　溟州郡 (13)
◇『江陵語文學』[10]
　명주군 (49)
◇『명주의 얼』[11]

---

5) 원래는 24편이 수록되어 있지만 <泗溟堂과 西山大師>는 제보자가 동래구 구포면 금성리 國淸寺 주지로 있던 晩山堂 談으로 되어 있기에 일단 제외시킨다.
6) 崔常壽,『韓國民間傳說集』, 통문관, 1958.
7) 金善豊,『韓國口碑文學大系』, 2-1. 江陵·溟州郡 편, 韓國精神文化研究院, 1980.
8) 徐元燮,「江原道 東海岸 港浦口 鄕土文化調査報告」,『江原文化研究』 3. 강원대 강원문화연구소. 1983. pp. 133~144.
9) 명주군,「향토의 전설」,『명주의 香氣』, 명주군청, 1988. pp.71~82.
10) 강릉대 국문과, 제9차 학술답사보고서 - 강원도 명주군 일대,『江陵語文學』, 6. 강릉대 국문과, 1991. pp.127~160. 이 조사보고서에서는 신화 7, 전설 33, 민담 9로 구분하여 수록.

명주군 주문진읍(8) 연곡면(1) 사천면(1) 강동면(2) 옥계면(4) 구정면(2)
왕산면(2) 계 20편

◇『강원 어촌지역 전설민속지』[12]
강릉시 (8)

◇『關東民俗學』[13]
강릉시 (7)

◇『江陵市史』上[14]
강릉시 (42)

◇『韓國 江陵地域의 說話』[15]
江陵 (100)

최상수가 1940년대에 조사에 착수한 이래 조사활동은 1980년대에 들어 한국정신문화연구원의 『한국구비문학대계』에 본격적으로 이루어져 2-1권에 강릉시 101편, 명주군 31편 총 142편의 설화가 수록되었다.

그리고 1990년대에 들어 발굴작업이 활발하게 전개되었으니 강원대학교의 강원문화연구소, 강릉대학교 국어국문학과, 관동대학교의 강릉무형문화연구소와 국어교육과, 국어국문학과의 발굴조사가 있었다.

그리고 강릉시와 명주군이 통합되기 이전에 시, 군이 자체적인 조사가 있었으나 조직적이고 집중적인 조사는 소원한 편이다. 그리고

---

11) 명주군, 『명주의 얼』, 명주군청, 1994.

12) 杜鎭球, 「동해안 어촌지역의 설화」, 『강원 어촌지역 전설민속지』, 강원도. 1995. pp.361～378. 총 11편중 재수록된 3편(주문진 진이서낭, 경포대의 적곡조개, 안인 해랑사) 제외.

13) 杜鎭球, 「동해안 지역의 설화」, 『關東民俗學』 10 · 11, 관동대 강릉무형문화연구소, 1996. pp.256～286.

14) 張正龍, 『江陵市史』, 上, 강릉문화원, 1996, pp 885～919.
神話 8, 傳說 17, 民譚 17 편 중에는 문헌에 수록된 신화 4, 전설 4 편도 포함되어 있음.

15) 杜鎭球, 『韓國江陵地域의 說話』, 國學資料院, 1999. pp.41～293. 『강원 어촌지역 전설 민속지』 8편, 『관동민속학』 7편 포함.

강릉지역 설화에 대한 경향과 특질의 규명도 본격적으로 의되지 못했다.

Ⅳ. 강릉지역 설화의 경향

강릉지역의 설화는 이 지역의 정서에 뿌리를 둔 향토적 의식이 투영되어 있다. 그것은 역사적, 지리적, 환경적 조건에 따라 생성된 현상이며 대관령이라는 지형적 장애물이 동서간의 교류를 차단하였기에 중앙문화의 수용이 더딜 수밖에 없었던 데서 연유된 현상이기도 하지만 영동지방의 문화를 주도해 온 이 지역 사람들의 문화적 자긍심과도 연관된다.

영동지역은 남북으로 광활한 바다와 접해 있다. 그러나 속초나 동해처럼 어업이 발달되지 않았기에 어업문화가 번창할 수 없었고 백두대간의 가파로운 산악지대에 접하였으면서도 산악문화의 꽃을 피우지 못했으며 협소한 농경지에 의지하여 기본적 주식(主食)을 해결해야 했던 여건이었기에 농업문화도 번창할 수 없었다. 이러한 생활터전에 기인된 탓인지 어업, 임업, 농업에 관련된 설화는 별로 나타나지 않는다.

영동지역은 동쪽으로 동해와 접해 있고 서쪽으로 백두대간이 가파르게 솟아있어 동서간 주민의 유통이 소원할 수밖에 없었다. 서해나 남해처럼 해로를 통한 외지인과의 유통도 없어 외지 문화를 접촉할 기회도 없었다. 그러기에 영동인의 교류는 자연 남북으로 이루어질 수밖에 없었으니 그 영역은 함경도 함흥으로부터 경상도 울진에 이어졌다. 이러한 주민의 교류나 혼인으로 인한 주민의 이동은 자연적이어서 설화도 함흥, 속초, 양양, 강릉·명주, 묵호·북평, 삼척, 울진 사이에 교섭을 갖고 있다. 따라서 영동권의 설화는 함흥에서 울진에 이르는 지역적 특색을 상정할 수 있다. 강릉지역의 문화적 정서는 양양, 속초, 고성으로 동해, 삼척으로 파급되었으며 내륙으로는 평창, 정선, 영월, 태백으로 번져갔던 것으로 보인다. 경포호 전설의 흔적이 고성 화진포 전설에 드러나고 태백의 황지못 전설과도 접맥되며 안인의 해랑당 설화가 서낭설화의 모체를 이루면서 주문진 진이 서낭당 설화에 영향을 끼치고 삼척 해신당 설화로 파급된 것을 볼 수 있다. 그리고 쇠바위 전설에서 소 형상의 바위가 머리쪽이 자기네 마을로 향하면 그 마을에 흉년이 들고 꼬리쪽 마을엔 풍년이 든다는 쇠바위 설화 또한 양양, 동해, 삼척에서도 유사한 내용으로 되어 있다.

또 호랑이에 대한 인식은 대체적으로 부정적인데 낙풍의 육발호랑이가 간교한 꾀로 인간에게 괴로움을 준 것처럼 비우호적 내용이 영동지역에 압도적으로 많이 나타난다. 따라서 의리 없고 우둔하며 조소적인 면모가 부각되어 비우호적 정서가 드러나 있었으며 급기야 강감찬으로부터 매도를 당하는 것으로 귀결된다. 이러한 면은 양양에서도 동일한 양상을 보이며 동해, 삼척, 심지어 태백과 같은 산악지대에 이르기까지 파급되어 있다.

풍수에 관한 설화도 산재해 있는데 풍수의 효험에 대한 신이성이 위주가 된다. 강릉지역은 명승지로서 각광을 받을 뿐더러 사후에도 음복(陰福)을 내릴 수 있는 명당터가 풍부하기에 풍수명당의식이 강하다. 선인들은 전통적으로 명당은 후손들에게 부귀공명을 성취시키는 요인으로 보았기에 전국 도처에 산재되어 있지만 이곳 강릉지역도 명산이 많기에 이에 관련된 설화가 전승되고 있다. 이러한 설화들은 영동지역에 영향을 주었으며 또한 효도를 바탕으로 한 공경사상도 적잖게 나타나고 있다. 강릉이 문향(文鄕)으로 평가되어 왔고 정철의 관동별곡에서도 <강릉대도호 풍속이 조흘시고. 절효정문이

골골이 버러시니 비봉가옥이 이제도 잇다홀다>라 예찬했던 것처럼 효와 열을 제일 덕목으로 인식하고 이를 실천해 온 강릉 지역 풍속이 영동지역 전역에 파급되어 갔음을 볼 수 있다.

이처럼 강릉지역의 설화는 영동 지역 설화에 지대한 영향을 끼치면서 성장되고 발전되어 왔으므로 영동지역 문화의 주도적 위치를 점하고 있다 하겠다.

Ⅴ. 강릉지역 설화의 특질

강릉지역의 설화는 자생적 설화와 외지에 유입된 설화로 나누어 볼 수 있다. 자생적 설화는 지역적 특수성에 의거하여 지역의 인물이나 사건, 증거물에 근거를 두고 있기에 현실감이 증대되면서 흥미가 유발된다. 반면에 외지에서 유입된 설화는 원형 그대로 전승되기도 하지만 이 지역의 기호와 정서에 따라 전반적, 또는 부분적 변이가 이루어지기도 한다.

그런데 설화의 유통은 강릉지역의 주민교류와 밀접한 관계가 있다. 강릉지역 설화는 통천, 고성, 속초, 양양과 접맥되고 삼척, 울진으로 연결되며 내륙으로 평창, 정선, 영월, 태백으로 파급되었다. 이는 강릉과 이 지역간의 주민의 이주, 혼인, 친교(親交)관계가 활발했기 때문으로 보여진다. 이러한 주민의 교류를 통해 설화가 전파되고 향유되었을 것으로 추측된다.

그러면 강릉지역의 설화의 경향을 살펴보기로 한다.

1. 대관령 서낭신계 설화

강릉의 단오제는 서낭신을 모시는 민속축제로 전국적으로 널리 알려진 행사이다. 이 강릉 단오제는 대관령 국사 서낭신과 대관령 국사 여서낭신을 모시고 이를 위로함으로써 이 지역의 풍요와 축복을 기원하는 것이 축제의 기본 정신이다.

물산이 풍족하지 못하며 일기조차 고르지 못한 영동지역은 생업의 안정이 당면한 과제였다. 그러기에 이를 극복하려는 소망은 절실할 수밖에 없었으니 마을마다 신당을 마련해놓고 일상적 기원을 빌었기에 서낭당이 성행하게 되었다. 서낭당은 전국 어느 곳에서나 널리 분포되어 있으며 예로부터 우리 민족의 민속적 기원행위이지만 영동지역에서는 더욱 번창하였으며 아직도 그 명맥이 성대히 유지되고 있다.

서낭제는 대체로 그 마을 단위로 유지되어 왔기에 마을마다 공동적이며 일상적 소망이 진솔하게 드러나 있다. 대체로 서낭신은 신성성이 강조되어 있어 서낭제에 대한 주민의 경외심이 증대될 수 있었던 것이다.

강릉단오제의 주신인 범일국사는 이 지역의 인물로 지역적 정서를 융합시키는데 충분했다. 범일국사(헌강왕2, 810.~진성여왕3, 889)는 학산 출신으로 속성은 김씨이며 품목(品目)이라고도 했다. 홍덕왕(826~835) 때 김의종(金義琮)을 따라 당나라에 유학갔다가 문성왕9(847)년에 귀국하였으며 문성왕13(851)년에 백달산에서 수도를 한 뒤 굴산사(掘山寺), 심복사(尋福寺) 등 절을 창건하고 40여년간 지냈는데 경문왕(861~874) 헌강왕(875~885) 정강왕(886) 이 국사로 삼으려 하였으나 사양하고 80세에 죽었다.

이곳에서 태어난 범일국사는 구림관족(鳩林冠族)인 김씨로 아버지인 술원(述元)이 명주도독이란 관직을 지낸 것으로 되어 있다.[16] 그는 15세에 출가하여 20세에 구족계(九足戒)를 얻고 20대초반에 입당(入唐)했으며 38세 귀국하여 백달산에서 지내다가 40대 후반부터 말년까지 강릉에 살면서 굴산사, 심복사와 양양의 낙산사를 지었으며 삼척의 삼화사, 신홍사, 영은사 등을 창건했다.[17]

범일국사는 학산 처녀의 몸에서 태어난 것으로 되어 있다. 학산의 어느 양가집 처녀가 아침밥을 지으려고 석척 우물에 와서 바가지로 물을 떴더니 해가 그 물에 비치길래 그 물을 마신 뒤 임신을 하여 14개월 뒤에 옥동자를 낳았다는 것이다. 이에 부모는 딸이 아비없는 아이를 낳은 것을 망신스럽게 여겨 뒷산 학바위 밑에 갖다 버리도록 했다. 그런데 아이를 낳은 딸이 그래도 모정을 느껴 삼일 후에 그곳에 가보니 학이 날아가기에 덮어놓았던 덤불을 헤치니 그 아이가 굶어죽기는 커녕 살이 포동포동 쪘고 입에는 학이 물어다 준 붉은 구슬같은 것이 물려 있더라는 것이다. 그런데 이 아이는 8세가 되도록 말을 하지 않기에 벙어리인 줄 알았는데 어느 날 갑자기 말문이 터지면서 아버지가 누구인지 물었고 가출하여 경주에 가서 공부를 하고 중국에 가서 불교를 닦은 뒤 돌아와 굴산사를 세웠고 죽은 뒤에는 대관령 서낭신이 되었다는 것이다.

이 신화는 지명의 현실성이 가미되어 현장감이 강조된 설화이다. 따라서 해로 인한 임신과 학의 보호는 14개월이란 회임기간과 붉은 구슬로 연명한 비현실성에 대한 거부감을 해소해 가면서 오히려 범일대사의 신이성을 자연스럽게 고양시켰다. 범일(梵日)은 햇빛이 물에 비쳤다 해서 泛日이란 명칭을 쓰기도 한다. 그리고 학의 도움을 받았다 해서 학산(鶴山)이란 지명이 있고 석천(石泉)이란 우물이 있

16) 『祖堂集』

17) 『진주지』, 梵日祖師往唐 到明州開國寺 得法於馬祖弟子……本郡 三和寺, 新興寺, 靈隱寺亦師之所創建云

어 범일이 의심할 나위 없이 이 곳 출신임을 방증하고 있다.

그런데 범일대사의 출생담에 얽힌 설화는 도선대사의 탄생설화와 유사성이 있다. 도선대사는 전라도 영암 출신으로 19살 된 처녀의 몸에서 태어났는데 잉태의 과정이 비정상적이었으며, 부모가 딸의 잉태에 창피해서 딸이 은밀한 곳에서 해산하게 했고 (또는 대밭에 버리게 했더니 비둘기가 아이를 품고 보호해 주었기에 구림(鳩林)이란 이름이 붙게 됨) 7세가 되자 중국에 가서 크게 불도를 닦아 대사로 대성했다는 것이다. 이는 처녀의 비정상적 임신과 기아(棄兒), 동물의 가호(加護), 7세에 입당하여 고승이 된 공통점이 있으며 범일대사의 가계인 구림관족(鳩林冠族)과 도선대사가 태어난 구림(鳩林)이란 지명이 일치되고 있다. 그러나 범일대사의 경우와는 달리 도선대사는 빨래하러 개울에 갔다가 떠나려 오는 오이를 먹고 임신을 하게 되며 중국에서 조선의 산맥을 끊어 당나라 인재를 죽임으로써 저들의 사죄를 받아내는 이적을 강조하고 있다.[18] 이러한 유사성은 지역적 특성에 따라 신화적 신비성을 부각시킴으로써 지역적 현실감을 고양시킨 것이라 하겠다.

범일대사의 기이한 행적은 『삼국유사』에 드러나 있다.

> 뒤에 굴산조사 범일이 태화년간에 당나라에 들어가 명주 개국사에 이르렀더니 왼쪽 귀가 끊어진 한 중이 여러 중들의 말석에 앉아 있다가 범일에게 말하기를 "나 또한 우리나라 시골 사람으로 집은 명주 익령 덕기방에 있습니다. 대사께서 뒤에 본국으로 돌아가시게 되면 모름지기 나의 정사를 지어주시오." 했다.
>
> 범일이 두루 총석에 노닐다가 염관에게서 불법을 얻고 [그 일은 본전

18) 『한국구비문학대계』, 6-3. 전남 고흥군 1984. pp.486~488. 정암면 설화 27. <도선대사 전설>,
『한국구비문학대계』, pp.423~424.
도암면 설화 2, <최도선의 일화>

> 에 갖추어 실려있다] 회창 7년 정묘에 귀국하여 먼저 굴산사를 세우고 교를 전하였다. 대중 12년 무인 2월 보름날 밤 꿈에 옛날에 보았던 중이 들창 아래에 이르러 말하기를 "옛날 명주 개국사에 있었을 때 대사와 약속이 있었으니 대사가 허락하셨음에도 어찌 이렇게 늦습니까?" 했다. 범일이 놀라 깨어 곧 수십 명을 거느리고 익령 경계에 찾아가 그가 기거했다는 곳을 찾아보았다. 한 여인이 낙산 아랫마을에 살고 있기에 그 이름을 물었더니 '덕기'라 했다. 그녀에게는 한 아들이 있었는데 겨우 여덟살이었다. 늘 마을 동네 남녘 돌다리에 나가 놀고 있었는데 그 어머니에게 "제가 함께 노는 아이들중에 황금빛이 나는 동자가 있답니다."라고 하니 그 어머니가 범일에게 고하였다. 범일은 놀라면서도 기뻐서 그 아들과 함께 놀던 다리밑을 뒤져 물속에서 돌부처를 찾아냈는데 왼쪽 귀가 끊어진 것이 흡사 전에 만났던 중과 같았으니 곧 정취보살의 상이었다. 이에 간자를 만들어 절터를 점쳐보았더니 낙산의 윗쪽이 좋으므로 곧 불전 세 칸을 세워 석상을 봉안하였다.[19]

범일조사가 당나라에서 불법을 닦으면서 정취보살을 만났고 귀국하여 그 불상을 찾아내어 불당을 짓고 봉안한 경위를 밝히고 있다. 이는 범일이 탁월한 법력을 지녔음을 시사하고 있는 바 그가 세 차례나 국사로 권유받았던 것이 이를 입증한다.

범일대사는 굴산사, 심복사, 삼화사 등 사찰을 건립하여 영동지역의 불교 발전에 크게 기여하였다. 그러므로 사후에 대관령 국사서낭신으로 정착하여 주민의 정신적 지주로서 신봉될 수 있었다.

---

19) 『三國遺事』, 卷 三, 洛山二大聖 觀音 正趣 調信
後有崛山祖師梵日 太和年中入唐 到明州開國寺 有一沙彌截左耳 在衆僧之末 與師言曰 吾亦鄕人也 家在溟州界翼嶺縣德耆坊 師他日若還本國 須成吾舍 旣而遍遊叢席 得法於鹽官(事具在本傳) 以會昌七年丁卯還國 先創崛山寺而傳教 大中十二年戊寅二月十五日夜 夢昔所見沙彌到窓下曰 昔在明州開國寺 與師有約 旣蒙見諾 何其晩也 祖師驚覺 押數十人 到翼嶺境 尋訪基居 有一女居洛山下村問其名曰 德耆 女有一子 年歲八歲 常出遊於村南石橋邊 告其母曰 吾所與遊者 有金色童子 母以告于師 師驚喜 與其子尋所遊橋下 水中有一石佛舁出之 截左耳 類前所見沙彌 卽正趣菩薩之像也 乃作簡子卜其營構之地 洛山上方吉 乃作殿三間 安其像

그리고 대관령국사 여서낭신은 정씨의 딸의 혼백이며 육서낭신은 창해역사요, 소서낭신은 김시습이다.[20] 정씨 집에 과년한 딸이 있었는데 아버지의 꿈에 대관령 서낭신이 딸을 아내로 달라고 했지만 사람을 귀신에게 출가시킬 수 없다면서 거절했다. 그러나 며칠 후 딸이 단장을 하고 앉아있는데 서낭신이 보낸 어마(御馬)인 호랑이한테 잡혀가자 대관령으로 찾아가니 딸은 이미 죽어 있었다. 정씨는 딸의 사신을 가져오려 했지만 움직이지 않으므로 화상을 그려놓은 뒤 시신을 데려와 장례를 치루었다는 것이다.

강릉단오제는 5월 5일이다. 그러나 며칠간의 단오제를 치루기에 앞서 4월 15일 대관령에 가서 서낭신과 여서낭신을 모셔오는 것은 그날 어마가 와서 정씨 딸을 데려갔기 때문이다.

이 설화에서 볼 수 있듯 정씨 딸은 서낭신의 의지에 순응하는 여성으로 부각되어 있다. 정씨 딸의 운명은 아버지의 현몽으로 예시를 받으며 이러한 숙명은 그녀가 어마에게 업혀가기 전에 머리를 감고 얼굴을 단장하며 좋은 옷을 입고 툇마루에 앉아 기다리는 행위를 통해 예정된 운명을 수용할 태세를 보여준다. 산간지역에서 흔히 볼 수 있는 현상이기는 하지만 강릉지역의 경우에도 호랑이를 신성시하였으며 호랑이에 연관된 지명도 많은데[21] 대관령 서낭신이 호랑이를 서낭신의 어마로 설정된 것은 범일의 위상을 높여주고 있다. 그런데 정씨 처녀의 신이성은 죽은 시신이 꼿꼿이 서있길래 데려오려 했으나 움직이지 않았으며 정씨의 현몽에 따라 화상을 그려붙인 연후에야 시체를 가져올 수 있었다는 데서 드러난다. 이처럼 대관령국사 서낭신설화는 정씨 딸이 여서낭신이 된 과정이 부연됨으로써 입체감과 역동성을 배가시키고 있다.

---

20) 임동권, 강릉단오제 중요무형문화재 조사보고서, 제9호. 1966. 8.
21) 김선풍, 『韓國詩歌의 民俗學的 硏究』, 螢雪出版社, 1981. pp.47~49.

이렇듯 대관령 서낭신계 설화는 영동에 산재되어 있는 수많은 서낭신계의 대표적 설화로 신화적 요소가 강하게 투영되어 있다.

2. 해(海)서낭신계 설화

강릉지역의 서낭신으로서 해신에 관련된 것으로는 안인 해랑신과 주문진 진이 서낭신이 대표적이며 이 두 신은 신원(伸怨)을 통해 풍어를 성취한다는 공통적 요소를 지니고 있다. 이 두 설화는 비명횡사한 경위는 다르지만 억울한 혼백의 한을 해소시켜 줌으로써 주민의 소망을 성취시켜 준다는 점이 같다.

안인의 해랑신에 대한 설화를 보면 400여년 전에 강릉부사가 관기를 데리고 안인 해령산으로 놀이를 가서 관기에게 추천을 타게 했는데 관기가 실족하여 물에 떨어져 죽었다는 것이다. 부사는 이 관기의 영혼을 위로하려고 제단을 마련하고 춘추로 제사를 지내게 했는데 아무리 귀신이지만 짝이 있어야 한다면서 남근(男根)을 깎아 놓고 제사를 지냈더니 고기가 잘 잡혔다고 한다. 그런데 1930년경 이곳의 이장 부인이 갑자기 미쳐 김대부(金大夫)신과 결혼하게 해달라기에 그대로 했더니 부인은 제 정신을 찾게 되었고 이제 짝이 있으니까 남근이 필요치 않아 그런 풍속이 없어졌다고 한다. 그런데 외지에서 고기를 잡으러 온 어부가 이것을 모르고 남근을 바치며 풍어를 기대했다가 횡액을 당했다는 것이다.

이 설화는 삼척 신남의 해신당 설화와 신분, 재앙의 과정, 행위면에서 전혀 다르지만 여자의 죽음으로 인한 재앙과 신원의 동기, 치제시 봉헌물(奉獻物)에 있어서는 유사성이 있으니[22] 비명횡사한 처녀의 원혼을 위무시킴으로써 풍어를 얻게 된다는 발상이 그것이며

---

22) 杜鋹球,「嶺東地域 城隍說話 硏究」,『江原民俗學』9. 1992. pp.24~27.

이것이 서낭신으로서의 생명력을 유지 해 온 이유이다. 그러나 치제시 남근을 바치는 풍습은 안인 해랑신의 경우는 중단되었지만 신남 해신당의 경우엔 현재까지 지속되고 있다.

비명횡사한 처녀귀신에게 남근을 바치는 것은 원귀를 위로하는 최대의 성의일 수 있다. 이는 해원과 동시에 풍어라는 주민의 기대를 충족시킬 수 있다. 양과 음의 결합은 생산을 의미하며 이는 특히 성적 결합을 성취하지 못한 여성에게는 한(恨)을 유발하는 계기가 된다. 이러한 발상은 출가치 못하고 죽은 여귀(女鬼)들이 성혼할 나이가 되면 영혼결혼식을 통해 한을 풀어주는 민속적 정서와 맥을 같이한다.

안인 해랑신 설화는 이러한 발상이 추가된 것으로 보인다. 추천하다 실족하여 죽은 관기의 신원설화에 1930년대 이장부인의 감신(感神)이 부연된 것은 설화의 성장, 발전을 보여주는 예라 하겠다. 관기의 혼백이 부인의 몸에 의탁되고 부인은 김대부지신과 혼례를 치룸으로써 김대부와 관기의 영적 결합이 실현된 것이다. 이는 뒤에 남근을 바치면 오히려 역효과를 얻게 되는 내용에서 확인된다. 결국 해랑당 설화는 관기의 익사사건에 어촌의 소망인 풍어기원이 남근봉물로 연결되면서 신화적 신비성이 가미되었으며 이장 부인의 행위를 통해 이를 강화시킨 경우라 하겠다.

주문진 진이 서낭설화는 서민의식이 나타나 있다. 바닷가에서 해초를 뜯고 있던 진이를 마침 그곳을 지나가던 현감이 보고 미색에 혹하여 수청을 들기를 강요한다. 게다가 부모까지 현감의 요구를 받아드리도록 권유하니 그녀는 방문을 걸어잠그고 자살했는데 그 옆에는 어린 아이도 죽어 있었다. 이 아이는 그 처녀가 부모 몰래 정을 통했던 남자의 아이였으며 절개를 지키기 위해 현감의 요구를 거절하다 자결한 것이다. 이런 일이 있은 뒤로 조난사고와 흉어가 계속되자 진이의 영혼을 위로해주었더니 그 이후로는 재난이 없어졌다고 한다. 그 후 정우복이 부사로 와서 진이의 사연을 듣고 나라에 표창을 상신했으며 서낭신으로 모시게 하고 동답을 마련해 주었다고 한다.

주문진 서낭신은 해초를 뜯어먹고 사는 서민의 딸이지만 진(津, 또는 眞)이란 이름이 나와 있으며 현감의 횡포에 희생당한 여자다. 그녀는 비록 천민이지만 장래를 약속한 남자와의 의리를 지키려다 죽은 열(烈)의 사상을 보여주고 있다. 그러나 그녀의 희생은 자연적 재난이 아니라 억울한 인재(人災)였다. 그런데 진이 서낭설화는 정우복 부사의 행위를 통해 현실성이 부각되어 있다. 정우복(鄭愚伏, 1563~1633)은 본명이 경세(經世)이며 51세가 되던 광해군5(1613)년에 강릉부사로 부임하여 2년반동안 선정을 폈는데 사람됨이 근후하고 경술에 널리 통달했으며 또한 문장에도 공교했던[23] 인물이다. 정부사는 강릉에 와서 유교적 교화를 크게 일으켰기에 추앙을 받은 인물로 이곳 사람들이 흥학비를 세운 바 있으며[24] 사당도 건립되었다. 정우복이 이처럼 선정의 목민관이었기에 진이의 갸륵한 절개가 그에 의해 거론된 것은 객관적인 타당성을 보여주고 있으며 열을 바탕으로한 유교사상을 바탕으로 형성되었기 때문에 남근을 바치는 행위는 배제되었다. 진이의 절개는 정우복의 표창상신을 통해 객관적으로 인정을 받았으며 진이의 혼백은 이 지역의 주민들에게 해난사고를 예방해 주는 수호신으로 신봉될 수 있었다. 이처럼 정우복의 개입은 현실성을 제고시키며 또한 진이 서낭당의 벽화에 정우복을 중심으로 우측에 부인, 좌측에 진이와 그녀가 낳은 아이가 그려져 있는 것도 현실성을 부각시키고 있다.

---

23) 『仁祖實錄』, 爲人謹厚 博通經術 且工文詞.

24) 瀧澤誠, 『臨瀛誌』 名宦條. 鄭經世號愚伏 萬曆癸丑爲府使 大闡學校 諭以禮制揭規于鄉校 使之遵行 公之遺惠於江陵不淺矣 後人立興學碑於明倫堂前

이처럼 해서낭계 설화도 동해안 지방 해서낭 설화의 주축을 이루면서 국사서낭당 설화와 쌍벽을 이루고 있는데 어업의 풍요를 갈망하는 어민의 정서를 강하게 반영하고 있다.

3. 명주군왕 설화

어느 지역의 설화이든 土姓과 관련된 신이담이 나오는 것은 자연스러운 현상이지만 강릉지역 설화의 경우도 연화부인 박씨의 설화와 명주군왕 김주원공에 얽힌 이야기가 향토설화로 전승되어 왔다.

일찍부터 박씨와 김씨는 강릉에 정착하여 토성을 형성하였다.[25) 이 양 문중간의 교류는 빈번했겠지만 그 중 신화적 유대는 연화부인과 무월랑의 관계에서 찾을 수 있다.

연화부인(蓮花夫人) 박씨는 매일 연못에 있는 물고기에게 먹이를 주었다. 그런데 서울(경주)에서 내려온 무월랑과 눈이 맞았는데 임기가 차서 헤어지게 되었다. 그런데 박씨 처녀가 혼기가 차자 집에서 다른 남자를 골라 시집보내려 하니 박씨 처녀는 자기의 안타까운 심정을 글로 써서 물 속에 던졌다. 그러자 물고기가 이 편지를 물고 서울에 가 잡혀 그 편지를 전했다. 이 글을 읽어본 무월랑은 급히 강릉으로 내려와 막 혼인식을 올리려는 순간에 이를 알리니 비로소 이들의 약속을 알게 된 부모는 정혼한 남자를 돌려보내고 무월랑과 혼인을 시켰다는 것이다.

연화부인 설화는 부전가요 「명주가」의 배경설화로 일찌기 문헌에 기록되었으니 「고려사」에 소개되어 있다. 이 기록에 의하면 무월랑이 서생으로 되어있고 연화부인도 양가녀(良家女)로 되어 있다. 서생이

25) 강릉지역의 토성을 보면 『世宗實錄』 地理志에는 金崔朴郭咸王氏 順으로 되어있고 『新增 東國輿地勝覽』에는 金崔咸朴郭氏 順으로 되어있다.

강릉에 유학하러 왔고 처녀는 서생이 탁제(擢第)해야만 부모의 허락을 받을 것이라 하자 서생은 경사(京師)에 돌아가 학업을 닦았다. 서생은 부모에게 드리려고 시장에서 고기를 사 가지고 와서 배를 가르니 그 편지가 나왔으며 비로소 처녀의 입장이 위급함을 알고 강릉으로 달려와 처녀의 부모에게 편지를 보여 서생을 사위로 삼았다 했으니[26] 오늘날 전하는 설화와 일치한다. 그런데 경사에서 유학 온 서생은 『임영지』에 김무월랑(金無月郎)으로 구체화 되어 있으며 『疆界志』에 무월랑은 신라의 왕의 아우로 맏아들이 주원이었다[27]는 기록을 근거로 주원의 아버지로 보고 있다. 그리고 「강릉김씨파보」에는 서생이 무월랑(無月郎)으로 되어 있고 진평왕 때 강릉에서 벼슬을 했으며 연화의 집이 남대천 부근에 있고 집 북쪽에 깊은 연못이 있었다 하여 연못의 위치가 드러나 있을 뿐더러 부모가 딴 남자에게 시집 보내려 하자 무월랑에게 써 준 편지를 고기가 물고 3일동안 동해를 헤엄쳐 가서 신라의 서울인 경주까지 갔다[28]고 하여 구체적으로 드러나 있다. 그러나 편지를 입수하는 과정이 무월랑이 직접 고기를 잡아서 얻은 것으로 되어 있고 결말에 무월랑이 고기에게 답장을 써주어 연화와 부부의 인연을 맺었다[29]고 한 것은 우연성과 추상성이 드러

---

26) 『高麗史』, 卷 七十一 樂志二

溟州 世傳 書生遊學至溟州 見一良家女 美姿色頗知 書生每以詩挑之 女曰 婦人不妄從人 待生擢第 父母有命 則事可諧矣 生卽歸京師習學業 女家將納壻 女平日 臨池養魚 魚聞警咳聲 必來就食女食魚 謂曰 吾養汝久 宜知我意 將帛書投之 有一大魚跳躍 含書悠然而逝 生在京師 一日爲父母具饌市魚而歸剝之 得帛書驚異 卽持帛書及父書徑詣女家 壻已及門矣 生以書示女家 遂歌此曲父母異之曰 此精誠所感 非人力所能爲也 遣其壻而納生焉

27) 申景濬, 『疆界志』

新羅王弟無月郎二子 長曰 周元 次曰 敬信 母溟州人 始居蓮花峰下 號蓮花夫人 及周元封於溟州夫人 養於周元

28) 『江陵金氏派譜』, 春 遺事條.

新羅眞平王時 有無月郎 爲江陵仕臣 其時有蓮花女…女家在大川南宅 北有淵…遂三日不現潛通東海 到新羅

나 있어 오히려 극적 감동을 저하시키고 있다.

연화부인 설화는 김씨파보에 의해 구체화되어 있으며 「임영지」에서도 이를 뒷받침되고 있다. 월화정이 남대천가의 연화봉 옛터에 있는데 신라때 연화부인 박씨가 양어(養魚)를 하였으며 그 고기를 통해 김무월랑에게 글을 전했기에 그 후손인 김씨가 양어지 암상에 새로 건물을 지어 이를 기념했다는[30] 것은 연화부인의 설화의 신빙성을 입증하고 있다. 즉 연화부인 박씨가 물고기를 길렀고 김무월랑과 사랑을 나누었는데 물고기의 도움으로 부부의 연을 맺을 수 있었기에 무월랑과 연화부인의 이름을 따 월화정(月花亭)이란 정자를 지었다고 하여 역사적 사실성을 제시하였다.

그런데 여기서 무월랑이 과연 누구인가 하는 것이 문제인데 김선풍은 강릉김씨의 시조인 김주원 공의 아버지로 보았다.[31] 그는 강릉김씨의 족보에 근거하여 이를 입증하고 있는 바 무월랑은 강릉김씨의 20세손으로 유정(惟靖), 또는 위정(爲靖)이며 시중을 지냈고 부인은 명주 연화부인인데 공의 아들이 명주군왕이며 강릉김씨의 분계라 했다.[32] 그런데 이들 사이에서 태어난 주원은 신라 29대 태종무열왕(武烈王)→ 문왕(文王)→ 대장(大莊)→ 사인(思仁)→ 유정(惟正)으로 가계가 이어져 왔으며, 이들 중 문왕, 대장, 유정은 시중을 역임했고, 사인은 상대등을 지냈다. 그런데 유정은 천재지변으로 사인은 시정극론(時政極論)으로 부자가 관직에서 물러나면서 정치적 세력이

---

29) 앞의 책
無月郎之捕所 郎得神魚 魚吐信書 郎作書與魚 遂迎其女爲夫婦

30)『臨瀛誌』樓亭條
月花亭在邑南川邊蓮花峰舊址 新羅時蓮花夫人朴氏 有養魚 傳書于金無月郎之古蹟今 其後孫金氏 新搆于養魚池岩石上以爲紀念

31) 김선풍, 위의 책. pp.130~131.

32)『江陵金氏派譜』, 春, 遺事條, 二十世子惟靖 一曰爲靖 侍中 妃溟州蓮花夫人公之子爲溟州郡王周元 江陵金氏之分系

약화되어 명주로 낙향하게 된 정치적 배경과도 관련이 있는 것으로 추정했으며[33] 선덕왕(780~784)이 죽자 상재(上宰)로 있으면서 왕위에 오를 뻔 하였으나 북천의 물이 불어나 대궐에 갈 수 없었기에 경신(敬信)이 자리에 오르니 이가 원성왕이며 왕위에 오르지 못한 그는 외향인 명주에 와서 살았다는 것이다.[34] 그렇다면 원성왕(784~798)이 즉위한 이후 강릉에 와서 거주한 뒤 명주군왕으로 봉해진 것이다. 이런 역사적 사실을 바탕으로 김주원에 관련된 단편적 설화가 전승되고 있다.

김주원은 갑자기 쏟아져 알천의 물이 불어났기 때문에 개천을 건너지 못하여 왕이 될 기회를 놓쳤으며 대신 원성왕이 왕위를 차지한 사실은 역사적 사실 그대로 설화가 된 셈이다. 김주원이 묻힌 성산면 보광리 삼왕동(三王洞)의 지형과 지명은 김주원의 일화에 관련되어 있는 바 명주군왕의 묘를 잃어버렸다가 나무꾼의 대화를 듣고 다시 찾게 된 내력도 있으니 주원멧골이란 지명이 단서가 되었으며 후손이 찾으러 다니다가 피곤해서 잠깐 졸고 있을 때 조상이 현몽하여 걱정하기에 걱정재라 했다는 것은 명주군왕과 연관된 설화라 하겠다.

4. 인물설화

인물설화에 있어 주인공은 이 지역 인물과 외지 인물이 등장되고

---

33) 方東仁, 統一新羅時代의 江陵『江陵市史』上, 江陵文化院, 1996, pp.76~77.

34)『三國遺事』卷 2 元聖大王.

伊飡金周元初爲上宰…未幾 宣德王崩 國人欲奉周元爲王 將迎入宮 家在川北忽川漲不得渡 王先入宮 郎位 上宰之徒 衆皆來附之周元 退居溟州

『三國史記』卷 第十 元聖王

宣德薨 無子 群臣議後 慾立王之族子周元 周元宅於京北二十里 會大雨閼川水漲 周元不得渡 或曰 卽人君大位 固非人謀 今日暴雨 天其或者不欲周元乎

있는데 이 지역 인물로서는 허봉, 이율곡, 권장군이 보이며 외지 인물로는 강감찬, 고려의 우왕 등이 있다.

허봉(篈)은 허엽의 아들로 형 성(筬), 동생 균(筠), 누이동생 난설헌(蘭雪軒)과 함께 오문장가(五文章家)로 이름이 드날린 인물인데 그가 사천면 진리에 있는 외가인 애일당(愛日堂)의 정기를 받고 태어난 것으로 전해 내려온다. 외할아버지인 김광철이 명당의 기운을 빼앗기려 하지 않았으나 동생 광진이 위독하자 간병(看病)을 하기 위해 집을 비운 사이에 딸과 허엽이 합방하여 잉태된 것이 허봉인데 호를 하평리(荷坪里)란 마을 이름에서 따 하곡(荷谷)이라 했다는 것이다. 이러한 정기를 타고 태어났기에 문장가로서 명망을 받았고 율곡은 이원수공과 신사임당 사이에 태어났지만 액운이 끼어 있었으므로 액을 모면하기 위해 도사가 알려준 대로 밤나무 천 그루를 심었는데 잘못 세어 999그루밖에 안 되자 범이 물어가려 하니 그 옆에 있는 다른 나무가 '나도 밤나무'라 하여 죽음을 면해서 훌륭한 인물이 될 수 있었다는 것이고 그래서 호를 율곡(栗谷)이라 했다는 것도 호랑이와 설화를 연관시켜 신이성을 강조하였다. 이러한 인물에 관한 설화는 주인공의 선천적 천부성과 신비성을 옹호하는 경향이 농후하다.

인물설화로 초인적 능력을 보여주는 이인설화가 권장군 설화이다. 권장군은 연곡면 퇴촌리에서 살았던 인물로 권성두(權星斗)이며 호는 학암(鶴岩)이다. 권장군은 장사였는데 밤에 나막신을 신고 뒷간에서 대변을 보다가 호랑이 꼬리를 잡아당겼으며, 호랑이 뒤를 따라 축지법으로 충청도 주천까지 가서 죽을 운명의 처녀를 구해준 뒤 돌아오는 길에 평창에서 초립동이로 변신한 산신으로부터 호랑이를 시켜 먹이감으로 처녀를 잡아오게 했는데 훼방을 놓았다고 곤욕을 당했다.

그리고 또 권장군의 초인적 힘에 대하여 근처에 있는 스님과 이[虱]를 바위위에 올려놓고 손으로 쳐 죽이는 내기를 했는데 권장사는 바위만 깨뜨렸으며, 널리뛰기 내기에서는 나막신을 신고 뛰다가 바위를 걷어차 바위가 엇비스듬하게 넘어졌다는 것은 권장군의 힘을 강조한 것이다. 권장군의 힘에 대해서는 머리를 감고 있는 처녀를 해치려는 호랑이를 들러메쳐 구해 주었다든지[35] 밤재를 지나다가 호랑이한테 화살을 쏘았더니 울진까지 다라나서 죽었고 원통 통방아에서 물을 뽑아 오죽헌 연당물에 이었다는 것도[36] 권장군의 초인적 힘을 강조함이다.

권장군의 힘의 위력은 양양의 탁장군과 대결구조로 나타나기도 하는데 양양과 강릉의 중간지점에 있는 큰 소나무를 서로 자기들 것이라고 주장하다가 양양의 송천에 사는 탁장군과 도끼로 나무베기 내기에서 졌고, 밧줄로 끌고가는 내기에서도 졌다고[37] 했는데 이는 양양쪽 설화이기에 귀결된 결론이다. 양양쪽의 설화는 인접지역과의 경쟁담 설화에서 흔히 나타나는 우월의식이 변이된 것이다. 그리고 호랑이가 신방에 들어가는 것을 퇴치하고 하룻밤에 보리밭 서마지기를 갈았으며 인절미 다섯 말을 한꺼번에 먹고 승려의 호색을 막은 것은[38] 권장군의 힘과 용맹을 과시함인데 말미에 칡넝쿨을 없앤 것은 권장군과 다른 권대감의 설화가 삽입된 것[39]으로 보여진다.

외래 인물 설화로서는 영동지역에서 자주 나오지만 강감찬의 설

35) 김선풍, 『한국구비문학대계』, 2-4. 속초시 양양군편, 한국정신문연구원, 1981. pp.780~782.

36) 김선풍, 『한국구비문학대계』, 2-1, 강릉 명주군편, 한국정신문화연구원, 1980. pp.213~214.

37) 두창구, 「동해안지역의 설화」, 『關東民俗學』, 10 · 11. 관동대 강릉무형문화연구소, 1996. pp.247~249.

38) 장정룡, 『江陵語文學』, 6. 강릉대 국문과, 1991. pp.129~134.

39) 장정룡, 「嶺東地方 人物神話의 內容考察」, 『臨瀛文化』 16, 강릉문화원, 1992. p.24.

화가 대표적이다. 강감찬이 어렸을 때 잔치집에 가서 여우로 둔갑한 신부를 퇴치한 것과 강감찬의 명성을 들은 호랑이가 줄행랑을 친 이야기는 신통력을 지닌 강감찬의 기이한 능력이 이 지역 설화에 수용된 것이라 하겠다.

이 밖에도 고려의 우왕, 맹사성, 송구봉 등의 인물이 등장하고 있으나 단편적 설화에 그치고 있다.

5. 장자못 설화

경포호의 유래에 관한 설화는 전국적으로 분포된 장자못 설화의 대표적 예이다.

경포에 부자가 있었는데 시주를 얻으러 온 스님에게 쌀 대신 똥을 퍼주니 이를 본 딸이 몰래 아버지의 잘못을 사죄하며 대신 쌀을 주었다. 그러자 스님이 즉시 따라오라기에 스님을 따라가자 뒤에서 갑자기 뇌성벽력이 일면서 집에 물이 잠겨버렸다는 것이다. 그리고 그 증거물로 부잣집 곳간에 쌓여있던 곡식이 조개로 변했기에 지금도 그 기왓장이 호수속에서 나온다고 한다.

이러한 설화는 태백의 황지못 설화에서도 볼 수 있고 고성의 화진포나 동해에서도 유사한 내용이 전해 내려온다.

경포호는 그 규모가 아주 큰 호수였다고 한다. 이러한 넓은 터전을 농토로 가진 부자라면 재산 규모가 상당했을 것으로 짐작할 수 있다. 그러므로 이 설화에서는 경제적 능력을 가진 자가 가난한 사람에게 베풀면서 살아야지 제 욕심만 채우려다가는 필경 패가에 이른다는 것이 설화의 요지이다. 이러한 의식은 산간 지역에서 식객들이 모여드는 것을 귀찮아 며느리가 스님에게 이를 못오게 해 줄 것을 부탁했다가 패가한 축객패가(逐客敗家) 설화와 접맥되어 있다.[40]

장자못 설화는 ①인색한 부자→②시주를 받으러 온 스님 박대→③가장(家長)의 몰인정을 대신 사죄하는 여자(아내, 며느리)의 시주→④따라오며 뒤를 돌아보지 말라는 스님의 당부→⑤뒤에서 뇌성벽력이 울리며 집이 물속에 잠겼다는 구조로 되어 있어 인색한 부자의 패망과 뉘우치는 여자를 구제하는 주체가 스님으로 되어 있는데 축객패가 설화도 ①부자집에 식객의 모여듦→②밥상 마련에 지친 며느리가 스님에게 절객(絶客)의 비방(秘方)을 요청→③스님의 만류→④거듭 요구→⑤발복(發福)을 일으키는 바위를 파손토록 함→⑥패가하는 것으로 되어 있다. 그런데 여기서는 반대로 부자는 인자하나 며느리(또는 아내)가 많은 식객에게 베푸는 것이 귀찮아서 발복의 근원을 없앴기에 저주를 받아 망하는 것으로 되어 있어 차이점이 있으나 역시 가진 자가 어려운 자를 도와가면서 더불어 살아가야 한다는 장자못 설화의 의식이 변이되어 형성된 것이라 할 수 있다.

경포호 설화는 경포호의 지형과 호수 속에 들어 있는 조개, 호수가의 바위가 증거물이 되어 이웃간의 상부상조 의식이 잘 드러나 있는데 이러한 의식은 강릉지역에 널리 퍼져 있는 계(契)를 통해 결속을 다져갔던 상부상조(相扶相助) 정신과 맥을 같이 한다.

6. 암석 설화

암석에 관한 설화는 어느 지역에서나 흔히 볼 수 있듯 강릉지역에서도 흔히 나타나며 지역적 특색과 주민의식이 직접적으로 드러나 있다.

암석설화는 대체적으로 암석의 형태와 관련하여 설화화되기도 하고 암석에 얽힌 유래가 설화화되기도 하는데 어느 경우이건 이곳

---

40) 두창구, 「嶺東 中南部地域 說話考」, 『關東民俗學』, 12. 1997. pp. 106～109.

주민의 소망이나 정서가 설화속에 강하게 투영되어 있다.

짝바위는 나란히 서 있는 두 바위에 관한 설화이다. 배다른 오누이가 서로 사랑하다가 이루어질 수 없는 운명을 비관하여 자살해서 된 바위라는 것이데 이는 윤리와 사랑의 갈등에서 비롯된 비극으로 이 지역 주민의 유교적 정서가 투영되어 있다. 위촌리에는 남자 성기 모양과 여자 성기 모양의 바위가 있는데 여자의 음부모양의 바위틈에 물건을 넣고 쑤시면 마을 여자가 바람이 난다는 것은 바위의 형상에서 비롯된 발상인데 해학적 의식속에 윤리성이 융합되어 있다. 또 선비들이 모여 앉아 글공부를 익히고 학문을 닦는 연구암 설화도 있으며 장수가 태어날 때 용마가 나오게 되어 있지만 왜놈들이 혈(穴)을 질러 장수는 나오지 못하고 용마만 나왔다가 가마솥에 빠져 죽었다는 설화는 일반적으로 볼 수 있는 애기 장수 계통의 설화로 말탄봉의 명칭 유래가 되었다. 또 마을 사람들이 신성시했던 바위를 깨어버렸기에 재앙을 받았다는 불금바위(火禁岩)은 화재의 예방을 기원하는 주민의 소망이 담겨 있다.

그리고 늙은 장수가 철갑을 벗어 놓았다는 철갑산에 옷을 벗어 놓은 이래석, 투구를 벗어 놓은 괘석이 있고, 대장골의 장수 바위에는 장수가 딛고 간 발자국의 흔적이 남아 있으며 건너다닐 다리를 놓아달라는 마귀 할머니의 요청을 거절하자 심통이 나서 손가락으로 바위를 찔러 바위에 구멍이 났다는 할미바위 설화도 있다. 쇠바위 설화는 소모양의 바위의 앞쪽을 자기 마을 쪽으로 돌려놓으면 풍년이 든다는 것으로 농업에 대한 기원을 엿볼 수 있다. 호랑바위 설화에서 바위 때문에 호랑이의 재앙은 입으니 범 주둥이 쪽 바위를 파손시켜 호환을 벗어났다는 것은 잦은 호랑이의 피해를 벗어나려는 정서가 드러나 있다. 단경골의 기생이 선비를 그리워하다 떨어져 죽었다는 절개를 내세운 기생바위 설화도 있는 바 바위에 얽힌 설화는 이 지역 주민들의 사고 방식과 일상 생활을 통해 형성된 다양하고 다정다감한 일상적 정서를 표출하고 있다 하겠다.

강릉지역은 동해에 접해 있으면서도 섬이 없다. 해안에 암석으로 이루어진 절벽이 있지만 이에 관련된 설화는 거의 나타나지 않으며 오히려 농경지나 산악에 있는 암석에서 설화를 볼 수 있는데, 이러한 암석설화는 특이한 신비성보다는 일상적 관심이 투영되어 있는 경향을 보인다.

7. 해학담 설화

흔히 강원도민의 정취를 암하노불(岩下老佛)로 보는가 하면 심리학적 측면에서 온후(溫厚), 착실(着實), 신중(愼重), 평정(平靜)으로 보기도 했지만[41] 강릉지역의 정서는 투박하고 진솔하며 단선적(單線的)인 면이 강하다. 따라서 유연하거나 번뜩이는 기지가 별로 드러나지 않으며 평면적 진지성을 보여주고 있다.

이런 성격의 탓인지 강릉지역 설화의 경향은 직설적이고 꾸밈없는 면모를 보여주고 있는데 간혹 해학적 면모를 지닌 설화도 있다.

홀아버지만 두고 시집간 딸이 시아버지의 조석(朝夕)이 걱정되고 역시 홀로 된 시어머니의 처지에도 고심하던 딸이 두 사람을 맺어주어 친정아버지가 시아버지가 되었다는 설화는 효와 연민의 갈등을 파격적으로 극복하는 새로운 해결책을 보여준다. 이 설화는 해학적 내용을 바탕으로 하고 있지만 결코 해학으로만 규정할 수 없는 현실적 타개 방법이 제시되어 있다. 그러나 상투를 틀어주는 며느리의 젖을 빤 엉큼한 시아버지가 아들이 항의하자 어려서 어미의 모

---

41) 김선풍, 위의 책. p.19.
金泰午,『民族心理學』, 東方文化社, 1950. p.358. 再引.

유를 먹인 일을 빙자하여 합리화하려 한 행위는 논리적 비논리성에 대한 고발이며 친구 아내를 탐낸 장님이 그의 아내한테 속아 대낮에 발가벗고 도망친 것은 지각없는 우자(愚者)에 대한 경계이다. 또 친정아버지의 상을 당하여 친정으로 가다가 호랑이의 위해(危害)를 모면하기 위해 치마를 머리까지 올려 뒤집어 쓰고 가자 달거리 중인 여자의 음부를 처음 본 호랑이가 오히려 괴물인 줄로만 알고 속아서 달아났다는 것은 성적 상황을 보여주는 해학이지만 효심의 지극함이 드러나 있고 남편이 들에서 성기를 벌에 쐬어 돌아오자 아내가 다음날 떡을 해가지고 나가 벌에게 던져주면서 둘레는 굵게 해 주어 좋은데 이왕이면 길이까지 늘려달라고 빈 것은 우둔한 행위를 빙자하여 성적 관능성을 암시하고 있으면서도 솔직한 여성의 본능을 투박하게 드러내고 있다. 그리고 처가에 간 신랑이 식혜를 몰래 먹으려고 부엌에 나갔다가 장모가 누는 오줌에 손을 씻으면서 고루고루 뿌려달라는 설화는 성적인 상징성을 띤 해학담이다. 그리고 부사가 선정을 하지 않고 탐색질만 하다가 새털 우장을 착취해 가지고 임금 앞에 가서 선정을 베푼 것처럼 과장했다가 오히려 벼슬을 박탈당한 것은 위정자의 위선을 풍자한 것이다.

해학담 설화는 일상적인 생활 속에서 인간사에 대한 야유와 경계를 재치롭게 표출하고 있는 바 성적인 내용이 해학적으로 전개되는 가운데 일상적인 교훈성을 보여주고 있다. 그런데 남성보다는 여성이 자주 등장되어 효와 열의 정서를 보여주고 있으며 음난한 여성의 행위와 남녀간의 불륜이나 패륜적 행위는 별로 나타나지 않는다. 이처럼 해학적 내용을 통해 일상적 윤리를 옹호하고 있는 경향을 보여주고 있다.

이상에 논의된 설화 외에도 사찰, 풍수, 충신, 효자, 원귀, 복수, 사물에 관한 설화와 호랑이 설화도 간혹 전승되고 있다.

Ⅵ. 결 어

위에서 강릉지역에서 최근까지 전하고 있는 설화에 대해 보았다.

강릉은 일찌기 영동지역의 중심지로서 정치, 경제, 사회, 문화의 분야에 걸쳐 영동의 중심적 역할을 감당하여 왔다. 강릉이라 함은 명주를 포괄한 개념으로 1995년에 행정구역이 통합된, 북으로 주문진읍에서 서쪽으로 연곡면, 왕산면과 남으로 옥계면 안에 있는 지역의 명주군과 강릉시를 통합한 지역만을 대상으로 하였다.

이 지역의 문화는 영동지역에 많은 영향을 끼쳤으니 설화에 있어서도 그 영향력은 결코 경시될 수 없다.

강릉지역의 설화의 경향은 서낭신계 설화의 면모를 체계적으로 보여주고 있으니 단오제의 민속 축제는 대관령 서낭신 설화의 입체적 체계성을 보여주고 있으며 범일국사의 신비성은 도선대사의 행적과 유사성이 있으면서도 독자성을 지니고 있으며 정씨 딸을 여서낭신으로 삼은 과정을 통해 신비성을 지역성에 맞게 부각시켰다. 해서낭신계 설화도 안인, 주문진의 설화가 서낭신계 설화와 쌍벽을 이루면서 신남을 비롯한 어촌에 상당한 영향을 끼쳤을 것으로 볼 수 있다. 그리고 역사에 근거한 명주군왕 설화는 이 지역 주민의 주체적인 자긍심을 보여주고 있으며 허봉, 이율곡, 관련된 설화는 비범한 인물의 신비성을 과시하고 있다. 권장사 설화는 투박하고 진솔한 이 지역 주민의 정서를 표출하면서 장사로서의 의협적 면모가 부각되어 있다. 경포호 설화는 전국 장자못 설화의 전범(典範)이 되고 있으며 산간지역의 축객패가 설화와도 접맥되고 있다. 암석 설화는 일상적인 주민정서를 투박하게 노출하면서도 여성의 도리를 각성시켰으며 농업에 대한 관심, 호랑이에 대한 조소를 보여준다. 해학담 설화는 주로 여성의 성적 풍자를 다루었으나 여성의 음란성이나 패륜적 행위는 보이지 않은 것은 이 지역 주민정서가 효와 열에 뿌리를 두고 있기 때문이다.

강릉 지역의 설화는 최근에 주민의 관심에서 벗어난 설화도 포함되어야 그 양상이 입체적으로 드러날 수 있을 것이다.

본고에서는 최근 자료를 중심으로 하여 강릉지역에 면면히 흐르고 있는 주민정서의 양상이 설화에 어떻게 드러나 있는지 하는 점에 중점을 두어 전개했음을 밝혀둔다

許蘭雪軒 漢詩 硏究

文 福 姬*

Ⅰ. 머리말

조선 漢詩 작가 중 빼어난 작품을 남긴 대표적인 여류시인으로 許蘭雪軒(1563-1589)을 꼽을 수 있다. 현재 전하는 난설헌의 漢詩는 <遊仙詞> 87수를 포함하여 200여 수가 된다. 27세의 짧은 생애를 통해 그가 남긴 漢詩들은 심오한 含蓄 속에 여성 특유의 맑고 깨끗한 시세계를 보여주고 있다. 특히 명문가의 자손으로 시와 학문이 뛰어났던 천재시인 난설헌은 현실의 桎梏과 不運, 고독의 비극적인 삶을 살다 갔다. 그녀의 시적 상상력은 현실의 불행을 극복하기 위해 脫俗과 達觀의 이상적 공간으로 신선세계를 설정하였으며, 그것은 곧 그녀의 시세계의 기본적인 情調로 일관되었다.

신선세계에 대한 그의 관심과 동경, 신선과의 동화 등이 난설헌 詩의 중심을 이루고 있는데 이러한 것들은 현실의 아픔으로부터 벗어나고자 하는 난설헌 자신의 작자 의식과 관련이 있다. 난설헌에 대한 지금까지의 연구도 난설헌이 처해 있었던 현실적인 고통을 이

* 문학박사 · 경원전문대 교양과 교수.

해하면서 이러한 맥락으로 성과를 거두어 왔다. 난설헌 시의 가장 큰 특색은 그의 시 속에 지속적으로 나타나는 신선의 세계이다. 본고에서도 이와 같은 맥락에서 한시 속에 나타난 神仙世界를 중심으로 그녀의 시세계를 살피고자 한다.

그녀의 漢詩에서는 자연 경관의 玩賞을 통해 感興을 나타내기도 하고, 자연과의 調和를 추구하거나 자연과의 交感을 통해 마음의 평정을 찾기도 하며, 자연을 일상의 삶을 초월한 自由의 空間으로 인식하는 등 다양한 양상을 보인다. 특히 신선을 소재로 한 시에서의 자연은 세속을 초월한 仙界를 꿈꾸게 하는 공간으로 설정되며, 山水가 신선세계를 상상하는 제재나 배경으로 표현된다. 혹은 신선이 동경의 대상으로 그려지거나 작자 자신이 신선과 동화되는 모습으로 시세계를 그려간다. 본고에서는 이러한 성향을 보이는 시를 神仙詩라 命名하고, 200여 수의 한시 중 신선시 104首[1]를 그 대상으로 삼았다. 이제 몇 작품의 내용을 통해 그의 시세계를 살피기로 한다.

Ⅱ. 신선을 소재로 한 시

許楚姬(1563-1589)는 字가 景樊이요, 蘭雪軒은 號이다. 그녀는 선조 때 뛰어난 碩學 草堂公 許曄의 셋째 딸로 江陵 草堂里에서 태어났다. 어려서는 유복한 명문가에서 자라나며 勉學과 문장에 출중하여 8세에 <白玉樓上樑文>을 지어 女神童이라 불리기도 했다. 그녀는 같은 어머니에게서 태어난 荷谷, 蛟山과 가깝게 지냈는데 荷谷은 누

---

1) 蘭雪軒의 神仙詩 104首는 <感遇四>, <遣興二>, <遣興六>, <遣興八>, <洞仙謠>, <望仙謠>, <湘絃謠>, <次仲氏見星庵韻>, <夢作>, <送宮人入道>, <宿慈壽宮贈女冠>, <題沈孟鈞中溟風雨圖>, <皇帝有事天壇>, <步虛詞一>, <步虛詞二>, <鞦韆詞一>, <映月樓>에 <遊仙詞> 87首를 포함한 것이다.

이 蘭雪軒이 자기의 글벗인 蓀谷 李達에게 詩를 배우도록 해주었다. 특히 스승 李達에게서 익힌 唐詩가 그녀의 문학에 큰 영향을 주었으며, 蘭雪軒 시 가운데 仙界詩가 많은 것과 仙界에 관한 서적을 많이 읽은 것은 徐敬德에게서 수업한 許曄의 영향이다. 이런 가정환경에서 자란 蘭雪軒은 14세 경 金誠立과 결혼했다. 金誠立은 蘭雪軒이 죽던 해에야 文科에 丙科로 及第하였고, 正九品 弘文館 벼슬에 그쳤으니 재주와 학식이 蘭雪軒과 견줄 수 없었다.[2] 그는 유복한 어린 시절과는 달리 出嫁 이후의 생활이 순탄치 못했다. 전형적인 姑婦葛藤이나 부부간의 애정문제, 또 사랑하는 자녀의 죽음, 黨爭에 의한 친정의 몰락 등 참담한 현실의 고뇌 속에서 고독과 슬픔으로 살았던 閨房의 시인이다. 그는 이러한 현실을 극복하기 위해 새로운 理想鄕으로서의 仙界를 꿈꾸었으며, 그가 남긴 많은 遊仙詩를 통해 그것을 충분히 알 수 있다.

鳳凰出丹穴	鳳凰이 丹山의 窟에서 나와
九苞燦文章	아홉 겹 깃무늬 燦爛도 하다
覽德翔千仞	聖德을 보여주며 높이도 날고
噦噦鳴朝陽	목청 뽑아 아침 볕에 울어대누나
稻粱非所求	稻粱을 달라는 투정이 아니고
竹實乃其飡	대나무 열매만이 먹이라네
奈何梧桐枝	어찌 하여 저 오동 나무 가지에는
反棲鴟與鳶	솔개미만 깃들고 있단 말인고

<遣興二>[3]

이 시에서도 신선적 요소를 보여주고 있는데 자기 자신을 鳳凰의 찬란함과 연결지어 노래한 작품이다. 鳳凰은 祥瑞로운 새로 신선의

---

2) 許米子, 『許蘭雪軒硏究』, 誠信女大 出版部, 1984, pp.25-26.
3) 許楚姬, 『蘭雪軒詩集』, 韓國文集叢刊 67, 民族文化推進會 影印, 1991.

굴인 丹穴에서 나와 새벽에 울고, 朝陽에서 자라며 오동나무에 깃든다고 한다. 아홉 겹의 깃무늬를 가진 아름다운 봉황은 聖君이 세상에 나타남을 알리는 상상의 새이다. 목청을 뽑아 울기도 하고 竹實만 먹고 사는 봉황은 稻粱을 달라고 투정하지 않는 새이다. 이런 鳳凰이 우리집 오동나무에 깃을 치기를 바라는데 鴟鳶 즉, 올빼미와 소리개만 깃들고 있다는 것이다. 이 시에서는 신선이 되기를 염원하거나 仙界를 동경하고 그리워하지는 않는다. 다만 仙語인 鳳凰, 丹穴 등을 소재로 취하여 작자의 심정을 표현하는 비유적 요소로 사용할 뿐이다. 鳳凰이 깃들기를 바라는 작자의 심정에 반해 올빼미와 소리개만 깃든다는 안타까움의 토로이다. 이 시는 신선적 요소가 소재적인 면에서만 다루어지고 있기 때문에 신선소재시의 유형에 속한다.

紫簫聲裏彤雲散	자줏빛 퉁소 소리에 구름이 흩어지니
簾外霜寒鸚鵡喚	발 밖엔 서릿발 차고 앵무새 지저귄다
夜闌孤燭照羅帳	깊은 밤에 외로운 촛불 비단 휘장 비추니
時見踈星度河漢	반짝이는 성긴 별 은하수를 오락가락
丁東銀漏響西風	또드락 물시계 소리 西風에 메아리지고
露滴梧枝語夕蟲	이슬 지는 梧桐에서 벌레가 울어댄다
鮫綃帕上三更淚	생명주 손수건에 한밤을 적신 눈물
明日應留點點紅	내일 보면 점점의 붉은 자국이리라

<洞仙謠>

蘭雪軒의 이 작품은 님을 그리는 노래이다. 제목에서 洞仙이 신선의 마을이라는 뜻도 있으나 詞曲에 <洞仙歌>[4]가 있고, 그 내용으로 보아 그리움의 노래이다. 이 시의 첫 행에 나오는 紫簫는 신선들이

4) <洞仙歌>는 詞曲의 한 형태로 羽仙歌, 洞仙歌令, 洞仙詞, 洞中仙, 洞仙歌慢 등의 別稱이 있다. 『詞譜二十』

분다는 자줏빛 퉁소를 가리키는 것으로 퉁소 소리에 구름이 흩어지는 광경의 묘사이다. 자줏빛 퉁소 소리의 여운과 구름이 어울려 孤獨感과 神秘感을 느끼게 한다. 紫簫는 仙語로서 부수적인 소재로 사용되고 있다. 찬 서리, 성긴 별, 이슬 지는 오동 나무 등 스산한 가을의 분위기는 앵무새의 울음, 밤벌레의 울음과 함께 물시계 소리의 청각적 이미지를 통해 더욱 高調되고 있다. 琴瑟이 좋지 않았던 부부관계를 통해 유추해볼 때, 遊廓에 나가 있을 남편 金誠立을 생각하며 외로움으로 지낸 날들이 蘭雪軒에겐 많았을 것으로 짐작된다. 긴 밤을 홀로 지내야 하는 孤寂感은 마지막 구절에서 그 절정에 달한다. 명주 수건으로 눈물을 적시며 한밤을 지샌 후이니 다음날 아침에 보면 그 마음의 아픔이 피눈물로 표현된 것처럼 붉은 자국으로 남으리라는 閨房의 외로움이다.

蕉花泣露湘江曲　瀟湘江 굽이의 파초꽃 이슬에 젖고
九點秋煙天外綠　아홉 봉우리의 가을빛 하늘이 파랗다
水府涼波龍夜吟　水宮이라 찬 물결에 밤마다 우는 龍
蠻娘輕憂玲瓏玉　남방의 아가씨 玲瓏한 구슬 굴리는 노래
離鸞別鳳隔蒼梧　난새와 鳳凰은 날아가고 蒼梧山 가로 막히니
雨氣侵江迷曉珠　빗기운 강에 스며 새벽달이 희미하다
閑撥神絃石壁上　한가로이 벼랑 위에서 거문고를 타니
花鬟月鬢啼江姝　꽃같고 달같은 타래머리의 강녀가 운다
瑤空星漢高超忽　반짝이는 하늘에 銀河水는 멀고 높은데
羽蓋金支五雲沒　일산과 깃대가 오색 구름 속에 가물거린다
門外漁郎唱竹枝　문 밖에서 漁夫들이 사랑의 노래 불러대니
銀潭半掛相思月　맑은 호수에 相思의 조각달이 반쯤 걸려 있구나

<湘絃謠>

蘭雪軒이 선계를 꿈꾸고 동경하는 많은 시들을 남겼지만 이 작품에서는 선계에 대한 기대를 그리기보다는 서경적 묘사에 주안점을

두었다. 파초꽃은 이슬에 젖고 蒼梧山 아홉 봉우리에는 가을이 완연하다. 瀟湘江에 얽힌 사연을 제재로 하여 읊은 시이다. 舜임금의 두 왕비 娥皇과 女英이 몸을 던져 죽은 瀟湘江의 분위기는 찬 물결에 龍이 우는 듯 스산한 느낌을 준다. 난새도 날아가고 봉새도 날아갔으나 선계에 대한 꿈만은 아직도 버리지 못했는데, 그 사이를 九疑山이 막고 있는 것이다. 빗기운에 젖어 새벽달이 희미하듯 선계에 대한 기대도 희미해진 상황이다. 벼랑에서는 신선이 타는 듯한 거문고 소리가 들려오는데, 하늘의 銀河水는 멀어져간다. 선계의 오색구름도 가물거리며 제 빛을 잃어갈 때 선계의 꿈이 깬다. 문 밖에서는 아침의 漁夫들이 사랑 노래를 부르는데 조각달만 반쯤 걸려 외롭다. 신선 세계에 대한 꿈이 깨면서 인간 세계의 아침을 맞는 광경으로 마무리된다. 이 시에서는 仙界와 人間事가 함께 얽혀 묘사되고 있는데 湘江의 고사를 인용하고 난새, 鳳凰, 五雲 등 仙語를 소재로 택하고 있다.

淨掃瑤壇禮上仙	맑게 쓴 壇에 모신 玉皇님께 절을 올리니
曉星微隔絳河邊	새벽별 희미하다 銀河水 가에 반짝이네
香生岳女春遊襪	봄놀이의 仙女들 버선에서 풍기는 내음
水落湘娥夜雨絃	흐르는 물은 비오는 밤 湘妃의 거문고 소리
松韻冷侵虛殿夢	솔바람 서늘하다 빈 집의 외로운 꿈 보태고
天花晴濕石樓煙	다락의 아지랭이 아름다운 꽃 맑게 적시네
玄心已悟三三境	그윽한 마음은 法悅의 경지 깨치고 남아
盡日交床坐入禪	책상을 마주해서 진종일 參禪하고 앉아 있네

<次仲氏見星庵韻二>

荷谷의 <見星庵韻>을 밟으며 蘭雪軒 자신의 뜻을 새기고 있다. 이 시는 仙界와 佛界와의 包容[5]이며 湘妃의 외로운 꿈을 깨우치게 하

5) 金明姬, 『許蘭雪軒의 文學』, 集文堂, 1987. p.140.

는 길은 禪에 들어가 法悅의 경지를 깨우치는 그윽한 심상이다. 1, 2행에서 맑게 쓴(淨掃) 仙宮 壇에 모신 玉皇님께 절을 올리고 銀河水가에 새벽별이 반짝이는 광경을 묘사한 것은 곧 선계의 모습이다. 이어지는 3, 4행에서도 봄놀이 하는 선녀들의 버선에서 풍기는 香氣와 瑤壇, 上仙 등의 소재는 신선적 요소이다. 그러나, 비오는 밤 솔바람 서늘하여 외로운 꿈이 더하고, 다락의 아지랭이 아름다운 꽃을 적신다. 法悅의 경지에 몰입하고자 진종일 參禪하는 또 다른 면모를 보여주고 있다. 즉, 신선세계의 추구나 동경이 아니라 法悅의 境地에 이르는 內的 超越意識의 소망을 표현한 것이다. 선계의 묘사는 배경이나 소재적인 면에서 작용했을 뿐 理想鄕으로 제시된 것은 아니다.

玉檻秋風露葉淸	欄干을 스치는 가을 바람에 이슬 맞은 잎 말갛고
水晶簾冷桂花明	수정발 싸늘하니 계수나무의 달이 밝다
鸞驂未返銀橋斷	난새 타신 임 銀河水 다리 끊겨 돌아오지 못하니
惆悵仙郎白髮生	서글퍼라, 신선도 白髮이 성성하게 났으리

<映月樓>

蘭雪軒에게 있어서 자연은 현실의 苦惱를 벗어나 가장 자유롭게 꿈꿀 수 있는 무한한 幻想의 空間이다. 이 시에서도 가을 바람, 가을 달, 이슬 맞은 잎 등 아름다운 서경의 묘사가 두드러진다. 님에 대한 그리움을 읊은 작품으로 님이 오래도록 오지 못하는 것은 은하수 다리가 끊겼기 때문이다. 작자의 님으로 표상된 인물은 마지막 구절의 仙郎이다. 신선세계에 대한 동경이 아니라 그리움의 대상으로 단순한 소재적 기능을 할 뿐이다. 그 님도 그리움에 지쳐 白髮이 성성하게 났으리라는 예상이다. 아름다운 자연물, 신선, 시적 자아가 合一이나 同化되어 있지는 않지만 같은 汎宇宙的 軌道에서 거리감을 유지하며 공존하고 있음을 볼 수 있다. 이것은 시간과 공간의 超

越意識이 반영된 幻想的, 非現實的 서경 묘사인 것이다.

이상에서 蘭雪軒 許楚姬의 작품 중 神仙을 素材로한 詩를 살펴보았다. 이들의 신선소재시는 樓, 臺, 亭 등을 보며 신선세계를 연상하는 내용이거나 仙人이 노닐었다는 遺跡地를 제재로 하여 그의 感懷를 노래하는 詩들과 仙人故事나 仙語를 원용하여 쓰여진 작품이 많았다. 그러나 이것은 신선적 요소의 단순한 제재적 借用에만 그친 것이 아니라 삶의 苦惱의 모습들이 溶解되어 있는 성실한 기록이었다.

이상에서 살펴본 <映月樓>, <湘絃謠>, <洞仙謠> 등의 신선소재시를 통해 그것을 충분히 알 수 있다. 따라서 그녀에게 있어서 自然은 玩賞의 대상이거나 완상을 통한 感興의 표현 매체였으며 感情移入을 통한 심경 전달의 대상이기도 하고, 때로는 자신이 자연과 조화를 이룬 同化의 삶을 추구하기도 한다. 그러나, 대부분 그의 작품 속에서 자연은 현실적 고뇌를 벗어나기 위한 超越의 場으로 形象化되고 있다. 그녀의 신선시에 등장하는 선계는 그녀가 직접 승경을 찾아가 즐기는 자연에의 沒入은 아니다. 蘭雪軒은 사회적 질서가 요구하는 여성적 굴레 때문에 仙跡地를 직접 찾을 수는 없었을 것이다. 그럼에도 풍부한 仙語와 仙人故事의 활용은 그녀의 旺盛한 讀書慾과 想像力에 의해 형상화된 것이다.

Ⅲ. 신선을 동경하는 시

문학 작품에 등장하는 자연은 그것을 形象化하는 작가의 思想이나 人生觀에 따라 다양하게 나타난다. 자연 景物을 서정적 자아의 개입 없이 객관적으로 묘사하는 경우도 있고, 자연 景觀을 서정적 자아의 感情을 移入하여 표현하는 경우도 있다. 전자의 경우보다는 후자의 경우가 신선시와 관련을 갖는다. 자연과의 交感을 통해 마음의 위안을 얻기도 하고, 勝景이나 仙跡地를 찾아 신선의 경지를 동경하기도 한다. 혹은 자연에 隱逸하며 속세의 번뇌를 잊기 위해 仙界를 꿈꾸기도 한다. 이러한 면을 담고 있는 시들을 신선동경시라 한다. 이제 신선동경시의 유형과 그 내용을 살펴보겠다.

芳樹藹初綠	꽃다운 나무는 우거져 새파랗고
蘼蕪葉已齊	궁궁이도 어느덧 고루 퍼졌네
春物自妍華	봄이라 만물은 아리따운데
我獨多悲悽	나는 홀로 자꾸만 서글퍼지네
壁上五岳圖	벽에다는 五岳의 그림을 걸고
牀頭參同契	책상 맡엔 參同契를 펼쳐 놓았네
煉丹倘有成	煉丹 공부 혹시나 이루어지면
歸謁蒼梧帝	蒼梧山에 올라가 舜임금 뵈오리

<遣興 八>

蘭雪軒이 처한 개인적 어려움과 生離死別라는 人間的 限界 등으로 인해 그녀가 신선을 동경하고 선계를 꿈꾸었다는 것은 이미 앞에서 살핀 바 있다. 이 시는 <遣興 八>이다. 여기서도 그는 『參同契』와 五岳의 그림을 걸어놓고 신선세계를 동경하고 있다. 이 시의 계절적 배경은 만물이 소생하는 봄이다. 꽃다운 나무가 새파랗게 우거져 있는 모습에서 만물의 生動感을 표현하고 있다. 궁궁이도 봄을 만나 고루 잘 퍼져 있는데, 이와는 대조적으로 나는 홀로 서글퍼진다. 1행에서 4행까지 시의 전반부에서는 자신에게 놓여진 현실세계에서의 슬픔을 나타내고 있다. 이 시에서 蘭雪軒의 슬픔이 구체적으로 나타나 있지는 않지만, 현실의 서글픔과 고통을 벗어나기 위해 작자는 이상향으로 지향해온 신선세계를 동경하고 있다. 5행에서 8

행까지의 후반부에서는 神仙이 되기 위한 그의 의지가 잘 나타나 있다. 벽에다 신선의 고장인 五岳의 그림을 걸어 놓고, 책상머리에 신선의 經典인 『參同契』를 펼쳐 놓고 공부하면서 신선세계에 들어갈 날을 기다리고 있다. 그래서 장생불사 약으로 믿는 丹砂를 다려 먹고, 그 소망이 이루어지면 蒼梧山에 올라가 舜임금을 만나 선계에 살고 싶다는 내용이다. 그러나 아직 신선이 되어 직접 선계에 동화되지는 못한 상태이고 그 날을 苦待하며 노력한다는 신선동경의 노래이다.

瓊花風軟飛青鳥　계수나무 꽃 피자 산들바람에 青鳥는 날고
王母麟車向蓬島　麒麟 수레 위 西王母 蓬萊로 향하시네
蘭旌蘂帔白鳳駕　난초의 깃발과 배자에다 하얀 鳳凰을 타고
笑倚紅闌拾瑤草　웃으면서 欄干에 비겨 瑤草를 뜯네
天風吹擘翠霓裳　푸른 치마 바람에 휘날려 걷어 감싸니
玉環瓊佩聲丁當　옥고리와 옥패 소리 댕그랑거리네
素娥兩兩鼓瑤瑟　쌍쌍의 月宮 仙女 거문고를 타고
三花珠樹春雲香　세 번 피는 계수나무 봄 내음 훙건하다
平明宴罷芙蓉閣　동이 트고 芙蓉閣에서 잔치 마치자
碧海青童乘白鶴　어린 아이는 푸른 바다를 白鶴 타고 간다
紫簫吹徹彩霞飛　붉은 퉁소 소리에 오색 노을 걷혀지니
露濕銀河曉星落　이슬 젖은 銀河水에 새벽별이 지누나

<望仙謠>

위의 시는 제목에서 알 수 있듯이 仙宮을 바라보며 읊은 望仙의 노래이다. 가보지 않은 신선 마을을 동경하며, 다만 상상되는 신선세계의 아름다움을 그림처럼 펼쳐 보이고 있다. 계수나무 꽃이 피고 산들바람이 불어 봄내음 그윽한 仙宮이 그 배경이다. 西王母가 蓬萊山을 향해 거동할 때, 그의 侍者인 青鳥가 날고 수레를 끄는 麒麟이 등장한다. 西王母는 가장 오랜 전설 속의 신선이고 女神 중에는 最

高位의 신선이다. 난초의 깃발이나 바람에 날리는 무지개처럼 찬란한 치마는 視覺的 이미지에 律動感까지 곁들여 한결 생생한 분위기를 보여주고 있다. 월궁 선녀의 거문고 소리와 玉佩, 퉁소 소리는 神秘感을 자아내는 聽覺的 이미지로, 한 해에 세 번 피는 계수나무 꽃의 봄 향기는 嗅覺的 이미지로 묘사하여 다양한 이미지의 複合性을 보여준다. 더구나 靑鳥, 白鳳, 白鶴, 碧海, 翠霓裳 등에서 그려진 하얀빛과 푸른빛의 淸雅한 色彩感은 신선세계의 高潔함을 드러내기에 충분하다. 이렇게 살아있는 듯한 仙景을 그려낼 수 있었던 것은, 그가 현실로부터 벗어나려는 강한 욕망으로 신선세계를 구체적으로 그려보며 끊임없이 동경하였기 때문이다. 작자가 이 시에 등장하는 西王母나 月宮 仙女, 瑤草 뜯는 선녀 등을 부러워하며 객관적으로 그들을 묘사하고 있을 뿐, 선계에 직접 同參하지 못한 것은 아직 신선으로 동화되지 못했음을 의미한다.

橫海靈峰壓巨鰲	바다를 가로 벋은 봉우리 큰 자라를 밟고
六龍晨吸九河濤	여섯 용이 새벽녘에 구강의 파도를 삼켜
中天樓閣星辰近	하늘에 치솟은 다락이라 별이 닿을 만큼 높고
上界煙霞日月高	노을 낀 하늘에는 해와 달이 떠올라
金鼎滿盛丹井水	금솥에는 불로장생의 丹井水가 가득 담겼고
玉壇晴曬赤霜袍	날이 개서 玉壇에는 赤霜袍를 쬐이고 있네
蓬萊鶴駕歸何晩	蓬萊山에 학을 타고 감이 어찌 이리 더딘고
一曲吹笙老碧桃	해묵은 碧桃 아래서 한 가닥 피리 불며 갔었네

<夢作>

<夢作>은 蘭雪軒이 꿈을 시로 지은 작품이다. 자유로운 영혼의 飛翔으로 구상화되는 것이 꿈[6]이며, 꿈은 자신이 믿고 있는 超越的인

6) 李月英, 「꿈소재 敍事文學의 思想的 類型硏究」, 全北大 博士論文, 1990, p.24.

世界와 관계가 있다. 또 現實에서 吐露될 수 없었던 不滿과 慾望이 은연 중 꿈으로 昇華되어 나타나기도 한다. 혹은 꿈을 통해 理想鄕을 그리며, 거기에 依支하여 소원을 이루기도 하고 俗世의 고통을 잊기도 한다.[7] 이 시에서도 작자가 늘 꿈꾸어 온 신선세계를 그려 놓았다. 신령스러운 봉우리가 바다를 가로질러 큰 자라를 밟고 솟아 있는 모습과 여섯 용이 黃河의 아홉 지류인 九江의 파도를 삼키는 듯한 바다의 형상을 우람하게 묘사했다. 높이 솟은 樓閣이 별에 닿을 만큼 우뚝하고, 노을이 자욱한 하늘에 日月이 떠오르는 모습은 신비한 선계의 형상화이다. 황금솥에 불로장생의 丹井水가 가득하고, 玉壇에는 신선의 赤霜袍를 말리고 있다. 구체적으로 신선을 등장시키지 않았지만 5, 6행을 보면 신선이 머물고 있음을 알 수 있다. 蓬萊山에 학을 타고 더디게 가는 신선을 상상하며 자신이 꿈에서 본 선계를 구상화하였다. 이 작품에서도 蘭雪軒은 자신을 신선과 동일시하지 않았으며 언젠가는 꿈에 그리던 신선세계에 갈 수 있으리라는 막연한 기대감으로 선계를 觀照하고 있다.

拜辭淸禁出金鑾	太淸宮 하직하고 金鑾殿을 물러나와
換却鴉鬟著玉冠	나인의 타래 머리 쪽도리로 바꿔 썼네
滄海有緣應駕鳳	푸른 바다 인연 있어 鳳凰을 타고
碧城無夢更驂鸞	碧城의 꿈이 없어 난새를 탔네
瑤裙振雪春雲暖	치마자락 눈을 떨치니 봄구름 따스하고
瓊佩鳴空夜月寒	울리는 玉佩 소리 달조차 싸늘하네
幾度步虛銀漢上	몇 번이나 銀河水의 허공을 거닐었나
御衣猶似奉宸懽	주신 옷 입으니 나랏님 받듦에 못지 않네

<送宮人入道>

7) 蘇在英, 「古典에 나타난 꿈의 意味論」(『국어국문학』 32輯, 국어국문학회, 1966) pp.79-80.

道觀이란 道敎의 寺院이니, <送宮人入道>은 道觀에 들어가는 宮人을 배웅하며 지은 詩이다. 宮人이 太淸宮을 하직하고 金鑾殿을 물러나와 타래 머리를 쪽도리로 바꿔 쓰고 蓬萊山 滄海와 因緣이 있어 鳳凰을 타고 신선의 고장인 碧城에 온다. 신선에 대한 꿈을 가진 蘭雪軒 자신의 심정을 鳳凰을 타고 碧城에 도달하는 것으로 표현하고 있다. 그러나 碧城에서 사랑의 낙이 없어 난새를 타게 된다. 선계를 동경하면서도 그 세계에 合一하지 못하고 인간적인 사랑의 낙을 운운한다. 瑤裙의 눈 떨치니 봄구름 따스하고 玉佩 소리에 달조차 싸늘한데 銀河水의 虛空을 거닌다. 道士가 되기 위해 道觀에 들어가는 宮人을 바라보며 작자도 일상으로부터 자기 자신을 해방시켜 자유로운 신선세계로 나가기를 원하는 신선동경시이다.

燕舞鶯歌字莫愁	제비 날고 꾀꼬리 우는 곳에 莫愁라는 이
十五嫁與富平侯	나이 열 다섯에 富平侯께로 시집을 왔대요
厭携瑤瑟彈珠閣	좋은 집에서 거문고 안고 싫도록 타며
喜著花冠禮玉樓	기뻐서 花冠 쓰고 玉皇께 禮를 올리네
琳館月明簫鳳下	구슬집에 달 밝으니 퉁소 소리에 봉황새 내려오고
綺窓雲散鏡鸞收	창가에 구름이 흩어지니 거울에 새긴 난새 걷혀라
焚香朝暮空壇上	아침 저녁으로 壇 위에 香을 피우니
鶴背泠風一陣秋	학 등에 이는 맑은 바람 어느덧 가을이네

<宿慈壽宮贈女冠>

道家의 修道院인 慈壽宮에 머물면서 道家의 女子 道士인 女冠에게 준 시이다. 그 내용은 歌樂이 뛰어나고 富貴를 누렸다는 唐나라의 莫愁와 자기 자신을 견주어 노래하고 있다. 閉鎖된 공간에서 살았지만 그 恨을 이기고 마침내 神仙이 되었던 莫愁도 작자처럼 결혼한 정상적인 여인이었다. 그녀는 仙界에서 珠閣에 앉아 거문고도 실컷 타며 花冠 쓰고 玉皇께 禮를 올리기도 한다. 달도 밝고 퉁소

소리에 봉황새도 내려왔으니 莫愁처럼 타고 올라 神仙이 되어봄직도 하건만 구름 흩어지고 거울 속의 난새가 울어대는 사연만 보게 되어 거울을 닦는다. 작자는 아침 저녁 단 위에 향을 피워도 그 壇上은 빈 壇上일 뿐이다. 아무리 鳳이나 鶴을 타고 선계에 올라보려 해도 찬바람은 어느덧 가을의 쓸쓸함만 알린다. 莫愁와 견주어 자기 자신도 선계에 오르고 싶지만 神仙에 대한 동경일 뿐 실현되기가 어려움을 알고 서늘한 바람(冷風)부는 가을의 이미지를 통해 자신의 심정을 표현하고 있다.

Ⅳ. 신선과의 동화를 보이는 시

壬辰亂을 전후한 시기를 朝鮮朝 道教의 全盛期라 한다. 조선 사회의 構造的 非理가 노출되기 시작한 이 무렵의 文人들은 현실에 어떤 변화를 가져와야 한다는 信念보다는 현실과 자아의 葛藤을 겪으면서 道仙思想에 심취하는 경향이 많았기 때문이다. 이러한 의식의 反映 속에 형상화된 漢詩 작품으로 신선동화시를 들 수있다. 신선동화시는 현실을 부정하고 초세하여 자연과의 합일의 경지를 보여주거나, 시적 배경을 선계로 설정하고 그 세계 안에 작자가 들어가 직접 신선이 되어 그 감흥을 노래하는 遊仙의 작품이 많다. 현실에 執着하거나 名利에 관심을 갖지 않고 현실을 완전히 벗어나 자연이나 仙界에 沒入하는 것이 신선동화시의 특징이다.

朝鮮 漢詩 중 두드러지는 신선동화시로 인정되는 작품은 許楚姬의 <遊仙詞> 87수가 그 대부분이다. 이제 이러한 경향의 신선동화시의 詩的 內容 및 美感을 살펴보겠다.

露濕瑤空桂月明　　맑은 이슬 촉촉한데 계수나무 달이 밝다

九天花落紫簫聲　　꽃 지는 하늘에는 홍겨운 퉁소 소리
朝元使者騎金虎　　옥황님께 조회가는 금호랑이 탄 동자
赤羽麾幢上玉淸　　붉은 깃의 깃대는 玉淸宮으로 올라가네
<遊仙詞 三>

瑞風吹破翠霞裙　　祥瑞로운 바람 불어 푸른 치마 휘날리고
手把鸞簫倚五雲　　난새 새긴 퉁소 쥐고 구름에 빗겨 있네
花外玉童鞭白虎　　꽃가의 玉童子는 白虎를 채찍질하며
碧城邀取小茅君　　아름다운 碧城에서 小茅君을 맞아들이네
<遊仙詞 四>

신선세계의 描寫이다. 신선이 사는 마을을 상상으로 그렸지만 현실에 있음직한 생생함을 보여주고 있다. 첫 번째 시에서는 이슬, 달, 계수나무, 金虎, 玉淸宮이 中心 詩語로서 홍겨운 분위기를 연출하고 있는데, 퉁소 소리까지 더해지며 신선 놀음은 高調된다. 신선들이 타고 다닌다는 금호랑이와 붉은 깃대는 화려한 色彩의 調和를 이루면서 찬란한 선계를 그려낸다. 두 번째 시에서도 선계에 오른 小茅君을 맞기 위한 광경을 보인다. 신선이 사는 城, 즉 碧城이 배경이 되어 그 아름다운 선계를 꾸미고 있는 것은 祥瑞로운 바람과 비취빛 노을, 白虎를 채찍질하는 玉童子, 그리고 퉁소라는 聽覺的 이미지까지 동원되고 있다. 시인 자신도 이미 신선이 되어 선계에 들어가서 그곳의 광경을 객관적으로 그려가고 있다. 玉淸이나 碧城은 선계를 의미하는 공간적 배경으로 인간세계를 초월한 경지이며, 山水나 日月星辰과 같은 不變의 세계이다. 이곳은 인간의 어두운 면을 벗어나서 밝고 맑은 의식으로 바라볼 수 있는 공간이며 肯定的이고 樂觀的인 世界이다. 시인은 이 和解와 調和의 세계인 선계에서 신선과 동화되어 있는 광경을 묘사하고 있다.

青苑紅堂鎖泬寥　　푸른 동산과 붉은 집이 드높은 하늘에 잠겼는데

鶴眠丹竈夜迢迢　학은 丹砂 굽는 부엌에서 졸고 밤은 아득만 하다
仙翁曉起喚明月　늙은 신선이 새벽에 일어나 밝은 달을 부르고
微隔海霞聞洞簫　바다 노을 자욱한 건너에서 퉁소 소리 들린다
<遊仙詞 十一>

新詔東妃嫁述郎　태자비에게 새로 분부하사 述郎에게 시집가라니
紫鸞煙蓋向扶桑　붉은 난새와 해를 가린 수레가 扶桑으로 향하네
花前一別三千歲　碧桃花 앞에서 이별한 지 三千年을 헤아리니
却恨仙家日月長　도리어 신선 집의 해와 달의 긴 것이 한스럽다
<遊仙詞 十三>

이 시들은 閑暇하고 조용한 신선세계를 그리고 있다. 첫 번째 시를 보면 하늘에 잠긴 푸른 동산과 붉은 집이 아름다운 調和를 이루고 있고, 소재로 등장한 鶴은 한가롭게 졸고, 仙翁은 새벽달을 부른다. 丹砂 굽는 부엌(丹竈)이 近景으로 묘사되고 노을이 자욱한 바다와 퉁소 소리는 아득한 未明의 환상적 분위기를 조성하고 있다.

두 번째 시에는 남자 신선인 述郎이 등장하고, 東海에 있다는 신령스런 나무 扶桑과 3천 년만에 한 번 꽃이 피어 열매를 맺는다는 碧桃花를 소재로 하여 선계를 그리고 있다. 仙家의 日月이 긴 것을 한스러워 하며 인간 세계의 세월과 비교하고 있다. 이 시에서는 시인의 主觀的 感情을 드러내어 신선세계에서 보고 느끼는 것까지 자연스럽게 표현하고 있다. 선계에 온 자신도 신선과 동일시되어 한가로움을 같이 즐기며 세월의 의미도 함께 느끼고 있는 것이다.

閒携姉妹禮玄都　한가롭게 姉妹를 데리고 현도관에 예를 올리니
三洞眞人各見呼　三神山의 神仙들이 저마다 불러 보자시네
敎著赤龍花下立　일부러 빠른 배를 대어 碧桃花 밑에 세우고
紫皇宮裏看投壺　紫皇宮 안에서 投壺 놀이를 구경하였네
<遊仙詞 十四>

이 시에서는 蘭雪軒이 그의 子女를 생각하며 현실에서 이루지 못한 念願을 환상으로 그리고 있다. 작자가 신선세계에 들어갈 때 그의 의식은 일찍이 사별한 子女와 함께하고 있다. 이미 죽은 子女들을 꿈 속에서나마 데리고 다니고 싶은 작자의 심정은 선경으로 화한 환상적 분위기 속에서 實現된다. 자녀에 대한 작자의 애달픈 마음은 자신이 신선이 되어 신선들이 거처하는 玄都에 들어가 治癒받게 된다. 신선들의 부러움을 받으며 紫皇宮에서 投壺 놀이를 구경하는 작자는 삶과 죽음의 경계를 넘어서는 游仙의 경지에서 그의 염원을 달성하고 있다. 작자에게 있어서 죽은 자와 산 자가 만날 수 있는 공간, 즉 時空이 초월되고 삶과 죽음이 초월되는 공간은 신선세계인 것이다. 그의 <哭子>[8]라는 시에서는 두 자녀를 잃고 비통한 피눈물에 목이 메이는 哀悼詞를 볼 수 있는데, 이 시에서는 이러한 현실적 아픔과 슬픔을 극복하기 위해 신선세계에 동화됨으로써 넓고 밝은 세계로 나가고 있다.

花冠蘂帔九霞裙	花冠에다 휘장에다 아홉 폭의 채단 치마 입고
一曲笙歌響碧雲	한가락 피리소리 푸른 구름에 메아리지네
龍影馬嘶滄海月	滄海의 밝은 달에 龍의 그림자와 말 울음소리
十洲閒訪上陽君	神仙이 사는 十洲로 한가롭게 上陽君을 찾아가네

<遊仙詞 二十二>

신선세계로 찾아드는 光景이다. 신선이 사는 열개의 섬을 가리키는 十洲로 上陽君을 찾아가는 길은 화려하고 아름답다. 花冠, 蘂帔, 九霞裙의 찬란함과 滄海의 밝은 달이 배경을 이루면서 그 분위기는

8) <哭子>, "去年喪愛女 今年喪愛子 哀哀廣陵土 雙墳相對起 蕭蕭白楊風 鬼火明松楸 紙錢招汝魂 玄酒奠汝丘 應知弟兄魂 夜夜相追游 縱有腹中孩 安可冀長成 浪吟黃臺詞 血泣悲呑聲"

더욱 환상적이다. 작자 자신이 아름답게 꾸민 신선이 되어 한가락 피리 소리까지 곁들여 신선세계로 旅行을 떠나는 것이다. 이 시의 정취는 한가로움(閒)에 집약되고 있다. "<閒>이 공간적으로 사이(際), 틈(隙)같은 여유를 의미한다면 시간적으로는 늦음(晩), 게으름(遲) 같은 여유를 의미한다. 결국 한가로움은 時空的인 여유를 통합한 心理的 充滿의 상태를 가리키게 되겠는데, 이 여유의 상태에서 행해지는 행위들은 일상생활의 진지함을 넘어선 자발적이고 자연스런 행위로서 현실을 떠난 행위들이다. 이 자발적이고 自在한 정서는 예술적 상상력과도 일치한다."[9] 작자 蘭雪軒의 상상력은 다른 <遊仙詞> 작품 속에서도 한가로움의 情緖로 선계를 그려가고 있다. 그 예를 더 들어보자.

閒殺瑤池五色麟　瑤池의 오색 麒麟 한가하기 그지없네
<遊仙詞 七>
閒解青嚢讀素書　한가히 青嚢 끌러 神仙의 經典을 읽는데
<遊仙詞 八>
閒携姉妹禮玄都　한갓지게 姉妹 데리고 현도관에 禮 올리니
<遊仙詞 十四>
閒住瑤池吸彩霞　한가히 瑤池에 살면서 노을을 마시니
<遊仙詞 十八>
閒從壁戶窺人世　한가히 벽에 기대어 人間世上 엿보니
<遊仙詞 二十一>
閒回鶴馭瑤壇上　한가로이 鶴을 탄 채 壇 위로 돌아오니
<遊仙詞 三十>
閒倚玉峰吹鐵笛　한가로이 봉우리에 의지해 피리를 부니
<遊仙詞 三十九>
閒持玉管白於手　한가로이 붓을 들고 하는 말이
<遊仙詞 四十八>

---

9) 尹德鎭, 「江湖｢研究」, 延世大 博士論文, 1988. pp.29-30.

閒催白兎敲靈藥　　한가로이 흰 토끼 재촉해서 仙藥을 찧으니

<遊仙詞 六十>

閒隨弄玉步天街　　한가로이 弄玉 따라 하늘 길을 거니는데

<遊仙詞 六十七>

위 詩句들은 離塵去俗하는 仙界에서 시인 자신이 신선이 되어 한가롭게 노닐고 있는 광경을 묘사한 그의 <遊仙詞>에서 뽑은 것들이다. 時空的 餘裕를 통하여 心理的 充足을 느끼고 있는 한가로움의 정취가 잘 드러나 있다. 시인은 현실의 桎梏을 벗어나 신선세계와 자아가 조화를 이룬 상태에서 자유로운 정신을 표현할 수 있는 초월의 세계에 몰입해 있는 것이다.

綠章朝奏十重城　　푸른 종이에 쓴 글월 朝會 때 玉皇님께 아뢰고
飮鹿嵩溪訪叔卿　　사슴에게 嵩山의 물을 먹이고 叔卿을 찾네
宴罷紫微人上鶴　　紫微宮에서 잔치 끝나자 학을 타고 오르니
九天環佩月中聲　　하늘의 玉佩 소리 달 속에서 찬란하다

<遊仙詞 六十一>

身騎靑鹿入蓬山　　몸소 푸른 사슴을 타고 蓬萊山에 들어가니
花下仙人各破顔　　꽃 아래의 神仙들이 낯을 펴고 웃어대네
爭說衆中看易辨　　서로들 말하길 너야말로 무리에서 가리기 쉬우니
七星符在頂毛間　　北斗七星 표지가 이마와 머리카락 사이에 있다네

<遊仙詞 六十四>

이 시의 背景도 신선세계이다. 첫 번째 시는 작자가 직접 선계에 들어 玉皇上帝께 綠章에 글을 써서 아뢰고 있다. 사슴에게 嵩溪의 물을 먹이고 叔卿이라는 신선을 찾는 작자 자신도 이미 신선이 되어 찬란한 선계에 도취되어 있다. 달과 玉佩 소리는 鶴 타고 오르는 神仙의 아름다운 모습을 더욱 高調시킨다. 두 번째 시에서도 작자는 선계에 들어갈 때 靑鹿을 타고 간다. 지상세계에서 飛翔하여 신선세

계로 향할 때 작자는 鶴, 사슴 등을 이용하고 있다. 이 시에서도 蓬萊山에 몸소 들어간 작자는 신선과 동화된 정경을 보여준다. 七星符가 있기에 자신도 분명 登仙하리라는 확신을 갖고 이미 환상의 세계에서 신선이 되어 있다. 蘭雪軒의 仙界 指向은 현실에서 享有하지 못한 理想에의 熱望에서 온 것이다. 결국 그는 상상력을 통해 世事를 超克하고 仙界에 도달한 遊仙詩의 眞髓를 보여준 것이다.

夜夢登蓬萊	간밤 꿈에 蓬萊山에 올라가서
足踹葛陂龍	맨발로 葛陂의 龍을 탔다네
仙人綠玉杖	파아란 옥 지팡이 짚은 神仙이
邀我芙蓉峰	芙蓉峰서 나를 반겨 맞아주었네
下視東海水	아래로 東海를 내려다 보니
澹然若一杯	담담하기 한 잔의 물과도 같네
花下鳳吹笙	꽃 아래서 鳳凰이 피리를 부니
月照黃金盞	달빛은 黃金盞에 비치이누나

<感遇 四>

이 시는 지난 밤 신선이 사는 蓬萊山에 올라가서 즐겁게 노닐던 光景을 읊은 작품이다. 蘭雪軒이 동경하던 선계에 올라가서 맨발로 葛陂龍을 타며 노니는 仙境에의 동화는 그녀의 꿈을 통해 실현된다. 옥 지팡이를 짚은 신선이 그의 거처인 芙蓉峰에서 반갑게 맞아주는 행복을 누린다. 꽃 아래서 부는 鳳凰의 피리 소리와 黃金盞에 비치는 달빛의 조화는 신비의 아름다움을 보여주고 있다. 더구나 선계에 올라와 있는 작자는 東海를 내려다보며 인간사를 초월의 눈으로 담담하게 느끼고 있다. 꿈을 통해 이미 선계에 들어간 蘭雪軒은 신선의 시각으로 東海水를 바라보게 되고, 그래서 그 넓은 바다가 한 잔의 물처럼 담담하고 작게 보이는 것은 당연한 것이다. 신선이 산다는 蓬萊山, 葛陂에 지팡이를 던져 龍이 되었다는 費長房의 故事 援

用, 신선의 지팡이인 綠玉杖, 신선의 居處인 芙蓉峰, 鳳凰 등 비현실적 仙語들이 선계 묘사에 큰 기능을 담당하고 있다. 황금잔에 어린 달빛과 봉황의 피리 소리는 視覺과 聽覺의 共感覺的 이미지를 통해 더욱 환상적인 분위기를 보여주고 있다.

千載瑤池別穆王	千 年의 瑤池에서 穆王을 하직하고
暫教青鳥訪劉郎	잠시 青鳥를 앞세워 武帝를 찾아뵈었네
平明上界笙簫返	날이 밝자 上界에서 풍악 잡히고 돌아오니
侍女皆騎白鳳凰	侍女들은 하얀 봉황새를 타고 따라오누나

<遊仙詞 一>

이 작품은 蘭雪軒 자신이 신선이 되어 선계를 노닐며 읊은 그의 대표작 <遊仙詞> 87수 중의 첫 수이다. 瑤池에서 周나라의 穆王을 하직한 후, 青鳥를 앞세워 漢나라의 武帝를 뵈러 가는 광경이다. 현실로부터 벗어나 자유스러운 신선세계에 들어가 직접 周 穆王과 漢 武帝를 만나는 장면으로 그 序幕이 펼쳐진다. 작자 자신이 일상에 拘束받지 않는 자유스런 신선이 되어 仙界와 調和를 이루고 있다. 초세적인 理想鄕에 焦點을 맞추어 신선의 세계에서 朝會하고 마음껏 노닐며 현실을 완전히 극복한 경지에 와 있다. 날이 밝자 上界의 피리 소리 은은한데, 侍女들이 하얀 봉황새를 타고 따라오는 광경은 仙宮의 화려하고 高雅한 情趣를 묘사한 것이다. 遊仙의 경지는 현실을 超越했을 때 가능하며 仙界에 同化되는 것이 대부분이다. 이 작품도 예외는 아니다.

瓊樹玲瓏壓瑞煙	계수나무 찬란하고 상서로운 안개 깔렸는데
玉鞭龍駕去朝天	채찍 든 신선이 용을 타고 조회하러 가네
紅雲塞路無人到	구름이 길을 막아 찾아오는 이 없다 보니
短尾靈尨藉草眠	꼬리 짧은 삽살개 풀에 주저 앉아 졸고 있네

<遊仙詞 九>

이 시도 <遊仙詞 一>과 같이 龍을 타고 朝會에 가는 神仙과 仙界의 한가로운 情景을 묘사하고 있다. 계수나무 玲瓏하고 祥瑞로운 안개마저 자욱히 깔려있어 선계의 神秘感이 펼쳐진다. 더구나 구름이 길을 막아 찾아오는 이 없어 고요하고 閑寂한데, 삽살개의 졸고 있는 모습은 葛藤과 桎梏이 없는 평화스러움을 상징하고 있다. 작자도 이미 平安하고 閑寂한 이 선계에 들어와 朝元宮에 참석하러 가는 신선들의 모습을 제3자의 입장에서 객관적으로 묘사하고 있다. 작자 자신이 신비한 선계의 분위기에 同化되면서 초월의 세계에 沒入해 가고 있다.

仙人騎綵鳳	찬란한 봉황새를 타신 신선이
夜下朝元宮	한 밤에 朝元宮을 내려오시네
絳幡拂海雲	묽은 깃발 구름에 나부끼이고
霓衣鳴春風	무지개 옷자락 봄바람에 날려
邀我瑤池岑	瑤池의 봉우리서 나를 맞으며
飮我流霞鍾	流霞酒 한 잔을 권하시고는
借我綠玉杖	파아란 옥지팡이 빌려 주면서
登我芙蓉峰	芙蓉峰에 오르자고 인도하시네

<遣興 六>

이 작품은 仙界의 아름다움을 그린 蘭雪軒의 遊仙詩로, "恨많고 孤孑한 이 땅의 桎梏을 떠나 찬란한 神仙의 大理石 朝元宮으로 가자고 神仙이 引導하는 詩"[10]이다. 그의 작품 <感遇 四>과 비슷한 소재를 취하여 노래하고 있다. 봉황새를 탄 신선이 한 밤중에 朝元宮에 내려오는데, 그 광경이 燦爛하다. 붉은 깃발이 구름에 나부끼고 선인의 무지개 같은 옷자락이 봄바람에 날린다. 이 화려한 행차 모

---

10) 黃在君, 「許楚姬와 黃眞伊 詩의 對蹠的 世界」(『韓國古典女流詩硏究』, 集文堂, 1985) p.272.

습이 상상의 세계임에도 불구하고 현실인 듯 생생하고 섬세하게 그려진 것도 蘭雪軒이 지닌 獨特性이다. 여기에서의 絶頂은 봉황을 타고 온 신선이 瑤池岑에서 시적 자아를 맞이하는 장면이다. 하늘의 신선들이 마신다는 神仙酒를 권하며 綠玉杖까지 빌려주는 好意를 아끼지 않는다. 마지막 행에서 신선의 세계인 芙蓉峰에 함께 오르자고 인도하는 모습은 신선에의 동화를 의미한다. 현실에서 있을 수 없는 꿈의 세계 체험임을 짐작 할 수 있지만, 이러한 환상적 세계의 美的 形象化는 그의 뛰어난 상상력에 起因한다.

羽蓋徘徊駐碧壇	日傘이 휘돌아 푸른 壇에 머무니
壁塔淸夜語和鑾	밤도 맑다 계단에는 방울 소리 쩔렁렁
長生錦誥丁寧說	長生不死 교서를 정중히 내리시고
延壽靈方仔細看	오래 사는 妙方을 자세히 살피네
曉露濕花河影斷	새벽 이슬 꽃 적시니 銀河水 끊기었고
天風吹月鶴聲寒	하늘 바람 달에 부니 鶴의 울음 차가웁다
齋香燒罷敲鳴磬	재 올리는 香은 다 타고 風磬 소리 울려오니
玉樹千重遶曲欄	계수나무 천겹 만겹 欄干을 둘렀구나

<皇帝有事天壇>

玉皇上帝가 天壇에 祭祀 지내는 광경을 읊은 시이다. 玉皇上帝의 日傘 달린 수레가 휘돌아 碧壇에 머물며 敬虔한 祭祀儀式이 시작된다. 맑은 밤 壁塔의 방울 소리, 학의 울음 소리와 風磬 소리는 신선세계의 신비로움을 더욱 고조시킨다. 작자는 신비한 선계에 몰입하여 玉皇上帝의 祭祀儀式을 숨죽이듯 고요하게 지켜보고 있다. 작자는 이미 인간세계를 떠나 평안하고 근원적인 초월적 세계에 동화된 상태이다. 長生不死의 비단 敎書를 정중히 내리고, 오래 사는 신령스런 妙方도 살펴 본다. 새벽 이슬이 꽃을 적시고 齋 올리는 香이 다 탔다는 것은 시간의 흐름을 의미한다. 맑은 밤에 시작한 祭祀儀

式의 묘사에서 새벽 이슬에 젖은 꽃의 敍景的 描寫로 轉移되는 것이 이를 뒷받침한다. 그러나 작자는 이러한 시간의 흐름을 거의 의식하지 못한 채 선계에 몰입해 있으며, 신비한 분위기에 젖어 신선에의 꿈이 持續되기를 원하고 있다.

乘鸞夜下蓬萊島	밤에 난새를 타고 蓬萊山에 내려와서
閒輾麟車踏瑤草	한가로이 麒麟 수레를 타고 瑤草를 밟네
海風吹折碧桃花	바닷바람 碧桃花를 불어 꺾는데
玉盤滿摘安期棗	옥소반에 安期生의 대추가 그득 담겼구려

<步虛詞 一>

九霞裙幅六銖衣	아홉 폭 치마에 가벼운 저고리
鶴背泠風紫府歸	鶴을 타고 맑은 바람 몰아 하늘로 간다
瑤海月明星漢落	瑤池에 달은 밝고 은하수 졌으니
玉簫聲裏霱雲飛	옥통소 소리에 삼색 구름 피어나네

<步虛詞 二>

<步虛詞>은 樂府體의 하나로 道士가 虛空을 거닐면서 經을 읽는 노래이다. 주로 神仙의 擧動을 읊는다. 위 蘭雪軒의 시 <步虛詞 一>도 난새를 타고 蓬萊山에 내려와 한가로이 瑤草를 밟는 신선을 노래하고 있다. 신선 安期生이 대추를 먹고 천 년을 살았다는 고사를 인용하여 대추를 옥소반에 가득한 선계의 열매로 묘사하고 있다. 蘭雪軒 자신이 선계에 사는 신선처럼 하늘을 노닐며 그려가고 있다. <步虛詞 二>에서는 특히 신선들의 아름다운 차림새를 화려하게 표현하고 있다. 아홉 폭 노을 치마에 가벼운 저고리를 걸친 하늘하늘 한 신선의 맵시가 幻想的인데 鶴을 타고 하늘로 날으는 광경은 극치이다. 瑤池에 달은 밝고 은하수는 졌는데, 玉簫 소리에 삼색 구름이 피어나는 서경적 배경도 超世的 神秘感을 자아낸다. 許筠(1569-1618)은 이 시들을 평하여 "劉夢得의 體를 본받았지만 오히려 그보다도

맑고 뛰어났다. 또한 遊仙詞 百篇을 지었는데, 모두 郭景純의 남긴 뜻을 이어 받았지만 曺堯賓과 같은 무리들이 따라오지 못하였다. 작은 형님과 李益之까지도 누님의 시를 흉내내어 시를 지었지만, 모두들 누님의 울타리 안을 벗어나지 못하였다. 누님은 참으로 하늘 선녀의 글재주를 가지고 있다"11)고 했는데, 결코 지나친 말이 아니다. 想像의 세계를 그려내고 있음에도 불구하고 具體的이고 纖細하게 묘사하여 사실적인 감동을 주고 있다.

Ⅴ. 맺음말

본고는 난설헌의 한시에 묘사된 신선세계를 특히 세 부분으로 나누어 그 구체적인 작품을 통하여 확인한 것이다. 신선의 내용을 소재로 나타낸 시, 신선을 동경하는 시, 작자 자신이 신선이 되어 동화된 신선의 세계를 노래하는 시로 나누어 개개의 시를 세밀히 분석 파악하였다. 사실 난설헌 시의 가장 큰 특색은 자신이 처한 현실적 상황을 극복하기 위한 수단으로 끊임없이 신선세계에 대한 관심을 보이고 있다는 점이다. 따라서 신선에 대한 시인의 관심과 사랑이 난설헌 시의 중요한 성격을 규정하고 있다는 관점에서 그의 시를 살펴보았다.

지금까지 시인이 현실의 아픔을 초극하기 위한 시적 공간으로 어떻게 신선의 세계를 설정하여 어떠한 상상의 세계를 펼쳐나가고 있는지를 논의하였다. 논의 내용을 요약하면 다음과 같다.

許蘭雪軒는 부유한 명문가에서 출생하여 勉學과 文章에 出衆하였

11) 許筠, 『鶴山樵談』, "效劉夢得而淸絶過之 游仙詞百篇 皆郭景純遺意 而曺堯賓 輩莫及焉 仲氏及李益之 皆擬作而率不出其藩籬 妹氏可謂天仙之才"

으나 出嫁 이후의 생활이 순탄치 못했다. 전형적인 고부갈등이나 부부간의 애정문제, 또한 사랑하는 자녀의 죽음, 당쟁에 의한 친정의 몰락 등 참담한 현실의 고뇌 속에서 고독과 슬픔으로 살았던 규방의 시인이다. 그녀는 이러한 현실을 극복하기 위해 새로운 이상향으로서의 선계를 꿈꾸었다. 그가 남긴 많은 遊仙詩와 이상에서 살펴본 <映月樓>, <湘絃謠>, <洞仙謠>, <望仙謠>, <夢作>, <感遇>, <遊仙詞> 등의 신선시를 통해 그것을 충분히 알 수 있다.

따라서 그녀에게 있어서 自然은 玩賞의 대상이거나 완상을 통한 感興의 표현 매체였으며 感情移入을 통한 심경 전달의 대상이기도 하고, 때로는 자신이 자연과 조화를 이룬 同化의 삶을 추구하기도 한다. 그러나, 대부분 그의 작품 속에서 자연은 현실적 고뇌를 벗어나기 위한 超越의 場으로 形象化되고 있다. 감당하기 어려운 시집살이의 괴로움과 애정 없는 부부생활의 不幸까지 참아야 했던 허난설헌, 그가 현실을 벗어나 가장 자유로운 세계로 갈 수 있는 길은 상상을 통한 길이었고, 그것이 곧 신선세계라는 시적 공간으로 설정된 것이다. 그가 설정한 선계에서 자신도 신선이 되어 선경에 도취되기도 하고, 선계에 들어가 신선들의 환영도 받으며 자유로운 遊仙의 경지를 만끽하는 모습들이 묘사되어 있다. 이러한 그의 시세계가 蘭雪軒 신선시의 특징이며, 양적으로도 풍부하고, 신선의 내용이 다양하게 구사된 蘭雪軒의 시는 신선시 문학의 독보적인 위치를 차지하기에 충분한 것이다.

특히 그의 <遊仙詞> 87수는 한국문학사에서 신선시 문학의 한 획을 긋고 있음이 분명하다. 이들은 여성시의 섬세하고도 아름다운 면을 지니고 있으며, 무한한 상상의 세계로의 자유로운 시적 구사가 뛰어난 작품들이라 아니할 수 없다.

민속극 노장과장과 양반과장 연구 I

— 강릉 · 봉산 · 동래를 중심으로 —

심 상 교*

I. 서 론

1. 연구목적 및 연구사 검토

탈놀이는 지금까지 형식면에서 놀이(퍼포먼스), 극, 춤 등의 여러 관점으로 연구되어 왔으나 내용면에서는 주로 교훈적 관점으로 해석되어 왔다. 특히, 노장과장과 양반과장의 경우가 그렇다. 두 과장에 대한 연구는 주로 지배자와 피지배자의 갈등양상에 초점을 맞추어, 갈등양상을 풍자나 해학의 구조로 해석하였고 이 구조는 양반이나 노장의 무능력이나 패악성을 조롱하고 비판하려는데 목적이 있다고 보았다. 탈놀이 전과장에서 이 두 과장은 탈놀이가 보여주는 비판적 태도를 가장 잘 드러내고 있고 또 대사가 많다거나 공연시간이 비교적 길게 할애되어 있는 점 등의 이유에서 선명한 표현기술을 지니고 있어 탈놀이 전체가 비판적 시각을 보여주는 놀이라는 인상을 주고 있다. 그래서 탈놀이가 보여 주는 기쁘고 슬

* 문학박사 · 부산교대 국어교육과 교수.

픈 감정은 간과되고 있다. 민중의 다양한 복합심리와 철학적 관조가 탈놀이 전반에 퍼져 있음에도 양반과장과 노장과장의 특성에 눌려 있는 상황이다. 두 과장과 직접 관련되어 있지는 않으나 하회 탈놀이의 할미과장을 인간의 본질 탐구를 위한 수단[1]으로 해석한 논의는 탈놀이에 들어 있는 민중들의 삶과 그들의 미학적, 철학적 지향 전반을 해명하는 하나의 실마리가 될 수 있다.

교훈적 관점의 기존 연구에서 벗어나기 위해 먼저 고려하려는 것은 탈놀이 분석의 주체를 변화시켜 보려는 것이다. 지금까지는 노장과장과 양반과장을 분석하는 데 말뚝이나 취발이를 중심으로 해석해 왔다. 그래서 말뚝이나 취발이는 비판의 주체였고 노장과 양반은 항상 비판과 조롱의 대상이었다. 그런데 노장과 양반의 행동에는 그들이 공격을 당하기만 해도 좋을 그런 모습만 있는 것이 아니다. 즉, 그들은 부정하고 혼탁한 사회상을 만든 부정적 인물로만 존재하는 것이 아니다.

노장의 실제 모습은 독실한 불교의 사제가 되려는 의지를 보이기도 하고 양반은 지향점 없는 세계 앞에서 좌절하는 모습을 보이기도 한다. 그렇지만 노장과 양반은 자신들의 의지를 실현할 수 없는 상황에 있다. 민중들이 그들의 행동을 비판하고 희화화하려고만 하기 때문이다. 탈놀이의 기원과 관련되는 기악이 고려시대때는 불교를 포교할 목적으로 공연되었다는 점을 생각해 보면 원래 노장들의 행동은 숭고하고 계몽의 주체가 되는 역할을 맡았을 것으로 추정된다. 그래서 타락한 모습만이 아니라 사제로서 그리고 불교의 긍정적 측면을 당대 사람들에게 보여주려는 노력도 있었을 것이다.

양반도 이와 다르지 않다. 양반에 의해 만들어진 작폐가 없었던 것은 아니나 사회의 건강성을 유지하고 시대를 관통하는 가치관을 세워 문화의 잠재력을 확보하는 일에 누구보다도 공헌을 많이 했

---

1) 서연호, 『서낭굿탈놀이』, 열화당, 1991, p.117참조.

다. 양반의 긍정적 측면이 없지 않은 것이다.

이처럼 노장과 양반이 해악만을 보였던 인물들이 아니기 때문에 노장과장과 양반과장에서 주인공들을 긍정적 측면으로 바라볼 틈이 있을 수 있다는 점을 고려할 필요가 있다. 노장과 양반의 행동이 모범적 모습에서 멀어졌고 타락했기 때문에 이를 경계하고 민중을 계몽하기 위해 비판하고 조롱하는 것은 당연한 표현이었겠으나 이러한 표현태도와는 반대로 노장과 양반의 모습에서 긍정적인 면을 찾기 위한 연구도 필요하다고 본다.

그리고 노장과 양반과장에 들어있는 성적 표현들이 그들의 타락한 모습과 연결되어 해석되고 있는데 탈놀이 공연을 하는 배우나 관객이 주로 민중들이었다는 점을 생각해 본다면 등장인물의 신분은 노장이고 양반일지라도 그 내재적 성격은 민중들의 내면세계를 드러내는데 봉사한 것으로 볼 수 있다. 이런 근거에서 본고는 노장과 양반의 행동을 주체로 하여 그들의 세계를 새롭게 조명해 보고자 한다. 두 인물의 행동에 초점을 맞추고자 행위소 분석 방법을 취한다.

그리고 노장과장에 신장수가 등장하는데 신장수와 불교 혹은 스님들과 어떤 관련이 있는지도 고찰하고자 한다. 탈놀이가 조선후기의 연희이고 당시 신장수가 아니라도 대표적인 상인들이 많이 있었을 텐데 어떤 연유에서 신장수를 등장시켰는지에 대한 해명도 시도해 보고자 한다. 동시에 노장이 비판의 대상이 된 원인을 경제적 이유에서도 찾고자 한다. 양반과장의 경제적 측면이나 본능적 행동과 관련된 부분은 다음 기회로 미룬다.

작품분석 대상은 다른 탈놀이에 비해 표현동선이나 내적 구조면에서 세밀하고 완숙되어 있는 것으로 한다. 노장과장의 경우 다른 유형에 비해 노장과장의 영역이 넓은 해서형탈놀이의 봉산탈춤을 대상으로 하고 양반과장의 경우는 양반과장의 특징이 타지역의 것보다 강화되어 있는 영남지역의 탈놀이와 별신굿탈놀이의 한 유형인 강릉탈놀이를 대상으로 한다. 영남지역 탈놀이의 한 유형인 동래야류의 양반과장은 비판적 요소가 강화되었을 때의 문제점을 잘 보여 준다. 동래야류의 양반과장을 통해 탈놀이의 비판적 요소의 공과를 다시 살필 수 있다. 강릉탈놀이의 양반과장의 경우는 비판의 요소가 많이 약화되어 있다. 이런 특징은 탈놀이가 가지는 화해적 요소를 강화시켜주는데 긍정적이라고 할 수 있다.

2. 연구 방법

행위소 모델 이론은 '일종의 서술체(담론) 문법을 구성해 보고자 시도했던 모든 의미론자들의 연구'[2)]와 연결된다. 극적 서술체의 다양성속에서 선명한 의미를 찾아내는 데는 등장인물들을 움직이게 하는 행위소을 분석해보는 방법이 필요하다.

행위소는 행위를 수행하는 요소, 즉 논리적 기능 단위를 가리킨다. 그러므로 각 행위소은 그것들이 떠맡고 있는 기능들의 반경에 의해서 특징지워진다. 행위소는 극행동들의 논리를 밝혀주는 추상적인 힘이자 극서술체의 통사론적 기능 단위를 일컫음이다. 보편적 실체로서 행위소는 추상적 개념(예: 정의 사랑 신 등) 혹은 집단적 개념(코러스, 군대 등)이 될 수도 있고, 한 등장인물이 동시에, 혹은 연속적으로 각각 다른 행위소 기능을 할 수도 있다. 행위소 모델은 의미론적 변이체들이나 심리적 특성 등은 제거하고 구술적 텍스트적 층위위 추상화에 의해서 서술체를 기능과 동기들의 결합체로 구성된 하나의 시퀀스로 환원시키는 작업이다. 발신자는 주체의 행동을 결정하는 동기부여의 역할을 한다고 말할 수 있고 대상은 주체의 지향성이 도달하려는 최종점이라고 할 수 있으며 수신자는 지향성의 결과를 함께 나누게 되는 집단이나 개인이 된다.

---

2) 안느 위베르스펠트 저, 신현숙 역, 『연극기호학』, 문학과 지성사, 1990, p.59 참조.

그리고 노장과장에 등장하는 신장수와 관련된 부분은 당시의 사원경제와 조선조 사회의 경제상황과 비교하면서 고찰한다. 이 부분에서는 노장이나 사찰이 비판과 풍자의 대상이 되는 원인도 고찰한다.

Ⅱ. 본 론

1. 등장인물의 행위소 모델[3)]

1) 노장의 행위소 모델

노장과장에 대한 기존연구는 노장이 통렬히 풍자되고 있다는 점에 집중한다. 노장이 신분을 망각한 채 몰염치한 행동을 저질러 종교적 엄숙성이 사라졌다는 것이다. 수도에만 열중하던 노장이 세속적 욕망을 강화하는 모습에서 비종교적 태도가 발견되는 것은 사실[4)]이지만 불도에 전념하던 노장을 파계시키는 일에 앞장서는 먹

---

3) 그레마스는 기호학과 통사론을 접합시켜 여섯 가지 행위소들로 다음과 같은 보편적 모델을 작성하고 이 모델을 이야기의 문법으로 규정한 바 있다. 안느 위베르스펠트는 위의 축을 의사소통, 갈망, 갈등으로 수정하고 주체의 기능은 발신자 수신자의 영향하에 작용하며 협조자와 반대자의 기능은 주체는 물론이고 특히 대상에도 관계되는 것으로 규정한다. 따라서 극서술체에는 자율적 주체란 없고 오직 주체 - 대상의 축만이 있을 뿐이라고 한다. 그것을 행위소 모델화하면 다음과 같다.

發信者 → 對象 → 受信者
↑
協助者 → 主體 ← 反對者

(※화살표는 힘 [갈망]이 지향하는 방향을 가리킴)

4) 노장이 세속적 욕망을 강화하고 있는 모습을 행위소 모델화하면 다음과 같다.

세속적 욕망 → 노장 → 세상 사람(관객)
↓
먹 중 → 소무 ← 윤리·도덕관

중과 소매, 취발이의 행동에도 비판받을 소지가 없는 것은 아니다. 그들은 수도에 열중이던 노장을 유혹하여 타락하게 했다. 한 인간의 삶을 파괴시킨 것이다. 이러한 행동에 부정적인 면이 있는 것이다.

노장은 수도자이고 종교적 신심을 성취하고자 하는 인물이다. 그러나 현재 곤경에 빠져 있다. 노장의 종교적 수행을 방해하는 여러 반대자들이 노장의 본능을 자극하고 잠재되어 있던 성적 에너지를 외화시키려 하기 때문이다. 그래서 노장은 수도자의 행동을 보여주지 못하고 종교적 태도와 거리가 먼 세속적 태도[5]를 보여준다. 자신의 신분에서 이탈된 모습을 보여주고 있는 것이다. 노장의 신분에 맞는 당위적 행동을 전제로 하여 노장의 행동을 행위소 모델화하면 다음과 같다.

종교적 수도자 → 노장 → 세상 사람(관객)
↓
(※) → 부처 ← 먹중, 소무, 취발이, 신장수, 원숭이
(※) : 협조자란을 구성할 수 있는 것이 없다.

노장의 행위소 모델에서는 종교적 수도자로서의 태도가 발신자 역할을 한다. 수도자의 자세가 행위소의 근거가 되어 불도에 전념하고 자신의 종교적 믿음을 실현하고자 한다. 그런데 노장의 이러한 행동을 방해하는 세력이 있다. 방해세력은 노장의 본능적 욕망을 자극한다. 노장은 이들의 방해를 극복하지 못하고 본능적 욕망에 충실한 행동을 한다. 수도자가 가져야 하는 당위적 행동과 멀어지는 것이다. 이 과정에 노장은 자신의 본능을 적나라하게 드러내고 소무에 대한 육욕적 본능을 숨김없이 보여 준다. 그리고 반대자

5) 이러한 태도는 인간 본능의 건강함이 여과없이 보여지는 것이라고 해석되기도 한다.

들은 노장의 이런 행동을 조장하는가 하면 비하하기도 한다.

이 행위소 모델의 특징은 먹중, 소무, 취발이, 신장수, 원숭이 등 반대자는 비대해 있으나 협조자가 없다는 점이다. 풍자적 해석관점이라면 수신자에 해당하는 관객도 광의의 반대자에 속한다고 할 수 있다. 노장을 제외한 모든 인물들이 노장의 반대자 입장에 서있다. 노장은 고립적 상태에 처해 있다. 이처럼 노장의 당위적 행동을 반대하고 방해하는 세력만 존재하고 노장의 당위적 행동이 가능하도록 도와주고 그의 종교적 신념이 구현되도록 협조하는 세력은 없다.

반대자 집단이 비대화되고 있는 구도는 노장의 종교적 구도자세를 옹호하고, 파계로 인한 노장의 몰락을 안타까워하지 않는 당시 사회를 반영하는 것이다. 당시 사회에서 종교의 사제와 수도자로서 그 위상을 상실한 노장의 사회적 위치를 알 수 있다. 또 종교적 위치와 기능을 상실한 불교의 몰락적 상황도 알 수 있다.

반대자의 비대화 속에는 시대의 혼탁상도 반영되어 있다. 탐욕적 행위와 세속적 욕망에 몰두하는 당시 사회의 주된 흐름이 반영되어 있다. 종교의 구도 행위가 사회로부터 관심을 끌지 못하고 있으며 구도의 기능이 경시되고 있기 때문에 수도자의 타락이 문제시되지 않고 있다. 사회를 지탱하는 윤리관이 파괴되고 있고 최소한의 도덕성마저 더 이상 가치관의 근간이 되지 못하고 있음을 보여준다.

한편 이면에는 당위적 가치관에서 벗어난 사람을 경계하는 태도가 내재해 있음을 알 수 있다. 당위적 가치관에서 이탈한 존재는 협조자 없이 고립되고 있다. 인간이 가져야 하는 당위적 가치관은 중요하며 이를 따라야 한다는 점이 강조되고 있다. 당위적 가치관은 인간이 마땅히 지향해야 하는 바를 의미한다. 특히 종교적 구도자의 당위적 가치관은 시대의 조건과 상황에 따라 변화하지 않는 모습을 보여야 하는데 그렇지 못한 행동은 경계되어야 하는 점을 지적한다.

또 시대가 혼돈의 상황에 처하고 있기 때문에 동시대인 모두가 지향점을 상실한 채 방황하고 있음을 지적하고 이런 상황을 비판한다. 사자가 등장하는 장면에서 이러한 내용이 드러난다. 사자가 등장하여 종교의 구도자적 태도에 충실하지 못한 행동을 징계하겠다고 하자 먹중이 이를 회개한다. 이 장면에서 당위적 가치관에서 이탈했던 존재들의 회귀가 암시된다. 근원적이고 지배적인 가치관으로의 회귀가 주장되는 것이다. 사회의 지도원리가 동요하는 상황을 보여주고 비판하면서 당위적 가치관으로의 회귀를 주장하는 내용을 담고 있다.

노장의 퇴장 장면과 먹중과 사자가 등장하는 장면에서는 당위적 가치체계를 중시하면서 기존의 질서를 긍정하는 태도가 비교적 잘 나타난다. 노장은 소매를 사이에 놓고 취발이와 격렬하게 대결하다가 패배하자 특별한 저항의 행동없이 퇴장한다. 세속적 욕망이 좌절되자 퇴장하는 것처럼 보인다. 그런데 노장의 퇴장은 좌절의식 때문이 아니라 새로운 인식의 계기가 있었기 때문이다. 새로운 인식의 단계는 자기 삶의 과오를 발견함으로써 성취된다. 노장의 인식변화는 노장과장의 끝부분에서 먹중이 노장을 혼돈에 빠뜨린 자신의 행동을 회개함으로써 암시적으로 표현되고 있다.

먹중의 회개는 노장을 타락하게 한 자신들의 잘못된 행동에 대한 회개이다. 사자가 등장하여 먹중들이 잘못을 징계하겠다고 하자 앞으로는 그와 같은 잘못된 행동을 하지 않겠다고 맹세한다. 사자를 통하여 먹중이 새로운 인식단계에 도달한 것이다. 먹중의 회개는 앞으로 노장이 당위적 절대가치에 따른 행동을 하리라는 점을 암시한다. 노장과 먹중은 동궤의 삶을 살아왔다. 먹중의 인식변화에는 사자가 매개되지만 노장의 인식변화에는 특별한 매개자가 필요치 않다. 스스로의 인식의 변화가 가능하다. 이것은 노장이 먹중보다 먼저 퇴·장하는 장면을 통해서 확인된다. 먹중보다 먼저 인식의 변화에 이르렀기 때문에 먼저 퇴장하는 것이다.

반대자 세력을 형성했던 존재들을 살펴보자. 노장의 수도자적 생활을 파괴하는 방해자들의 행동이 긍정적으로만 해석될 수 있는가 하는 것이다. 방해자들은 민중 또는 피지배계층으로 이들의 방해행위는 자신들의 삶을 극복하는 행위로 해석된다. 그러나 본능을 억압하면서 종교적 믿음을 강화하던 늙은 수도자의 삶을 황폐화시킨 행동에도 부정적인 면이 없지 않다.

노장은 확고한 자기세계를 갖지 못했기 때문에 본능적 요소가 과도한 외부의 자극에 무너진다. 그래서 노장은 종교적 패악성의 상징체처럼 되고 비난과 비판의 대상이 된다. 그리고 노장을 파멸적 상황에 처하게 한 인물들은 불합리한 상황을 넘어서려는 전형적 인물이 된다. 그런데 후자의 인물들에게 긍정적인 측면만 있는 것은 아니다. 인간의 정신체계에 혼돈을 주고 균열을 결과함으로써 한 인물의 종교적 세계를 파멸시킨 반대자의 행동도 비난받을 수 있다. 한 개인의 삶이 특정한 목적에 의해 왜곡될 수도 있기 때문이다.

노장과장의 유래가 고려말 어느 도승의 파계와 관련되어 있어 노장과장이 보여주는 비판적 요소에는 아무런 문제가 없다 할 수 있으나 노장의 행동을 비판하는 과정의 지나친 주관성과 편향된 시각의 위험성과 조야함도 지적될 수 있다. 또, 비판과 비난의 의도가 성적 모함에만 의존하기 때문에 방법의 다양성도 추구되지 못하고 있다. 그래서 노장과 반대자들 모두의 정신세계가 단순하고 황폐해질 수 있다. 모함을 통해 타락을 조장하고 협조하는 인물은 치열하고 숭고한 인간 정신을 파괴하는 존재이므로 부정적인 요인을 내재시킬 수도 있다. 먹중, 소매, 취발이 등의 부정적 측면은 주인공을 곤경에 빠뜨리는 역할을 하는 인물을 보모로코스[6]의 부정

---

6) 노드럽 프라이 저, 임철규 역 『비평의 해부』, 한길사, 1982, p.241 참조.

적 측면과 관련지어 볼 수도 있겠다.

2) 양반의 행위소 모델

양반과장에 대한 기존논의는 양반에 대한 비판적 시각에 근거하고 있다. 말뚝이를 주체로 한 관점에서 양반을 해석해 왔기 때문이다. 양반과장에서 양반은 수동적 태도를 보이며 행동이 왜소화되어 있다. 반대자들의 삶이 강화되어 있기 때문이다. 양반은 반대자들에 의해 모욕을 당하고 영노에게 잡혀 먹히기도 한다.

동래야류의 양반은 위기에 처해있는 인물이다. 그는 반대자에게 공격을 받지 않아도 스스로 좌절할 수밖에 없는 위치에 있다. 왜냐하면 그가 지향해야 할 대상이나 삶의 모습이 존재하지 않기 때문이다. 양반은 유교적 세계관에 의해 발신되는 행위소를 갖는 인물이다. 따라서 과거시험이라거나 입신양명이라거나 하는 지향대상이 있어야 할 것이나 동래야류가 양반은 이를 상실하고 있다. 수영야유의 경우 과거시험이라는 지향대상이 있으나 동래야류의 경우 발신되는 생각을 종착시킬 대상이 없다. 양반이 삶의 의미를 상실한 존재라는 것을 알게 한다.

양반과장에서 양반 의상은 양반의 신분에 어울리도록 치장하고, 사람을 죽여도 경미한 처벌만 받는다면서 호기를 부린다. 집안의 치장이나 음식의 종류 등 삶의 양상이 화려하고 우아하다는 생각한다. 양반의 삶의 양상은 말뚝이의 장황한 대사를 통해 나타난다. 말뚝이는 양반들의 호사스러운 삶을 비판적으로 설명하나 의도가 비틀리고 있으며 양반은 이것을 권위적 삶의 표징으로 받아들인다.

그런데 양반이 처한 상황은 비극적이라고 할 정도로 왜소화되어 있다. 이런 상황은 말뚝이의 공격적 태도를 약화시키는 결과를 낳는다. 양반의 저항이 강하고 자기세계를 확보하려는 노력이 뚜렷해야 이를 비하하는 말뚝이의 역할이 상대적으로 부각될 텐데 양반은 소극적으로 행동하고 지향대상마저 상실한 인물이 되고 있어 말뚝이의 역할이 작아지고 있다. 양반을 주체로 한 행위소 모델은 다음과 같이 표현할 수 있다.

약화된 유교적 세계관 → 양반 → 세상 사람(관객)
↓
말뚝이 → (※) ← 말뚝이 · 영노
(※) : 지향대상을 구성할 수 있는 것이 없다.

양반에게는 지향대상이 없다. 풍자의 대상으로 동일한 위치에 있는 노장은 발신되는 종교적 믿음을 구현하려고 한다거나 본능적 건강성에 자극받고 이에 반응하기도 한다. 그러나 양반은 약화된 유교적 세계관을 새로운 단계로 고양시키려는 노력을 하지 않을 뿐 아니라 인간의 세속적 욕망에 대한 흥미도 잃어버린 모습이다. 그리고 양반은 지향대상을 상실한 채 혼돈상태에 빠져 있는데 양반을 공격하는 반대자 집단은 목숨을 위협하는 정도로 비대화되어 있다. 자기 정위를 상실한 양반에게 가해지는 외부의 공격이 치명적 상태로 상승하고 있고 양반은 비극적 상황에 몰려 있다. 양반의 위상이 혼란의 상황에 표류하고 있음을 증언하고 있다. 양반을 축으로 형성되어 온 삶에 변화가 나타나는 것이다.

양반이 비극적 상황에 처함으로써 반대자 집단의 공격은 풍자의 긍정적 효과를 기대하기 어렵게 한다. 양반은 긍정할 수 없는 존재로 표현하고자 함이 말뚝이의 의도인데 양반이 연민의 대상이 되는 위치에 있게 되어 풍자의 효과가 사라질 수 있다. 풍자의 기대효과가 반감되는 요인은 말뚝이의 많은 대사에서도 볼 수 있다.

말뚝이의 대사는 양반의 대사보다 월등히 많다. 양반이 말뚝이와 대결하여 패배하지만 승리하는 것처럼 착각되게 그려져야 풍자의 의도가 완성될 텐데 양반의 역할이 지나치게 약화되어 있다. 양반의 대사가 현격히 적은 점은 양반을 고수(鼓手)의 역할처럼 보여지게 한다. 고수역할은 필요하지만 창자에 비해 상대적으로 덜 중요한 존재이다. 중요하지 않은 존재가 비판받고 패배되게 설정된 고안은 풍자의 기능에 충실하지 못한 것이다.

양반을 풍자하려는 의도로 설정된 과장인데 양반은 풍자의 대상보다 비극적 상황에서 연민을 유도하는 인물처럼 표현되어 있다. 그리고 자신이 비극적 상황에서 풍자되고 조소되는 상황을 인식하지 못한 채 상승적 행동을 계속했어야 풍자의 묘미가 커졌을 것이나 풍자의 대상으로서 기능하기에는 너무 왜소화된 행동을 보여주어 풍자의 화살이 조준할 수 있는 영역이 줄어들고 있다.

말뚝이의 역할이 지나치게 비대해짐으로써 양반에 대한 풍자성이 취약해졌는데 비대해진 말뚝이의 역할에서는 양반에 대한 긍정적 시각도 발견된다. 비판의 대상을 설정하기 위해 진행되는 긴 설명에서 양반에 대한 긍정적 또는 동경의 시각도 나타나는 것이다. 말뚝이가 들려주는 양반의 삶에 대한 이야기가 비판보다는 동경과 긍정의 시각을 담고 있는 것처럼 비치기도 하는 것이다. 이러한 현상은 통렬한 풍자가 의도된 작품을 훼손할 위험이 있고 유교적 억압체계가 여전히 거대한 존재로 자장을 미치고 있다는 점을 보여주는 불필요한 특성을 드러낸다.

양반역할의 약화는 영노의 양반에 대한 공격도 반감시킨다. 영노가 양반 백명을 잡아먹어야 하는 상황을 수긍하고 잡아먹을 수 있도록 수신자인 관객이 묵시적으로 동의해야 양반에 대한 풍자가 완성된다. 그런데 양반의 패악성을 폭로하는 말뚝이의 역할이 비대해졌고 지루한 사설에 의지하고 있어서 비판의 강도가 약화되고 있기 때문에 관객의 동의가 쉽게 가능할 것 같지 않다. 양반의 왜소함이 풍자의 의도까지 왜소화시키는 결과를 낳은 것이다.

그리고 말뚝이가 양반을 공격할 때 양반의 부인과의 관계를 이용하기도 한다. 양반의 부인과 성관계를 가졌다는 비윤리적 상황을 설정함으로서 윤리의식에 철저한 양반사회를 무너뜨린다. 양반에 대한 직접적 공격을 하지 않고 우회적인 방법을 이용하는 것이다. 양반의 비윤리적 상태를 비판하기 위해 스스로 비윤리적 상황을 설정하는 일이 타당한지 재고할 필요가 있다. 이러한 점은 비윤리적 상황의 주인공인 말뚝이가 전형적 인물로 완성되는 것을 방해한다. 부인과의 관계에서도 부인의 욕망보다 말뚝이의 욕망이 우세해 있다. 전형적 인물의 건강성이 비윤리적 상황에서도 온당히 드러날 수 없다. 본능적 건강성을 강조하게 되면 존재에게 타당하지 못한 일면이 발견될 수 있다는 것을 확인시켜 준다.

이에 비해 강릉탈놀이의 양반은 위의 것과 다른 모습을 보여 준다. 풍자의 직접적 대상에서 벗어나 있을 뿐 아니라 순수한 사랑을 성취하려는 일에 몰두한다. 그래서 강릉탈놀이의 주제는 사랑[7]의 성취와 직접 관련된다. 다른 탈놀이의 영향이 적고[8] 음란성 없이 표현[9]되고 있기 때문에 양반이 지향하는 사랑의 성격은 독특하다. 그리고 특이한 점은 강릉탈놀이의 양반은 사랑을 성취하려는 행동면에서는 다른 탈놀이의 노장의 행동과 유사하다는 것이다. 사랑의 성취 욕망을 구체화하는 행위소을 모델화하면 다음과 같다.

사랑을 이루려는 욕망 → 양반 → 세상 사람(관객)
↓
장자마리・신간의 영험성 → 소무각시 ← 시시딱딱이

사랑이 성취되기를 욕망하는 양반의 행동은 다른 탈놀이의 노장의 행동과 표면적으로 유사하지만 내적 성격은 완연히 다르다. 자기 행동의 잘못에 대한 반성이 있는 것이다. 또 사랑성취를 도와주

---

7) 졸고, <강릉탈놀이에 대한 정신분석적 연구>, 「민족문화」제8집, 한성대민족문화연구소, 1997, p.62참조.
8) 서연호, 『서낭굿탈놀이』, 열화당, 1991, p.109참조.
9) 장정룡, 『강릉관노가면극 연구』, 집문당, 1989, p.95참조.

는 협조자도 있다. 장자마리는 양반과 소무각시의 관계가 친화되도록 협조자 역할을 한다. 시시딱딱이의 반대자 기능은 일시적일 뿐 협조자의 역할에 비해 약화되어 있다. 협조가 있는 이유는 비윤리적 요소가 없는 순수한 감정 때문일 것이다. 사랑을 비판할 이유가 없는 것이다. 사랑의 본질이 비육욕적이고 정신적 결합을 지향하는 사랑이라는 점도 다른 탈놀이와 변별되는 점이다. 사랑의 성취는 화해구조와 일치한다. 그리고 반대자가 있고 협조자가 있는 가운데 갈등이 생성되고 마무리됨으로써 긴밀한 극적 구조도 갖추고 있다.

2. 노장과장의 신장수와 조선후기 사원경제

봉산탈춤 노장과장에서 노장은 소매와 함께 본능의 욕망을 해소하는 춤을 춘 다음 둘의 사이가 아주 가까워졌음을 과시하려는 듯 소매의 어깨에 손을 올린 채 시장구경에 나선다. 그 때 신장수가 나타난다. 노장은 신을 사겠다고 하여 신장수를 부른 다음 소매와 자신의 신을 구입한다. 그러나 신발값을 지불하지 않는다.

탈놀이가 공연되던 시기는 조선후기이며 공연되던 장소는 주로 시장이 형성되던 곳이다. 시기적으로나 공연장소면에서나 신발장수 외에 많은 상인들이 있었을 것이다. 그런데 신발장수가 탈놀이에 등장하는 이유는 무엇인가. 여성의 발이 성적인 상징을 나타내는 측면이 있어 신발을 벗고 신는 동작에서 성적 교류가 있었다는 점을 암시하기 위한 의도로 신장수를 등장시킨다고 생각할 수 있다. 그런데 그보다는 당시 사찰이 신발공급의 독점권을 갖고 있었다는 점이 노장과 신발장수를 더 밀접하게 관련지을 수 있게 한다. 조선조 때 불교가 탄압을 받던 상황이었지만 상당한 위세를 유지했던 것으로 나타난다. 고려시대 때보다는 못했으나 사찰의 경제적, 정치적 위세는 완전히 몰락한 상태는 아니었다. 승려들이 천민계급에 속하기도 했으나 그들의 당시 위상은 오히려 민중들에게 폐해를 줄 정도였고 활성화된 사찰경제도 민중의 그것보다 좀 더 나았던 것으로 보인다.

조선왕조를 창건한 신흥유신들은 주자학적인 정치이념을 신봉했기 때문에 숭유억불정책을 강행해 나갔다. 조선후기로 가면서 '불교는 차츰 그 활기를 잃고 내면화되어 갔으나 사원경제는 그런 대로 유지[10]'되어 갔다. 세조는 호불정책을 펴 상원사와 낙산사에 많은 땅과 노비를 사급[11]하기도 했다. 임란이후 사원경제는 극심한 곤란에 빠졌으나 승려들의 경제활동은 활발해져 갔다. 평강 부석사의 경우 미투리를 생산했고 그외 제지활동도 하였고 계를 조직하는 등의 경제활동을 하였다. 17세기부터는 승려들이 사유전답을 소유했고 18세기 초반에는 사찰경제를 극복하기 위해 '補寺廳'이라는 사금융기관을 만들기도 했다. 이 시기에 승려들은 자급자족했다. 미투리 생산이 가장 많았다. 미투리는 내수사나 각 관아에 상납공물이기도 했다. 무혜상인(貿鞋商人)들이 부석사에 몰려 들어 이를 높은 가격으로 거래했다. 선조 33년(1600)에 특히 부석사의 미투리는 임란이후 본격적인 상품생산에 접어 들었다. 미투리 생산은 단순 수공업에 해당되었기 때문에 노소 전 승려가 참여했다. 부석사 미투리 생산은 주문생산으로 시작하였다. 신생산은 점차 시장상품생산으로 전환되어 갔다. 부석사에는 무혜상인들이 많이 운집했고 거주도 했다. 승려들은 산업의식이 발달되어 해물산업에까지 손을 댔다. 요컨대 조선후기 사원승려의 경제활동은 대단했다. 미투리, 백지 등의 사원수공업과 산채, 산과실, 농산물, 청밀 심지어 목축까지 확대되었다. 경제활동이 피폐해간 조선후기의 사회경제계에 많은 영향을 끼쳤다고 할 수 있다.[12]

---

10) 김갑주, 『조선시대 사원경제연구』, 동화출판공사, 1983, p.12참조.
11) 김갑주, 위의 책, p.15참조.
12) 김갑주, 위의 책, p.64~137참조.

이상에서 보듯이 조선조 사찰의 경제활동은 비교적 왕성했던 것으로 나타난다. 억불상태에 있었기 때문에 시주를 받지 못하는 곤궁함에서 벗어나기 위함이었을지도 모르나 사찰경제는 대단위화되어 있었음을 알 수 있다. 특히 미투리 독점권을 갖고 있었을 뿐만 아니라 그외 다른 품종을 생산 배급하는 일에도 관계했다. 피폐상태에 있던 조선후기의 경제사정에 비한다면 사원경제는 부를 누리는 편이었을 것이다. 사찰의 승려들은 획득된 금전을 사찰의 사업 확장에만 재투자하지는 않았을 것이다. 일반 민중들보다 소득이 높았을 승려들은 향락의 유혹에서 쉽게 벗어나지 못하는 경우도 있었을 것이다. 그래서 사찰의 생산품이 팔리는 시장에서 술도 마시고 매춘을 하기도 했을 것이다. 일반 민중들이 볼 때 승려들의 이러한 행동은 비판의 대상이 되고도 남았을 것이다.

노장과장에 등장하는 신장수는 당시 사찰경제구조와 관계 있음을 알 수 있다. 대표적인 사찰생산품이 신발이었고 이를 기반으로 확대된 사찰경제의 활성화로 승려들의 소득증가에 따라 파계 등 승려의 본분을 벗어난 행동으로 폐해가 커졌고 따라서 상대적으로 소득이 낮은 민중들에게 비판의 대상이 되지 않을 수 없었던 것이다.

이상에서 본다면 민중들이 노장을 비판한 근저에는 불교가 불교 원래의 기능, 즉 종교로서의 의무를 다해 달라는 요구보다는 소득이 낮은 자신들의 상대적 박탈감도 적지 않게 깔려 있었을 것으로 추정된다. 따라서 노장과장에 들어 있는 비판과 풍자에는 경제적 요소도 큰 비중으로 작용하고 있음을 알 수 있다. 노장의 파계와 타락은 불교정신의 쇠퇴와 함께 사원경제의 활성화가 가져온 금전 소비 욕구와 조선후기의 경제체제가 맞물리는 가운데 발생했다고 보는게 옳겠다.

Ⅲ. 결 론

노장과장과 양반과장은 노장과 양반을 중심으로 해석할 필요가 있다. 노장은 독실한 불교의 사제가 되려는 의지를 보이기도 하고 양반은 지향점 없는 양반세계 앞에서 좌절하는 모습을 보이기도 하기 때문이다.

노장과장에서는 노장이 자신의 당위적 가치에서 벗어나 행동하고 있다. 당위적 행동을 하도록 도와주는 협조자 집단은 없다. 반대자만 비대해져 있다. 반대자의 비대화는 노장의 존재를 몰락시켜 풍자적 요소가 약화된다. 노장과장에서는 종교의 사제와 수도자로서 그 위상을 상실한 노장과 종교적 위치와 기능을 상실한 불교의 몰락적 상황도 알 수 있게 한다.

노장은 과오를 인식하고 새로운 삶을 발견하는데 이것은 기존의 질서로 돌아가는 태도이다. 본능을 억압하면서 종교적 믿음을 강화하던 늙은 수도자의 삶을 황폐화시킨 행동에도 부정적인 면이 있다. 노장의 행동을 비판하는 과정의 지나친 주관성과 편향된 시각의 위험성과 조야함을 지적해야 한다.

양반과장에서 양반은 수동적 태도를 보이고 행동이 왜소화 되어 있다. 반대자들의 삶이 강화되어 있기 때문이고 지향해야 할 대상이 존재하지 않기 때문이다. 그래서 삶의 의미를 상실한 존재가 된다. 양반이 비극적 인물이 될 정도로 말뚝이의 역할이 확대되어 있어서 몇 개의 문제가 있다.

반대자 집단의 확대는 풍자의 긍정적 효과를 기대하기 어렵게 한다. 지향대상 없이 표류하는 양반을 공격하는 영노의 행동에는 개연성이 부족하다. 또 말뚝이가 드러내는 건강성은 비윤리적 상황과 연결되어 전형성을 떨어뜨릴 수도 있다.

이에 비해 강릉탈놀이의 양반은 특이하다. 풍자의 직접적 대상에서 벗어나 있고 순수한 사랑을 성취하려고 한다. 그리고 강릉탈놀이의 양반은 다른 탈놀이의 노장의 행동과 유사하지만 반성이 있다.

조선후기 많은 상인들을 제외하고 노장과장에 등장하는 신장수가 등장하는 이유는 당시 사원경제의 중요한 수단으로 미투리를 생산 공급했기 때문이다. 미투리를 기반으로 한 사원경제는 다른 부분에까지 생산 공급을 확대한다. 때문에 승려들은 일반 민중들에 비해 더 나은 경제적 풍요를 누렸다. 이 영향으로 타락의 유혹을 벗어나지 못한 승려들의 음주와 매춘이 사원 전체에 대한 비판과 풍자로 이어졌던 것이다. 그래서 노장과장의 비판과 풍자는 종교적 측면 못지 않게 경제적 측면도 강하다고 할 수 있다.

강릉의 산출식품과 향토음식의 전통성에 관한 연구

윤 덕 인*

I 서 론

향토음식은 각 지역의 자연과 사회환경이 음식에 작용하여 발달한 그 지역 고유의 토착음식으로, 그 지방의 자연환경에 따라 주로 생산된 식품을 가지고 그 지방 특유의 방법으로 만들어 내려오며 독특하게 그 지방마다의 전통성이 형성된 음식이다.

한 민족이 처한 지리적 위치에 따라 문화의 원류와 유입의 경로가 결정되고, 지세, 기후와 같은 풍토적 여건에 따라 주요산물의 품종이 정해지며 그 고장에서 많이 산출되는 식품을 기본재료로 하여 음식이 개발되고 발전하게 되므로, 그 음식의 조리 가공법은 그 고장의 기온을 비롯한 자연환경에 맞추어 개발된다. 교통수단의 발달로 일일생활권이 형성된 오늘날에도 향토음식이 뿌리깊은 전통 토착문화로 존재함은 자연과의 조화로 음식이 발달해왔기 때문이라 여겨진다.

강원도는 태백산맥이 북에서 남으로 흐르고 있어 그 분수령을 기

---

* 이학박사 · 관동대학교 가정교육과 교수.

점으로 嶺의 동쪽은 영동, 서쪽은 영서로 나누어진다. 이 두 지역은 기후와 지세가 서로 다르므로 일상음식과 의례음식 등의 식생활 문화구조에 있어서도 많은 차이점을 지니고 있다.

강릉을 중심으로 하는 영동지방은 생산되는 식품도 다양하여 고원지대에서는 감자와 메밀, 찰옥수수, 산악지대에서는 두릅과 곰취 등의 산채, 해안지방에서는 명태와 오징어 외에도 싱싱한 해산물의 종류가 풍부하게 생산되어 어패류를 이용한 회, 찜 외에도 구이, 탕, 볶음 등과 저장식품으로 어패류를 발효시킨 젓갈과 식해 등 여러가지 조리법을 이용한 음식들이 많다. 그리고 해조류를 이용한 쌈, 튀각 , 무침, 밑반찬에서 상비식품까지 생선을 많이 이용하고 있다. 강릉지역의 고등학생의 일상식을 조사한 결과에서도 반찬류에 오징어 , 명태 등 어류의 이용도가 다른 지역에 비해 높은 것으로 보고되어 이 지역 산출식품 이용의 일면을 보여주고 있다. 이 지역 식생활문화의 한 단면을 보면, 영동지역에서 산출되는 감자는 하얀 분이 많이 나고 질척거리지 않아 맛이 좋고, 옥수수는 알맹이가 굵고 차지기로 유명한 찰강냉이다. 따라서 주요작물인 감자와 옥수수를 이용한 음식이 많다. 또한 메밀을 가루로 하여 국수, 만두, 떡을 만들어 먹기도 하며, 예전에는 쌀이 넉넉지 못하였므로 쌀을 절약하기 위하여 감자, 옥수수, 조, 고구마 등을 섞어 잡곡밥을 만들어 먹었다.

향토음식을 연구하는데 있어서 현재의 행정구역만으로 나누어 분석하는 것은 한계가 있으므로 근거있는 경계구분을 설정하고 실태를 조사하고 전수해야 할 필요성이 제기되고 있으나 역시 어려운 점이 많다.

본 연구는 영동지역의 중심도시인 강릉에 국한하여 현재까지 남아있는 향토음식의 종류와 조리법의 전통성과 지역성을 찾아보고 이를 계승 발전시킬 것을 목적으로 강릉이 위치한 지리적 환경과 사회적 배경의 고찰과 농산물, 임산물, 수산물, 축산물 등 주요산출 식품을 문헌을 중심으로 고찰하고, 그 식품을 이용한 강릉의 일상음식과 의례음식에 나타난 향토음식의 종류와 조리법을 문헌과 개별 인터뷰를 실시하여 고찰하였다. '연구 문헌이 충분하지 못한 실정에서 음식문화를 연구함에 있어서 중요한 것은 현장에서 먹어보는 것이 필수적이다'라는 이 연구분야 종사자의 의견에 따라 본인도 가급적 먹어보고자 노력하였고, 그 때마다 얻은 경험의 결과를 모은 것을 보고하는 바이다. '몇 책을 읽었어도 실제로 먹어보지 않으면 실감이 나지 않는다. 현장에 가서 실제로 먹어보지 않으면 실감이 나지 않는다. 현장에 가서 음식 만드는 것을 보고, 맛을 보는 경험을 함에 의해 사실은 처음으로 그 음식을 이해하게 되기 때문이다.' 라는 이시게(石毛直道)씨의 식문화 연구관점이 세계적으로도 새로운 분야인 음식문화연구의 기본 연구자세라고 생각한다. 그렇더라도 연구의 제한점은 향토음식에 대한 문헌의 편중 보고가 심하여 많은 자료를 얻지 못한 점과 개별 인터뷰의 미흡한 점이다. 이러한 제한점은 식생활문화를 연구하는데 항상 있는 제한점으로 생각되는 바 앞으로 많은 연구가 지속적으로 보충되어야겠다.

Ⅱ 강릉의 지리적 환경과 사회적 배경

1. 지리적 환경

1) 위치

강원도는 한반도 중부의 동쪽 반을 차지하고 있는 14도 중의 하나로 북쪽은 함경남도와 황해도, 서쪽은 경기도, 남쪽은 충청북도 및 경상북도와 접하고 있으며, 동쪽은 약 300km의 단조로운 해안선으로 둘러싸여 있다. 동단은 삼척군 원덕면 월천리, 서단은 철원군 동송면 대마리, 남단은 영월군 하동면 내리, 북단은 고성군 현내면 송학진리이다. 평균 높이 약 1,000m의 태백산맥을 경계로 동쪽지방을 嶺東 또는 關東, 서쪽 지방은 嶺西라고 부른다. 면적은 2만 6263km2(전 국토의 약 12%, 군사분계선 이남은 1만 6894.15km2)이다. 행정구역은 7시 15군이며 도청소재지는 춘천시이다.

강릉시는 7시중의 하나로 영동지방의 중앙부에 위치한 도시다. 동경 128° 56′~128° 58′, 북위 37° 42′~ 37° 49′ 간에 위치하여 위도상으로는 서울과 비슷하다. 동부는 동해에, 북·서·남부는 모두 명주군에 인접하고 있으며, 서울~강릉간의 영동고속도로와 속초와 포항을 잇는 동해고속화도로의 분기점으로 교통의 요지를 이루고 있다. 동서길이 12km, 남북길이 16km, 면적 72.4km^{2}이다.

산지는 명주군이 가장 높고, 연속적으로 나타나는 지대는 서해로 물이 흘러드는 사면과 동해로 물이 흘러드는 사면의 분수계부근이다. 분수계를 따라서 나타나는 주요한 산봉우리로는 두로봉(1,422m), 동대산(1,434m), 노인봉(1,338m), 매봉(1,173m), 고루포기산(1,238m), 화란봉(1,069m), 두리봉(1,010m), 석병산(1,055m) 등이 있다. 명주군의 남부에 위치하는 강동면과 옥계면은 전 지역이 동해사면에 해당되면서도 높은 산지가 넓은 면적을 차지하고 있다. 특히 옥계면, 강동면, 구정면은 왕산면과 경계를 이루는 능선 부근이 가장 높은 산지를 이루고 있다.

명주군의 하천은 주로 동해로 유입된다. 강릉 시내를 흐르는 남대천은 삽당령 부근에서 발원하여 북쪽으로 흐르다가 성산면 오봉리 부근에서 북동류하는 왕산면 왕산리의 지류와 합류한다. 그 이후 계속 북동쪽으로 흘러 강릉시 지역을 통과하여 동해로 유입된다. 남대천에는 왕산면 경계내의 물과 성산면 경계내의 물이 주로 모여든다. 그러나 왕산면과 성산면의 물이 모두 남대천으로 흘러드는 것은 아니다. 왕산면의 경우에는 그 경계내에 남대천 유역 뿐만 아니라 남한강으로 물이 흘러드는 송천 유역과 골지천 유역을 포함하고 있다. 왕산면 대기리는 주로 송천 유역에 해당하고, 송현리와 고단리는 주로 골지천 유역에 해당된다.

하구 주변에 넓게 나타나는 저평지가 인간에 의해 농경지로 개발된 시기는 일반적으로 매우 늦다. 이러한 저평지는 지대가 매우 낮은데다가 해안쪽에는 모래 언덕이 막혀 있고 하천쪽에는 자연제방이 막혀 있어 배수가 잘 안되고 땅이 습하기 쉽다. 이러한 곳에는 논을 만들어 이용해야 하는데 배수와 관개를 위하여 물을 통제하기가 어렵고 홍수나 해일의 피해도 입기 쉽다. 따라서 이러한 저평지가 논으로 개발되기 시작한 것은 홍수나 해일의 피해를 방지할 수 있는 시설들이 해안이나 하천 쪽에 어느 정도 만들어지고 저평지에서도 물을 배수하고 관개할 수 있는 기술이 발달된 이후였으리라고 추정할 수 있다.

명주군의 해안선은 전체적으로 단조로운 편이어서 조수간만의 차가 0.3m내외에 불과하다. 여기에다 해안의 경사는 비교적 급한 편이다. 명주군의 해안에서는 조수간만의 차에 의한 조류가 별로 나타나지 않으므로 조류에 의한 토사의 이동 역시 별로 나타나지 않는다. 이에 비해 명주군에서는 파도가 높은 편이다.

2) 기후

강릉시는 서쪽에 높은 산지들이 연속적으로 분포하고 동쪽으로 동해에 면해 있다. 강릉시의 주위로는 이와 같이 높은 산지와 넓은 해양이 동시에 나타나고 있으므로 이들의 영향을 크게 받고 있다.

겨울철에 강릉시의 해안 저지대는 우리나라에서도 비교적 따뜻한 편에 속한다. 강릉시 해안 저지대의 1월 평균 기온은 대략 0℃내외로서 춘천이나 원주에 비해 약 5℃정도 더 높다. 해안 저지대의 1월 최저기온은 대략 -4°C내외로 춘천이나 원주에 비해 약 6℃정도 더 높다. 강릉시의 겨울 기온이 이렇게 높은 이유는 푀엔(Fohn)현상과 해안의 영향 때문이라고 추정되고 있다.

강수량은 여름에 많아 7월과 8월 두 달 사이에 연강수량의 약 반이 내린다. 임진강과 북한강의 상류 지방은 우리나라 3대 다우지의 하나로 연강수량이 1,300mm에 달한다. 겨울철에 강릉시는 우리나라에서도 강수량이 많은 편에 속한다. 강릉시에 있어서 겨울 강수량은 연 강수량의 12% 내외인데, 이 비율은 춘천이나 원주의 겨울 강수량이 6% 내외인 점에 비하면 많은 편이다. 강릉시의 겨울철 평균 강수량은 대략 180mm 이상이나 더 많다. 겨울철의 강수는 대부분 눈으로 내린다. 해안 저지대에서는 기온이 낮은 1월과 2월에 눈으로 많이 내리지만 내륙산간지대로 갈수록 눈으로 내리는 기간이 점차 길어진다. 강릉시에는 겨울철에서 봄철에 걸쳐 태백산지로부터 매우 강한 바람이 부는 경우가 있다. 봄철에 이러한 강풍이 불면 농작물에 큰 피해를 입히기도 한다.

여름철에 강릉시의 해안 저지대의 기온은 춘천이나 원주와 비슷하다. 강릉시 해안 저지대의 8월 평균 기온은 28℃내외로서 춘천이나 원주에 비해 1℃정도 낮다. 여름철에는 여러 방향에서 바람이 불어온다, 그 중에서 가장 빈도가 높은 것은 겨울철과 마찬가지로 남서풍 또는 서풍이다. 북동풍의 경우도 비교적 빈도가 높은 편이다. 태백산맥을 끼고서 푀엔형상이 발생할 때에는 영동지역과 영서지역 간의 기온차가 심하게 나타난다. 1968년 5월 23일에 강릉은 11도인데 비하여 춘천은 28.3도를 기록한 예도 있다.

2. 사회적 배경

1) 연혁

강원도 땅은 원래 예맥의 영토였는데, 위만시대에 한무제가 4군을 설치할 때 대부분은 임둔군에 속하고 일부는 낙랑군에 속하게 되었다. 고구려 태조 때에는 고구려에 臣屬시키고, 광개토대왕 때에는 완전히 정복 편입시켰다. 삼국시대 말기인 551년 신라 진흥왕에 의하여 신라의 영토가 되고, 901년 궁예의 후고구려에 속했다가 918년에 고려의 건국으로 그 영토가 되었다. 성종 14년인 995년에 지방행정 구역을 10도로 나눌 때 함경도와 합하여 삭방도라고 하였다가, 명종 8년인 1178년 삭방도를 폐하고, 춘천, 철원 일대의 영서지방을 동주도, 함경도와 강릉 일대의 해안지방을 연해명주도라고 개칭하였다. 원종 4년인 1263년 연해명주도는 강릉도로, 동주도는 교주도로 고쳤고, 우왕 14년인 1338년에는 강릉도와 교주도를 합하여 교주강릉도라고 하였다. 공양왕 3년인 1391년에는 철원, 영평 등을 떼어서 경기도로 이속시키고, 강릉도라 했다가, 조선조 태조 4년인 1395년에 비로소 강원도라고 고쳤다. 1896년 13도제가 실시됨에 따라 도의 수부를 춘천으로 정하고 관찰사로 하여금 도정을 관장하게 하였다. 이 춘천은 1949년 시로 승격되고, 1955년에는 원주와 강릉이 각각 시로 승격되었다.

Ⅲ 강릉의 주요 산출 식품

1. 농산물

강원도의 대부분은 산악지대로 이루어져 있기 때문에 전체면적에 대한 농경지의 비율이 10%미만으로서 남한의 도 중 가장 낮으며, 경지면적 중 논의 비율도 약 40%로 제주도 다음으로 낮다. 밭농사가 우세하여 주요작물로는 옥수수와 조를 비롯한 잡곡류와 콩류, 그리고 감자가 많이 재배된다. 그밖에 고냉지채소와 당귀 등의 특용작물 등을 재배한다. 각종 농작물의 생산량은 적으나 가장 다양하게 재배된다.

쌀은 매년 20만톤 이상 생산되는데 평야가 좁고 산간지방에는 층계논이 많기 때문에 단위면적당 수확량과 총생산량이 제주도 다음으로 가장 적다. 한냉한 고산기후조건 때문에 비교적 추위에 강하고, 출수기간이 짧은 품종들이 많이 재배되어, 팔달, 백금, 수원 82호, 재건, 신 2호, 등판 5호, 진흥, 농백 등이 경작된다.

옥수수는 '옥시기'라고 하며 경작하기에 많은 일손이 필요치 않고 어떤 토양에서나 잘 자라며 한냉한 기후에도 잘 견딘다는 여러 이점 때문에 널리 재배되고 있다. 옥수수의 종류는 황옥, 백옥, 노란옥수수(올 옥수수), 찰 옥수수, 강내 옥수수 등이 있고, 그 모양과 재배시기가 조금씩 다르다. 이 지역에서는 대체로 옥수수를 4월 중순에 종자를 심고 수확은 노란 옥수수나 혹은 집에서 먹을 것은 7월에 거두지만 나머지는 건조시켜 저장할 것은 9월초에나 되어야 거둔다. 저장할 때는 옥수수쌀을 만들어 저장한다.

콩은 가장 많이 경작하는 밭작물 중의 하나이며 질경콩, 강낭콩,

활콩, 대추콩, 피마주콩, 땅콩, 꺼멍콩 등 다양한 종류가 있다.

조는 요즈음은 별로 경작하고 있지 않지만 옛날에는 조나 콩을 심지 않으면 먹을 것이 없었다. 그러나 요즈음 조밥은 별미로 쌀과 약간 섞어서 먹는 정도다.

메밀은 「메물」, 「메멀」 등으로 불리는데 경작하기에 거의 일손이 필요 없으며 야산 기슭의 좋지 않은 밭에 심는 경향이 많다. 중복 무렵에 심고 서리가 오기 전인 음력 8월에 가을걷이를 한다.

감자는 적은 토지면적에서 가장 많은 생산을 올리므로 많이 경작을 하고 있다. 이 지역에서는 5~6월에 감자꽃이 하얗게 핀 모습을 흔하게 볼 수 있다. 수확은 6월경에 한다. 춘작 감자로서 고온다습하여 저장에 어려움이 있다. 강릉지역 어디에서나 담장 주변에 크고 작은 통에 비닐을 덮고 뚜껑을 얹어 놓여 있는 것이 가끔 눈에 띄는 경우가 있다. 그 옆을 지나면 퀘퀘한 냄새도 느낄 수 있다. 감자를 썩혀서 감자전분을 얻으려고 보관해 둔 것이다. 가라앉은 앙금에 계속 물을 부어가면서 맑은 물이 나올 때까지 씻어서 전분을 얻는다. 불순물이 섞여 있어 색이 약간 회색빛인데 강릉 전통 한과인 과줄을 만들 때 덧가루로 쓰고 있다.

고랭지에서는 무, 배추, 양배추 등의 채소재배가 활발하며 특용작물의 재배도 한다.

2. 임산물

산이 많은 고장이므로 잣, 도토리, 다래, 머루, 수지, 굴참나무 껍질, 표고, 느타리, 송이, 뽕나무버섯 등의 버섯, 고사리, 고비, 취, 참두릅, 개두릅, 도라지, 더덕, 씀바귀, 달래, 누르대 등의 산채, 오미자, 작약, 당귀, 마, 잔대, 산삼, 창출, 육모초, 철남생이, 애기똥뿌리, 엉

경퀴 등의 약초가 풍부하다.

자연산 송이는 사천면 사기막리와 노동하리의 석구 마을, 연곡면의 신왕리, 그리고 성산면 보광리 등에 자생 송이밭이 있어 인근의 양양지역과 함께 농가소득을 높이는 임산물이다.

3. 수산물

동해연안은 한류인 북한 해류와 난류인 동한 해류가 교류하여 명태, 대구 같은 한류성 어족과 오징어, 꽁치, 고등어 같은 난류성 어족이 풍부하다. 주요 어류는 명태와 오징어이다. 이밖에 도루묵, 양미리, 임연수어, 문어, 삼치, 고등어, 방어, 도미, 광어, 쥐치, 나분치 등이 있다.

꽁치도 경상북도 다음으로 많이 잡힌다. 꽁치 철에 주문진 부둣가에 나가면 꽁치를 부리는 장관을 볼 수 있다.

양미리는 11월 중순부터 12월 말까지 잡히는데 이 때는 알을 많이 갖게 되고 몸도 커진다. 양미리는 20마리를 한 두룸으로 엮어 말려서 겨울철 식탁에 귀중한 반찬으로 많이 이용된다. 현재는 명태와 오징어가 많이 잡히지만 광복전에는 정어리를 필두로 고등어와 청어가 많이 잡혔다고 한다.

조개류로는 제복과 홍합(섭), 고양섭, 대합, 귀조개(칼조개), 코끼리조개 등이 있는데 특히 명주조개(개량조개과에 딸린 바닷물조개로 겉모양은 대합과 비슷하며, 껍데기의 길이는 약 80mm, 겉에는 輪脈이 있고 또 몇 개의 황갈색의 放射帶가 있다. 4~5월에 알을 낳는데 비교적 염도가 높은 10~20m깊이의 바닷속 모래펄과 진흙에 산다. 맛이 좋다)는 맛이 좋아 현지에서도 해외수출용으로도 인기가 있다.

성게는 동해안 干潮線부근의 암석 사이에 분포하여 5월부터 8월

사이에 알이 든다. 운단이라고도 불리는 성게의 난소에 든 알만 꺼내 먹는데 수출용으로 대부분 소비되어 현지에서는 구경하기가 힘들 정도다.

해조류로는 자연산과 양식의 미역과 다시마류, 돌김 등이 중요한 위치를 차지한다. 자연산 미역은 화포라고도 한다.

수산가공품 중에는 건어물이 전국에서 가장 많이 생산된다. 오징어, 문어, 대구, 명태, 노가리, 도루묵, 가자미, 햇떼기, 조갯살 등과 미역, 다시마, 돌김 등을 말린다. 다시마 중 쇠미역이라고 불리는 구멍이 그물처럼 뚫려 있는 얇은 다시마는 3월초 봄에 볼 수 있는 다시마다. 쌈을 싸 먹기도 하지만 말려서 다시마 튀각 등으로 이용하는 정도가 더 많다. 다시마는 두께가 두껍고 모양이 좋은 것은 일본에서 들어와 우리 바다에 널리 퍼진 개량종이고, 자연산 다시마는 조금 작고 얇은 듯하나 맛과 효능은 더 뛰어나다. 다시마 가공공장이 사근진, 주문진 등에 있어 건강식품인 다시마 가루 등으로 가공되어 판매되고 있다. 강동면 심곡리 바닷가에서는 매년 12월에서 다음 해 3월까지 심곡리 바닷가 바위에 붙어 자란 돌김을 채취한다. 이 돌김은 남해안의 김보다 김 특유의 향기가 짙고 폭이 넓으며 색이 검은 것으로 감칠맛이 좋아 전국적으로 많이 이용된다.

민물고기로는 사기막리의 계곡에서 볼 수 있는 산뚝바구(일명 꾹저구, 뚜구리라고도 한다) 등이 있다. 강릉 남대천변의 음식점에 꾹저구탕을 끓여 파는 집이 있다.

4. 축산물

축산물은 다른 지역에 비해 생산은 그리 많은 편은 아니나 소비는 다른 지역과 비슷한 형편이다. 이것은 지세가 산악지대와 바다에 인접한 어촌이 많기 때문이다. 주로 한우, 돼지, 흑염소, 꿩, 토종닭 등을 기른다. 강릉에서 연곡을 지나 소금강이나 진고개 넘어 가는 길에 토종닭 백숙집이 즐비한 것만 보아도 그 이용도를 알 수 있다.

Ⅳ 일상음식 중 전통 향토음식

1. 곡물음식

예전 강릉 지방민들의 일반 주식은 쌀밥을 지어 세끼 먹는 것을 원칙으로 하나 서민층 및 하류 농가의 가난한 살림에는 보리, 조, 감자, 옥수수 등을 쌀과 섞어서 먹었다. 5~7월의 춘궁기에는 농촌에서는 잡곡(주로 보리)과 감자를 주식으로 한다. 가을 추수가 되면 쌀밥을 먹는다. 수해와 한발 등 천재지변이 심할 때는 물론 4~7월을 전후하여 일반 농가의 식량은 떨어져, 보리와 감자만을 주식으로 하고, 또 이것도 없는 고산지방과 하류계층에서는 춘궁기에 초목의 어린 싹(쑥, 냉이, 두릅)과 칡뿌리, 송피 등을 벗겨 콩가루를 무쳐 솥에 쪄서 먹거나, 보리등겨를 무쳐 먹는다. 도토리 열매를 가루내어 묵을 만들어 먹거나 혹은 쪄서 먹기도 한다. 밥의 종류로는 백반, 보리밥, 팥밥, 조밥, 수수밥, 오곡밥, 비빔밥, 약밥, 찰밥, 고기밥, 콩나물밥, 김치밥, 무밥, 칡밥 등이 있다.

밥과 함께 떡을 많이 만드는데 떡중에도 송편을 제일 많이 만들고 시루떡, 절편도 가장 많이 하는 떡으로, 절편은 일명 큰떡 또는 절떡이라고 한다. 흰떡과 개피떡은 송편의 1/4정도로 하고 기정이라는 증편과 크기가 작은 증편인 방울증편을 만들어 웃기로 사용한다. 기정이나 방울 증편을 만들 때 장식으로 떡위에 맨드라미 꽃을 얹는 것이 이 지역에서 볼 수 있는 특징이다. 우리나라의 음식문화 중

붉은 색의 대표적인 식품은 고추다. 고추는 16세기 임진왜란 후에 일본에서 들어온 외래식품이다. 그 당시에는 매운 맛을 내기 위해서는 겨자, 산초 등이 쓰였고, 고춧가루를 만들어 음식을 붉게 만드는 것은 고추의 재배가 일반에게 보급된 한참 후의 일이다. 고추는 귀하고 약용으로나 이용되었다. 따라서 서민들이 붉은 색을 내기 위해서는 맨드라미꽃 등을 이용하였다. 그 문헌에서나 보이던 맨드라미꽃의 이용이 요즈음 강릉에서는 증편에 장식으로 쓰이고 있음은 전통이 그대로 살아있음의 증명이라고 아니할 수 없다. 백설기도 많이 하는 편이다.

찹쌀로는 찰떡인 인절미, 과줄, 박산, 약식, 엿 등을 만든다. 강릉시 사천면 노동중리 갈골마을은 정부지정 한과마을로 전통 한과인 과줄을 만들어 국내는 물론 국외까지 수출하여 사천과줄의 명성을 떨치며 고소득을 올리고 있다. 과줄은 한국전통식품2호로 지정되었고, 1992년 농림부장관상 수상품이며, 그 해부터 과줄, 흰강정, 쑥강정, 참깨강정을 선물포장하여 농협직판장을 통해 판매하고 있는 형편이다.

과줄 만드는 법을 보면 질 좋은 찹쌀을 씻지 않고 5~7일 물에 불린다. 씻지 않는 것은 씻은 쌀보다 잘 삭아 발효시간이 줄어들기 때문이다. 이렇게 일주일쯤 불린 쌀을 깨끗이 헹구어 빻는다. 메주콩은 하루 전날 담갔다가 갈아서 체에 밭쳐 이 콩물로 쌀가루를 묽게 반죽한다. 반죽한 것을 가마솥에 베보자기를 깔고 조심스럽게 부은 다음 산죽으로 엮어 만든 발을 덮고 비닐과 헝겊을 덧씌운 뒤 센 장작불로 2~3시간 푹 찐다. 김이 빠져나가면 너른 그릇으로 익힌 반죽을 옮겨 푸고는 부지런히 꽈리가 일 때까지 절구공이로 쳐야 한다. 잘 쩧은 반죽을 과줄방으로 가져간다. 방바닥에 깨끗한 종이를 깔고 생감자전분(여기에서는 감자가루라고 한다)을 한 겹 놓은 다음 익힌 반죽을 편다. 그 위에 늘어붙지 않도록 감자가루를 다시 얹고 비닐을 덮는다. 서너시간 지나서 꾸덕꾸덕 해지면 안반에 올려 놓고 3mm두께로 밀어 사방 7cm정도되게 끊는다. 이 것을 일부는 방안에 일부는 자리를 깔아 볕에 말린다. 며칠 지나 딱딱하게 굳어진 것을 '바탕'이라 한다. 이것을 기름에 튀기는데 미지근한 기름에 일 분가량 적셔 불린 바탕을 끓고 있는 기름남비에 넣으면 '확'소리를 내며 손바닥만 하던 바탕이 네 곱으로 불어난다. 그것을 채반에 건져 가지런히 세우고 기름을 뺀다. 기름이 빠진 바탕을 칼로 다듬어 사각모양으로 만들고, 넷으로 자르면 네 갈래 과줄이 된다. 다듬은 바탕 전면에 미지근한 상태로 녹인 엿물을 바르고 멥쌀튀밥(강밥)을 묻힌다. 예전에는 나락을 껍질채 튀기었는데 그 생김새가 마치 꽃이 핀 것 같다 하여 '매화밥'이라고 했다. 전주, 진주, 합천 지역의 유명하다는 한과에 비해 겉모양은 투박하나 맛에 있어서는 한입 베어 물면 사르르 녹는 듯한 이에 닿는 감촉이 독특한 한과이다.

옥수수는 찐 옥수수, 옥수수차, 찰강냉이, 옥수수밥(강냉이밥), 찰옥수수시루떡, 옥수수범벅, 황골엿, 옥수수묵(올챙이묵), 강냉이수제비, 옥수수보리개떡 등으로 먹는다.

옥수수밥은 옥수수를 잘 닦아서 찧어 팥알만 하게 부스러뜨리고, 강낭콩을 섞고 물을 부어 물이 거의 다 물렀을 때 쌀을 넣고 밥을 짓는다. 요즈음은 통조림에 들어 있는 옥수수를 이용하여 밥을 짓기도 하나, 하얗고 쫀득쫀득한 찰옥수수쌀의 맛과는 비교가 안된다. 강릉시내에 있는 한정식집 중 오색약수물로 밥을 짓는다는 O한정식집의 반찬 중에 푹 삶은 찰옥수수에 건포도를 넣고 마요네즈로 무친 옥수수샐러드가 나온다. 이 지역에서만 맛 볼 수 있는 한국식 옥수수샐러드인데 맛이 깔끔하다.

찰옥수수시루떡은 햇찰옥수수를 미지근한 물에 하루 정도 충분히 불린 후 소금을 넣고 곱게 빻는다. 팥고물을 만들어, 시루에 팥고물

한 켜, 옥수수가루 한 켜를 번갈아 가며 안쳐서 쪄 낸다.

옥수수보리개떡은 옥수수가루와 보리겨에 어린 쑥이나 수리취, 강낭콩을 섞어 부드럽게 반죽하여 반대기를 져서 찐다. 춘궁기 보릿고개를 넘기 어려웠던 빈민들이 식량 대용으로 만들어 먹던 떡이다.

옥수수범벅은 풋옥수수를 알알이 떼어 팥, 강낭콩과 같이 물을 붓고 오래 삶는다. 물이 거의 없어지고, 팥과 콩이 터지도록 익으면 소금으로 간을 맞춘다.

올챙이국수는 덜 여문 옥수수알갱이를 따서 곱게 간다. 갈아 놓은 옥수수에 물을 보태어 고운 체에 밭쳐 가라앉혀 앙금을 얻는다. 이 앙금에 새 물을 조금씩 부어가면서 된죽을 쑨다. 그릇에 냉수를 떠 놓고 구멍을 뚫은 바가지에다 죽을 붓고 누르면 올챙이 모양 밑으로 똑똑 떨어져 일명 올챙이묵이라고도 한다. 양념장을 섞어서 먹는다. 시장 골목길에 좌판 위에 노랗게 수북히 담아 놓은 올챙이 국수를 쉽게 볼 수 있다.

황골엿은 원주에서 버스로 40분 들어간 산골인 황골에서 만들어지고 있는 옥수수엿인데 옥수수가 많은 강릉에서도 예전에는 옥수수엿을 황골엿처럼 만들었으리라 짐작된다. 황골엿 만드는 법을 보면 보리를 자루에 담아 3~4일 물에 불려 촉이 나온 엿기름을 3일쯤 말렸다가 물을 조금씩 넣어가며 맷돌에 간다. 가마솥에 빻은 옥수수(황옥)와 엿기름을 넣고 한 시간 정도 끓인다. 쌀가루를 함께 넣기도 한다. 끓인 것을 장작불을 뺀 다음 두 시간 식혀 거기에 다시 엿기름을 넣는다. 이를 '허리질금' 준다고 말한다. 이대로 4시간쯤 지나면 다시 펄펄 끓는데 두 번째 끓인다 하여 '아이죽' '두벌죽'이라 부른다. 끓인 두 벌 죽을 자루에 담아 엿틀에 짜면 찌꺼기는 남고 물만 밑에 바친 그릇에 담긴다. 이 물을 다시 솥에 붓고 불을 지펴 4분의 1가량 남을 때까지 졸인다. 이때 거품이 솥 가득 일었다가 가라앉곤 하는데 그 모습을 '배긴다'고 한다. 엿물이 배기면 장작을 줄여 불을 약하게 한 뒤 '청을 잡는다'. 이것은 엿물을 찍어서 찬물에 넣어 보는 것인데 물에 풀리지 않으면(도글도글 하다고 표현한다) 불을 꺼내고 이를 식혀서 엿판에 퍼 담는다. 쌀 서말, 옥수수 두말, 엿기름 한 말을 넣고 고으면 여덟 관(한 관은 3.75kg) 정도의 엿이 나온다. 걸러진 엿물을 항아리에 담아 누룩을 넣으면 독하고 맛 좋은 엿술이 되기도 한다.

차수수로는 차수수밥을 하고, 차조는 밥에 섞어 먹기도 하고 차조 인절미 만든다.

메밀로는 메밀전(메밀적), 메밀총떡, 메밀국수(막국수), 메밀만두, 메밀묵을 만든다.

메밀전(메밀적)은 메밀가루를 물에 풀어 엷은 반죽을 만들고, 달군 번철위에 신김치 찢은 것, 파 등을 길게 늘여 놓고 국자로 메밀반죽을 떠놓아 얇게 부친다. 요즈음 강릉에서는 잔치 등에 메밀전을 주문하여 준비하기도 한다. 메밀전이 두툼하면 맛이 없다. 감자전과 함께 강릉을 대표하는 煎요리라 해도 좋을 정도다.

메밀총떡은 얇게 부친 메밀전에 무를 채 썰어 양념한 것을 넣고 도르르 말아 썬 것으로 메밀이 많이 산출되는 제주도에서는 '빙떡'이라고 하여 강릉의 '메밀총떡'과 같은 방법으로 만들고 있어 척박한 땅에서도 잘 자라는 메밀의 위치를 짐작케 한다.

막국수는 닭갈비와 함께 춘천의 향토음식으로 알려져 있는데 의외로 강릉에서도 막국수를 많이 먹고 있다. 냉면보다도 더 친숙한 음식이다. 메밀이 많이 섞일수록 막국수 특유의 메밀향을 느낄 수 있는 특징이 있다.

메밀만두는 만두피를 메밀로 만드는 것으로 상당히 역사가 오래된 음식이다. 우리나라는 밀의 재배가 예전부터 적었다. 밀보다는 메밀의 이용이 훨씬 많았다. 메밀만두 역시 그와 같은 음식문화가 남아 있는 것이다.

메밀묵은 메밀쌀 즉 녹쌀을 잘 닦아서 더운 물에 담가 불려서 건져 곱게 갈아 체에 밭쳐서 가라 앉혀 밑의 앙금으로 묵을 쑨다. 무칠 때에는 소금기름에 무치는 것이 가장 간단하나 잘 익은 배추김치를 채 썰어 섞어 무치면 맛이 좋다. 요즈음 강릉 시내의 한정식집에서는 메밀묵을 굵게 채 썰고, 채썬 오이를 얹고, 잘 익은 김치 국물이 흥건하게 담긴 메밀묵무침은 아니고, 메밀묵냉국같은 음식이 등장한다.

밀을 쌀에 섞어서 밥을 짓고, 정월 14일에 밀국수를 해 먹는다.

팥으로는 팥국수와 팥소흑임자떡을 만든다. 팥국수는 팥죽에 밀가루로 만든 칼국수를 넣어 끓이고 소금으로 간을 한다. 팥소흑임자떡은 찹쌀을 불려 시루에 푹 쪄서 절구에 쌀알이 퍼지도록 찧는다. 팥소를 만든다. 흑임자는 볶아서 가루를 낸다. 친떡을 한 웅큼씩 떼내어 팥소를 넣고 싸서 (모찌처럼) 까만 깨고물에 굴린다.

콩은 밥에 섞어 영양가 높은 콩밥을 짓기도 하고, 바닷물을 간수로 사용하여 순두부와 두부를 만들고, 콩죽과 콩조림, 콩볶음 등을 해 먹고, 콩나물을 기른다.

요즈음 강릉 초당동 두부공장에서 만드는 초당두부는 원료인 대두를 자동세척기를 이용하여 충분히 세척하고, 세척된 대두를 수용성 단백질 및 기타 고형물질의 추출이 용이하도록 하절기는 10시간, 동절기는 12시간 정도 충분히 수침한다. 충분히 수침한 대두를 마쇄기를 이용하여 마쇄한다. 마쇄된 콩죽을 여과하여 두유와 비지를 분리한다. 분쇄한 두유를 연속 끓임 솥에 이송하여 익힌다. 두유를 응고조에 이송하여 적량의 응고제(원료 대두 중량의 2%)를 투여하고 응고하여 숙성시킨다. 응고가 끝난 순두부는 면포를 설치한 성형틀에 부은 후 압착하여 성형한다. 압착 성형된 두부를 수침 냉각한다. 간수로 바닷물을 사용하던 옛날 방식은 요즈음의 공장두부에서는 바닷물이 식품가공시 응고제에 해당되지 않아 불량식품으로 처리되어 사용할 수가 없다고 한다. 초당동의 순두부집에서는 더러 아직도 바닷물을 간수로 이용하는 집이 있을 뿐이다. 바닷물을 간수로 사용해서 만든 두부는 시판 응고제를 사용한 두부보다 훨씬 부드러운 맛이 강하다. 바닷물을 이용해 두부를 만드는 방법은 여러 가지 여건이 어렵다 하더라도 오래 보존되어야 할 전통적인 강릉만의 두부 만드는 법이다.

다른 지역과 달리 강릉에서는 비지를 숙성 발효시켜(띄워서) 비지찌개 등을 한다. 약간 띄운 비지로 만든 음식 또한 강릉만의 독특한 맛이 있다.

2. 어패류와 고기음식

동해안에 인접한 강릉에서는 식품군 중 어떤 식품보다도 어패류가 풍족하다.

즐겨 먹는 어패류의 종류에 따른 이용법을 살피면 다음과 같다.

명태(북어, 동태)로는 명태찜, 명태식해, 명태포(북어포)식해, 북어포무침, 북어찜, 동태(명태)구이, 황태구이 등을 주로 한다. 북어포도 간을 하지 않고 말린다. 동태는 흔히 찌개로 끓여 먹지만 구워 먹어도 맛이 좋다. 동태구이는 뼈와 가시를 발라 펼친 동태에 고추장 양념장을 발라 꾸득꾸득하게 말려 굽는다. 북어포도 간을 하지 않고 말린다. 북어포 중 황태를 제일로 친다. 황태를 말리는 덕장은 주로 영서지역인 인제나 대관령 등에 대규모로 있으나 강릉지역에서는 황태를 더 많이 이용한다. 원양어선에서 잡은 명태로 동태상태로 이

지역 부근에 들어오면 주문진의 공장에 손질을 하여 젓갈을 만드는 명란, 창란을 빼고 모두 대관령 등지의 덕장으로 실려가 겨울철 추운 기후 속에서 얼었다 녹았다를 반복하면서 푸석푸석 하고 부드러운 황태로 가공된다.

오징어로는 오징어구이(오징어불고기), 오징어무침, 오징어순대, 오징어물회, 산오징어회, 오징어포, 마른 오징어 젓갈무침, 마른 오징어순대 등을 해 먹는다.

물오징어불고기는 손질한 물오징어의 안쪽에 칼집을 넣고 간장에 재웠다가 양념을 고루 넣고 무쳐 10분쯤 재웠다가 구우면 오징어가 도르르 말린다. 둥글게 말린 그대로 2cm길이로 썰어낸다.

오징어무침은 칼집을 넣고 살짝 데친 오징어에 다홍고추를 다져 넣은 고추장 양념으로 무친 것이다.

오징어순대는 오징어를 손질하고 몸통안에 숙주 데친 것, 두부를 으깬 것, 고기 다진 것, 고추 썬 것, 오징어다리 다진 것과 달걀을 양념과 섞으면서 반죽한 후 오징어의 몸통속에 넣은 다음 실로 꿰매어 끓는 물에 데쳐 내거나 찜통에 찐다. 다 익으면 식힌 다음 썰어 놓고 초장을 곁들인다. 중앙시장 지하의 어물전에 가면 푸짐한 오징어 순대를 언제나 맛 볼 수 있다. 오징어회는 오징어를 살짝 데쳐 굵게 채를 썰고 초고추장에 찍어 먹는다. 오징어포는 간을 하지 않고 말린다. 문헌에는 오징어탕이 토막친 오징어에 알을 씌워 맑은 장국에 끓인 음식이라고 나와 있는데, 오징어가 많은 이 지역에서 새롭게 개발해 볼 수 있는 고급요리인 듯하다.

마른 오징어 젓갈무침은 마른 오징어를 미지근한 물에 오래 불려 가는 채로 썰고 멸치국물에 파, 마늘, 생강, 고춧가루, 실고추 등을 넣어 채로 썬 오징어를 무친다. 요즈음은 채로 썰어거나 잘게 찢은 마른 오징어채가 가공되어 나오므로 쉽게 만든다. 한치는 회나 물회로 이용한다. 물회는 속초 등지에서 유명한 음식인데 강릉에서도 오징어나 한치를 채썰고, 갖은 채소를 넣고 초고추장을 넣어 비벼먹는 물회를 많이 먹는다.

가자미로는 가자미식해, 회, 구이, 튀김 등에 이용한다. 가자미식해는 작은 가자미를 납죽납죽 썰어 소금에 절여 하룻밤 두었다가 건져 보자기에 싸서 무거운 것으로 눌러두고, 메좁쌀로 밥을 지어 식히고, 다진 마늘, 다진 생강, 굵은 고춧가루, 소금을 섞어 버무린다. 항아리에 가자미를 한 켜 담고 버무린 조밥을 덮고 켜켜로 담아 꼭 눌러 두고 삭혀서 좋은 냄새가 나고 가자미살이 뼈에서 잘 떨어지게 되면 잘 익은 것이다. 조밥이 붙은 채로 붉은 가자미식해를 담아낸다. '접어해'라고도 한다. 조밥대신 흰쌀밥을 넣어 담그기도 한다. 새콤한 맛이 더하다. 보통 작은 가지미를 '세꼬시'라고 하며 뼈채 가로로 썰어준다. 칼슘의 좋은 급원이며 씹히는 맛이 일품이다.

도루묵은 銀魚라고도 하며, 겨울철에 도루묵찜을 한다. 감자, 무 등을 밑에 깔고 그 위에 도루묵을 놓고 고추장양념과 갖은 양념을 하여 국물이 거의 없을 정도로 잘박하게 지져낸다. 도루묵찌개라고도 한다. 담백한 도루묵의 맛이 그대로 살아있는 별미다. 도루묵을 싼 생선이라는 인식이 남아있는데 음식점에 가면 아귀찜, 도루묵찜, 북어찜, 대구머리찜의 순서로 값이 싼 요리가 아니다. 앞에서도 언급되었지만 대부분이 일본 등으로 수출되므로 요즈음 우리나라에서는 오히려 귀한 생선이 된 셈이다. '도로 도루묵이나 되라'라고 했다는 예전의 일화만 생각한다면 잘못된 생각이다. 문헌에는 도루묵깍두기라는 것도 있다. 도루묵을 토막쳐서 무와 버무려 담근 깍두기라고 되어 있는데 요즈음은 사라진 음식인 듯하다. 도루묵회는 도루묵을 살로만 포를 떠서 자른 것으로 가자미새끼와 같은 작은 생선은 뼈채 먹어도, 도루묵은 작아도 뼈가 억센 편이기 때문에 살만을 바른다. 연하고 담백한 맛이 독특하다.

삼숙이(삼시기)는 강릉의 유명한 생선 중의 하나다. 아주 못생긴 입만 큰 삼숙이를 껍질을 벗겨 아가미와 내장을 제거하고 토막을 내어, 물에 된장을 풀고 끓이다가 삼숙이와 나박나박 썬 무, 송송 썬 풋고추를 넣고 소금으로 간을 맞춘다.

고등어는 얼간고등어(고등어 자반)를 주로 이용하나 요즈음은 생고등어의 이용도 많다. 고등어는 값도 싸고 DHA와 같은 오메가-3 지방산 계열의 지방산도 많이 들어 있어 많이 먹기를 권하는 생선이다. 단지 약간이라도 변질되면 히스타민의 양이 많아져 식중독을 자주 유발시키는 문제는 있다. 그래서 다른 생선보다도 얼간 고등어로 더욱 많이 가공되어 소비된다. 강릉이나 속초의 명물이라고 하면서 얼간고등어밥 위에 얹어 찐다고 하는데, 이 조리법은 예전에는 어느 지역에서나 많이 쓰이던 법이라 새로울 것은 없는데 '명물'이라고 하는 것을 보면 같은 고등어자반이라도 이 지역의 고등어 자체가 신선하기 때문인 듯하다. 서해안 생산의 조기를 짭짤하게 염장한 가공법과 약간만 소금간을 한 얼간고등어(자반 고등어)의 가공법이 서해안과 동해안에서 주로 잡히는 생선과 풍부한 소금 산지를 가진 지역과 그렇지 못한 지역에서의 가공법이 비교된다. 이와 같은 맥락으로 본다면 음식문화는 주로 자연환경에 더 크게 지배를 받으면서 형성된다고 볼 수 있다.

도치는 '심어'라고도 하는데 꼼치과에 딸린 바닷물고기로 동해안에서 주로 잡히는 독특하게 생긴 생선이다. 중앙시장에 가면 배쪽이 위로 오도록 뒤집어 놓은 동그랗고 검은 이상한 생선이 눈에 띈다. 귀하지 않고 값이 싼 생선에 속한다. 도치를 그대로 찜통에 쪄서 도톰하게 썰어 먹거나 김치를 섞어 두루치기처럼 볶아 먹는다. 손쉽게 해먹을 수 있는 음식으로 도치두루치기볶음은 도치를 끓는 물에 살짝 튀겨서 겉에 비늘을 긁고 내장을 제거하고 한 입 크기로 썰고, 남비에 기름을 두르고 도치를 넣고 볶다가 배추김치를 썰어 넣고 파, 마늘, 고춧가루, 깨소금을 넣어 익힌다. 보통 제사음식에는 생선 이름의 끝에 '치'자가 붙은 것은 사용을 하지 않는다. 이 지역에서도 마찬가지인데 이 도치는 이름이 '심어'로 바뀌어서 제사상에 올라간다. 선조들의 지혜를 엿 볼 수 있는 부분이다. 바닷가 지역에서 태풍이 심하다든지 도저히 인간의 힘으로는 어떻게 해결할 수 없는 상황에서도 제사는 지내야 되고, 생선은 없을 때, 도치 아닌 심어를 제사상에 올리는 것이야말로 지혜로운 해결책인 것이다. 그래서 지금도 이 '도치'는 이 지역에서 제사상에 올라간다. 새치 또한 임연수어라는 다른 이름을 가지고 있다. 이 지역에서 임연수는 많이 잡히는 흔한 생선이다. 똑같은 형태로 제사상에 올라간다. 그러나 꽁치는 다른 이름이 없다. 제사상에도 올리지 않고 이유는 모르겠다. 학꽁치는 입이 뾰족한 꽁치인데 '공미리'라고도 한다.

바다게는 게장을 담고, 겨울철에 잡히는 이 지역에서는 '털게'라고 하는 털이 온몸과 다리에 나 있는 게를 상당히 고급식품으로 취급하는데 쪄서 먹으면 가득찬 살이 아주 맛이 좋다. 서해안에서 흔하게 잡히는 꽃게와는 또 다른 맛이다. 이 지역에서도 '영덕 대게'를 많이 볼 수 있으나, 값이 싼 붉은 게인 '홍게'가 값이 싸서 더 많이 선을 보이고 있다. 그러나 다리가 대나무 같다고 해서 '대게'라고 불리는 영덕대게의 맛은 홍게와는 비교가 안되게 맛이 좋다. 대게는 찜통을 이용하여 쪄서 먹을 때는 초장을 곁들여서 찍어 먹는다.

문어는 이 지역에서는 잔치나 제사 때나 빼놓지 않고 이용되는 필수적인 식품이다. 다른 지역과 달리 제사상차림에 '어물'이라 하여 대구, 명태, 가자미 등등 많은 종류의 생선을 쪄서 켜켜로 싸놓고 그 위에 마치 장식처럼 삶은 문어를 쫙 펼쳐 놓는다. 모양도 보기

좋고 즐겨 먹는 음식이다.

회나 매운탕으로 맛이 좋은 우럭으로 우럭미역국 등도 끓이는 것을 맛 볼 수 있으나 순수한 이 지역만의 음식은 아닌 듯하다. 양식이 가능해진 우럭, 광어 때문에 자연산 우럭과 광어가 비싸게 팔리고 있고, 반면 작지만 양식이 안되는 도다리가 이 지역의 횟집에서는 인기가 있다. 자연산은 배부분이 흰색이고, 양식은 배에 반점이 있는 것이 구별법이다. 그러나 양식과 자연산 넙치의 영양성분을 비교한 자료 등을 보면 양식넙치(양식광어)쪽이 영양이 좋다. 특히 지방의 함량이 높은데 양식넙치가 더 고소하고 맛이 있는 셈이다. 잡는 어업에서 기르는 어업으로 바다의 자원을 지켜야 후손대대로 물려 줄 수 있는 바다자원의 보호측면에서도 굳이 자연산을 고집할 일은 아니다.

그밖에도 여러 생선으로 생선매운탕을 끓인다. 갓 잡은 잔물고기, 무, 호박, 고춧가루를 넣고, 간장, 고추장간을 한다. 이름이 흉해서 손해를 보는 쥐고기(쥐치)는 모양과 이름은 그래도 뼈가 단단하고 맛이 좋아서 매운탕에는 없어서는 안되는 잡어다. 이 지역에서는 특히 매운탕에 많이 이용하는 생선이다.

그밖에도 양양 남대천에서 잡는 연어와 함께 숭어, 청어, 도미, 고래, 상어 등 종류도 많은 생선을 이용한 음식들이 있다.

조개류는 앞에서 언급된 조개들을 회, 구이, 국, 탕, 부침, 젓갈 등등으로 많이 이용하고 있다. 사천 진리만 해도 조개잡는 기구를 이용하여 쉽게 조개를 잡을 수 있다. 쉽게 볼 수 있는 정경으로 그만큼 조개류의 이용이 용이한 환경임을 알 수 있다. 우리나라 구석기, 신석기인들의 최초의 식량이 조개류인 것을 생각한다면 강릉지역은 아주 오래전부터 먹을 것이 풍부한 자연의 혜택을 받고 있는 지역이라고 할 수 있다.

홍합(서피,섭)은 홍합회, 홍합찜, 홍합무침, 미역국에 넣기도 하는데, 섭죽은 별미로 유명하다.

민물고기류는 앞에 언급된 꾹저구, 용곡지, 은어, 붕어, 가물치, 피래미 등등이 많이 이용된다. 양식된 미꾸라지도 중앙시장에 쉽게 눈에 띌 정도로 이용이 많음을 알 수 있다. 강릉을 가로질러 흐르는 남대천변에서 낚시를 하면 붕어 등을 심심치 않게 잡힌다. 몇 년전만해도 경포호수에서 겨울철에 얼음낚시 하는 모습이 겨울풍경 중의 하나였는데, 요즈음은 자연보호를 위하여 낚시행위를 금지하고 있다. 경포호에서 잡은 가물치를 회를 쳐서 먹으면 씹히는 맛이 오돌오돌 하며 단맛이 난다고 하였으며, 꾹저구탕은 추어탕보다 담백하게 끓이며 파를 조금만 넣는다. 꾹저구는 소금을 뿌려 두었다가 주물러 진을 빼고, 물이 끓으면 꾹저구를 넣고 푹 익힌 다음 고추장, 풋고추, 양념을 넣고 간장으로 간을 맞춘다. 추어탕처럼 거르지 않고 먹는다. 일명 '뚜가리탕'이라고도 한다. 용곡지는 논물가에서 자라는 논고기를 말하며 크기는 손가락 두 마디 정도로 겨울철 웅덩이의 얼음을 깨고 용곡지를 잡아 끓이면 별미라고 한다.

이상에서 살펴본 어패류를 이용한 다양한 음식에 비하여 쇠고기, 돼지고기 등의 이용은 다른 지역과 별 차이 없이 이용하고 있다. 별다른 특징은 없지만 개고기는 수육으로, 탕으로 끓여서 모내기 등을 할 때 먹었다고 하며, 꿩의 이용이 다른 지역에 비하여 사육도 많고 이용도도 많은 듯하다. 꿩만두, 꿩도리탕 등으로 이용한다. 우리 속담에 '꿩대신 닭' '사위가 오면 씨암닭을 잡는다'라는 표현이 있다. 이 두 속담에서 우리는 꿩과 닭의 위치를 짐작할 수 있다. 『삼국유사』 태종 춘추공조에 "왕의 식사는 하루에 쌀 세 말과 꿩 9마리……" 라는 기록도 있다. 예전에는 닭보다 꿩이 더 일반적인 육류급원이었으나 요즈음엔 형세가 뒤바뀌었다. 꿩만두는 만두소에 쓰이는 고기로 꿩고기를 뼈채 다져서 채소와 섞어 양념하여 만드는 것으로 먹을 때 가는 꿩뼈 다진 것이 씹히는 것이 별미였다. 중국의 제갈량 때부터 시작된 만두는 우리나라 고려시대에 들어와 중국의 양, 돼지고기 대신 꿩고기를 넣고 메밀반죽옷을 입혀 만들어진 것이 우리 만두의 옛날 모습이다. 그렇다면 강릉 지역에 남아 있는 꿩만두는 역사가 오래되었음을 알 수 있다.

메추리튀김은 메추리의 두발을 잘라내고 앞가슴을 잘라 내장을 뺀 다음 납작하게 두드려서 소금을 뿌리고 기름에 튀긴다. 구이는 소금을 발라 숯불에서 굽는다.

3. 채소음식

감자는 강원도의 대표음식으로 알려져 있는데 강릉 역시 감자를 많이 재배하고 흔하게 먹는다. 감자밥, 감자전(감자부침, 감자부치미), 감자송편, 감자옹심이(감자수제비, 밤송이국), 감자조림, 감자시루떡 등을 만들어 먹는다.

감자전은 껍질 벗긴 감자를 강판에 갈아 물은 빼버리고 건지와 밑에 갈아 앉은 앙금을 섞고, 채썬 애호박, 부추, 동긍동글하게 썬 풋고추, 다홍고추를 섞고 소금으로 간을 한다. 후라이팬에 기름을 두르고 투명하게 지져 양념간장을 찍어 먹는다. 부추나 고추만을 넣기도 한다. 감자를 가는 강판은 나무틀에 알루미늄판을 대어 박고 못으로 구멍을 단단하게 뚫은 투박한 강판을 주로 이용한다. 감자 갈기에는 힘도 별로 안들고 상당히 효과가 좋다.

감자송편은 감자녹말가루와 건지를 끓는 물로 익반죽하고 풋강낭콩을 삶아 소금으로 간을 맞추어 송편 만들듯이 강낭콩소를 넣어 시루에 찐다. 감자송편을 만들 때 손자국을 3개씩 내는 것이 특징이다. 뜨겁게 먹어야 쫄깃한 맛이 좋다. 송편의 크기는 일반적인 송편의 크기보다 큰 편이다.

감자옹심이는 감자수제비로 밤송이국이라고도 한다. 감자를 강판에 갈아 건지와 앙금을 섞어 동글동글 새알심처럼 만들어 보통 수제비 끓이듯이 끓이면 투명하고 잘 식지 않는 쫄깃쫄깃한 수제비가 된다. 감자조림은 다른 지역과 조리법이 같으나 감자와 멸치, 또는 작은 생선 말린 것을 넣고 간장, 기름에 물을 붓고 지지듯이 끓인다. 여름에는 풋고추를 섞어서 조린다. 감자부각은 감자를 얇게 저며 소금물에 살짝 데쳐 볕에 말리고 기름에 튀겨 반찬이나 술안주로 쓴다.

미역, 김의 이용도는 다른 지역과 같으며, 쇠미역은 다시마의 일종으로 봄에 생산되는 것으로 쇠미역 쌈, 미역국, 말려서 튀각으로 이용한다. 미역은 생으로 고추장을 찍어 먹거나 홍합이나 가자미 등을 넣고 국을 끓인다. 해동이는 보리가 필 때쯤 바다에서 딴 것으로 해동이 무침을 한다.

김은 돌김을 더 쳐주고 구이로 주로 먹고 여름철에 김이 눅눅해지면 국을 끓이거나 김무침으로 이용한다. 돌김은 양식 김이 아니고 자연 김이며 추운 겨울철에 채취하므로 품질이 좋다. 김의 크기도 보통 김보다 두배 정도 더 크게 떠서 말린다. 주로 돌김구이로 많이 쓴다. 돌김구이는 김에 붙은 돌을 손바닥으로 문질러 깨끗이 떼 내고 티도 골라내고 기름을 바르고 고운 소금을 뿌려 살짝 구워 잘라서 담는다. 기름은 들기름, 콩기름, 참기름 등을 사용하나 들기름의 사용이 많다.

지누아리는 톳과 비슷한 해초인데 지누아리무침이나 지누아리장아찌를 만든다. 지누아리무침은 지누아리에 소금을 약간 넣고 주물러 더러움을 빼고 깨끗이 헹궈 물기를 꼭 짜고 파, 마늘을 다져 넣고 고추장양념을 하여 무친다. 또는 4월~6월경에 뜯어서 말려 고추장에 박았던 지누아리장아찌를 꺼내어 간장과 물엿을 섞어서 볶는다. 물엿으로 하는 편이 설탕을 넣고 볶는 것보다 윤이 나고 감칠맛이 돈다. 파래무침은 생파래를 티를 고르고 돌 없게 잘 씻어 건져 물기를 짠다. 간장, 설탕, 깨소금, 참기름의 양념장을 만들어 파래를 맛이 배도록 무친다.

참죽나무순은 봄철 중앙시장에 나가면 할머니들이 생참죽나무순을 파는 모습을 가끔 볼 수 있다. 다른 지역에서는 대대적으로 참죽나무 부각을 만들기도 하고 장아찌를 만들어 농협을 통하여 판매도 하고 있으나 이 지역에서는 그리 이용이 많지 않다. 참죽자반이나 참죽부각을 만들어 먹는 정도다.

능이버섯은 버섯의 색이 검고 비교적 크기가 큰 편이다. 먹음직스럽다는 말과는 너무 어울리지 않은데 일단 먹어보면 그 맛이 좋음을 알고 놀란다. 가격도 송이버섯과 맞먹을 정도로 비싸게 팔리고 있다. 가을철 송이버섯과 함께 중앙시장에서도 볼 수 있으나 판매되고 있는 양은 송이버섯보다 훨씬 적다. 끓는 물에 데쳐서 초고추장에 찍어 능이버섯회로 먹어야 제 맛을 느낄 수 있다.

석이(石耳)버섯은 '石衣'라고도 한다. 바위에 붙어 사는 진균식물의 하나다. 바위벽에 붙어 갓난아이의 손바닥에서 크게는 어른의 손바닥만하게 자라난다. 겉은 회갈색, 안쪽은 칠흙같은 검은 빛에 잔뜩 검정 가시털을 달고 있다. 석이는 바위에 붙어 살아있을 때에는 빌로드 조각처럼 부드럽고 번들번들한 감촉이다. 그러나 바위에 붙어 있는 가운데 돌기를 떼어 내면 불에 탄 종이조각처럼 변해버린다. 산 사람들은 석이버섯이 천둥과 번개에 놀랄 때마다 조금씩 조금씩 자란다고 생각한다. 더딘 성장력 때문에 석이버섯을 따낸 자리에서는 당대에 석이잎을 만져보지 못할 것이라고 믿고 있다. 언제부터 석이를 식용으로 했는지는 알 수 없다. 다만 예전에는 석이꾼들이 잔치집을 찾아

다니며 쌀과 바꾸어 식량을 삼았다는 이야기들이 전해진다. 잔칫집 국수말이에 정갈하게 올라앉던 석이고명, 대가집 별식으로 올라앉던 석이채, 석이쌈은 전설이 돼 버렸다. 설악에서 딴 석이는 원통시장 등의 산채수집상에게로 모아졌다가 이 곳 강릉까지도 공급이 되어 석이를 알아보고 찾아 쓸 줄 아는 사람들에게 공급된다. 석이는 손질도 까다롭다. 버섯 뒷면에 붙은 돌이끼를 벗기기 위하여 버섯을 미지근한 물에 1시간쯤 담근다. 이끼가 불으면 버섯을 손바닥으로 비비거나, 칼로 긁어 이끼낀 뒷면을 하얗게 손질을 한다. 종이장같이 얇으므로 썰기도 어렵다. 고명으로 쓰일 때는 고운 채로 썰어야 하므로 10장 정도를 포개 놓고 도르르 만 다음 손으로 꼭 누르고 칼질을 한다. 참기름을 약간 두른 후라이팬에서 살짝 볶아서 소금으로 간을 맞춘 다음 곱게 다진 잣가루(잣소금)를 뿌려 사용한다.

배추, 무의 이용은 다른 지역과 비슷하다. 아욱으로는 토장아욱국수, 토장아욱죽을 끓인다. '늦가을 아욱국은 방문을 닫고 먹는다'라고 할 정도로 맛이 좋다.

오이로는 오이생채, 오이무침을 주로 한다. 오이가 흔하지 않으므로 오이지 등은 별로 즐겨 담지 않는다.

서리가 오기 전 풋고추를 거둘 때 딴 잔 풋고추들을 말렸다가 콩기름에 볶아서 소금으로 간을 한다.

무로는 무나물, 무송편 등을 만든다. 무국은 이 지역에서는 추석 무렵부터 많이 끓이는 국이다.

박나물은 여물지 않은 어린 박을 반으로 갈라 껍질을 벗기고 속을 깨끗이 파낸다. 다시 4등분하여 얄팍얄팍하게 썰어 소금을 조금 뿌려 둔다. 송이는 밑을 깎아내고 껍질을 살살 벗기고 깨끗이 씻고 세로로 얇게 썬다. 박을 건져 물기를 빼고 기름을 두르고 박을 볶고 다진 파, 마늘, 깨소금을 넣고 볶다가 송이를 넣고 잠깐 더 볶는다.

물을 자작하게 붓고 한소끔 끓인 후 간을 맞춘다. 조금 식은 다음에 먹어야 맛이 좋다. 자연송이를 맛 볼 수 있는 이 지역에서나 볼 수 있는 박나물요리이다. 추석무렵의 별식이다. 박나물(박고지)국은 추석 차례상차림에도 올라간다.

늙은 호박으로는 호박범벅, 호박다식 등을 만든다. 서리맞은 늙은 호박으로 호박범벅을 해 놓으면 누구나 즐기는 별식이지만 특히 치아가 좋지 않은 노인들의 겨울철 좋은 식량거리이다. 마루밑에 늙은 호박을 잔뜩 싸 놓은 모습이 정겹다.

산나물로는 참나물, 곰취, 떡취, 고사리, 고비, 두릅, 지장나물, 방풍나물(갬치팽풍나물), 고드레, 장각나물 등 종류도 많다. 산나물은 대체로 햇순이 돋아날 때 바로 삶아서 먹거나, 데쳐서 말려두었다가 묵나물로 이용한다. 취는 손바닥만한 곰취가 유명하다. 봄에 나는 산나물로 그 향이 좋다. 조금 쓴 맛이 있으므로 삶아서 물에 우렸다가 꼭 짠 후 쌈을 싸서 먹거나 간장, 파, 마늘, 깨소금을 넣고 볶아서도 먹는다. 이 지역에서는 그 향을 좋아해서 그대로 생취쌈을 싸서 먹는 경우가 많다. 요즈음은 어느 지역이나 '쌈밥집'이 많이 생긴 추세다. 이 지역도 마찬가진데 다른 곳과 달리 곰취나 떡취, 참나물 등이 풍성하게 나온다.

두릅은 봄이 왔음을 알리는 나물이다. 참두릅, 개두릅이 시장에 나오는데 참두릅은 연하고 단 맛이 좋고, 개두릅은 이 지역에서만 볼 수 있는 맛이 매끈매끈한 독특한 맛을 지니고 있다. 쓴 맛이 훨씬 강하여 많이 먹으면 복통이 생긴다. 삶아 데쳐서 잘 우려내고 쌈이나 볶아서, 또는 초고추장으로 무쳐서 나물로 먹는다. 두릅에 밀가루를 무쳐 쪄서 볕에 말려 두었다가 필요할 때 기름에 튀기면 별미다. 이 때 나온 두릅을 데쳐서 냉동실에 넣어 두면 일년 내내 두릅의 맛을 즐길 수 있다. 두릅은 번식력이 좋아 집안에 몇 그루만 있으면 얼마 지나지 않아 두릅밭이 될 정도로 번식력이 왕성하고 경제성도 있어 농가소득을 올릴 수 있는 산나물이다.

메싹으로는 메싹떡을 한다. 댑싸리로도 댑싸리떡을 만든다.

더덕으로는 더덕회, 더덕생채, 더덕구이, 더덕술 등을 한다. 더덕생채는 껍질을 벗기고 두들긴 더덕을 먹기 좋게 찢고 파, 마늘을 넣은 초고추장 양념을 만들어 더덕을 무친다. 향이 일품이다.

들깨송이부각은 여물지 않은 들깨송이를 따서 깨끗이 씻고 물기를 뺀 다음 찹쌀가루를 무쳐서 찐다. 쪄 낸 들깨송이를 붙지 않게 하나하나 떼어 볕에 바짝 말린다. 이 것을 보관하여 두었다가 먹을 때 기름에 튀긴다. 고추부각도 같은 방법으로 가을에 말려 둔다.

4. 발효 저장식품

강릉 지역에서는 영동의 다른 지역과 같이 김치는 배추김치와 무김치를 일반적으로 담는다. 김장김치의 경우 해산물을 생것으로 많이 넣고, 여러 가지 젓갈 즉 잡어젓, 꽁치젓 등 김장용 젓갈은 집에서 많이 담가 그늘에 저장해두고 사용했으나, 현재는 식생활의 간소화 등으로 멸치젓, 까나리액젓 등 가공하여 판매하는 것을 많이 이용하는 실정이다. 새우젓 등도 이용도가 많아졌다. 이 지역에서는 김장용 배추김치는 짠지, 김장용 무김치는 짠짠지라고 한다. 평소에는 배추김치와 무김치와 함께 열무김치, 깍두기, 나박김치(물김치) 등을 담그고, 오이지는 거의 담그지 않는다. 오이김치(오이소박이도 하지만 오이를 썰어 버무린다)와 창란젓 깍두기, 서거리김치(서거리깍두기), 갓김치, 파김치, 부추김치, 동치미, 고들빼기 김치, 씀바귀김치, 채김치, 돌나물 김치, 월동추김치, 백김치 등을 담는다. 서거리젓은 북어의 아가미만을 빼서 담근 아가미젓이다. 삭으면 별미의 젓갈이 된다.

짠지는 배추를 절여 씻고 무채와 갓, 미나리, 파, 마늘에 생강, 고춧가루로 속을 버무려 넣는다. 멸치젓이나 새우젓도 쓰고, 서거리젓을 다져서 넣기도 한다. 바닷가 도시이지만 젓갈이 없을 때에는 소금만으로 김치를 담는다. 예전에는 배추를 절일 때에 바닷물을 이용하기도 했다. 바닷물은 보통 3.3%의 염분을 포함하고 있어 충분히 배추 등을 절일 수 있다. 서해안에 비하여 동해안쪽은 소금이 귀한 지역이었음을 알 수 있다.

묵은 짠지는 겨울 김장 때 담은 짠지를 다음해 초여름까지 저장해 두면서 먹는 김치를 말한다. 추위가 심하고 이른 봄에 채소를 얻기 어려운 기후적인 여건에서 채소저장의 관습이 현재까지도 남아 있는 것이라 여겨진다. 묵은 짠지에는 젓갈을 넣지 않고 파도 조금만 넣어 짭짤하게 담아 항아리에 넣고 땅에 묻어 저장한다. 강릉 시내의 중앙시장에서 4~5월경에도 신 김장김치를 파는 것을 볼 수 있다. 너무 시어서 못 먹을 것 같으면 설탕을 조금 넣어서 먹으라고 한다. 예전의 궁핍했던 시절의 식생활의 한 단면을 보는 듯하나 별미로운 맛이 있다. 요즘 문명의 이기인 냉장고를 이용하여 김장김치 남은 것을 냉동실에 저장하는데 냉동되었던 배추김치의 맛과는 아주 다르다.

강릉시에서 두부마을로 지정한 초당동의 H순두부집에서는 일 년 열두달 신 김장김치를 반찬으로 내놓는다. 별미이다.

열무김치는 여름철에 주로 담그지만 무 재배가 흔하지 않은 어촌에서는 여름철에도 담그지 않았다고 한다. 깍두기에도 서거리젓을 넣고 담으며, 나박김치는 일반적인 김치는 아니고, 오이지도 여름철에 거의 담지 않는다. 창란젓 깍두기는 무를 깍뚝썰기 하거나 채로 썰어 소금에 절이고, 잘 삭은 창란젓을 잘 씻어 잘게 썰어 넣고 고춧가루로 빨갛게 물을 들이고, 채썬 파, 다진 마늘, 생강, 미나리 등을 넣고 잘 버무린다. 동치미는 짠지 형태로 짜게 담근다. 채김치는 무를 약간 굵게 채 썰고 고춧가루를 넣고 빨갛게 물을 들이고, 굵게 썬 명태살, 다진 파, 마늘, 생강, 새우젓, 설탕, 알맞게 썬 미나리와 갓 등을 넣고 잘 버무려 항아리에 꼭꼭 눌러 담는다.

장아찌로는 깻잎장아찌, 고춧잎장아찌, 무장아찌, 송이장아찌, 산초장아찌, 지누아리장아찌 등을 담아 저장하여 두고 먹는다. 송이장아찌는 송이를 손질하여 약간 꾸들꾸들 말려 물기를 제거하고 고추장에 박아 두었다가 필요한 때에 꺼내어 양념한 것으로 상품가치가 없는 송이 등을 이용하여 장아찌를 담기도 한다. 강릉의 대표적인 장아찌인 지누아리장아찌는 해초인 지누아리를 생것 그대로 간장양념하여 두었다가 먹거나, 말린 것에 간장을 부어 두었다가 건져 양념한 것으로 짭짤한 맛이 특징이다.

장류는 다른 지방과 마찬가지로 간장, 된장, 고추장 등을 주로 담는다. 그외에 막장을 많이 담고 청국장도 더러 담가 겨울철의 별미로 먹는다. 음력 정월, 이월에 콩 1말로 쑨 메주에 물은 3~4말, 소금은 물 1말에 소금 4되를 풀어 장을 담그고 두 달간 숙성시켰다가 체에 밭쳐 된장을 거르고 받은 물을 천천히 달여 간장으로 준비한다. 된장은 간장을 빼고 남은 메주건지를 항아리에 꼭꼭 눌러 담고 소금을 뿌렸다가 한 달 정도 삭은 다음에 먹는다. 예전에 어촌지역에서는 바닷물을 퍼다가 보통 소금물에 섞어서 썼다고 한다.

고추장 담는 법은 고장마다 집집마다 조금씩 다른데 일반적으로 고추장메주는 간장, 된장메주와 같은 것을 쓴다(다른 지역에서는 고추장 메주는 동그랗게 따로 만든다). 메주가루를 준비하고 곡식은 찹쌀경단 또는 찹쌀풀을 쓰거나, 멥쌀로 흰무리를 쪄서 쓰고, 차좁쌀밥을 지어서 쓰기도 하고, 보리쌀과 밀가루도 쓰고 있다. 고춧가루의 산출량은 적은 편이다. 그러므로 고추장의 이용도는 다른 지역에 비하여 좀 낮은 편이다. 찹쌀고추장인 경우에는 찹쌀 1말에 메주가루 5되, 고춧가루를 6근 정도를 넣는다. 밀가루고추장인 경우에는 밀가루 4말을 풀을 쑤어 엿기름 1말로 삭힌 다음 끓여서 조청 다리듯하다가 식혀 메주가루 1말을 섞고, 고춧가루 20근 정도를 쓴다. 소금간을 한다. 엿을 사서 넣는 집도 있다.

막장은 국을 끓이는데 쓰는 장이다. 막장은 메주가루 1되에 보리쌀 4되를 맷돌에 갈고 엿기름 1되를 삭혀서 소금간을 하고 고춧가루를 조금 넣어 고추장 담는 법과 동일하게 담는다. 고춧가루는 안 넣거나 조금 넣는다. 찹쌀은 쓰지 않고 보리쌀이나 밀가루를 쓴다. 또 소금도 보통 된장보다 적게 넣어 국에 듬뿍 풀어 넣고 쓴다. 고추장보다 막장의 이용도가 많고 맛도 좋다.

젓갈류로는 흔하게 잡히는 명태로부터 얻을 수 있는 명란젓, 창란젓, 서거리젓, 서거리식해, 명태밥식해, 명태포식해, 노가리식해, 명란식해 등을 담그고, 그외에 오징어젓, 오징어식해, 한치식해, 멸치젓, 꽁치젓, 조개젓, 새우젓, 부새우젓, 바다게젓, 방게젓, 멧젓, 멧식해, 고기식해, 도루묵식해, 멸치식해, 햇떼기식해, 갈치식해 등을 많이 담가 저장해놓고 먹는다. 젓갈(젓)은 어패류에 소금만을 짜게 넣어 저장성을 높인 염장발효식품인데 비하여, 식해는 어패류와 밥, 무채 등의 부재료를 넣고 소금간을 약하게 하여 단시일 내에 먹는 저염장발효식품이다. 강릉을 중심으로 한 동해안은 서해안에 비해 식해류의 젓갈이 많이 발달하였다. 이 것은 조수간만의 차이가 커서 소금을 많이 생산하는 서해안에 비하여 소금이 귀한 동해안 지역의 자연환경 때문에 발달한 전통성이다. 강릉에서는 대부분의 한정식을 파는 집에서는 붉은 가자미식해 등을 흔하게 맛을 볼 수 있다. 함경도지방의 가자미식해가 조밥과 고춧가루등 갖은 양념으로 버무려 삭힌 것이라면, 강릉의 가자미식해는 조밥 대신에 멥쌀밥을 집어 넣고 담근 것으로 첫 인상부터가 다른데, 한입 먹으면 조밥의 깔깔한 질감 대신에 훨씬 부드럽다. 폭 삭으면 밥알의 형체가 보이지 않는다. 유산균으로 인하여 생긴 새콤한 맛이 매꼼한 맛과 어우러져 아주 독특한 맛을 낸다.

이 식해류는 이 지역의 전통적인 제사상에도 올라갔는데 그때에는 고춧가루, 파, 마늘 등을 넣지 않고 하얀 식해를 만들어서 제사상에 올렸다. 한편 밥알이 동동 뜨는 음료인 식혜의 밥만을 떠서 대추 3조각 얹은 식혜밥은 제사상에 올리지 않았다. 그러나 요즈음의 강릉지역의 제사상차림 진설을 살펴본 사례연구에서는 식해 대신에 식혜밥이 진설되고 있어 전통적인 상차림의 모습이 사라지고 있음을 알 수 있다.

우리 식해와 형체는 다르지만 일본 아키타 지역의 일반 재래시장에서는 도루묵식해를 판매하고 있다. 밥과 도루묵, 당근채 등을 소금을 넣고 버무려 삭힌 도루묵식해는 일본음식의 특징을 보이고는 있으나 우리의 식해와 일본 아키타 지역의 도루묵식해의 뿌리는 같다는 생각이 들 정도로 꼭 같았다. 그러므로 강릉의 전통적인 제사상에 올리던 하얀 식해의 형태는 역사가 오래 된 대단히 전통적인 식해의 참모습이다. 아키타는 동해를 사이에 두고 강릉과 마주보고 있는 지역이며, 우리 동해안의 도루묵을 수입하여 도루묵 식해 등을 담고 있다고 한다. 정작 우리는 비싸진 도루묵을 구경도 못하고 있는 실정이다.

강릉의 도루묵식해는 꾸덕꾸덕 말린 도루묵에 차게 식힌 차좁쌀밥이나 멥쌀밥, 고추가루, 갖은 양념을 넣고 버무려 삭힌다. 일반적인 고춧가루 범벅의 빨간 식해보다는 고춧가루를 쓰지 않고 담근 흰색의 식해(제사상에 진설되는 제물)가 더 전통성이 있으며 역사가 깊다고 할 수 있다. 또한 그 모습이 일본적으로 변질되기는 했으나 아키다의 식해에 우리 옛식해와 같은 전통성이 살아 있음은 일본 고대의 음식은 우리나라 상고시대의 음식에서 그 기술을 전수받은 흔적임을 증명하는 또하나의 음식문화인 듯하다.

명태밥식해는 꾸덕꾸덕 말린 명태에 식은 밥이나 된 찰밥을 지어서 함께 섞어 엿기름 가루와 갖은 양념을 하여 담는다. 북어포식해(명태포식해)는 북어포를 잘게 썰고 무를 채로 썰거나 얇고 작게 썰어 함께 엿기름 가루에 버무려 재웠다가 쌀밥을 하여 약간 식은 다음 함께 버무리고 고춧가루, 설탕, 소금 등 갖은 양념을 하여 삭힌다. 날 명태도 조금 섞어서 버무린다. 명태가 아니고 다른 생선을 섞어 넣기도 한다. 잘 삭으면 위에 웃물이 고인다. 이 국물은 따르고 삭혀 두고 쓴다. 쌀밥으로 하는 것이 정법인데 쌀밥으로 하지 않고 조밥으로 하는 경우도 있으나 함경도지방의 식해처럼 조밥만으로 만들지는 않는다. 좁쌀이 흔하지 않기 때문인 듯하다.

명란식해는 약간 소금에 절인 명란과 쪄서 양지에 말린 차좁쌀, 다진 마늘, 파, 생강, 고운 고춧가루를 넣고 버무린다.

멸치식해는 말린 멸치와 쉰밥 말린 것에 갖은 양념을 넣어 버무려 서늘한 곳에 저장한다.

고기식해는 생선으로 만든 식해로 강릉지방에서는 생선머리를 버리지 않고 칼로 다져서 굵은 뼈는 빼고 조밥을 넣어 만든다.

부새우젓은 강릉 경포호수에서 잡히는 조그마한 새우로 담은 새우젓이다. 둥둥 떠다녀서 부새우라고 이름이 붙었다고 한다. 봄철에 강릉 중앙시장에 가면 아주머니들이 경포호수에서 소쿠리 등으로 건져 올린 부새우를 팔고 있다. 생부새우와 일회용 가스렌지에 부새우를 올려놓고 끓이면서 파는 부새우찜 등을 쉽게 볼 수 있다. 이 무렵에만 맛볼 수 있는 밥반찬으로 계절의 별미다. 생부새우를 사다가 80%정도의 소금을 넣고 항아리에 담아두고 곰삭았을 때 먹는다.

명란젓은 날명태의 알을 소금에 절인 것으로 동해지역의 명물 젓갈이다. 11월, 12월 명태의 성수기에 날 명태의 알을 소금에 절인 후(명란 1말이면 소금 5되의 비율) 보름쯤 지나서 명란의 색이 흰색으로 변하면 명란에서 나온 물에 새우젓국물을 약간 섞고, 고운 고춧가루, 파, 마늘, 설탕 등 갖은 양념을 하여 하루 저녁 재웠다가 먹는다. 원양태의 명란은 커서 맛이 없다고 하고, 지방태의 명란이 작고 알을 씹을 때의 감촉도 좋아 선호한다. 그러나 요즈음은 지방태보다 원양태의 가공이 많으므로 제 맛을 보기가 쉽지 않다.

창란젓은 명태의 창자를 소금에 절였다가 다시 깨끗하게 훑으면서 씻어 썰고 고춧가루, 소금으로 간을 맞추어 삭힌다.

강릉시 주문진에 위치한 O젓갈공장에서는 명란, 창란, 오징어젓 등을 가공하는데 거의 전자동화되어 있으며, 염도가 23% 이상되는 종전의 재래 젓갈의 짠 맛을 염도 8% 정도로 낮추어 생산하고 있다. 한국인을 위한 식사지침에도 '너무 짜게 먹지 말자'라는 항목이 들어 있을 정도로 우리의 재래 입맛은 짜게 먹어 왔다. 그러나 건강을 생각한다면 종래 젓갈의 맛은 잃지 않고 염도를 낮추는 노력은 바람직한 일이라 여겨진다. 바로 이와 같은 점이 전통 향토음식을 보존 계승하는 데에도 필요한 풀어야 할 과제라 여겨진다.

오징어젓은 오징어의 배를 갈라 먹통을 떼어내고 씻어 소금에 절였다가, 먹을 때 소금의 짠 맛을 빼고 껍질을 벗긴 후 몸통은 채를 치고, 다리는 짧게 자른 것에 소금에 절여 꼭 짠 무채, 고춧가루, 다진 파, 마늘, 생강 등의 양념을 넣고 버무려 하룻밤 두었다가 먹는다. 오징어를 짜게 절여(염도 23%이상) 저장성을 높였다가 먹을 때는 퇴염을 하는 방법은 짠 그대로 양념 맛으로 먹는 경우보다 상당히 합리적인 이용법이다. 어느 시장에서나 커다란 드럼통 등에 뚜껑도 없이 담겨있는 오징어젓은 비위생적으로 보이나 워낙 짜게 절여져 있기 때문에 별다른 식중독사고는 일으키지 않는다. 그러나 우리의 눈에 비위생적으로 비친다면 이방인의 눈에는 어떨까를 생각한다면 위생적으로 처리하는 것이 좋을 듯하다. 베트남의 누크-맘과 태국의 魚醬(어장은 fish sauce로 작은 생선(주로 민물고기)에 소금을 120%쯤 집어 넣고 숙성시킨 후 그 즙액만을 받아 카라멜 소스, 마늘 등을 넣고 끓인 간장이다. 우리가 콩으로 만든 간장을 먹는 대신에 동남아시아의 여러나라에서는 이렇게 만든 생선간장을 주로 먹는다)인 덕-트레이를 저장하는 동안에 아무리 짜게 절여도 그 곳의 40도가 넘는 기온 때문에 보관을 잘 해도 항아리 뚜껑을 열면 구더기가 돌아다니는 모습을 자주 보게 된다. 물론 그들은 전혀 신경도 안 쓰지만 이방인이 보기에는 무척 괴로운 일이다.

서거리젓은 북어 아가미를 떼어 잘 씻고 물기를 뺀 후 소금에 버무려 담은 젓갈이다. 이 서거리 젓을 다져서 겨울 김장김치에 넣었으나 요즈음은 멸치젓을 많이 쓴다. 명태가 많이 잡히는 고장의 특징이며 말린 것으로 담은 젓갈이라 담백한 맛이 있고, 곰삭아도 씹히는 맛이 좋다.

조개젓은 째북조개 등을 소금에 재워 담는다.

술의 종류로는 막걸리, 약주, 청주, 소주, 감자술, 옥수수술, 머루주, 다래주, 모과주, 앵두주, 인삼주, 국화주, 더덕주, 오갈피주 등이 있다.

강릉시내에 진입하기 전 D그룹의 K소주공장이 있다. 전통 소주는 아니고 주정을 가지고 만드는 희석식소주이나 강릉시 뿐만 아니고 서울에서도 많이 소비되는 소주이다. 산 좋고 물 맑은 강릉의 이미지를 반영하여 홍보한 것이 소비의 일익을 담당한다.

5. 기타

도토리로 만든 도토리묵으로는 도토리묵무침, 도토리묵조림 등을 한다. 상수리로 만든 묵으로는 묵무침 등을 한다. 도토리는 떡갈나무(너도밤나무과에 딸린 갈잎 큰 키나무)의 열매이며, 상수리는 도토리와 비슷하지만 상수리나무(너도밤나무과에 딸린 갈잎 큰 키나무) 열매이다.

댑싸리로는 새 순을 가지고 댑싸리떡을 이른 봄에 만든다. 댑싸리는 대싸리로 명아주과에 따린 한해살이 풀이다. 어린 잎은 식용하고 줄기로는 빗자루를 만든다. 아카시아 하얀 꽃잎으로도 아카시아설기떡을 만들어 먹는데 그 향이 좋다. 잊혀져가는 정취를 살릴 수 있도록 계속적으로 만들어 먹는 것이 좋겠다.

강릉 지역에 즐겨 먹는 음료로는 강냉이차, 앵두화채, 연엽식혜 등이 있다.

강냉이차는 바싹 말린 강냉이를 보리를 볶듯이 검게 볶아서 이것을 보리차 끓이듯이 펄펄 끓이면 누런 빛과 함께 구수한 맛이 나는 차가 된다. 고혈압환자에 좋다고도 하며 늦가을부터 겨우내 끓여 먹는다.

앵두화채는 잘 익은 앵두를 하나하나 씨를 빼고, 끓여서 차게 식힌 설탕물에 앵두를 담아낸다. 앵두를 반을 갈아서 섞기도 한다.

연엽식혜(연엽주)는 연잎을 잘라 깨끗이 씻어 물기를 빼고, 따라놓은 엿기름물에 설탕을 섞어 잘 저어 놓는다. 큰대접에 연잎을 하나 펴담고, 뜨거운 찹쌀밥을 한 주걱 담고 엿기름 국물을 한 국자 붓고 연잎을 모아 끈으로 동여 맨다. 오지바레기에 물을 ½쯤 담고 준비한 연잎 덩어리를 안치고 뚜껑을 덮고 이불을 푹 덮어 뜨거운 아랫목에 하룻밤 재우면 밥이 삭아서 단물이 생겨 연잎의 향기가 나는 식혜가 된다. 연엽주라고도 하나 술은 아니다. 강릉시 운정동

소재의 선교장에서는 예전에 한 여름날 아침에 연못에 있는 연잎을 깨끗이 씻고 연잎에 찹쌀밥, 엿기름물, 설탕 등을 넣고 봉해두었다가 해질녘에 일터에서 돌아와 그 연잎을 잘라 펼치면 연잎향이 그윽한 연잎식혜가 완성되어 먹는다고 한다.

V 의례음식 중 전통 향토음식

1. 명절음식

예전 강릉에서 명절에 많이 먹는 떡의 이용을 보면 쌀떡보다는 잡곡으로 만든 떡이 많은데 비교적 소박한 맛과 모양이다. 송편을 많이 만들며 다음으로 시루떡이다.

시루떡은 특히 고사음식으로 팥시루떡을 쓰고, 혼례 때에도 부정타지 말라는 뜻으로 붉은 팥시루떡을 하고, 무속에서 치성을 드릴 때와 부락제에서는 백설기를 한다.

결혼 등의 큰일을 치룰 때에는 절편과 인절미를 주로 만든다. 절편을 '큰떡'이라고 한다. 인절미는 '찰떡'이라고 한다. 혼례 때 신랑집에서 새 사돈집에 이 큰 떡을 해보내는 습관으로 미루어 큰일일 때 하는 대표적인 떡이라는 뜻에서 일컫는 이름인 것 같다.

큰떡의 내용은 멥쌀로 절편을 만들어 큼직하게 등구박(예전에는 대로 만든 동구니였으나 지금은 프라스틱 바구니를 많이 쓴다)에 담고 그 위에 찰떡을 담는다. 이렇게 담은 떡동구리는 반드시 외로 꼰 왼새끼줄로 묶어서 색시를 따라 온 사람이 가는 편에 돌려 보낸다. '몸떡'은 큰떡과 같은 것을 그릇에 담아 색시에게 차려주는 큰상에 올려 놓아준 떡을 말한다. 혼례 때의 붉은 팥시루떡은 축하의 뜻으로 하는데, 반드시 붉은 팥으로 고물을 얹어 멥쌀, 찹쌀을 각각 켜를 놓아 찌며 이 팥시루떡은 상에 올려 놓고 찹쌀로 한 것은 따로 놓는다.

고사음식으로 쓰이는 팥시루떡은 멥쌀가루에 붉은 팥고물을 얹어 찐다. 백설기(백시루)는 멥쌀가루로만 하얗게 찐다. 이 때는 쌀 3되로 하는 것이 관습화되어 있고, 다만 선주는 치성때 따로 백설기의 큰 시루를 해다가 놓기도 한다.

강문의 진또베기는 새해마다 갈아 세우는데 굿 날짜가 잡히면 대개 이 날에 앞서 세운다. 물과 불과 바람의 세 재액을 내쫓으려고 세운 것으로 믿어진다. 강문의 서낭제는 농사가 잘 되고 고기가 많이 잡히고 마을이 평안하기를 바라는 것이 목적이다.

제사의 절차가 계절마다 달라서 정월 보름 제사와 팔월 한가위 제사는 유교의 제사 절차에 따라 진행되고, 사월 보름 제사는 유교의 절차에 따른 것인데 삼년마다 한 차례씩은 굿을 섞어 치른다. 사월보름 제사는 여느 제사보다 규모가 크고 굿을 하는 해에는 마을 어부들이 모두 참여하여 굿을 즐긴다.

정월 설은 음력설을 많이 지내는 편이다. 강동면의 강릉 김씨와 초당 최씨 문중은 양력설을 지낸다. 초하룻날 아침에 특히 여자는 남의 집에 가지 않는다. 설이란 섧다는 뜻으로 가만히 있으라는 뜻이다.

설 음식으로는 만두가 들어 간 떡국과 절떡, 인절미(찰떡), 적, 다식, 사과, 배, 감(홍시), 밤, 과줄(여기에서는 '과질'이라고 한다), 깨엿 등을 먹는다. 다른 지역에 비하여 흰떡을 만드나 별로 많이 만들지 않으며, 개피떡(일명 바람떡)은 보편적인 떡인 듯하다. 설날에는 각 가정마다 술을 담그는데, 농촌에서는 막걸리를, 시내에서는 양조장에서 술을 사온다. 정월에는 또 흰떡과 송편, 절편, 개피떡을 만들어 마을 노인들을 대접한다.

정월 보름에는 정월 14일에 오곡의 풍작을 기원하는 의미에서 멥쌀, 찹쌀, 팥, 좁쌀, 수수 등을 넣어 오곡밥을 만들고, 부식으로는 묵나물, 해산물, 채소와 육류를 장만한다. 약밥은 다른 지역과 비슷한데 정월 보름날 만든다. 찹쌀, 곶감, 기름, 밤, 대추를 넣는다. 혹은 찹쌀을 찌고, 참기름과 간장만을 넣어 다시 찌기도 한다. 부럼으로는 생밤, 호도, 은행, 잣, 땅콩 등을 두세 개 깨물면서 "일년 열두달 무사태평하고 부스럼 나지 마시오"라고 한다. 새벽 1시경 깨어나서 말하는 관습도 있다.

2월의 영등제인 영동할머니(일명 풍신할머니)날에는 찰밥을 만드는데 정월 14일의 오곡밥과 같다. 생선국을 끓이고, 동이에다 냉수를 떠 장독 항아리 위에 놓고 장마와 가뭄이 들지 않도록 기원한다.

4월 한식날에는 떡과 술 그리고 과일 따위를 장만해 가지고 조상의 무덤에 한식차례를 지내러 간다. 이 후 청명절에 첫 밭갈이를 한다. 이것을 '보습'이라고 한다.

5월 5일 단오에는 다른 지역과 달리 성대하게 단오제를 지낸다. 단오제는 실제로는 삼월 이십일에 신에게 바칠 술을 빚는 데서부터 시작된다.

사월 초하룻날이 되면 이 술과 떡시루를 대관령 국사 서낭당에 올리고 신을 청하는 제사를 지낸다. 그리고 사월 열나흗날 저녁 여섯시에 그 신을 맞기 위하여 태평소와 나팔을 부는 사람을 포함한 악사 열여섯 명으로 짜인 악대를 앞세워 풍악을 울리며 강릉시장을 우두머리로 한 제관들이 대관령으로 향한다. 명주군 성산면 구산리에 가서 마을 사람들이 미리 마련한 밤참을 먹고 다시 올라가서 어흘리의 송정에서 아침에 먹을 밥을 미리 지어 놓고 그날 밤에 거기서 잔다. 새벽 닭이 울면 올라가 허공다리라는 곳에서 아침밥을 먹고 오전 10시에 대관령 꼭대기에 있는 국사서낭당에 오른다. 제사는 국사 서낭과 산신에게 따로따로 올려지는데, 국사 서낭의 제주는 강릉 시장이, 대관령 산신의 제주는 명주군수가 맡는다. 이 때 무녀가 가까운 곳의 나무중에서 신목을 베어 무제를 지내며 액맥이를 한다.

제사가 끝나면 이 나무는 남자무당이 허리춤에 꽂아들고 내려온다. 이 신목을 강릉시 홍제동에 새로 지어잔 국사 여서낭당에 모시는 국사 여서낭제를 올린다. 대관령 국사 서낭과 여서낭 곧 정씨의 딸을 맺어주는 과정이다. 본격적인 강릉 단오제는 음력 5월 3일에 올려지는 영신제에서 막이 오른다. 이 신맞이 행사는 국사 여서낭당에서 올려지는데, 이 곳에 모신 대관령 국사 서낭을 맞아 이제 잔치가 벌어질 남대천가로 옮겨 모시는 절차다. 국사 여서낭당에서 제사를 마친 영신 행렬은 농악대와 제관과 무당을 앞세우고 굇대와 신목을 받들고 남대천으로 가서 신목을 꽂는다. 이것은 신이 함께 했음을 알리는 셈이다. 현재 단오제의 규모는 전국적이다. 이 행사기간 동안 무당들이 이 곳의 안녕을 비는 무가를 밤새워 불러 대며 굿을 하고 단오떡을 먹어야 한해의 재앙을 물리칠 수 있다고 믿고 온 사람들도 덩달아 밤을 새운다.

여름철에는 감자 또는 보리만으로 밥을 지어 주식으로 한다. 옥수수의 생산이 많아 옥수수가루에 강낭콩을 섞어 만든 잡곡 설기떡, 옥수수보리개떡 등을 잘 만드는데 이 지역만의 특성이 잘 나타난다. 감자시루떡, 감자떡, 감자녹말송편, 감자경단, 감자뭉생이 등 소박한 감자를 이용한 떡이 만들어진다. 감자시루떡은 평상시의 음식이며 특별한 때에는 하지 않는다.

이른 봄부터 시작한 벼농사의 3번 김을 맨 후에 대개 농가 단위 부락마다 음식을 장만하여 마을 잔치를 하는 것을 '질먹기'라고 한다. 위로 잔치인 셈이다. 이 질먹기를 할 때 집집마다 음식을 따로 잘 장만해 갖고 오는 것이 보통이다.

복날에는 일반 가정에서는 병아리를 삶아서 약 병아리라고 하여 보신용으로 먹고, 혹 보신탕이라고 하는 개고기를 먹기도 한다. 보신탕집에서 소주에다 보신탕을 먹는 사람이 많았다. 강릉 어흘리의 삼포암이나 연곡의 신왕리계곡 등 시내 근교의 계곡을 찾아 개를 잡아 더위를 쫓고 보신을 하기도 한다.

음력 8월 15일 추석에는 햅쌀로 밥을 지어 조상께 바친다. 잡곡은 넣지 않는다. 박고지국을 먹고 제사상차림에도 올리는 것이 특이하다. 여자들은 그네를 뛰기도 한다.

동지에는 팥죽을 먹는다. 멥쌀에다 팥을 넣어 죽을 쑤고 찹쌀옹심이를 넣는다. 옹심이를 나이 수대로 먹는다. 동지팥죽을 먹고는 일꾼들이 일 년을 전부 끝맺는 날로 친다.

2. 백일, 돌, 생일음식

백일잔치에는 수수경단, 인절미, 송편을 하고 그밖에 생일잔치와 마찬가지로 편육과 부침개를 만들고 미역국을 끓여 상을 차린다. 아이가 돌이 되면 돌상을 차려서 건강장수, 부귀영화, 후손번영을 빌어준다.

돌상에는 그릇에 수북히 담긴 쌀밥, 미역국과 함께 흰무리, 수수경단, 콩가루 묻힌 찰경단, 팥고물 묻힌 찰경단, 송편, 수리취 찰떡, 인절미 같은 떡과 사과, 배, 감, 대추 같은 과일이 오르고 양쪽에 각각 국수와 무명실 타래가 곁들여진다. 그리고 아이 앞에는 쌀, 활, 책, 먹, 붓, 돈, 칼 따위를 놓고 아이가 그 것을 잡는 순서나 가지고 노는 기호도에 따라서 문사가 될지, 무사가 될지, 관료로서 부귀영화를 누릴지를 점친다.

아이가 자라 글방에 가는 날에 부모는 떡을 하고 닭을 잡고 산나물을 차려 글방 선생을 집에 모셔 대접하고 또 붉은 팥을 놓은 팥시루떡을 한 실 쪄서 글방에 가지고 가 선배 학도들에게 나누어 주었다. 책씻기 잔치 때에도 떡을 해다 돌렸다. 글방의 졸업식인 파접때에도 술과 떡과 그밖의 음식을 준비하였다.

3. 관례음식

사내아이는 열다섯 살이 되면 관례를 치른다. 관례는 남자아이가 어른이 되는 예식이다. 먼저 어른이 된다는 뜻을 사당에 알리고 다음에는 존망이 높은 동네 어른에게 의뢰하여 상투를 틀어 얹고 집안 어른과 동네 어른에게 어른이 된 것을 알리는 절을 했다. 이와 같은 관례는 조혼의 풍습이 퍼짐에 따라 혼인 전의 약혼행사로 변모되었다가 점차로 사라졌다. 요즈음은 나라법에 따라 일정한 나이(만 18세)가 되면 주민등록 신고를 하여 주민등록증을 받으면 성인으로 대해주며, 만 20세가 될 때 성인 의식을 치르고, 혼례시에 성인이 되는 관례도 공공장소에서 동시에 행해진다.

4. 혼례음식

혼례상인 대례(교배)상차림은 다음과 같다. 상은 방향을 봐서 남북을 중심으로 신랑은 북쪽에 신부는 남쪽에 마주보고 서도록 한다. 대나무와 소나무가지를 꽂은 화병 2개, 용떡 2그릇, 황초 2개, 밤, 대추, 곶감, 포 각 1그릇, 팥 · 콩시루 2개, 밤 · 대추를 꿴 청홍실을 목에 건 닭 2마리를 다음 (그림1)과 같이 진설한다.

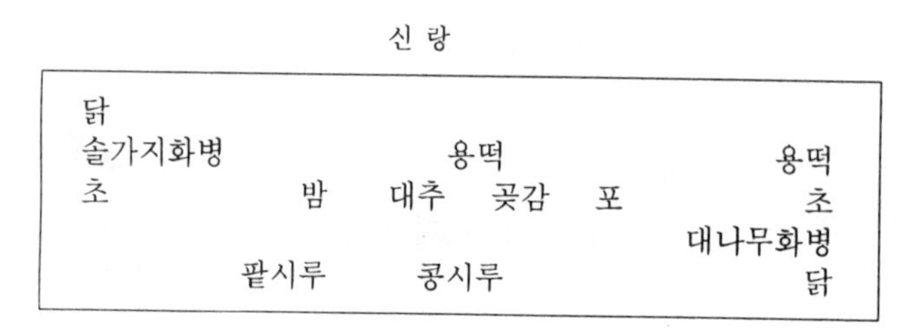

(그림 1) 강릉시 학산면의 대례상

신랑이 대례상 맞은편에 서면 신부가 부축을 받으며 나오며 상견

례가 끝난 뒤에 술잔이 교환되고 다시 절을 하고 나면 대례가 끝난다.

대례가 끝나면 당일 신랑은 신부집에서 하룻밤을 지내며, 이튿날에 상객과 종자 곧 하인은 모두 돌아가고 신랑만 남아 신부집에 이틀을 더 묵고 신부집에 다시 온 종자와 함께 자기집으로 돌아간다.

신부는 친정에 묵다가 처음으로 시집에 갈 때는 가마를 타고 간다. 신부가 시가에 처음 가는 신행에서 폐백상을 차린다.

폐백은 시아버지에게는 '길치'라고 하여 닭을, 시어머니에게는 대추, 밤을 올린다.

신부가 시집 온 지 사흘만에 신랑과 함께 친정에 신행가는 것은 신부집에서 보내온 예물에 대한 신랑집의 간단한 답례행사이기도 하므로 신랑집에서는 엿을 고으고 과줄과 산자와 떡을 만들어 짐꾼에게 지워서 딸려 보냈다. 다음날 친가로 갔다가 신부가 다시 시가에 오는데 이를 '풀보기'라 한다. 이 때 새살림 일절을 가지고 간다.

이바지 음식으로는 떡, 과일, 고기, 술을 준비한다. 집안마다 다르겠으나 다른 지역에 비하여 검소하다.

5. 상례음식

사자밥은 상에다 밥 3그릇, 무나물 3그릇, 흰종이를 섞어 만든 짚신 3켤레, 돈 30원씩 3뭇을 베위에 놓고 정화수 1그릇을 차린 다음 삽사리 곁에 놓는다. 혹은 사자밥 3접시를 키에 담아서 지붕에 올려놓는다. 대문안에 흰밥 3그릇만 놓기도 한다. 3일째 되는 날 삼오제를 지내고, 제사 후에는 성묘를 한다. 이 날 초상 때 못 온 조객들을 받는다. 100일안에 택일해서 탈상을 한다. 탈상하기 전날 저녁에 상식을, 탈상하는 날 아침에는 탈상축을 한 후에 탈상을 한다.

대상은 돌아가신 지 2주기로 전날 밤에 상식을 올리고 새벽에 대상제를 지내고 탈상을 한다.

6. 제례음식

제례는 기제, 차례, 묘제, 시제 등을 지내는데, 그 중 차례와 기제사 때의 제물을 중심으로 살펴보면 다음과 같다.

차례는 정월 원단, 정월 보름, 한식, 단오, 추석, 동지에 종가집에 모여서 지낸다. 정월 원단에는 메, 정월 보름에는 찰밥, 추석에는 송편과 증편(강릉에서는 '기정'이라고 함), 동지에 팥죽을 특별제수로 올린다. (그림2)와 (그림 3), (그림 4)에 전통적인 강릉의 추석 차례상 차림이 제시되어 있다.

그림2의 차례상의 제물 조리법은 다음과 같다. 합설일 때 1열에는 송편, 메, 갱 각 2기, 그리고 어물찜을 놓았다. 송편은 쌀가루 5홉에 끓는 물 1컵으로 오래 반죽하고, 송편의 소로는 고구마, 밤, 콩 등을 넣는다.

송편위에는 맨드라미꽃 장식을 한 증편(기정)을 크게 웃기로 얹는다. 갱은 쇠고기와 무를 가늘게 채를 썰어서 끓인다. 간은 소금간만을 한다.

이 지역의 큰 특징인 어물찜(생선찜)은 명태, 가자미를 잘 씻고 소금으로 절여 놓은 후 물기를 제거하고 찐다. 이들을 제기에 담고 문어 삶은 것을 잘 펴서 위에 얹는다. 2열에는 포와 시저(수저)를 놓았다. 포는 마른 오징어를 진설한다. 3열에는 간장과 침채를 놓았다. 4열에는 육적, 어적, 삼색나물, 두부전, 명태전, 알탕, 깻잎전, 밀가루전을 놓는다. 육적은 쇠고기, 어적은 가자미전, 명태전을 올린다. 삼색나물로는 시금치, 숙주, 고비나물을 올린다. 알탕 또한 이 지역의 특징인데 게란 3개를 반숙으로 삶은 후 껍질을 벗기고 모양을 내어 자른다. 알탕은 경우에 따라 탕으로 여기거나 계적의 대용으로 사용한다. 5열에는 대추, 밤, 단감, 배, 사과, 다래, 포도, 비스켓, 과줄을 넣는다.

신 위

		메 갱				메 갱		
송편								어물찜
오징어포				수 저				
		간 장				침 채		
육적	어적	전	삼색나물	전	전	알탕	전	전
대추	밤	감	배	사과	다래	포도	비스켓	과줄

제주 잔 향반, 향합, 향합

(그림 2) 강릉시 교 1동 김 필묵씨댁 차례상차림

신 위

	국	밥	국	밥	국	밥
	잔		잔		잔	
오징어포	탕		탕		탕	송편
파전	어전	피망전	동그랑땡 · 육적	누름적	조기찜 · 열기찜	
두부전		달걀찜		간장	나물	문어
깨강정	포도	배	사과		밤	대추

향

(그림 3) 강릉시 성내동 김 준규씨댁 차례상차림

(그림3)의 1열에는 국과 밥이 각각 3그릇이다. 국은 무를 채 썰어서 끓인다. 2열에는 포, 탕 3그릇, 송편을 올린다. 포는 오징어포를

사용한다. 탕은 쇠고기, 무, 두부를 같은 크기로 썰고 약간의 마늘과 파를 넣는다. 송편은 1그릇 올린다. 3열에는 파전, 어전, 동그랑땡, 피망전, 육적, 누름적, 조기찜, 열기찜을 놓는다. 파전은 밀가루를 풀고 실파를 넣고 지진다. 어전은 명태를 펴서 소금간을 한 후 밀가루, 계란을 씌워 지진다. 누름적은 양념한 쇠고기, 맛살, 파를 길이로 자른 후 꼬치에 꿰고 밀가루, 계란을 입혀 지져낸다. 열기찜은 열기를 며칠 말린 후 소금간을 하고 찐다. 조기찜도 열기와 같은 방법으로 한다. 4열에는 두부전, 달걀찜(알탕), 간장, 나물, 문어를 진설한다. 두부전은 두부에 소금을 친 후 기름에 지져낸다. 달걀찜(알탕)은 달갈을 삶고 껍질을 벗기고 예쁘게 칼집을 넣어 썬다. 나물로는 곰취나물, 병풍나물, 채나물이 있다. 곰취나물은 말린 곰취를 삶아 우린 후 다진 마늘, 식용유로 볶는다. 간은 조선간장으로 한다. 병풍나물은 곰취나물과 같은 방법으로 한다. 채나물은 무를 채썰고 소금을 넣어 익힌다. 5열에는 깨강정, 포도, 배, 사과, 밤, 대추가 진설 된다.

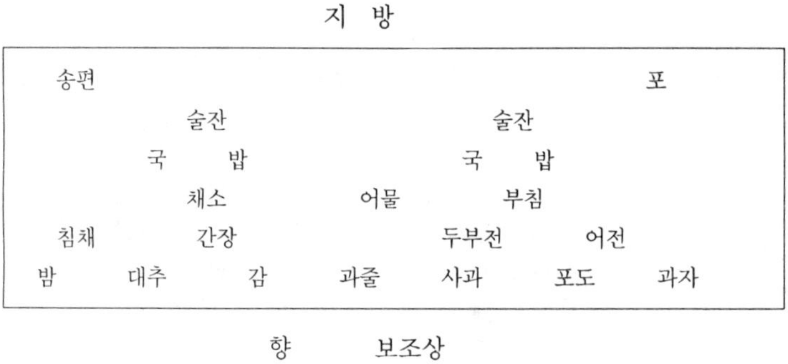

지 방

송편						포
	술잔			술잔		
	국	밥		국	밥	
	채소		어물	부침		
침채	간장			두부전	어전	
밤	대추	감	과줄	사과	포도	과자

향 보조상

(그림 4) 강릉시 회산동 심씨댁 차례상차림

(그림 4)의 제 1열에는 송편, 술잔, 포를 진설한다. 포로는 북어포를 진설하였다. 2열에는 쇠고기를 넣은 미역국과 흰밥을 진설한다. 3

열에는 채소, 어물, 부침을 진설한다. 채소로는 도라지, 시금치, 고사리, 표고버섯나물을 사용하였다. 어물로는 명태, 우럭, 문어를 사용하였다. 명태는 머리, 지느러미를 잘 다듬어 정리한 후 소금으로 간하여 찐다. 우럭도 명태찜과 같은 방법으로 한다. 문어는 깨끗이 씻어 살짝 데쳐서 올린다.

부침으로는 동그랑땡, 오징어튀김, 고구마튀김, 두부부침, 햄지짐, 메밀적, 어전을 진설하였다. 메밀적은 메밀가루에 밀가루를 약간 섞어 묽게 젓는다. 메밀반죽 위에 배추 숨죽인 것과 파를 숨죽여서 간을 한 후 사용한다. 배추와 파를 알맞게 넣고 메밀가루를 약간만 넣어 얇게 부쳐낸다.

어전은 명태살은 떠서 소금간을 한 후 밀가루를 입히고 달걀에 묻혀서 기름에 지져낸다. 4열에는 침채, 간장, 두부, 어전을 진설한다. 5열에는 밤, 대추, 감, 과줄, 사과, 포도, 과자를 진설한다.

Ⅵ. 결 론

태백산맥 동쪽지역의 중심지이고, 1955년 강릉시로 승격된 강릉지역의 주된 산출식품에 따라 형성된 전통 향토음식을 일상음식과 의례음식으로 요약하면 다음과 같다.

1. 이 지역의 주된 산출식품은 쌀과 함께 콩, 조, 메밀, 옥수수, 감자 등의 농산물이 재배되고, 임산물로는 머루, 다래 등과 표고, 느타리, 능이, 송이 등 다양한 버섯과 고사리, 고비, 취, 두릅, 쑥, 도라지, 더덕, 달래, 씀바귀, 누르대 등의 들나물과 산나물 등이 많이 있는데 이것은 이 지역이 산지가 많고 높기 때문이다. 수산물로는 명태, 대

구, 오징어, 꽁치, 고등어, 도루묵, 양미리, 임연수어, 문어, 삼치, 방어, 도미, 광어, 쥐치, 나분치, 성게 등의 다양한 어족이 있으며, 조개류로는 홍합, 고양섭, 대합, 귀조개, 명주조개 등이 있다. 돌김, 미역, 다시마, 쇠미역 등도 풍부하다. 민물고기로는 산뚝바구(꾹저구,뚜구리) 등이 있다. 축산물로는 주로 한우, 돼지, 염소, 꿩, 닭, 개 등을 키운다.

2. 일상식 중의 전통 향토음식으로는 다음과 같다.

1) 곡물음식에는 쌀로는 밥과 송편, 시루떡, 절편(큰떡, 절떡), 흰떡, 개피떡, 증편(기정), 백설기 등의 떡을 주로 만들고, 찹쌀로는 찰밥과 함께 인절미(찰떡), 과줄, 박산, 약식, 엿을 만든다. 옥수수로는 찐옥수수, 옥수수차, 찰강냉이, 옥수수(강냉이)밥, 찰옥수수시루떡, 옥수수범벅, 황골엿, 옥수수묵(올챙이묵), 강냉이 수제비, 옥수수보리개떡 등을 만든다. 차수수로는 차수수밥을 하고, 차조는 밥에 섞여 먹게 되고, 차조인절미를 만든다. 메밀은 메밀전(메밀적), 메밀총떡, 메밀국수(막국수), 메밀만두, 메밀묵을 만든다. 밀은 섞어서 밥을 짓기도 하고, 밀국수를 만든다. 팥으로는 팥국수, 팥소 흑임자떡을 만든다. 콩으로는 밥에 섞어 밥을 짓기도 하고, 콩조림 등의 반찬을 만든다. 바닷물을 이용하여 순두부, 두부, 비지를 만들고, 된장, 고추장 등의 장류를 만들며, 콩죽, 콩조림, 콩볶음, 콩나물을 길러 반찬으로 주로 이용된다.

2) 어패류와 고기음식에는 명태(북어, 동태)로 명태찜, 명태식해, 명태포(북어포)식해, 북어포무침, 북어찜, 동태찌개, 동태구이, 황태구이 등을 만든다. 대구도 간을 하지 않고 포를 만들며, 찌개 등으로 이용된다. 오징어로는 오징어구이(오징어불고기), 오징어무침, 오징어순대, 오징어물회, 산오징어회, 오징어포, 마른 오징어 젓갈무침, 마

른 오징어 순대 등을 만들고, 한치는 한치회로 먹는다. 가자미로는 가자미식해, 회, 구이, 튀김 등을 만든다. 도루묵으로는 도루묵찜, 회로 먹는다. 삼숙이는 주로 매운탕용으로 많이 이용된다. 고등어는 얼간 고등어라 하여 밥 위에 찐 고등어가 유명하다. 도치는 쪄서 먹거나 두루치기볶음 등으로, 꽁치, 학꽁치의 이용도 많다. 바다게로는 게장을 담고, 털게, 대게, 홍게 등은 쪄서 먹는다. 문어는 잔치나 제사상차림에 없어서는 안 되는 어물이며, 우럭으로는 회, 매운탕, 우럭미역국 등으로, 우럭, 광어, 도다리, 쥐치, 연어, 숭어, 청어, 고래, 상어 등의 이용도 많다.

조개류로는 회, 구이, 국, 탕, 부침, 젓갈 등으로 이용된다. 홍합으로는 홍합회, 홍합찜, 홍합무침, 미역국에 넣기도 하고 죽을 쑤어 먹는다. 민물고기류로는 꾹저구, 용곡지, 은어, 붕어, 가물치, 미꾸라지, 피래미 등등이 많이 이용된다.

고기음식으로는 소, 돼지, 닭, 개, 꿩, 메추리의 이용도가 높다.

3) 채소음식 중 감자의 이용이 많다. 감자로는 감자밥, 감자전(감자부침, 감자부치미), 감자송편, 감자옹심이(감자수제비, 밤송이국), 감자조림, 감자시루떡 등을 만든다. 미역, 김의 이용도는 보편적이며, 다시마의 일종인 쇠미역으로는 생이나 데쳐서 쌈으로, 국, 튀각으로 만든다. 해동이, 지누아리, 파래의 이용도 높다.

이 지역에서는 참죽나무순, 능이, 석이버섯의 이용이 독특하다. 참나물, 곰취, 떡취, 고사리, 고비, 두릅, 지장나물, 방풍나물(갬치팽풍나물), 고드레, 장각나물 등 산나물의 이용도는 다른 지역에 비하여 높다. 배추, 무와 함께 아욱, 오이, 풋고추, 호박 등 일반채소의 이용도 높고, 박으로는 박나물, 박나물국(박고지국)을 만들고, 늙은 호박으로는 호박범벅, 호박다식 등을 만든다. 메싹, 댑싸리를 이용한 떡도 만든다. 더덕으로는 회, 생채, 구이 술 등으로 이용한다. 들깨송이부각,

고추부각도 만든다.

4) 발효 저장식품중 김치류로는 다른 지역과 같이 배추김치, 무김치의 이용이 높으며, 김장용 배추김치는 짠지, 김장용 무김치는 짠짠지라고 하며 더욱 이용도가 높다. 기후조건에 따른 영향인 듯하다. 열무김치, 깍두기, 나박김치(물김치)의 이용도 많은 편이나 오이지는 그리 잘 담지 않는다. 오이김치, 창란젓깍두기, 서거리김치(서거리깍두기), 갓김치, 파김치, 부추김치, 동치미, 고들빼기김치, 씀바귀김치, 채김치, 돌나물김치, 월동추김치, 백김치 등을 담는다. 장아찌로는 깻잎장아찌, 고춧잎장아찌, 무장아찌, 송이장아찌, 산초장아찌, 지누아리장아찌 등을 담는다.

장류로는 다른 지방과 같이 간장, 된장, 고추장을 담고, 막장은 이 지역의 특징적인 장이다. 청국장도 먹는다.

젓갈류로는 명란젓, 창란젓, 서거리젓, 서거리식해, 명태밥식해, 명태포식해, 노가리식해, 명란식해, 오징어젓, 오징어식해, 한치식해, 멸치젓, 꽁치젓, 조개젓, 새우젓, 부새우젓, 바다게젓, 방게젓, 멧젓, 멧식해, 고기식해, 도루묵식해, 멸치식해, 햇떼기식해, 갈치식해 등이 있다. 다른 지역과 비교하면 식해의 이용이 많다. 식해는 서해안에 비하여 소금산출이 적기 때문에 생긴 산물이다. 생선, 곡물, 소금, 향신료가 어우러져 독특한 맛을 내는 식품으로 꼭 계승 발전시켜야 할 향토음식이다.

술로는 막걸리, 약주, 청주, 소주, 감자술, 옥수수술, 머루주, 다래주, 모과주, 앵두주, 인삼주, 국화주, 더덕주, 오가피주 등이 있다.

5) 그밖에도 도토리묵, 상수리묵, 강냉이차, 앵두화채, 연엽식혜(연엽주) 등 음료의 이용도 많다. 연엽식혜를 이 지역에서는 계속 연구하여 상품화하면 좋을 듯하다.

3. 명절음식과 관혼상제의 통과의례에 나타난 의례음식에 나타난 전통 향토음식은 다음과 같다.

1) 명절음식은 현대의 교통수단의 발달로 인한 일일생활권이 형성된 때문에 다른 지역과 크게 다른 점은 없으나 강릉에서는 음력설을 많이 지내고, 정월에 흰떡과 송편, 절편, 개피떡 등을 하여 마을의 노인들을 대접하는 등의 미풍양속이 살아 있다. 설날에는 만두가 들어간 떡국, 절편(절떡), 인절미(찰떡), 다식, 사과, 배, 감(홍시), 밤, 과줄, 깨엿, 막걸리 등을 먹는다. 정월 보름에는 오곡밥 또는 약밥, 묵나물볶음, 부럼 등을 먹는다.

2월 영등제에는 찰밥(또는 오곡밥(잡곡밥)), 생선국, 냉수를 준비하여 제를 지내고, 5월 5일에는 단오제를 강릉시가 주관하여 성대하게 지낸다. 6~8월의 여름철에는 감자, 보리, 옥수수의 이용이 많았다. '질먹기'라는 마을잔치를 벌여 농사짓는 사람들을 위로하였으며, 복날에는 약병아리, 보신탕을 먹어 몸을 보신하였다.

음력 8월 15일 추석에는 햅쌀밥, 박고지국, 은어튀김, 송이산적 등을 이용한 음식을 하여 제사지내고 친척끼리 모여 추수를 감사하는 마음과 결속을 다졌다. 동지에는 액막이로 나이수대로 새알심을 넣은 팥죽을 먹는다. 이때는 일 년 농사를 끝내는 날로 친다.

2) 통과의례 음식은 다음과 같다. 백일에는 잔치를 벌이는데 수수경단, 인절미, 송편을 하고 그밖에 생일잔치 때와 마찬가지로 편육과 부침개를 만들고 미역국을 끓여 상을 차린다. 돌상에는 쌀밥, 미역국과 흰무리, 수수경단, 콩가루 묻힌 찰경단, 팥고물 묻힌 찰경단, 송편, 수리치 찰떡, 인절미 같은 떡과 사과, 배, 감, 대추 같은 과일이 오르고, 국수, 무명실 타래를 놓는다. 그리고 아이 앞에는 살, 활, 책, 먹, 붓, 돈, 칼 따위를 놓고 아이가 잡는 대로 아이의 미래를 점친다.

3) 관례는 예전에는 남자아이 열다섯이면 관례를 치르고 잔치를 하였는데 조혼의 풍습이 퍼지면서 혼인 전의 약혼행사로 변모되었다가 점차 사라졌다.

음식으로는 요즈음은 거의 대부분 혼례 때에 성인의식이 같이 치루어지는 것으로 간주되고 있어 특별한 음식은 남아 있지 않다.

4) 혼례음식으로는 강릉지역에서 행해지는 전통 결혼식의 대례(교배)상에는 닭 2마리, 솔가지, 대나무를 꽂은 화병 각 1씩, 용떡 2그릇, 빔 1그릇, 대추 1그릇, 곶감 1그릇, 포 1그릇, 팥시루, 콩시루떡 각 1시루씩을 놓는다. 폐백음식으로는 시아버지께는 길치(닭)을 시어머니께는 대추와 밤을 올린다. 이바지음식으로는 떡, 과일, 고기, 술을 준비한다.

5) 상례음식으로는 사자밥은 밥3그릇, 무나물 3그릇, 정화수 1그릇을 짚신 3켤레, 돈 30원과 함께 놓는다. 또 사자밥 3접시를 키에 담아 지붕에 올려놓기도 하고 대문 안에 밥 3그릇을 놓는다. 삼우제날에는 제사를 지내고 성묘를 한다. 100일 안에 택일해서 탈상을 한다. 탈상하기 전날에 상식을, 탈상하는 날 아침에 탈상축을 한다. 대상은 돌아가신 지 2주기로 전날 밤에 상식을 올리고 새벽에 대상제를 지내고 탈상을 한다.

6) 제례음식으로는 기제사의 경우는 메, 갱, 시접, 편, 어물, 간장을 올리고, 육적, 어적, 전, 삼색나물, 탕을 올린다. 계란을 삶아 껍질을 벗기고 지그재그로 반을 잘라 그릇에 담고 계적 또는 알탕이라고 칭하는 관습이 지금도 남아있는 점이 다른 지역에서는 볼 수 없는 형태이다. 과일로는 대추, 밤, 감, 배, 사과, 다래, 포도 등을 올린다. 다래 등의 이용이 특이하다. 과자로는 유과와 과줄을 올린다. 과줄은 이 지역이 자랑하는 한과다. 제사상에도 빠질 수 없지만 일반적일 때에도 많이 이용한다. 계속적인 계승이 요구된다.

이 지역 제사음식 중 가장 큰 특징은 전통제사의 규범에서 어적에 해당되는 어물찜(생선찜)을 높이 고이고 삶은 문어를 위에 얹는 것이다. 해산물의 풍성함을 엿볼 수 있다. 지리적인 영향이 지금까지 그대로 내려오고 있음을 알 수 있다.

'치'로 끝나는 생선을 제상에 올리지 않는 것이 보통 관례인데 이 지역에서는 생선의 이름을 달리 불러 젯상에 올리는 경우가 있다. 예를 들면 새치는 임연수어, 도치는 심어 등으로 이름이 바뀌면 제사상에 어물로 올라간다. 역시 자연환경의 영향을 많이 받는 바닷가 지역의 자연환경 때문에 생긴 조상들의 지혜로움이라 여겨진다. 전통규범에서 볼 수 있는 식혜밥의 이용보다는 고춧가루를 넣지 않은 생선식해를 제사상에 올린다. 그러나 요즈음에는 식해는 사라지고 식혜밥의 이용이 다른 지역과 별 차이없이 보편화되었다. 전통 향토음식의 보존을 위해서는 특히 전통성이 가장 오래 지속되는 제사상 뿐만 아니라 일상음식에서도 이 지역만이 개발해 먹어 온 생선식해의 이용을 높여야 한다.

이상에서 살펴본 것처럼 식품의 산출에 따라 형성된 강릉 지역의 전통 향토음식은 요즈음도 다른 지역에서 볼 수 없는 향토색이 짙은 담백한 맛과 소박한 멋을 지니고 있다. 그러나 이에 만족하지 말고 앞으로도 이 지역이 처한 자연환경을 십분 활용하여 지역의 대부분을 차지하고 있는 산간지역에서 생산되는 임산물과 해안지역에 인접해 있으므로 얻게 되는 다양하고도 풍부한 해산물의 이용을 높여, 이 지역만의 특성을 지닌 향토음식의 전통 계승과 보급의 중요성을 느끼고, 많이 먹고 많이 연구하여 향토음식의 전통을 찾고, 그와 함께 현대적 감각을 살린 향토음식도 개발하여 옛것과 함께 새로운 전통을 설립하는 것도 중요하다고 생각된다.

참고문헌

〈자 료〉

『강원총람』, 강원도편

『우리나라 혼례음식의 규범』, 한국 식생활문화학회 심포지움 자료, 1997. 11.8.

세종대 부설 『한국전통음식연구소』, 「한국 향토음식」, 세종대출판부, 1981.

『전국 각지방음식걸작선』, 강원도편, 동아일보사, 1969.

『한국민속종합조사보고서』, 강원도편, 문화공보부 문화재관리국, 1984.

『한국의 발견』, 강원도, 뿌리깊은 나무.

한국정신문화 연구원, 『민족대백과사전』, 1999.

향토교육자료집, 『내고향 강원도』, 상편, 강원도교육위원회.

〈저서 및 논문〉

강인희, 『한국의 맛』, 대한교과서 주식회사, 1987.

김보나, 「고등학교학생의 일상식구조에 관한 연구」, 관동대학교 교육대학원 석사학위논문, 1995.

서혜경, 『우리나라 젓갈의 지역성 연구』, 중앙대학교 대학원 박사학위논문, 1987.

石毛直道, 『文化麵類學』 ことはじめ フ-ディアマ・コモュニケ- ション株式會社, 1991.

윤덕인, 『의례음식으로서의 떡에 관한 고찰 및 떡의 이용에 관한 실태 연구』, 관대논문집, 제 15집, 1987.

______, 『제사 음식과 상차림에 관한 연구-영동지역 일부 가정의 추석 차례상을 중심으로-』, 관대논문집, 제22집, 1994.

______, 『강릉지역 일부가정의 추석차례상 진설법과 제례음식에 관한 연구』, 관대논문집 24, 1996.

______, 『전통 제사상차림의 규범과 강릉지역 제사상차림 관행의 비교 연구』, 한국식생활문화학회지, 12권 5호, 1997.
______, 조후종, 『베트남의 식문화연구(일상식과 어장문화)』, 한국식생활문화학회지, 12권 3호, 1997.
______, 「강원도지역 산출식품과 향토음식에 관한 연구」, 관대논문집, 제 26집, 1998.
윤서석, 『한국민속종합조사보고서』, 강원도편, 제 2장, 식생활, 문화공보부 문화재관리국, 1977.
______, 『한국식품사연구』, 신광출판사, 1995.
李 縡 저, 이수영 편역, 『四禮便覽』, 이화문화출판사, 1992.
이재경, 「강원도 향토음식에 관한 주부의 인지도 및 기호도 조사연구」, 중앙대학교 석사학위논문, 1991.
이화자, 「청소년의 일상식구조에 관한 연구(강릉지역을 중심으로)」, 관동대학교 교육대학원 석사학위논문, 1990.
장정룡 편저, 『강릉의 민속문화』, 대신출판사, 1991.
한국관광공사, 『향토음식 관광상품화 방안』, 유고문화사, 1993.
황혜성, 『한국요리대백과사전』, 향토요리, 강원도.
황혜성, 한복례, 한복진, 『한국의 전통음식』, 교문사, 1991.

〈洪吉童傳〉의 苦難 克服의 意味

李 太 玉*

Ⅰ. 서 론

1. 연구목적

최초의 國文小說 <洪吉童傳>은 우리 문학작품 가운데서도 가장 많은 연구 업적이 나와있는 作品중의 하나이다. 그만큼 사회적 관심을 많이 받아온 作品이다. 洪吉童傳은 17세기 초엽의 小說로, 민중의 자각의식이 강하게 투영되어 있으며, 이러한 社會意識을 테마로 해서 현실문제를 고발하였고, 그것을 체계화하여, 감성적으로 엮어 냈다는 점에서 注目을 받아왔다.

사실 모든 小說作品은 일단 갈등과 苦難에서 출발한다고 해도 과언은 아니다.[1] 古小說에서 主人公들이 실제로 苦難 받았던 삶에 관한 문제와 이러한 고통의 모습을 연구해 보는 것도, 우리 한국 민족의 의식과 韓國文學思想研究에 필요한 일이라고 생각한다.

특히 근대적 자각을 엿볼 수 있는 <洪吉童傳>의 경우에 있어 主人

* 문학박사 · 관동대학교 강사.

1) 金鉉龍, 構成論,『韓國古小說論』, 亞細亞文化社, 1991, p. 258.

公 洪吉童의 苦難과 그 극복을 위한 전개의 양상을 살펴보는 일은 변화의 시대를 살고있는 현대 우리들에게도 시사하는 바가 클 것으로 믿는다.

2. 許筠과 洪吉童傳

許筠은 16~17세기 人物로 비교적 부유한 가정에서 태어났다. 6남매중 큰 형인 성과 우성전, 박순원에게 결혼한 두 딸은 서평군 한숙창의 딸인 한씨 소생이고 봉·난설헌·균은 후취 예조판서 김광철의 딸인 김씨 소생이다. 許筠은 분명 양반의 적자로 태어났음에도 기득권을 포기하면서까지 서얼차별을 반대했고, 망국병인 지역색의 타파를 주장하였다. 그는 당시 시대적 질곡과 사상의 획일성, 행동의 일률화에 반기를 들고 불우한 서얼과 잘못된 제도를, 그리고 부패한 정치들 개혁하려고 했다.[2)]

그 동안 학계에서는 許筠에 대해 긍정 또는 부정적 평가와 비판이 이어지면서 그에 대한 연구가 계속되었다. 또한 다양한 연구방법이 시도되었으며 허균 문학이 근대적 문학사상의 출발이었다는 인식 하에 개혁적 문학의식의 면모를 탐색하고, 민중과 함께 하는 국민문학으로써의 모습과 주체적 문학의식을 구축하는데 주력하여 연구되었다.[3)]

지금까지 洪吉童傳에 대한 연구는 학계에서 가장 활발한 연구성과가 있었다. 作品의 이본 연구[4)], 형성배경과 관련하여 중국소설의

---

2) 장정룡, 『허균과 강릉』, 강릉시, 1998, p. 36.

3) 姜東燁, 洪吉童傳의 主題考, 『東岳語文論叢』, 1972.
林熒澤, 洪吉童傳의 新考察, 『創作과 批評』, 76겨울~77여름, 1976.

4) 朴魯春, 洪吉童傳 木版本考, 『가람 이병기박사 頌壽論文集』, 三和出版社, 1966.

영향관계를 논한 연구[5], 작품의 주제와 관련한 연구[6], 사상에 관한 연구[7] 등 업적들이 있다.

한 때 활발히 논의되었던 許筠과 洪吉童傳의 작자에 대한 시비는, 어떤 결정적인 論證자료가 제시되지 않았기에 許筠의 作이라는 데에 異意가 있을 수 없다. 이미 허균의 출생이 강릉 사천 蛟山 愛日堂으로 밝혀진 바[8] 있으며, 지금 강릉에는 초당동에 허균의 生家가 보존되어 있다. 또한 허균의 문학비를 건립하고, 허균의 문학을 재조명하는 학숭대회도 활발하다.

홍길동전은 많은 이본이 있다. 그런데 정규복교수는 洪吉童傳의 방각본(경판, 완판, 안성판), 필사본들을 모아 서지적으로 검토하였는데[9], 한남본(경판)이 最古本이며 最善本임을 밝힌 바 있다.

아무튼 허균이 직접 쓴 진본을 찾아낼 수 없음이 지극히 유감이지만 현전 홍길동전의 모본은 정교수의 주장을 따를 수밖에 없는 것이 현실이다.

따라서 본고에서는 翰南本을 대본으로 하여 洪吉童傳의 苦難 구조를 고찰해 보고자 한다.

---

5) 金烈圭, 民譚과 李朝小說의 傳記的 類型, 『韓國民俗과 文學硏究』, 一潮閣, 1971.
6) 趙東一, 『韓國小說의 理論』, 知識産業社, 1977.
7) 이 이화, 허균의 생각, 『뿌리깊은 나무』, 1980.
8) 소재영, 허균 소설의 문학사적 위상, 『국문학 편답기』, 아세아문화사, 1999, p. 89.
9) 丁奎福, 洪吉童傳 異本考, 『국어국문학』48, 51집, 국어국문학회, 1970, 1971.

Ⅱ. 본 론

1. 洪吉童의 苦難

趙東一 教授는 <洪吉童傳>을 영웅소설중에서 가장 오래된 作品으로 규정하고 英雄의 一生을 이루는 공통점에 대하여 7항목으로 구분하였다.

㉮ 고귀한 血統을 지니고 태어났다.
㉯ **<u>비정상적으로 孕胎되었거나 출생했다.</u>**
㉰ 범인과는 다른 탁월한 능력을 타고났다.
㉱ 어려서 棄兒가 되어 죽을 고비에 이르렀다.
㉲ 救出 · 養育者를 만나서 죽을 고비에서 벗어났다.
㉳ 자라서 다시 위기에 부딪혔다.
㉴ 위기를 투쟁으로 극복해서 승리자가 되었다.

위의 단락들에 따라 내용을 분석한 결과를 다음과 같이 대비했다.

㉮ 「딕딕 명문거족으로 소년 소년 등과ᄒᆞ여 벼술이 니조판서의 니르믹 물망이 됴야의 읏듬이고 충효 겸비ᄒᆞ기로 일홈이 일국의 진동ᄒᆞ」는 洪判書의 아들이다.
㉯ 侍婢 춘섬을 어머니로 하여 庶子로 태어났다.
㉰ 胎夢에 龍이 나타났으며, 「졈졈 ᄌᆞ라 팔세 되믹 총명이 과인ᄒᆞ여 ᄒᆞᆫ아를 드르면 빅을 통ᄒᆞ」였다. 아울러 道術을 지녔다.
㉱ 「본딕 직죄 이시믹 만일 범남ᄒᆞᆫ 의ᄉᆞ를 두면」 나라와 가문이 위태로울까 보아, 가족들이 刺客을 시켜 죽이려 했다.
㉲ 자객을 죽이고 살아났다.
㉳ 1. 집을 떠나 도적의 무리를 이끌고 탐관오리와 싸우고, 나라에서 보낸 捕將과 싸웠다.
2. 아버지와 형이 겪는 苦難 때문에 잡혀가야만 했다. 朝鮮을 떠나지

않을 수 없게 되었다.
3. 백농의 딸을 납치해 간 妖怪와 싸우고,
4. 율도국 王과 싸웠다.

㉵ 1. 貪官汚吏를 무찌르고 捕將을 물리쳤다.
2. 兵曹判書를 除授 받았다.
3. 妖怪를 죽이고 백농의 딸과 혼인했다.
4. 율도국 王과의 싸움에서 이기고 율도국 王이 되었다.
5. 헤어졌던 가족과 다시 만났다. 富貴榮華를 누리며 살다가 죽었다.[10)]

그런데 위의 ㉯는 主人公 吉童에게 있어 作品의 끝까지 작용한 苦難의 요인이 된다. 뿐더러 作品을 끝까지 이끌어 나가는 내면적인 힘이 되고 있다.

吉童의 豪快하고 豁達한 行動의 내면에 連綿히 흐르고 있는 痛恨으로 작용한다. 吉童이 痛恨의 苦痛을 가슴에 안고 家出하기까지 ㉯에서 痛恨한 부분을 살펴본다.

ㅇ. 공이 더욱 익즁ᄒᆞ나 근본 쳔싱이라 길동이 미양 호부호형 ᄒᆞ면 문득 ᄭᅮ지져 못ᄒᆞ게 ᄒᆞ니
ㅇ. 나ᄂᆞᆫ 엇지 ᄒᆞ여 일신이 젹막ᄒᆞ고 부형이 이시되 호부호형을 못ᄒᆞ니 심쟝이 터질지라 엇지 통한치 아니ᄒᆞ리오
ㅇ. 부싱 모휵지은이 깁습거ᄂᆞᆯ 그 부친을 부친이라 못ᄒᆞ옵고 그형을 형이라 못ᄒᆞ오니 엇지 사ᄅᆞᆷ이라 ᄒᆞ오릿가
ㅇ. ᄃᆡ져 ᄃᆡ감계셔 당쵸의 쳔ᄒᆞᆫ 길동을 위ᄒᆞ여 부친을 부친이라 ᄒᆞ고 형을 형이라 ᄒᆞ여던들 엇지 이의 니르리잇고
ㅇ. 신은 본ᄃᆡ 쳔비쇼싱이라 그 아비를 아비라 못ᄒᆞ옵고 그 형을 형이라 못ᄒᆞ오니 평싱 한이 ᄆᆡᆺ쳐습기로 집을 바리고…[11)]

洪吉童의 苦難은 그가 庶子로 태어났다는 데서 시작한다. 아버지

---

10) 趙東一, 英雄小說作品構造의 時代的 性格, 『韓國小說의 理論』, 知識産業社, 1981, pp.288～289.
11) 杜鋹球, 洪吉童傳 構成考, 『國文學 硏究』, 新陽社, 1996, p.14.

는 洪判書이지만, 어머니가 侍婢이기 때문에 洪吉童은 아버지를 아버지라 부를 수 없는 천대를 받고 골수에 사무치는 痛恨의 苦痛을 겪는다.

물론 「英雄의 一生」에서는, 卵生처럼 자연적인 것이든 庶子처럼 사회적인 것이든 비정상적 출생 때문에 피할 수 없는 苦難을 지니고 자라나는 것이 상례이다.

<金圓傳>, <금방울傳>, <金牛太子傳>등에서는 圓이나 방울 또는 금송아지로 태어나서 人間이라고 볼 수 없는 기이한 모습 때문에 수 년간 가혹한 苦難을 겪는다.

그리고 <朴氏傳>, <老處女歌>, <峅山白玉>의 主人公들은 女性으로서 못생긴 외모 때문에 苦痛을 겪은 人物이다.

그리고 타고난 不運의 하나로 태어나자 마자 또는 어린 시절 부모를 잃고 고아가 되어 가난과 외로움을 겪는 경우도 있으니 <趙雄傳>의 趙雄은 아버지가 죽은 후 태어난 遺腹子이며 <申遺腹傳>의 主人公도 遺腹子로 태어나 四方으로 流離乞食하며 자란다. 배고픔에 견디다 못해 남의 집에서 종노릇을 하며 어린 시절을 보낸다.[12)]

遺腹子나 고아로 태어나 어린 시절에 가난과 외로움을 겪는데 비하면 <洪吉童傳>의 吉童은 대감 집에 태어나 경제적·물질적인 어려움은 없었다고 보겠다.

<蘇大成傳>의 경우도 부모가 일찍 죽었기에 품팔이와 乞食으로 연명하였으며 <洪吉童傳>처럼 刺客의 손에 죽게 되는 위기를 겪는다. 그러나 蘇大成은 서자가 아니다. 兵部尙書를 지낸 소양이 늦도록 자식이 없어 근심하다가 얻은 외아들이며 당당한 嫡子이다.

<趙雄傳>, <申遺腹傳> 등 遺腹子로 태어나거나 <蘇大成傳>, <張風雲傳>, <劉忠烈傳>, <玄壽文傳>, <黃雲傳>의 경우처럼 늦도록 자식이

---

12) 李太玉, 古小說의 苦難構造硏究, 建國大學校 博士論文, 1993. p.23.

없어 근심하다가 외아들을 얻은 것은 일찍부터 여러 아들을 둔 경우보다 비정상적이라고 할 수 있으나, 이런 비정상은 실질적인 것이라기보다 형식적인 것이며, 일시적인 어려움으로 작용되는 것이다.

<洪吉童傳>의 吉童처럼 피할 수 없는 苦難의 원인이 되는 것은 아니었다. 庶子로 태어났다는 吉童의 痛恨은 相公으로부터 '호부호형'을 허락받았을 때도 해소될 수는 없었다. 家庭內에서 묵인을 허락받았을지라도 社會的 제도상의 벽은 무너뜨릴 수 없었던 것이다.

자신이 처한 문제를 분명히 인식하고 부당한 사회제도와 운명에 순응하기를 거부하는 吉童은 신분적 한계를 극복하고 자신의 능력을 인정받으려는 자아가 사회적 불평등을 불변의 질서로 삼는 세계와 맞섰다.

또한 吉童이 타고난 비범성과 총명함은 남다른 자의식으로 본연의 인간의 존엄성에 대한 자각을 했다.

> "칠세에 등흔이 세숭의 일ᄋᆞ난 거시 범인과 달나"(p. 2)

> "시셔빅ᄀᆞ어을 모를 거시 읍고 육도숨약과 세숭 고락을 모를 거시 업ᄂᆞᆫ지ᄅᆞ"(p.2)

吉童의 보통 사람과 다른 총명과 비범성은 자기자신에 대한 본연의 문제를 자각하였고 나아가 인간적 존엄성에 대해 자각하였으니 이것이 苦難의 요인으로 인식된다.

> "이몸은 팔ᄌᆞ 긔박ᄒᆞ여 천싱이 되어 남의 천ᄃᆡ을 바드니 ᄃᆡ장부 엇지 구구히 근본을 직히여 후회을 두리요 이몸미 당당히 조션국 병조판셔 인슈을 씌고 상장군이 되지 못ᄒᆞᆯ진ᄃᆡ ᄎᆞ라리 몸을 산즁의 븟쳐 셰상 영욕을 모로고져"(p.5)

吉童의 苦難의 시작은 身分에 대한 확인과 부당함을 인식하는 데서 시작된다. 대장부로서 세상에 태어났기에 일홈을 만대에 남길 업적을 쌓아야 함에도 불구하고 천생이기 때문에 그 길이 부당하게 막혀 있음을 인식하게 되고 이러한 인식이 곧 갈등과 苦難의 시작이 된다.

吉童이 자객에게 살해될 위기를 겪은 것이 가출을 하게 된 결정적 계기가 되기는 하다.

> "팔ᄌᆞ 긔박ᄒᆞ여 천ᄉᆡᆼ되믈 평ᄉᆡᆼ ᄒᆞᆫ일 ᄲᅳᆫ더러 ᄀᆞ즁의 시긔ᄒᆞᄂᆞᆫ ᄉᆞᄅᆞᆷ을 피ᄒᆞ여 졍쳐업시 다니다가…"(p.20)

谷山 妓女出身 谷山母 初蘭은 교만 방자하고 모함을 잘 하더니 所生이 없던 차에 吉童이 公의 총애를 받자 시기하고 질투하여 吉童을 除去키려고 巫女에게 부탁한다.

巫女는 길동을 보고 'ᄉᆡᆼ즉 군왕지상이요 픠즉 층양치 못ᄒᆞᆯ 환이 잇ᄂᆞᆫ이다고'(p.7) 한다. 이에 홍대감은 가문보존과 부자지정의 극단적 대립 속에서 갈등을 겪게 된다.

被殺모해가 있자 吉童은 遁甲法과 요술로 특재와 相女를 죽이고 初蘭까지 죽이려다가 相公의 총애함을 생각하고 죽이지 않는다.

吉童의 아버지에 대한 지극한 사랑을 볼 수 있다. 吉童이 家出을 결심하고 하직하려 하자 드디어 대감은 '호부호형'을 허락한다. 그러나 개인적인 처분에 의해서 천얼의 恨이 해소될 수 없음을 吉童은 이미 분명히 인식하고 있다.

庶出의 자식으로서 庶出로서의 처신하기를 거부하고 갈등하다가 극복을 위해 투쟁한다는 점에서 吉童과 <春香傳>의 春香은 비슷한 苦難을 안고 있다.

이런 점을 金烈圭 教授는 吉童과 春香은 타고난 사주와 팔자에 맞선 人物로 보았다. 길동과 춘향은 사회에 저항하기 以前에 먼저 자신들의 사주며 팔자에 맞선 것이다[13]라고 하였다.

또한 타고난 사주와 팔자가 吉童과 春香 모두가 부계가 양반이고 모계가 賤婢인 혈통이기에 중간적 인물 내지 접경지대의 인물(marginal character)이다. 그러나 같은 사주팔자로 태어났지만 苦難 극복에 있어서는 서로 다르다.

春香이 성취하고자 하는 바는 이도령과의 사랑이었다. 春香은 苦難의 시작도 이도령과의 사랑을 성취하려는 데서 시작되었으며 이도령과의 사랑이 이루어졌을 때 신분상승과 더불어 苦難은 모두 해결되었다. 이도령의 사랑으로 그 아버지가 속하던 양반사회로 편입되었기 때문이다.

그러나 苦難의 이유가 '인격의 실현'[14]에 있었던 吉童에게 있어 苦難의 극복은 쉽게 해결될 문제가 아니었다. 吉童의 家出은 자신의 인격을 인정받고 자아를 실현하기 위해서 또 그 사회적 실천을 위해 필연적인 것이었다. 苦難 극복을 위해 새로운 시련과 도전을 감행한 것이며 이것은 넘어야할 과제였던 것이다. 그리하여 吉童에게 있어 家出은 苦難 극복을 위한 새로운 시작이라 볼 수 있으니 이를 도식화 하면 다음과 같다.

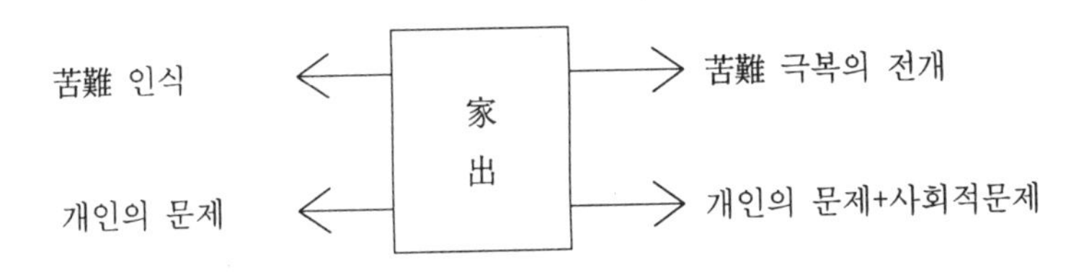

13) 金烈圭, 李朝小說의 두 구조, 『韓國文學史』, 探求堂, 1983, p. 332.
14) 林熒澤 : 洪吉童傳의 新考察(下), 『創作과 批評』 43, 1977, p.134.
임형택은 '<홍길동전>에서 작자가 부여한 주제를 「인격의 실현」이라고 보았다.

2. 苦難 극복의 전개양상

먼저 <洪吉童傳>의 구성내용[15]을 살펴본다.

① 吉童의 家系와 出生
② 吉童의 불만
③ 谷山母의 음모
④ 公의 不安과 초란의 암살 촉구
⑤ 被殺 모험
⑥ 吉童의 家出
⑦ 초란 逐出당함

A
- ⑧ 吉童이 盜賊의 首魁가 됨
- ⑨ 해인사 재물탈취

B
- ⑩ 함경감영에서의 탈취
- ⑪ 吉童의 道術
- ⑫ 吉童의 체포작전
- ⑬ 吉童 체포된 後 탈출

C
- ⑭ 吉童 다시 체포된 後 탈출 평조판서 제수를 받음
- ⑮ 吉童 海外로 떠남
- ⑯ 요괴퇴치와 二妻얻음
- ⑰ 父의 治喪

D
- ⑱ 율도국 정벌 後 즉위
- ⑲ 朝鮮王과 율도왕의 親善
- ⑳ 享福 太平聖代

---

15) 杜銀球, 洪吉童傳 構成考, 『國文學 硏究』, 新陽社, pp.14～17.

吉童이 家出 後 활동을 事件別로 구분해 본다면,

A. 活貧黨 行首 ; ⑧~⑨

B. 함경감영 탈취 ; ⑩~⑬

C. 병조판서 제수 ; ⑭~⑰

D. 율도국 건설 ; ⑱~⑳

로 구분할 수 있다.

이를 사건별로 구분하여 家出後 苦難 극복의 전개양상을 살펴보겠다.

1) 活貧黨 行首로 활동

吉童은 深山으로 들어가다가 큰 바위밑 石門을 열고 들어가니 平原廣野에 人家數百戶가 있고 잔치 중이었다. 吉童이 身分을 밝히며 千斤이나 되는 돌을 들어 용력을 보이니 감탄하며 上座에 모시고 白馬잡아 情義를 맹서함. 吉童이 數月間 무예를 연습시키고 軍法을 정제한다.

吉童이 적굴에 들어가 활빈당 행수로 추대되는 과정에서 일천팔백근의 돌을 들 수 있는 힘과 해인사 재물을 탈취하는 과정에서 수천 명의 중을 속수무책의 상태로 만들고, 합천원이 官軍을 풀어 추격하자 吉童은 중으로 위장하여 부하를 남쪽으로 보내고 官軍에게 북쪽으로 쫓아가라 하여 무사히 도피시킨다.

이러한 과정은 도적들이 吉童의 지략을 경탄하는 계기가 된다. 以後로 吉童은 스스로 活貧黨이라 칭하고 八道를 돌아다니며 各處 탐관오리의 재물을 탈취하여 至貧無依한 者를 救濟하지만 백성과 나라의 재물은 추호도 범하지 않았다.

그리고 吉童은 부조리한 현실과 탐관오리를 대상으로 투쟁하는 것이지, 반역자나 혁명가가 아님을 분명히 알 수 있다.[16]

그리고 吉童의 지향하는 바가 일차적으로 고통받는 백성의 구제하려는데 있고 따라서 탐관오리의 징계하는 일은 시급한 현실문제였다. 그러기에, 활빈당 무리의 전폭적인 지지와 결속에 의해 어느 정도 성공을 거둔다. 그러나 이러한 투쟁의 성공에도 불구하고 최초의 苦難의 이유였던 '적서차별이 없는 인격의 실현'은 해결되지 않은 상태이다.

> "일일은 길동이 ᄉᆡᆼ각ᄒᆞ되 ᄂᆡ의 팔ᄌᆞ 무상ᄒᆞ여 집을 도망ᄒᆞ여 몸을 녹님호결의 붓쳐시나 본심이 아니라 입신양명ᄒᆞ여 우희로 임군을 도와 ᄇᆡᆨ셩을 건지고 부모의게 영화을 뵈일 거시여ᄂᆞᆯ ᄂᆞᆷ의 쳔ᄃᆡ를 분이 녀겨 이 지경이 이르럿시니 ᄎᆞ라리 일노 인하여 큰 일홈을 어더 후셰에 젼ᄒᆞ리라"(P.14)

위의 내용은 吉童의 의식세계와 지향코자 한 방향을 이해하는데 크게 참고가 되는 사항이다. 活貧黨의 行首로 대사회적 투쟁의 성공에도 불구하고 최초의 지향점은 해결되지 않은 상태로 남아있다.

> 'ᄂᆞᆷ의 쳔ᄃᆡ를 분이 녀겨 이 지경이 이르럿시니‥'

아직도 신분제약을 거부하는 그의 최초 지향이 행위의 이면에 가려져 있을 뿐 전혀 달라진 바 없음을 짐작할 수 있다.

吉童은 궁극적인 苦難의 요인을 극복하기 위해서는 문제를 궁극적인 책임과 권한을 쥐고 있는 임금 앞에까지 끌고 가지 않으면 안

---

16) 鄭炳昱, 洪吉童傳의 재평가, 『한국고전의 재인식』, 弘盛社, 1979, p.212.

될 필요성을 깨닫는다. 이에 따라 吉童의 저항적 행동은 더욱 강력해지고 활동범위도 확대된다.

2) 함경감영 탈취

백성들을 탄압하는 탐관오리 함경감사를 치기 위해 南門 밖에서 방화하고 官屬과 백성이 진화하는 틈에 賊黨은 전곡과 무기를 수탐하여 달아난다. 다음날 감사가 이를 알고 도적을 잡으려 하던 중 榜文을 통해 洪吉童의 所行임을 알게 된다. 吉童이 잡힐까 염려하여 遁甲法과 縮地法을 써서 처소로 돌아온다. 두 번 擧事로 소문이 나 잡힐까 두려워한 吉童은 草人 7을 만들어 혼백을 붙이니 8人의 吉童이 八道에 흩어져 數百人의 부하를 거느리고 呼風喚雨하며 各邑倉穀과 임금께 가는 봉물을 탈취하니 人心이 흉흉하며 감사가 吉童을 잡도록 장계를 올린다.

吉童의 목적이 '‥큰 일홈을 어더 후셰예 전ᄒᆞ리라'(p.16) 라고 하였듯이 그는 그를 둘러싼 장애세력과의 일대 결전이 불가피하고, 좀 더 강력하고 대담한 도전으로 큰 반향을 불러 일으켜 장애 세력의 정점에 있는 임금에게까지 문제에 대한 논의를 이끌고 가야만 될 필요를 느꼈을 것이다. 그들에게 자신의 능력과 존재를 보다 강하게 부각시킬 필요가 있었던 것이다. 즉 자신의 비범한 능력에 대항할 수 있는 적수가 있을 수 없다는 확실한 자신감의 결과에서 온 것으로서, 그의 존재와 지향을 부각, 관철시키기 위한 과시의 수단이 되기도 한다.

이 단락에서 더욱 道術과 비범성이 화려하게 펼쳐짐을 볼 수 있다.

> ㅇ. "초인 일곱을 망그라 각각 군ᄉᆞ 오십명식 영거ᄒᆞ야 팔도의 분발할식 다각긔 혼빅을 붓쳐 조화 무궁ᄒᆞ니…"(p.14)

ㅇ. "길동이 혹 쌍교를 타고 단의며 슈령을 임의로 츌쳑ᄒᆞ고 혹 창고을 통기ᄒᆞ여 백셩을 진휼ᄒᆞ며…"(p.15)

ㅇ. "혹 초헌을 타고 장안ᄃᆡ로로 왕ᄂᆡᄒᆞ며 작난ᄒᆞ니"(p.20)

위와 같이 비범성을 과시함으로써 임금에게까지 그의 존재를 과시하였다. 이렇게 "팔도의 횡힝"(p.15) 함에 임금도 마침내 '나ᄅᆞ을 위ᄒᆞ야 이놈을 ᄌᆞ블 직 업스니 ᄀᆡ히 ᄒᆞᆫ심ᄒᆞ도다'(p.15) 하고 탄식하지 않을 수 없게 되었다. 더구나 포도대장 이흡이 길동의 힘과 계교를 당하지 못하고 사로잡혀 어처구니없이 우롱을 당하고 풀려 나므로써 吉童의 존재는 더욱 크게 부각된다.

포도대장 이흡을 꺾은 後로는 吉童의 행동은 더욱 대담해진다.

> "혹 초헌을 타고 장안ᄃᆡ로로 왕ᄂᆡᄒᆞ며 작난ᄒᆞ니 상하 인민이 서로 의혹ᄒᆞ야 고이ᄒᆞᆫ 일이 만ᄒᆞ여 일국이 소동ᄒᆞᄂᆞᆫ지라"(p.18)

이처럼 비범성이 과시되어, 임금까지도 길동의 존재에 대해 극대화되고 있다. 천얼이라는 이유로 사회에 용납되지 않는 자신에게도 비범성과 능력이 있음을 과시하고, 자신의 능력에 대항할 수 있는 적수가 있을 수 없다는 자신감의 표시이다.

이는 자신의 존재와 지향을 부각하고 관철시키기 위한 과시의 수단이라고 생각된다.

그리하여 조정에서는 吉童을 잡기 위해 吉童의 父兄을 인질로 하는 계획을 세운다. 잡혔던 兄 仁衡은 病中인 父를 석방토록 간청하자 왕은 慶尙監司를 제수하며 1年안에 吉童은 잡도록 엄명한다. 仁衡은 즉일 발행하며 吉童을 회유하는 榜을 붙인다. 그러자 吉童이 榜을 보고 스스로 監營에 찾아오는데 그 과정을 자세히 소개하면 다음과 같다.

> 仁衡이 반가워 하면서도 不孝不忠을 한탄하며 自首를 권함. 吉童은 당초 呼父呼兄도 못한 恨을 토로하며 결박당하기를 自請함. 감사가 항쇄 족쇄로 함거에 압송함. 一時에 八吉童이 잡혀와 서로 자기가 正 吉童이 아님을 주장하니 相公이 吉童의 不孝不忠을 꾸짖다가 혼절하니 吉童들이 모두 환약 하나씩 먹여 소생시킴. 吉童들이 王께 呼父呼兄 못함과 浚民膏澤하는 貪官汚吏의 재물만 탈취했음을 밝히며, 10年이 되면 조선을 떠날 것을 아뢰며 일시에 넘어지니 모두 草人임. 王이 계속 길동을 잡으라고 재촉함.
>
> 달아난 吉童이 兵曹判書를 除授하면 잡히리라는 榜을 붙이자 王이 朝臣을 모아 의논함. 朝臣은 兵判제수를 극력 반대하며 慶尙監司에게 吉童 체포를 더욱 재촉함. 吉童이 공중에서 내려와 결박하여 압속시킬 것을 자청함. 正 吉童임을 확인한 뒤 결박하여 함거에 가두어 압송함. 數日後 闕門에 이르자 吉童은 몸을 요동하여 철삭을 끊고 함거를 깨며 空中에 올라 운무에 쌓여감. 諸臣은 넋을 잃고 王도 크게 근심함.[17]

吉童의 父兄을 인질로 하는 계획은 가문보존과 부자지정을 빌어 회유하여 吉童을 잡고자 하는 것이며, 여기서 吉童은 그의 비범력 행사의 한계에 부딪치게 된다. 따라서 조정과의 맞물린 대결상태를 타개할 새로운 돌파구가 마련되지 않으면 안되게 되었다. 그것이 출국결심과 병판제수요구로 나타나게 된다.

비록 전면적 개혁을 성취하지는 못하였더라도 부조리한 사회제도와 인습을 묵수 맹종하지 않고 과감히 거부하고 사회와 대항하며 극복해 나가는 모습은 가히 용기 있는 저항이다. 개인적인 힘이 집단적인 것으로, 가정에서 출발하여 사회·국가·해외로까지 성장 확대되어 가는 吉童의 힘은 과연 작자 허균의 선각자다운 인식을 느낄 수 있게 한다.

---

17) 杜鋹球, 전게논문. p.17.

3) 병조판서의 제수

영웅적 능력의 소유자 길동에 대한 체포 작전이 계속 실패하자 나라에서는 결국 吉童에게 병조판서를 시켜주고 謝恩하러 올 때 잡기를 꾀한다. 兵判제수의 榜을 보고 謝恩하러 오자 도부수를 매복시켰으나 謝恩을 마친 뒤 空中 구름속에 쌓여가니 殺害계략이 또 실패된다. 王이 그 재주를 찬탄하고 앞으로는 작폐가 없을 것이라며 吉童을 잡는 榜을 거둔다.

吉童이 집요하게 병조판서에 집착한 부분은 여러 곳에서 눈의 띤다.

ㅇ. 이몸이 당당히 조션국 병조판서 인슈를 씌고 상장군이 되지 못홀진디…(p.5)

ㅇ. 홍길동의 평싱 소원이 병조판셔오니…(p.23)

또한 朝臣들이 이를 완강히 거부한 점은 주목된다. 이는 庶流의 관리등용은 용납치 않는 사회제도에 대한 완강한 도전이다. 유교가 굳게 뿌리내림에 따라 名分을 지극히 중시했던 당시에 신분적 차별은 더욱 강화될 수밖에 없었다.

끝내 吉童을 잡지 못하자 諸臣 中 1人이 吉童에게 병조판서 제수를 내리도록 王께 進言하며 王도 이를 받아들인다.

ㅇ. ᄎᆞ라리 그 지ᄌᆞ율 취ᄒᆞ야 조정의 두리라 ᄒᆞ시고 병죠판셔 직첩을 닉여 걸고 길동을 브르시니…(p.25)

그러면 吉童이 하필 병조판서 제수에 그렇게 집착을 보이는 이유는 무엇이었을까? 그것은 吉童이 武를 중시한 가치관을 보여주는 것이기도 하다. 비록 명분만의 병판제수에 불과하였으나, 서얼금고의 제도를 무색하게 하고, 그 불합리를 고발하는 데에는 충분한 효과를 가질 수 있다고 볼 수 있다.

그에 따르면 盜=義요, 盜=盜 아님의 논리로 正 : 不正의 인위적 법질서를 겁내지 않고 精 : 不淨의 자연법 적인 윤리기준을 제시하고 있다.[18] 자신의 행위는 하늘, 곧 正義편에 서있다는 주장이나, 여기서 불의 정치와 활빈은 그의 최초 지향의 실현과정에서 파생된 또 하나의 과제 즉 확대된 자아의 실현의 의미를 갖고 있다고 하겠다.

그의 최초의 지향은 기존의 가치관과 질서 안에서의 자아실현에 있음은 누누히 볼 수 있다.

ㅇ. 녹님호결의 붓쳐시나 본심이 아니라 입신양명ᄒᆞ여 우희도 임금을 도와 빅셩을 건지고 부모의게 영화를 뵈일 거시여놀 남의 쳔디를 분이 녀겨 이 지경에 이르럿시니 …(p.14)

이같이 최초의 지향은 과거급제하여 입신양명함에 있었으며

ㅇ. 일노 인ᄒᆞ여 큰 일홈을 어더 후셰예 젼ᄒᆞ리라··(p.14)

라고 한 그의 말에서도 이러한 사정을 확인할 수 있다. 그리고

ㅇ. 신의 아비 셰디로 국녹을 밧ᄌᆞ와 갈츙보국ᄒᆞ와 셩은을 만분지일이라도 갑지 못ᄒᆞᆯᄀᆞ ᄒᆞ옵거날 신이 엇지 외람이 범람ᄒᆞᆫ 마음을 두오리 (p.22)

라며 누대 국록지신이라 범람의사가 없음을 강조하는 데에도 그의

---

18) 金泰俊, 洪吉童傳의 理想主義, 申東旭편, 『許筠硏究』, 새문社, 1986, ppⅠ.57~60.

지향이 기존질서안에 있으며, 왕권의 절대성에 대한 인정과 가문중시의식을 갖고 있음을 알 수 있다.

그런데 병조판서 제수함에 있어 출국을 양보조건으로 하는 타협안이 제시되었다. 吉童은 본의 아니게 불충불효의 죄인으로 지목받게 되었으며 그로 인하여 조정으로부터 가문의 보존과 부자의 정륜 유지에 위협이 따른다. 이때 병조판서 제수는 본의 아닌 죄인이었던 자신의 명예회복을 확실히 해주는 것이며 출국에 앞서 부형과 가문의 안전이 보장된 것이라 할 수 있겠다.

吉童이 秋九月 望間에 구름을 타고 官中에 이르러 王의 만수무강을 빌며 조선을 떠날 것임을 아뢴다. 南京땅 諸島에 이르러 집을 짓고 農業에 힘쓰며 武庫를 짓고 軍法을 연습하며 병정을 육성한다. 부사 白龍의 딸과 趙鐵의 딸을 구하여 제일, 제이 부인으로 삼은 뒤 諸島에 돌아온다. 天文을 보던 吉童이 父의 위중함을 알고, 월봉산에 가 대지를 얻고 山役을 하며 石物을 國陵과 같이 마련한다. 부친으로부터 "…천비 소싱으로 아지 말고 동복형제갓치 ᄒᆞ여 부모의 유언을 져ᄇᆞ리지 말나…"(p.29)는 유언과 함께 父墓를 율도국에 안치한다. 이미 殞命한 父에게 호곡하고 仁衡에게 吉地선정을 알리고 西江에 대기중인 배로 諸島로 모셔 장사지낸다. 이처럼 길동은 집안 일의 처리과정에서도 長子인 仁衡보다도 큰 영향력을 행사하고 있음을 볼 수 있다.

이제 吉童은 家族間에 맺혔던 천얼의 한을 씻고 인간다운 자아를 실현되고 있음을 볼 수 있다. 家庭內에서의 그의 지향은 말끔히 실현되고 완결되었음을 알 수 있다. 그러나 완전한 성취로는 아직 부족한 점이 있다.

4) 율도국 정벌 後 즉위

홍길동이 율도국을 정벌하게 되는 과정은 다음과 같다. 三喪을 마친 뒤 英雄들을 모아 무예를 익히며 농업에 힘쓰고 병정을 양성한 後 율도국을 정벌하고 治國 30년간 太平聖代를 누린다. 表文을 지어 朝鮮王에게 보내니 朝鮮王이 기뻐하며 仁衡을 위유사를 삼아 유서를 내리니 劉夫人과 함께 율도국에 와서 大宴을 베푼다. 劉氏 病死하니 선릉에 합장한다.

율도국 王으로 즉위하고 三子二女를 얻으니 長子 次子는 白氏 所生이오 三子 二女는 趙氏 소생이다. 長子를 封하고 그 外는 封君함. 王은 治國 30년만인 72세에 棄世한다. 王妃도 이어 崩하니 선릉에 안장한다. 世子가 卽位하여 代代로 계승하며 太平을 누린다.

율도국은 농업과 군사력 배양에 힘써 국부강병, 국태민안한 나라가 되었고, 왕과 관리들이 백성을 위무하고 보살피기를 최우선으로 하여 선정을 베풂으로써 태평성대를 구가한다. 불의 정치와 民의 구제라는 吉童의 이차지향의 완전한 성취인 것이다.

또한 율도국은 신분제약을 받지 않고 능력에 따라 입신출세의 길이 열려있는 정의로운 사회로 그려졌다고 말할 수 있겠다.

그런데 吉童이 삼부인을 얻는다는 점을 들어 조선왕조의 차별적 신분제도의 모순을 재현시키고 있어 전후 모순을 지니고 있으며, 홍길동전 자체를 실패한 소설[19]로 지적되기도 한다.

그러나 서얼문제가 이 소설의 중심주제가 아니며, 세부인을 거느린다는 것도 당시의 양반사회를 기준한 그의 가족적 성공을 보이기 위한 방식[20]이었다는 점이다. 이미 앞에서 살펴보았듯이 吉童이 지

19) 金東旭, 홍길동전의 비교문학적 고찰, 申東旭 편, 『許筠의 문학과 혁신사상』, 새문社, 1981, p.96.
20) 金泰俊, 전게서, p.63.

향하는 바는 기존체제의 전면적 개혁에 있었던 것이 아니라, 기존질서안에서의 자아실현에 있었음을 상기할 수 있다.

吉童의 비정상적 출생인 庶子이기 때문에 겪었던 苦難과 갈등은 비로소 완전히 극복되었다 할 수 있다.

3. 苦難 극복의 意味

지금까지 살펴본 바 <洪吉童傳>의 苦難 구조를 요약해 보면 다음과 같다.

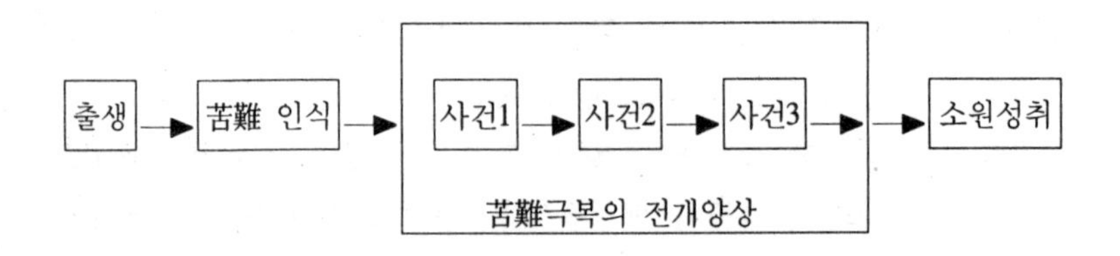

吉童은 이미 비정상적 출생 즉 서자로 출생함으로써 苦難의 비극을 갖고 태어났다. 吉童에게 苦難이 인식된 것은 나이 8세가 때부터 비롯된다.

> "세월이 여류ᄒᆞ야 길동의 나히 팔세라… 스ᄉᆞ로 천싱 되물 ᄌᆞ탓ᄒᆞ더니…"(p.2)

徐大錫교수는 군담소설의 구조를 論하며 主人公의 시련으로는 ㉠ 부모의 병사 ㉡ 난중 부모와 헤어짐 ㉢ 적대세력의 탄압으로 가정의 파괴됨을 들었으며, 主人公의 박해로는 ㉠ 간신의 탄압 ㉡ 계모 계실의 탄압 ㉢ 혼사 갈등 박해 등을 들었다.[21]

21) 徐大錫, 『군담소설의 구조와 배경』, 이화여자대학교 출판부, 1985, pp.19~48.

이같이 군담소설에서의 苦難의 이유는 주로 물질적이거나 신체적인 외적인 것이 원인이 된다 그러나 <洪吉童傳>에서의 苦難은 부당한 조선조의 사회적 규범에서 비롯된다. 사회적 규범 때문에 가정 또는 사회에서 겪는 洪吉童의 苦難은 물질적 外的인 苦難과는 극복에 있어서 차이가 있었다.

<금방울전>이나 <金圓傳>과 같이 古小說에서 신체적인 비정상이거나 흉칙한 모습이 苦難의 원인이 되는 경우에 苦難은 시기가 지나면 해결되었다. 어린 시절 부모를 잃거나 가난과 외로움을 겪는 <申遺腹傳> <남정팔난기> <蘇大成傳>이나, <張豊雲傳> <張景傳>같이 전쟁 때문에 겪는 苦難은 洪吉童의 苦難에 비하면 일시적이라 할 수 있다.

<洪吉童傳>의 吉童은 태어날 때 타고난 不幸이지만 吉童이 인식하기 前에는 커다란 苦難으로 작용되지는 않았다. 吉童이 苦難을 인식하고 갈등한 데는 그의 비범한 능력과 사회적 제약이라는 대립의 작용이 있었을 것이다.

비범한 吉童은 아버지와 형을 아버지, 형이라 부르지 못하는 비인도적 처사에 대해 자신이 처한 문제를 분명히 인식하고, 운명에 순응하기를 거부하는 남다른 자의식을 갖고 있었다. 그러한 자의식은 吉童에게 苦難과 갈등을 일으키는 요소로 작용한다.

또한 자신이 갖고 있는 苦難의 요인은 한 개인이나 가정의 차원에서 해결될 것이 아니고 당시 사회 전반에 걸친 중대한 사회적 병폐라는 자각이 있었기에 가출을 결심한다.

吉童에게 있어 苦難은 극복하기 참으로 어려운 과제였다. 吉童이 가출을 결심한 것은 苦難 극복을 위한 필연적 결정이며, 이로써 吉童은 자신의 苦難 뿐 아니라 사회적 구제를 걸머진 自我로 확대된다.

영웅소설의 주인공은 모두 고난에 부딪쳐 방황하다가 術法을 배운 後에 日常的 自我의 나약함을 청산하고 급격하게 위대한 자아로 전환[22]되지만 洪吉童의 경우 비범한 능력은 타고난 것이다. 다만 자신의 문제로만 연연하던 인식으로부터 집단적인 문제로 인식의 확대가 이루어진 것이다. 그리하여 가정에서 사회로. 사회에서 국가로, 국가에서 해외로 이어지는 苦難 극복을 위한 인식의 확대는 과연 선각자다운 극복의 모습을 보여준 것이라 할 수 있다. 그러기에

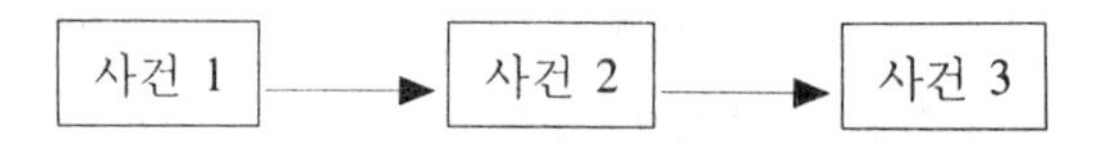

은 각각 가정→ 적굴→조정으로 확대되면서 인식의 확대와 더불어 공간적 확대로 이루어지고 있다. 더구나 타고난 그의 비범한 능력도 점차 확대 되어 발휘되고 있음을 볼 수 있다.

그리고 苦難 극복의 전개 과정을 그려보면 다음과 같이 확대되고 있다.

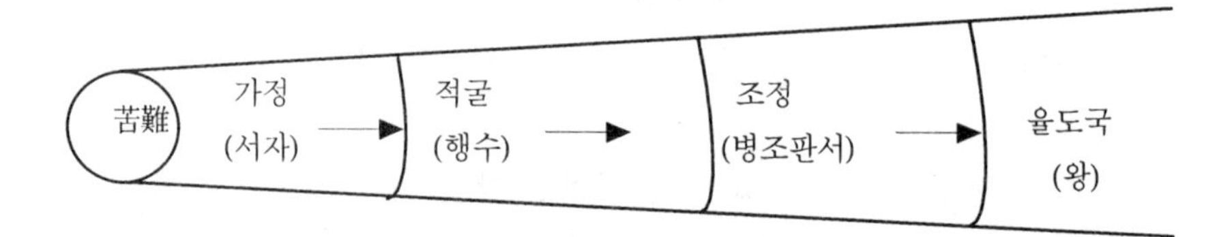

苦難의 극복과정이 가정 → 적굴 → 조정으로 인식이 확대됨에 따라 공간적 확대로 이어졌으며, 이러한 일련의 사건들은 율도국 王이 되기 위해 필요한 확대의 과정으로 여겨진다.

---

22) 趙東一, 『韓國小說의 理論』, 지식산업사, 1989, pp 305~306

조선시대의 小說중 주인공이 사회적 제약 때문에 겪는 苦難 구조로 <淑英娘子傳>등 애정 소설이 있다. 여기서 主人公들은 孝와 愛情의 대립 때문에 갈등한다. 그러나 이들 主人公은 苦難을 극복함에 있어 사회적인 문제로까지 인식하지 않는다. 그들 主人公들은 가정內에서 苦難이 극복되면 더 이상 苦難이 문제가 되지 않았다. <春香傳>의 경우도 기녀로 태어났음에도 기녀로 처신하기를 거부한 춘향은 사회와 팔자가 결탁해서 씌운 숙명의 올가미를 벗어 던지려 들었다는 점에서는 길동과 서로 다르지 않다[23]고 볼 수 있다. 그러나 苦難 극복에 있어서는 서로 다르다. 춘향이 자신의 신분이 苦難으로 인식된 것은 이 도령을 만난 後 이 도령과의 사랑을 이루는데 있어서다. 이때 기녀로서 행동할 것을 요구하는 변학도에 의해 그녀의 신분은 苦難의 요소로 작용한다. 春香에게 있어 苦難 극복의 목표는 이도령과 사랑을 성취함에 있었다. 그리고 春香은 이도령과 사랑이 성취되었을 때 자신의 신분으로 인한 苦難은 더 이상 인식되지 않았다. 그러나 吉童은 집안에서 '호부 호형'을 허락 받았음에도 불구하고 苦難 극복에 대한 인식은 더욱 확대되어 전개된다. 吉童은 견고한 사회의 계층 구조에 맞서서 인격을 인정받고 자아를 실현할 것을 지향했다. 苦難 구조를 갖고 있는 다른 어떤 古代小說보다도 苦難 극복의 의지가 보다 심원하고 적극적인 인식에 바탕을 두고 있다는 점이다. 이러한 苦難 극복의 인식 때문에 바로 근대적인 의식의 선각자라고 말할 수 있다.

苦難극복의 인식은 바로 家出을 결정하게 되고 家出後 천얼의 恨을 극복하기 위해 吉童은 외로운 투쟁으로 부조리한 사회제도에 맞서야 했다. 吉童은 견고한 사회 계층 구조와 맞서기 위해 武를 수단으로 행동력을 준비하고 무예와 병법으로 한 힘도 준비한다. 吉童은

23) 金烈圭, 李朝小說의 두 구조, 『韓國文學史』, 探求堂, 1983, p.332.

활빈당 행수로서 사람들에게 무예를 가르쳐 질서를 갖춘 군대조직을 만든다. 탐관오리의 재물만 약탈하여 가난한 사람들을 구제한다. 여기서 불의 정치와 활빈은 그가 근원적인 苦難을 해결하려는 과정에서 파생된 또 하나의 과제 즉 이차 지향으로서의 의미를 갖고 있다 하겠다.

또한 도적의 무리와 많은 민중들로부터 호응을 얻어 정파로 대담하고 강력한 도전 행위를 할 수 있었다.

吉童은 자신에 대한 제도적 제약의 부당성과 사회적 불의에 대한 자각이 뚜렷했고, 그 부조리의 시정을 위해 활빈당을 이끌고 조정을 향하여 대항했던 것이다.

吉童이 병조판서 제수에 집착한 것도 당시의 서얼금고의 제도를 거부하고 그 불합리를 고발하는데 충분한 효과를 가질 수 있다고 여겼기 때문이다. 병조판서 제수로 인하여 평생 恨이 풀렸다고 말할 수 있으나 이는 吉童을 용납하지 않으려는 조정이 吉童을 잡아들이기 위한 계략이었을 뿐이다. 吉童에게 출국의사를 확인하고 이루어졌다는 점에서 吉童으로서는 완전한 성취점이 될 수 없었다. 여하튼 병조판서 제수는 도적으로 취급받던 吉童에게 명예회복을 확실히 해 주었다. 또한 국내에서 吉童의 지향이 실현되었다고 할 수 있다. 그러나 어차피 出國이 약속된 몸이었다. 吉童은 이상적인 국가를 동경하면서 율도국으로 떠난다. 실제 조선사회에서 본 부조리와 허점을 극복하고 이상세계를 건설하려는 것이다. 율도국왕으로서 선정을 베풀어 태평성대를 구가하였으며, '…천비 소싱으로 아지 말고 동복형제 갓치 ᄒᆞ여…'(p.29)라는 부친의 유언과 함께 부묘를 율도국에 안치한다. 이로써 천얼의 恨을 씻고 血倫회복이라는 근본적 지향이 완결되었다. 또 율도국은 조선의 부정적 현실에 비해 이상적이며 완벽한 나라이다. 여기서 왕과 관리들이 백성을 위무하고 선정을 베풂으로써 태평성대를 구가한다. 불의 정치와 民의 구제라는 吉童의 이차 지향이 실현됨으로써 비로소 완전한 성취를 이룬다.

지금까지 살펴본 吉童의 苦難극복 과정에서 吉童은 자신이 극복의 주체가 되어 가정 → 사회 → 국가 → 해외로까지 공간의 확대와 더불어 인식의 확대로 이어지면서 개척적이면서 의지적인 모습을 보여준다.

苦難을 적극적이고 근원적으로 인식하고 자신의 힘으로 적극적이고 의지적으로 개척해 나가는 吉童의 극복 방법에 우리는 진보적이고 혁신적이라는 말을 쓸 수 있다

우리 古代小說 중 대부분이 苦難의 구조를 갖고 있지만 극복의 방법에 있어 자신들의 힘으로 해결하면서 의지적으로 해결된 경우는 거의 없다. <申遺腹傳>등 자신의 노력의 결과로 극복하는 경우도 있긴 하나 진보적 혁신적이라는 말을 붙일 수 없다. <春香傳> <沈淸傳>같이 대부분 苦難의 극한상황에서 죽을 고비를 넘기거나 죽음을 당한 後 神異한 방법으로 다시 살아나 苦難의 원인이 사라지고 소원이 성취되고 있다[24]. 즉 다른 古小說의 경우에 운명적으로 주어진 苦難의 원인을 감내하고 희생함으로써 그 대가로 보상이 주어지는 苦難 극복의 방법이 대부분이다. 그러나 吉童의 苦難은 스스로의 비범한 인식에서 비롯된 것이며, 그 극복의 방법도 스스로의 의지로 개척하고 성장 확대해 가고 있음을 보여 줌으로써, 가히 근대적 선각자로서의 삶을 엿볼 수 있다.

Ⅲ. 결 론

이상으로 洪吉童傳에 나타난 吉童의 苦難과 그 전개양상을 살펴

---

24) 李太王, 전개논문, p. 141.

보았다. 살펴 본 바를 요약해 보면 다음과 같다.

첫째, 吉童의 苦難은 그의 비범성으로 인식된 인격적 실현에 바탕을 두고 있다

둘째, 吉童의 家出은 근원적이고 적극적인 극복을 지향하며, 더불어 사회적인 과제까지 포함하는 확대된 인식에 의한 것이다.

셋째, 가정→사회→조정→해외로 전개되는 吉童의 극복의 모습은 개척적인 의지의 表象이라는 점이다.

洪吉童傳은 단일한 주제로, 구성이 집약되지 못하고 가정적 비극과 사회제도의 모순, 사회현실의 非理, 儒教的 윤리관, 理想世界의 지향등 구성상의 다양성이 복합되어 있고 특히 後半에 이르러 前半에 강조된 主題性과는 異質性을 보여 混亂을 자초하고 있다[25]고 하였으며 또한 構成技法이나 表現에 있어 중복이 많고 산만한 것도 사실이다.

그러나 이러한 구성상의 결함은 대부분의 古小說에서 볼 수 있으며, 古小說에서 치밀한 구성을 기대하기란 어렵다고 생각한다. 그럼에도 불구하고 <洪吉童傳>이 古小說중 가장 주목받는 小說로 평가되고, 많은 관심을 끌고 있는 것은 구성상의 치밀함이나 현실성과 상관없이 독자들을 감동시키고 호응하는 바가 있기 때문이다. 그것은 바로 인간의 근원적인 삶의 문제인, 苦難을 인식하고 극복하는 吉童의 삶의 모습에 있다고 생각한다. 그리고 보다 근본적인 思考를 바탕으로 하는 苦難에 대한 인식과 개척적 의지를 바탕으로 한 그 극복의 과정이 변화와 개혁을 지향하는 현대를 사는 우리들에게 交感되는 바가 크기 때문일 것이다.

---

25) 杜鋹球, 전게서.

참 고 문 헌

〈原典〉

許筠, 洪吉童傳(翰南本).

〈참고 논문 및 저서〉

姜東燁, 洪吉童傳의 主題考,『東岳語文論集』, 1972.
金東旭, 洪吉童傳의 比較文學的 고찰,『許筠의 文學과 혁신사상』, 새문社, 1981.
金烈圭, 民譚과 李朝小說의 傳記的 類型,『韓國民俗과 文學硏究』, 一潮閣, 1971.
金烈圭, 李朝小說의 두 구조,『韓國文學史』, 探求堂, 1983.
金泰俊, 홍길동전의 理想主義,『許筠의 文學과 혁신사상』, 새문社, 1981.
金鉉龍, 構成論,『韓國古小說論』, 亞細亞文化社, 1991.
杜鋹球, 洪吉童傳 構成考,『國文學 硏究』, 新陽社, 1996.
朴魯春, 洪吉童傳 本板本考,『가람 이병기박사 頌壽論集』, 三和出版社, 1966.
서대석,『군담소설의 구조와 배경』, 이화여자대학교 출판부, 1985.
소재영, 허균소설의 문학사적 위상,『국문학편답기』, 아세아문화사, 1999.
이이화, 허균의 생각,『뿌리 깊은 나무』, 1980.
李太玉,「古小說의 苦難構造硏究」, 建國大博士論文, 1993.
장정룡,『허균과 강릉』, 강릉시, 1998.
丁奎福, 洪吉童傳 異本考,『국어국문학』48·51집, 국어국문학회, 1970, 1971.
鄭炳昱, 洪吉童傳의 재평가,『한국고전의 재인식』, 弘盛社, 1979.
趙東一, "영웅의 일생"과 홍길동전,『許筠의 문학과 혁신사상』, 새문社, 1981.
趙東一, 英雄小說作品構造의 時代的 性格,『韓國小說의 理論』, 知識産業社, 1981.

朝鮮後期 江陵地方 祠宇·齋室建立의 動向

林 鎬 敏*

Ⅰ. 序 論

강원도는 영동과 영서로 구분되며, 또 영동지방은 9개의 군으로 나누어진다. 영동 9군중에서 강릉의 경우 그 전통적인 맥을 잘 전승해 온 지역이라고 할 수 있다. 그 까닭은 토성들의 재지적 기반이 지속적으로 유지되었기 때문으로 보인다. 강릉지역에 거주하는 각 성씨들은 외부적으로 가문의 위상을 알리고 내부적으로 문중의 결속을 공고히 하는 방편으로 선조에 대한 제향에 많은 관심을 쏟아 왔다고 할 수 있다. 그런 한 수단으로 각 가문에서는 사우나 재실의 건립에 적극적으로 참여하였던 것이다. 지방사회에서 가문의 활동은 혈연을 중심으로 한 공동체로서 지방사 연구에 있어서 충분한 연구 대상이 될 수 있다.

그러나 사우와 재실에 대한 시론적 분석에 앞서 각 명칭에 대한 명확한 개념이 우선 설정되어야 할 것 같다. 본고에서 다루고자 하

* 韓國精神文化研究院 韓國學大學院 博士課程修了.

는 강릉지방 사우와 재실들에 대한 명칭은 대체로 書院, 祠, 影堂, 齋 등으로 사용되고 있다.

서원은 원래 斯文의 진작과 인재 육성을 목적으로 건립되어졌으며, 부차적으로 先聖·先賢·名儒 등을 제향하는 사묘를 부설해 놓아 祀賢의 기능을 아울러 갖고 있었다. 이에 비해 사우는 충절인의 공덕을 기리는 報本崇賢과 제사를 통한 향촌민의 풍속교화를 목적으로 건립되었던 것이다.[1)]

영당 역시 사우와 유사한 역할을 하므로 명칭상의 차이에 불과하다. 그러나 영조 2년 11월 10일 우부승지 金祖澤이 아뢴 바에 의하면, "서원의 폐해는 이루 말할 수 없는데, 서원설립을 금지하게 된 뒤에는 영당이란 것을 곳곳에서 새로 세우고 있어 폐해가 똑 같다" 라고 지적하면서 이의 금지를 주장하였고,[2)] 또 영조 17년(1741) 임금이 사원 남설과 私建에 대한 道臣 및 수령 그리고 주도 유생에 대한 강한 처벌을 천명하니 대신들이 이르기를 영남지방에 향현사가 가장 많은데 마을에 數間의 茅屋을 향현사라 하니 도신과 수령이 이를 파악하기 어렵다고 하면서 先輩影堂이나 수령 生祠堂은 學宮과 다르다고 하였다.[3)] 그러므로 영당은 서원과 달리 교학적 기능에 의해 지어진 것이 아니라 순전히 선현 享祀를 위한 목적에서 지어졌던 것이다.

재실은 아래 각 재실들의 자료를 분석한 결과 서원이나 사우와는 달리 일개 가문이 중심이 되어 건립되었다. 그리고 건립 장소가 대체로 관련 인물의 묘소 주위에 위치하고 있다. 또 사용 목적은 제향시 제물의 준비와 제기 보관, 제관들을 유숙시키기 위해 건립되었다.

---

1) 鄭萬祚, <17~18세기의 書院·祠宇에 대한 試論> ≪韓國史論≫2집, 서울대학교 국사학과, 1975.

2) ≪英祖實錄≫ 卷 10, 英祖 2年 11月 10日 戊戌條.

3) ≪增補文獻備考≫ 卷 210, 學校考

이러한 기능에 의한 구분은 어느 시기엔가 불분명해지게 되었다. 萬曆 이후 벼슬이 높다거나 집안이 번성하다 하여 다투어서 사우를 짓고 사사로이 명예를 높이려 하고 또 과시하려는 폐단이 만연하여 해가 갈수록 그 수가 더욱 많아져 私黨으로 변화해 가는 폐단을 지적한 사실에 의하면,[4] 서원과 사우의 구분이 모호해지는 시기는 대체로 임진왜란으로 인한 사회질서의 혼란과 이를 수습하기 위한 향촌사회의 재편 과정, 그리고 붕당에 따른 정치적 혼란을 틈탄 대 지방통제력의 이완 등에서 이유를 찾을 수 있다.

그러므로 본고에서는 우선 강릉지방 사우와 재실을 명칭상으로 서원, 사우, 영당, 재실 등 4가지로 구분하여 현황을 살펴보고, 내용면에 있어서는 2개로 구분하였는데, 서원, 사우, 영당을 하나로 묶어 넓은 의미에서 사우와 재실로 나누었다. 그런데 시대적 변화에 따라 이분법적 구분 자체도 별 의미가 없어지게 된다. 그러나 본고는 외형적으로 강릉지방에 현존하는 모든 사우와 재실을 정리하였다는 점에서 의미를 찾을 수 있다.

강릉지방에는 아주 오래전부터 토성으로 세거했던 가문이 많다. 특히 강릉최씨, 강릉김씨, 강릉박씨, 강릉함씨, 강릉곽씨 등은 강릉을 본관으로 하는 토성으로 누대에 걸쳐 많은 인사를 배출하였다. 이밖에도 삼척심씨, 안동권씨 등도 많은 사우를 관리하고 있는 가문들이다. 그리고 가문을 중심으로 한 사우 외에도 지방 사림들의 공론에 의해 건립된 사우도 적지 않다.

따라서 이런 기초자료의 정리는 앞서 지적한 전반적인 자료정리 수준을 훨씬 뛰어넘은 또 다른 의미를 갖고 있다고 할 수 있다. 이에 본고에서는 먼저 강릉지방 사우·재실의 현황을 살펴본 후 건립의 주체, 배향인물, 형태별 유형 등을 분석함으로써 조선후기 강릉

---

4) ≪仁祖實錄≫ 卷 45 仁祖 22年 8月 己未條.

지방 사우의 변화 형태와 이에 따른 사림층과 가문 활동에 대한 시론적 고찰을 하고자 한다.

Ⅱ. 祠宇·齋室現況

1) 書院

명 칭	건립년대	건립주체	배향인물	비 고
五峰書院	명종 11년 (1556)	향중사림	孔子, 朱子 宋時烈, 咸軒	함헌을 모신 곳은 七峰祠이다. 非賜額書院
松潭書院	인조 2년 (1624)	향중사림	栗谷 李珥	이이의 위패를 봉안한 松潭祠가 있다. 賜額書院

2) 祠

명 칭	건립년대	건 립 주 체	배 향 인 물	비 고
德 峯 祠	1958년	東州崔氏 嶺東宗會	崔瑩	
鏡 陽 祠	1939년	江陵朴氏 大宗會	觀雪堂 朴堤上	
全 忠 祠	1934년	迎日鄭氏 圃隱公派 宗中	圃隱 鄭夢周	
忠 正 祠	1930년	江陵崔氏大宗會 迎日鄭氏宗親會	圃隱 鄭夢周 猿亭 崔壽峸	
彰 德 祠	1965년	江陵金氏 翰林公派宗中	金英堅, 金堅雄, 金徵祐 金 陽, 金元傑, 金上琦, 金仁存, 金永錫, 金時習	
鄕 賢 祠	仁祖 23年 (1645)	향중사림	釣隱 崔致雲, 睡軒 崔應賢, 三可 朴遂良, 四休 朴公達, 猿亭 崔壽峸, 蹈景 崔雲遇, 春軒 崔 洙, 訥齋 李成茂, 槐堂 金潤身, 聾軒 朴億秋, 臨鏡堂 金說, 葆眞齋 金譚	

篁 山 祠	1936년	江陵崔氏 諱 必達 大宗中	江陵崔氏 始祖 崔必達	
花浮山祠	신라 문무왕 13년(674)	鄕中府民	金庾信	현재는 후손들이중수하고 관리함
淸 簡 祠	1769년	後孫 宗霖. 啓澧, 學元	梅月堂 金時習	
景 德 祠	1972년	後孫 郭良燮	郭居完	
文 成 祠			李 珥	
五 忠 祠	1967년	寶城宣氏 宗中	宣允祉, 宣 炯, 宣居怡, 宣世綱, 宣若海	

3) 堂

명 칭	건립년대	건 립 주 체	제 향 인 물	비 고
保 眞 堂	14세기 초	權士鈞	權士鈞	
自好齋影堂	고종 2년 (1865)	參議 李澤徵 後孫	參議 李澤徵	
程夫子影堂	숙종 10년 (1684)	漁村 後孫 沈世綱 등	兩夫子, 漁村 沈彦光, 尤庵 宋時烈	今廢
晦庵影堂	고종 24년 (1887)	朱載植, 朱載學 等	朱夫子	

4) 齋舍

명 칭	건립 년대	건 립 주 체	제 향 인 물	비 고
明 德 齋	1804년	강릉김씨 재궁동 종중	金普淵, 金世南, 金光國	
明 德 齋	1979년	강릉김씨 옥가파 참판공 종중	金 鐩, 김응호	
慕 正 齋	1876년	강릉김씨 옥가파 기장공종중	金得憲	
敬 寅 齋	1745년	강릉김씨 옥가파 참의공 종중	金夢虎	
檜 雲 齋	1975년	강릉김씨 靑良派 종중	金永淵, 金文奇, 金武萬 金聲理, 金洛斗	
城 山 齋	1848년	초계정씨 영동종회	鄭基平	
追 遠 齋	1804년	강릉최씨(立之)평장공파 종중	崔立之	
永 思 齋	1862년	강릉최씨(立之)송현종중	崔斯廣, 崔 洙	
直講公齋室	1931년	삼척심씨 직강공 종중	沈家甫	
甑 陽 齋	1958년	삼척심씨 어촌공 종중	沈彦光	
節制公齋室	1931년	삼척심씨 직강공 종중	沈原達	
景 慕 齋	1943년	영일정씨 城村派 종중	鄭昆島	
慕 先 齋	미상	강릉박씨 판관공종중	朴重信, 朴始元, 朴始昌 朴始亨, 朴始行, 朴始文 朴公建, 朴公達, 朴台叟	1939년 추정
慕 先 齋	1938년	강릉박씨 端川公 후손	朴自儉	
慕 先 齋	미상	강릉박씨 경포문중	朴重敬, 朴榮根, 朴承休	
永 慕 齋	1865년	강릉박씨 申石派 문중	朴貞元	
五 思 齋	미상	강릉박씨 三可公派 문중	朴遂良, 朴允良, 朴命賢 朴 梲, 朴 楨, 朴 杞	1931년 중수
五 恩 齋	미상	강릉박씨 詩洞派 문중	朴仁淳, 朴震楷	1936년 중수
德 佑 齋	1934년	밀양박씨 貞齊公派 北洞종중	朴啓立	
權悚齋舍	1917년	안동권씨 樞密公派	權 悚	
大田齋舍	미상	안동권씨 樞密公派	權 璉	1900년대 추정
權和齋舍	미상	안동권씨 樞密公派	權 和	
權迪齋舍	미상	안동권씨 僕射公派	權 迪	
楡川齋舍	1880년	강릉최씨대종회(文漢)	崔文漢, 崔克霖	
鍾巖齋舍	1909년	강릉최씨대종회(文漢)	崔 沇, 崔自霑	
新里齋舍	미상	강릉최씨(文漢) 판서공 종중	崔世樋, 崔 演	
副正公齋舍	1950년대	강릉최씨(文漢) 부정공 문중	崔 沃	
慕 先 齋	1700년대	강릉최씨(文漢) 참판공 종중	崔 洵	
感 慕 齋	1648년	평해황씨 經歷公 종중	黃世達	

명칭	건립 년대	건립주체	배향인물	비 고
永慕齋	1969년	남양홍씨 생원공파	洪仁國	낙향조
永慕齋	1661년	강릉함씨 예판공파	禮判公派 선조	
敬慕齋	1700년경	강릉함씨 칠봉댁	七峯宅 선조	
崇先齋	1910년경	강릉함씨 梧谷宅	梧谷宅 선조	
崇德齋	1972년	강릉김씨 玉街派	金汝明, 金潤身	
敬慕齋	미상	강릉김씨 부정공파 굴산종중	金慶生, 金 墀	1913년 중수
永慕齋	미상	강릉김씨 부정공파 생원공, 진사공, 임경당공 종중	金盤石, 金光軒 金 說	1833년 중수
白達齋	1893년	강릉김씨 참판공파 종중	金 臺, 金世勳, 金光轍, 金光軫	
葆眞齋	1873년	강릉김씨 노암파	金 譚	
崇德齋	1564년	강릉김씨 평의공파	金 軬	
崇義齋	1978년	강릉김씨대종회	金周元	崇烈殿은 武烈王 金春秋를 모심
感慕齋	1867	강릉최씨(必達) 釣隱公 종중	崔致雲, 崔進賢, 崔應賢	
憬慕齋	1982년	강릉최씨(必達) 東崗公 종중	崔文沃, 崔元亮, 崔安麟, 崔世蕃, 崔仁彦	
追慕齋	미상	강릉최씨(必達) 龍淵洞派	崔壽潭	1994년 중건
追感齋	1876년	강릉최씨(必達) 龍淵洞派	横城高氏(崔忠一 妻) 崔文汲, 崔重釆 崔昌橳	
永慕齋	1942년	강릉최씨(必達) 龍淵洞派	崔斗柄, 崔錫泰 崔應釆, 崔億增	
憬慕齋	1860년	강릉최씨(必達) 龍淵洞派	최대홍	1963년 중건
永愼齋		창령조씨		
永遠齋		창령조씨		
永享軒		창령조씨		
永慕齋	1932년	정선전씨 全性命 후손	全性命, 全公侃	
慕先齋	1873년	정선전씨 忠孝公派	全忠孝, 全繼賢 全舜仁	
篤慶齋	1852년	경주손씨 沙湖派 종중	孫宗復	
單峯齋	1990년	안동김씨 생원공파 종중	金鏶	
瀛齋齋舍	미상	안성이씨 瀛齋先生 후손	李碩珍	

5) 기타

명 칭	건립년대	건 립 주 체	제 향 인 물	비 고
文正公不祧廟	1920년	강릉최씨(必達) 대종회	崔壽峸	
種善閣	1782년	강릉시 옥계지역 유림	禹光澤, 李泰植, 高聖昌 全三伯, 李元緯, 姜樫南 兪世泰, 韓一鳳, 張世察 朴重立, 李泰元, 李龍復 金聲浩, 洪福新	

사우·재실 현황에서 볼 수 있듯이, 서원은 2개이고, 사우는 12개, 당은 4개, 재사는 54개이고, 기타로 문정공부조묘와 종선각이 있다. 그러므로 본 조사에 나타난 현존하는 강릉지방 사우·재실은 모두 74개이다. 물론 정밀한 조사를 하였음에도 불구하고 혹 누락이 있을 수 있으며, 또 현존하지 않는 것과 합치면 그 수는 상당할 것으로 추정된다.

위의 현황에서 향중사림이나 부민 발의로 건립된 오봉서원, 송담서원, 화부산사, 종선각, 문성사를 제외한 나머지 69개, 즉 문중이 주도되어 건립된 사우·재실들을 성씨 및 본관별로 살펴보면 다음과 같다.

최씨 17개로 가장 많고, 그 다음은 김씨 15개, 박씨 8개, 권씨 5개, 심씨가 각 4개, 정씨, 함씨, 조씨 각 3개, 이씨와 전씨 각 2개, 홍, 황, 선, 곽, 손, 주씨 각각 1개씩이다. 이것을 다시 본관별로 구분해 보면, 강릉 41개이고, 안동이 6개, 삼척 4개, 창령 3개, 정선과 영일이 각 2개, 그리고 동주, 초계, 영해, 안성, 남양, 평해, 보성, 밀양, 경주 그리고 기타 등이 각각 1개씩이다.

강릉을 본관으로 하는 성씨 41개를 다시 성씨별로 구분해 보면, 강릉최씨 16개, 강릉김씨 14개, 강릉박씨 7개, 강릉함씨 3개, 강릉곽씨 1개이다. 여기서 강릉을 본관으로 하는 최씨는 3개의 대종(大宗)으로 나누어지는데, 가장 많은 대종은 필달(必達)계로 9개이고, 다음은 문한(文漢)계 5개, 입지(立之)계 2개이다. 따라서 하나의 본관으로 가장 많은 사우·재실을 보유하고 있는 문중은 강릉김씨(16)이고, 그 다음은 강릉최씨 필달계(9)이며, 다음은 강릉박씨(7), 강릉최씨 문한계(5)와 안동권씨(5), 삼척심씨(4), 창령조씨(3), 정선전씨(2)와 영일정씨(2), 기타 순으로 나타났다.

대다수의 사우·재실을 보유하고 있는 김씨, 최씨, 박씨의 경우는 강릉지방 토성이다. ≪세종실록지리지≫에 강릉대도호부조에 보면, 강릉지방 토성은 김·최·박·곽·함·왕으로 기록되었고, ≪신증동국여지승람≫ 강릉대도호부조 역시 本府姓으로 김·최·함·박·곽으로 기록되어 있다. 여기서 차이를 보이는 왕씨의 경우 고려 태조 왕건으로부터 金乂가 왕씨를 사성받은 후 崇德齋에 제향된 金輊가 1392년 가문의 滅門之禍를 면하고자 이성계의 국가정책에 순응하면서 복성하였고, 그리고 복성을 거부한 일부 왕씨들이 玉氏로 改姓한 후 사성으로 전해졌기 때문으로 보인다.

그리고 나머지 강릉을 본관으로 하지 않은 성씨들의 경우 대부분은 낙향시조를 모셨거나 아니면, 낙향한 후 가문에 출중한 영예를 끼친 선조들을 추모하기 위해 사우 또는 재실을 건립하였던 것으로 보인다.

성씨별, 본관별 분류에서 알 수 있듯이 대부분의 사우·재실이 토성들에 의해 건립되었고, 나머지는 강릉에 낙향 한 그 후손들에 의해 건립되어졌다. 또 재지사림이나 부민의 발기로 건립되어진 사우·재실도 있으므로 건립주체를 기준으로 크게 구분하면 두 가지로 나눌 수 있는데, 문중이 중심이 된 것과 향중사림이나 부민이 주체가 된 것으로 구분된다. 문중이 중심이 된 것들 중에서 대종회가 주체가 된 것은 '祠'라는 명칭을 사용했으며, 소문중이 중심이 된 경우는 '齋'라고 하였다. 그리고 향중사림이 주도한 것은 서원이 주류를 이루고 있다. 따라서 명칭 사용에 있어서 일정한 규칙이 적용되었던 것으로 보인다.

Ⅲ. 배향인물

각 가문의 배향 인물에 대한 종합적인 분석은 강릉지방 인물 정리에 매우 중요한 자료적 가치가 있다. 특히 각 가문의 재사에 제향된 인물의 경우 시조나 낙향조를 모시고 있고, 또 토성의 경우 시조 이외에 가문에 영예를 남긴 인물들을 제향하고 있기 때문에 그 가문의 변화과정을 살필 수 있다.

우선 위 현황표에서 보면, 서원의 경우 향중 사림들이 건립을 주도하면서 중국의 유현인 공자와 주자를 모신 오봉서원과 강릉 태생인 율곡을 모신 송담서원이 있다.

오봉서원은 칠봉(七峰) 함헌(咸軒)이 순치(順治) 2년(1552) 중국 남경(南京)에 사신으로 갔다가 오도자(吳道子)가 그린 공자의 영정과 행단도(杏亶圖) 1폭을 가지고 돌아와 명종 11년(1556) 향촌사림인 최운우(崔雲遇) 등과 협의하고 당시 강릉부사 홍춘년(洪春年)과 강원도 관찰사 윤인서(尹仁恕)에게 건의하여 서원을 세우고 공자의 영정을 봉안하였다. 정조 6년(1782)에는 주자의 영정을 봉안하였고, 순조 32년(1831)에는 우암 송시열의 영정도 함께 봉안하였고, 고종 19년(1882)에 칠봉 함헌의 공을 기리고 향사를 위해 칠봉사를 지었다.[5)]

처음에 향촌 사림 그리고 지방장관들과 협의하여 공자를 모신 것은 초기의 서원 건립 과정에서 흔히 볼 수 있는 현상이었다, 그러나

---

5) ≪五峰書院實記≫ 참조.

정조 6년(1782)에 주자의 영정을 봉안 한 것은 다음과 같은 이유에서였다. 정조 1년(1777)에 어촌 심언광의 후손인 沈尙顯이 어촌이 중국에서 가져왔다는 주자의 영정을 계기로 영당을 중건하고 서원을 창건하려고 계획을 하니 士人 金衡鎭이 그 影이 眞像이 아니라 하여 명륜당에서 齋會를 열어 반대한 후 士林 權漢準, 金倈, 朴漢紹를 京院長에 보내어 그 진위를 判明케 하였다. 그때의 경원장은 宋德相이었고 鄕院長은 李澤徵이었다. 그 뒤에 太學에서 忠州 雲谷에 소장된 朱夫子의 影을 河南齋에 移奉해 오니 이때 김형진이 분개하여 단독으로 소를 올리는 道伯 金熹가 本 府使 李晋圭, 春川府使 李邦榮, 杆城郡守 趙漢鎭을 조사관으로 보내어 내사케 하여 삼사관의 조사결과 朝令에 의하여 영당은 훼철케 하였으며 주자의 영정은 오봉서원에 이봉케 하였던 것이다.6)

또 순조 13년(1831) 우암의 영정이 추배되었는데, 이 과정에서 향촌사림간에 논쟁이 일어났다. 순조 6년(1806)에 송시열의 서원배향이 논의되다가 당시 당론에 합당하지 않는다 하여 거절되었다. 그러나 순조 13년 權漢龍이 漣川 臨漳書院의 예를 제시하며 송시열의 위패를 오봉서원에 봉안했다. 이에 金學斗, 曺錫憲 등 八儒生들이 적극 반대하였다. 그러나 이들 반대 유생들은 구류나 귀향의 조처가 처해졌으며, 지역 노론계의 의지대로 우암 송시열의 추배는 실현되었다.7)

고종 5년(1868) 서원철폐령 이후인 고종 19년(1882)에 서원 곁에 칠봉사라는 사우를 짓고 칠봉 함헌을 모셨는데, 이 경우는 서원훼철

---

6) ≪臨瀛儒義≫

7) <五峯書院實記> ≪嶺東地方鄕土史硏究資料叢書≫(二), 關東大學校 嶺東文化硏究所.
李忠炯, <五峯書院硏究>, ≪嶺東文化≫ 5輯, 關東大學校 嶺東文化硏究所, 1994.

후 향중사림의 공론으로 지어졌다기보다는 오봉서원 건립을 주도했던 함헌의 후손들에 의해 추진되었던 것으로 보인다. 따라서 오봉서원의 경우 배향인물의 추이에 의하면 초기에는 향중 공론에 의해 유지되었으나 서원 훼철령 이후에는 공론화된 서원으로서의 면모는 상실하고 점차 문중조직이 주도하여 운영하였던 것이다. 물론 이 과정에서 함헌의 후손들이 주도하면서 지역 사림으로부터 지원을 받았으나 그 성격이 교학적 기능을 우선시했던 예전의 형태에서 벗어나 성현과 선조에 대한 향사만을 중요시하게 되었다.

송담서원은 임란전부터 이이의 從祀와 관련하여 여러 번 향중에서 서원건립을 논의하였으나 그 결과를 얻지 못하다가 임란 후 인조 2년(1624)에 구정면 학산리 왕현 왼편 아래쪽에 석천서원이라 하여 건립하였다. 이후 인조 8년(1630)에 강릉 유생 崔彦琛 등이 청액을 상소하였으나 받지 못하였다가 효종 3년(1652)에 金益熙가 본도 감사로 와서 부사 李晩榮과 이건을 협의한 후 효종 10년(1659)에 강릉 유생 金涑 등이 請額 상소하여 이해 3월에 사액되었다.[8)]

이이는 외가가 강릉인 관계로 자주 강릉을 방문하였고 이때마다 지역 유림들과 교류를 갖게 됨으로 자연히 그를 추모하는 사림층이 형성되었던 것이다.[9)] 오봉서원 건립에 주도적인 역할을 했으며 향촌에서 향약보급을 펼쳤던 도경 최운우의 경우 율곡 이이와 빈번한 교류를 맺고 있었다. 도경은 율곡이 외가인 강릉 북평촌을 왕래할 때마다 그와 만나 講學을 하였고 시도 주고 받는 등 활발한 교류를 하였다.[10)] 또한 율곡의 사후 향교와 송담서원의 유생들이 중심이 되

---

8) 〈松潭齋誌〉,≪嶺東地方鄕土史硏究資料叢書≫(二), 關東大學校 嶺東文化硏究所

9) 江陵乃先正李鄕而生於斯長於斯至於立朝之後往來講學其於木士士子薰炙誘掖之功實不淺鮮嘉言懿行至今傳說 奧在先朝改玉之初多士追慕立祀……(<松潭齋誌> 己亥春請額上疏草, ≪嶺東地方鄕土史硏究資料叢書≫(二), 關東大學校 嶺東文化硏究所).

어 이이의 문묘 배향을 요구하는 상소를 누차 올렸다. 현종 3년(1662)에 生員 李模 등이 상소를 냈고, 이듬해인 현종 4년(1663)에 지방 유생 生員 李模, 崔湌, 儒學 曺王言, 沈淡, 辛晩, 朴太素, 曺挺漢, 崔謚, 崔順慶, 崔光湊, 通川 金仁一, 歙谷 申義洽 등이 종사를 요청하는 소를 또 올렸다. 그리고 현종 10년(1669)에도 상소하였으나 허락받지 못했다.[11] 그 이유인 즉, 선대의 예에 의하여 신중히 검토할 것을 지시하였는데, 이는 영남 유생들의 문묘종사 반대 상소와 같은 당론 대립의 결과를 인식한 듯하다. 그러나 문묘에 종사되었던 것은 숙종 8년(1682)이었다.[12]

이처럼 송담서원에 이이를 배향했던 것은 그의 출생지가 강릉이고 또 율곡이 강릉을 방문할 때마다 향중 사림들과의 강학을 함으로써 교우관계가 설정이 되었기 때문이다. 그리고 조정의 문묘종사 논의와 더불어 향중 사림들의 당론 경향과 밀접한 관련을 맺고 있었던 것으로 여겨진다.

인조 23년(1645)에 건립된 향현사는 강릉 출신으로 지방민들의 추앙을 받고 있는 사람의 행적을 후세에 전하여 귀감을 삼기 위하여 그 사람들의 위패를 모시고 제례를 올렸던 곳이다. 향현사가 처음 건립되었을 때에는 釣隱 崔致雲, 睡軒 崔應賢, 三可 朴遂良, 四休 朴公達, 猿亭 崔壽峸 蹈景 崔雲遇를 享祀하였고,[13] 1682년에는 春軒 崔洙를, 1759년에는 訥齋 李成茂, 聾軒 朴億秋, 1808년에는 槐堂 金潤身, 臨鏡堂 金說, 葆眞齋 金譚을 추향하였다.[14]

향현사의 건립은 임란 후 피폐했던 지방의 실정을 임란전의 성리

10) ≪香湖先生集≫ 香湖先生年譜報

11) 〈松潭齋誌〉 ≪嶺東地方鄕土史硏究資料叢書≫(二), 關東大學校 嶺東文化硏究所.

12) ≪肅宗實錄≫ 卷 13, 肅宗 8年 5月 20日(丁卯條)

13) ≪增補文獻備考≫ 卷 213, 學校考.

14) ≪江陵明倫書院誌≫

학적 지배질서로 회복코자 했던 조정의 의지에 부합되었던 것이며, 지역내에서는 향촌의 덕망 있는 인사를 선정해서 그의 행적을 추모함으로써 문풍을 진작시키고자 했던 것으로 이해되어진다.

그러므로 배향인물들의 특징은 첫째로 효행으로서 향촌에서 귀감이 되었던 인물들이며, 둘째로 향교 중수나 향약 시행과 같은 성리학적 지배질서에 충실했거나 향약 보급에 기여했던 인물, 세째, 중종조 기묘사화에 연류된 인물로서 영남 사림들과 학문적 교류를 맺었던 도학정치를 부르짖던 개혁인사들이다.[15]

화부산사는 향중 부민들에 의해 건립되었다고 전해지며, 그 건립시기 역시 가장 빠른 통일신라시대라고 한다. 그러나 건립에 대한 정확한 연대를 추정하기는 자료의 부족으로 어렵다. 이곳에 배향된 인물은 김유신이다. 김유신을 배향 한 까닭은 신라가 삼국을 통일할 당시 말갈족이 자주 북방을 침입함에 따라 김유신은 왕명을 받고 명주로 와 화부산에 진을 치고 오대산에서 무술을 익히고, 팔송정에서 기마술을 익혔다고 한다. 이에 명주 백성들이 편안히 살 수 있게 되므로 백성들은 그에 대해 감은(感恩)하였으며, 그의 사후 지방민들이 중심이 되어 그를 추모하기 위하여 유진처(留陣處)인 화부산 기슭에 사우를 세우고 매년 제사를 받들어 왔다고 한다.[16]

강릉시 옥계면 산계리 787번지에 있는 종선각은 옥계지역 유림들이 관리하고 있는데, 이들의 선조들이 1782년에 건립하였다. 선조들의 善한 業績을 보존하고 後世代의 倫理道德을 繼承·發展시키기 위하여 후손들의 정성을 모아 건립한 이 재사는 후손들이 마련한 공동기금으로 운영되고 있다. 種善閣의 비문을 보면, 퇴계 이황의 후손인 廣瀨 李野淳(1755~1831)이 산계리 寺谷洞 사지에 興谷講堂

---

15) 金東燦, <江陵鄕賢祠硏究>, ≪嶺東文化≫ 5輯, 關東大學校 嶺東文化硏究所, 1994.

16) 〈花山齋紀績碑〉

을 건립하고 이 地域에 거주하는 住民 高, 禹, 全, 姜, 兪, 朴, 李, 金, 韓, 張, 洪 등 제씨들이 李野淳의 문하에서 漢文을 修學했다. 그러므로 종선각은 퇴계문인인 이야순을 비롯해 그에게서 수학한 문하생들을 추모하고 그 정신을 기리기 위한 제향처이다.[17]

나머지 사우와 재실들은 모두 문중이 중심이 되어 자기 선조를 추모하기 위해 선현을 모셨던 곳이다. 그리고 위에서 개별적으로 설명한 사우외의 경우는 시기적으로 1900년대 중반이후와 최근에 세워진 것들이다.

재실의 경우도 대체로 문중이 중심이 되어 자기 선조를 모시는 형태들이며, 피봉사자들은 시조, 파조 또는 낙향시조거나 아니면 가문의 명예를 떨친 인물들이다. 즉 후손들에게 崇祖愛族 의식을 고취시키기 위한 것이라고 할 수 있다.

사우·재실의 배향인물들을 개인별로 분석하지는 못했지만, 그 배향 대상을 사우나 재실별로 구분하였을 때, 서원의 경우 중국 명현이나 우리나라의 성현을 주로 배향했고, 사우는 지방에서 명망을 떨쳤거나 귀감이 될 수 있는 유현들이 배향되었다. 그리고 재실들의 경우 가문의 영예를 떨친 인물이거나 또는 높은 관직을 지낸 인물들을 제향함으로써 후손들에게 귀감으로 삼고자 했다.

Ⅳ. 건립시기와 주체

건립시기와 주체는 배향인물에 대한 분석과 밀접한 관계를 갖고 있다. 향중사림이나 문중이 건립 주체가 되었을 때 각각의 배향인물에 대한 성격이 다른 것과 마찬가지로 건립시기와 주체에 따라서

---

17) <種善閣碑文>

사우와 재실의 성격에 차이가 있을 수 있다.

시기별로 사우·재실의 건립주체가 향중 사림에서 소문중 단위로 변화하고 있고 또 소문중 단위에서 대문중 단위로 변모하고 있는 특징이 있다. 그리고 어느 시기엔가 사우보다는 문중이 중심이 된 재사의 건립이 활발이 이루어지고 있다는 점이다. 그런데 이런 시기적 차이는 단순한 이유에서가 아니라 각 시기마다의 사회상황 변화에 기인한다고 할 수 있다.

이와 같은 변화양상은 지방 사림의 구조적인 변화양상을 나타내며, 더 나아가서는 사림들의 활동에 대한 조정의 지방 통치책의 일환으로 보여진다. 즉 사우 남설과 그에 따른 폐단으로 인해 사원·사우훼철령이 내려짐에 따라 서원이나 사우를 통한 활발한 향촌활동의 전개가 이루어지기 어렵게 되자 사림들은 우회적 조치로 가문의 영예와 위세를 향촌사회에 알리기 위한 수단으로 재실 건립을 적극적으로 추진하였던 것으로 보인다. 다시 말해서 사림들은 공론화된 사우의 건립이 어렵게 되자 문중조직을 이용한 재실이나 사우의 건립이 활발히 추진되었던 것이다.

강릉지방 사우와 재실의 전체 조사대상 74개 중 건립년대가 자세하지 않은 14개를 제외한 60개 사우와 재실을 시기별로 구분하면 아래 표와 같다. 아래 표에서처럼 18세기까지는 숫적으로 그리 많지 않지만, 19세기에 이르면 숫적으로 매우 증가되는 현상이 나타난다. 그리고 일제강점하에서도 16개에 이르는 많은 사우와 재실이 건립되어지고 있다.

시기별 특징을 살펴보면, 임란전부터 18세기까지는 향중사림이나 문중이 건립주체가 되는 경우가 비슷하나 18세기에 이르면서는 향중 공론에 의해 건립되는 경우는 찾을 수 없고 모두가 문중이 중심이 되어 건립되고 있는 점이 특이하다. 이는 숙종대의 서원신설금지령과 영조대에 서원훼철령에 의해 향촌내에서의 서원건립이 어렵게 됨으로 이런 금령을 피하기 위해 비슷한 효과를 거둘 수 있는 사우를 건립하는 추세를 보이고 있다.[18] 이런 추이에 따라 강릉지방에서는 자기 가문 출신의 특정인물의 현양을 위한 제향처로서 재실 건립을 적극적으로 추진하였던 것으로 보인다.

사우·재실건립 주체와 시기별 현황

시기	건립주체	사우·재실명	시기	건립주체	사우·재실명
임란 전	향중사림(2)	오봉서원 화부산사	1800년대	향중사림	
	문중(2)	보진당 숭덕재		문중(17)	자호재영당, 회암영당, 백달재, 보진재, 명덕재, 모정재, 성산재, 추원재, 영사재, 영모재, 유천재사, 감모재, 추감재, 경모재, 모선재, 독경재,
1600 년대	향중사림(2)	송담서원 향현사	일제강점기	향중사림	
	문중(3)	정부자영당 영모재 감모재,		문중(16)	황산사, 경양사, 전충사, 충정사, 숭선재, 직강공재실, 절제공재실, 경모재, 모선재, 모선재, 덕우재, 권송재사, 종암재사, 영모재, 영모재, 문정공부조묘,
1700 년대	향중사림(1)	종선각	1945년이후	향중사림	
	문중(3)	청간사 경모재 경인재 모선재		문중(14)	부정공재사, 단봉재, 덕봉사, 창덕사, 경덕사, 집성사, 오충사, 영모재, 숭덕재, 숭의재, 명덕재, 회운재, 증양재, 경모재,

오봉서원은 강원도 지역에서 최초로 세워졌는데, 강릉지역 사림들

18) 鄭萬祚, <朝鮮後期 對書院施策>, ≪朝鮮時代書院研究≫, 集文堂, 1991. p.255.

의 발의와 지방장관들의 협조로 건립되어졌다. 이 서원은 비사액 서원임에도 불구하고 숙종 7년(1681)에 위토 3결과 모속인 20명을 국가로부터 하사받아 사액서원에 준하는 대우를 받았다.[19)]

건립 당시 성묘 3칸, 전랑과 신문이 5칸, 좌우재랑이 6칸, 강당 10칸, 서고 2칸, 대문 2칸 규모였으나[20)] 현재는 집성사, 오봉강당, 칠봉사, 철종 7년(1856) 조두순이 찬하고 이종우가 글을 쓴 묘정비, 순조 6년(1806) 이만수가 찬하고 조윤대가 쓴 기적비 등이 남아 있다. 그리고 구묘정비(舊廟庭碑)가 서원 앞 뜰에 세워져 있다.

정조 6년(1782)에는 주자의 영정을 봉안하였고, 순조 32년(1831)에는 어촌공 후손들에 의해 건립된 정부자영당에 배향하려 했던 우암 송시열의 영정도 함께 봉안하였다. 함헌을 제향한 칠봉사는 서원훼철령이 내려진 이후인 고종 19년(1882)에 칠봉 함헌 후손들에 의해 그의 공을 기리고 향사를 위해 지어졌다. 고종 8년(1871) 서원훼철령으로 오봉서원은 훼철되었다가 1902년 오봉서원에 설단(設壇)을 설치하고 매년 가을 상정일(上丁日)에 다례를 행하였고, 1914년에는 집성사를 중건하였으며, 1916년 석단과 문장을 다시 짓고 묘정비를 중건하였다. 1928년 집성사 우측에 칠봉사를 중건하고 우측 담장 옆에 강당도 건립하였다.[21)]

송담서원은 인조 2년(1624)에 구정면 학산리 왕현 왼편 아래쪽에 석천서원이라 하여 건립되었는데, 당시 향촌 사림이었던 金景時가 발의하였고 이에 뜻있는 사림들이 동참하여 건립하였다.[22)] 효종 3년(1652)에 金益熙가 본도 감사로 와서 부사 李晩榮과 이건을 협의하

---

19) ≪增補文獻備考≫

20) 閔鼎重이 撰한 <五峰書院及七峰祠併院記>에 보면, “聖廟三間前廊幷神門五間左右齋廊六間講堂　風詠樓十間書冊庫一間七峰祠一間大門一間”이라　하여 건립 후 숙종조까지의 서원 규모를 살 필 수 있다.

21) 〈七峯祠重修記〉

22) ≪松潭齋誌≫〈石川書院創建時通文〉

여 새로 지은 곳이 지금의 송담서원 터인데, 역시 이건시에도 金好文, 金聲達, 朴震楷, 崔涜, 李模, 金胥, 辛喜完, 崔彦瑄, 曺珣, 沈檣, 崔應震, 金杓, 李殿, 辛昱 등 지역 유림들이 적극적으로 참여하였다.[23] 또 효종 10년(1659)에 강릉 유생 金涑 등이 재차 請額 상소하여 이해 3월에 사액되었다.[24]

영조 12년(1736)에 영의정 정호가 짓고 영의정 민진원이 쓴 묘정비가 세워졌으며 순조 4년(1804) 화재로 건물이 거의 전소되고 묘우만 남게 되었다. 이후 본향 유생 및 각지 유림의 도움으로 講堂, 藏經閣, 光霽樓, 寮舍 등을 중건하였다. 고종 8년(1871)에 사액서원 철폐령에 따라 본 서원도 훼철되고 위판은 본원 뒷산에 埋安하고 額板은 태워버렸다. 그후 信義契員의 도움으로 매년 위판을 매안한 곳에서 酌禮를 올렸다.

1905년 사림의 모금으로 본 서원 자리에 1동의 묘우를 짓고 紙位로 茶禮를 행하다가 1935년에 향중의 유림들이 참사시 서원 훼손이 심함을 한탄하고 중수를 결의하였다. 이에 齋任인 鄭然熹와 邊海喆 등이 먼저 축대를 쌓고 식목을 하였으며, 담장을 개축하고 문을 세우고 기울어진 묘우를 바로 잡고 비각의 자획이 결손된 것을 바로 잡음으로써 서원의 주위가 새로워졌다. 이후 1977년 본향 출신 朴鍾星 강원도지사의 후원과 지역 유림의 성금으로 중수하여 현재에 이르고 있다.

인조 23년(1645)에 건립된 향현사는 강릉 출신으로 지방민들의 추앙을 받고 있는 사람의 행적을 후세에 전하여 귀감을 삼기 위하여 그 사람들의 위패를 모시고 제례를 올렸던 곳이다. 고종 4년(1867) 향현사는 화재로 소실되었으며, 이후 1921년 중수하였으며 1994년에

23) ≪松潭齋誌≫ 〈松潭書院移創時通文〉
24) ≪增補文獻備考≫

현재의 위치로 이축하였다.[25)]

따라서 향중 사림들에 의해 건립되었던 향현사는 12향현의 후손들에 의해 여러 번 중수 과정을 거쳐 현재에 이르고 있다. 또 공교롭게도 고종의 서원훼철령이 내려지기 4년전에 소실되었다가 1921년 다시 박원동을 비롯한 12향현의 후손들에 의해 중수되었다.

이상에서와 같이 건립 당시에는 향촌 사림들의 발의에 의해 건립되었던 서원과 사우들이 서원훼철령 이후에는 송담서원을 제외하고는 모두 각 종중에 의해 중수되어 운영되고 있다.

문중에 의해 건립된 황산사는 江陵崔氏 諱必達 大宗中 소유로 강릉최씨 시조 崔必達을 모신 곳이다. 1936년에 건립되었는데 건립당시 종인들에게 통문을 보내 사당 건립에 대한 재정적 지원을 받고 있다.

또 강릉시 성산면 보광리 837번지에 있는 강릉김씨대종회 소유의 청간사는 梅月堂 金時習을 배향한 곳이다. 창건시기는 1769년 4월이며, 한국전쟁때 兵火로 燒燼되었다가 1954年에 다시 지었다.[26)]

강릉박씨대종회 소유의 경양사는 신라일등공신 대아찬 충열공 휘 제상(堤上), 호 관설당(觀雪堂)의 위패를 모신 사당이다. 이 사당은 1939년 6월에 경포대 뒤 증봉 아래에 건립하였다.[27)] 이 사우 역시 강릉박씨 후손들의 발의로 지어졌다.

경덕사는 조선전기 교리 곽거완을 모신 곳이다. 이 재사는 선조의 유덕을 추모하기 위하여 후손 郭良燮 등이 발의하여 1972년에 건립되었다. 郭居完은 조선전기 문신으로 定宗 1年(1399) 生員試에 합격하였고, 太宗 14年(1414) 문과에 등제하여 佐郞에 除授되었다. 江陵儒林 66인과 함께 江陵鄕校 重建의 啓를 올렸으며, 世宗 9年(1427)에

---

25) 향현사 경내에 게판되어 있는 〈江陵明倫書院鄕賢祠重修記〉 참조.

26) 〈梅月堂影幀奉安沿革記〉

27) 〈鏡陽祠記〉

堤川縣監을 거쳐 弘文館校理를 역임했다. 특히 향교 중건과 관련된 일로 인해 다수의 지역 유림들이 발기인으로 참여하고 있다. 그러나 실제로 그 건립을 주도했던 것은 다른 종중 건립 사당들과 마찬가지로 후손들에 의해 이루어지고 있다.

화부산사의 경우는 신라때부터 재사를 짓고 김유신을 제향해 오다가 조선조 성종 9년(1530)에 사우가 퇴락하였으므로 화부산 뒷동산으로 이향하고 성황사 또는 제중사라고 칭하였다. 조선조 고종 21년(1884) 민우영 등의 협찬을 얻어 관동, 영남, 호남 등을 격방하면서 종족들에게서 성금을 모아 구지[옛터]에 화부산사를 중건하고 다음해 1885년 을유년에 준공하고 음력 10월 22일, 제중사로부터 이안·향사하였다. 그 후부터 봉사일을 음력 10월 22일과 음력 5월 5일 연 2회로 정하고 음력 5월 5일은 본손들만 봉사한다.[28] 화부산사 역시 향중 부민들에 의해 제향해오다가 고종 21년(1884)에 와서 종족들에 의해 중건되면서 운영의 주체가 종중으로 변화되었던 것으로 보인다.

한편 일제강점기하에서도 많은 재실들이 건립되고 있는 점은 매우 의미있는 일로 여겨진다. 일제 강점기에 건립되어지는 사우는 사당이 4곳, 재실이 9곳, 기타 1곳으로 총 14개의 사당과 재실이 건립되어진다. 일제가 조선을 식민화한 이후 민족정신 말살을 위한 여러 정책들을 실시하였다. 이런 강압하에서도 문중 특히 대종회가 중심이 된 재실이 건립되었다는 것은 이 당시 강릉지방에서 관찬 및 사찬 읍지, 향교지, 12향현행실록 간행 등 문중 내지는 유림층 활동에 대한 시대적 성격 부여에 매우 중요한 자료라고 할 수 있다.

한편 18세기 후반부터 향촌에서는 공론에 의한 사우건립보다는 문중 중심의 사우건립에 주력하였던 것으로 보인다. 그래서인지 18

---

28) 〈商山祠移建記〉

세기 후반부터 19세기 초반에 이르면 대부분이 재실형태로 건립되어지고, 장수처 내지는 강학처로서의 사우가 아닌 선현 봉사의 기능에 전적으로 의존하게 된다. 더 나아가서 이런 류의 재실은 家廟가 아닌 時祭時 숙식 또는 제수준비를 위한 공간내지는 우천시 전사를 봉행하기 위한 장소로 쓰여짐에 따라 피봉사자의 묘소 인근에 주로 자리하게 되었다.

또 다른 특징은 이런 재실들이 대부분 본관을 기준으로 했을 때 대문중보다는 소문중이 주도하고 있다는 점에서 개별적인 건립이 확산되어졌다. 그러므로 문중 조직이 소문중 중심으로 활발히 이루어지고 있었음을 시사한다.

그런데 대문중과 소문중의 재실 건립추이에 있어서 시기적인 구분이 도출된다. 즉 위의 재실 전체 현황표에서 보면, 18~19세기에 건립되어지는 것들은 대체로 소문중이 중심이 되어 건립되어지는 반면에 1900년대에 들어오면서부터는 대문중이 중심이 된다. 예를 들자면 1909년에 건립된 강릉최씨(文漢) 대종회에서 건립한 鍾巖齋舍, 1936년에 건립된 강릉최씨(必達) 대종회에서 건립한 황산사, 1939년 강릉박씨 대종회에서 건립한 鏡陽祠, 이밖에도 崇義齋(강릉김씨대종회), 景德祠(강릉곽씨) 등은 시조를 모신 사당으로써 모두 대종회가 주도하여 건립하였다. 그러므로 시조를 제향하는 사당이나 재실의 건립은 대종회 조직이 활성화되는 시기에 건립되어지고 있음을 볼 수 있다.

V. 맺음말

본고에서는 강릉지방 사우 재실의 현황, 건립주체, 배향인물, 건립시기 등을 개략적으로 살펴보았다. 방법이나 내용면에서 치밀한 분석을 진행하지 못한 점은 아쉽지만, 그러나 몇 가지 점에서 강릉지방 사우와 재실에 대한 추이를 도출해 낼 수 있어 이를 결론에 대신하고자 한다.

우선 사우와 재실의 개념에 있어서 적어도 향현사가 건립되어지는 17세기까지는 서원과 사우에 대한 의미가 확연히 구분되었다고 볼 수 있다. 왜냐하면 앞서에서 지적했듯이 서원은 자제 교육을 우선시하였고, 향현사는 선현에 대한 제향이 우선시 되었다는 점 때문이다.

그러나 18세기에 이르면, 사우의 건립보다는 재실의 형태로 건립이 이루어지고 있다. 이 점은 후손·동족에 의한 자제교육의 장소라기보다는 봉사 위주의 성향이 현저해진 상태에서 가문의 권위를 드러내는 하나의 수단으로 활용되었으며, 또 가문의 결속력 강화를 도모하는 문중활동으로 대변되었다. 그러므로 18세기에 이르면서 서원과 사우, 영당, 재실 등에 대한 개념이 모호해지기 시작하였다. 그 원인은 문중활동의 강화에도 기인하지만, 정부의 서원·사우 남설에 따른 훼철령 또는 지방장관에 대한 처벌 강화 등과 같은 억제책에 대한 우회적인 현상으로 소문 중 단위의 사우나 재실 건립이 묵인되었던 것으로 보인다.

한편 강릉지방 재실의 건립경향에서 보면, 이러한 가문활동은 17세기 후반부터 토성이나 고관의 출사자를 낸 문중부터 시작되었다. 18세기에는 이런 문중활동이 더욱 활발히 전개되면서 토성이나 고

관대작을 출사한 가문은 물론 입향한 가문까지도 재실건립을 추진하게 된다. 특히 이런 활동의 주체가 되는 것이 대문 중 중심이라기보다는 소문 중을 중심으로 전개되었다는 점에서 문중활동의 일면을 살 필 수 있다. 그리고 대문 중 중심의 문중활동은 시조를 제향하는 재실을 건립하면서 본격화되었던 것으로 보이는데 그 시기는 대체로 일제강점기 이후로 설정된다.

강릉방언의 음운 현상과 그 추이에 대하여

전 혜 숙*

Ⅰ. 들어가는 말

강릉 방언에 관한 연구는 여타의 지역에 비해 많지 않다. 이는 지리적인 이유도 있겠거니와 방언학자들의 무관심의 소치이기도 하다.

강릉방언에 관한 연구는 이익섭(1972ㄱ, 1972ㄴ, 1978)과 전성탁(1968)에 잘 정리가 되어져 있다. 이익섭(1972)은 강릉방언의 音素體系의 정립과 더불어 문법적인 현상으로 交替와 規則活用 등에 대하여 설명을 하였으며, 이는 인근 지역과의 言語差를 比較해 낼 수 있는 기초작업이 되기도 한다. 또한 이익섭(1978)에서는 강릉방언이 가질 수 있는 특징-音素와 語彙-에 대하여 자세한 설명을 하였다.

전성탁(1968)은 강릉방언에 대하여 音韻과 語法을 상세하게 다루었다. 특히 종결어미에 관한 한 세밀한 연구는 현재에도 그 활용의 가치가 높음을 인정하게 한다. 또한 전성탁(1977)에서는 형태론적 연구로 조사, 대명사와 수사, 용언의 활용어미에 대하여 종합적인 연구 결과를 보여주었다.

---

* 한국외국어대학교 박사과정, 강릉무형문화연구소 책임연구원.

이밖에 강릉방언의 어휘자료에 대하여 김인기(1998)와 강릉시 사천면의 面誌인『沙越』, 전성탁(1989) 등이 있다. 특히 김인기(1998)는 강릉방언에 대하여 풍부한 자료와 더불어 그에 관한 다양한 예들을 사전식으로 기록하여 이 방언이 가지는 어휘적 특징들을 쉽고 재미있게 확인할 수 있도록 하였다.

이 강릉방언에 대한 음운체계와 음운 현상에 대하여는 김옥영(1998)이 있으며, 박성종(1998)은 강원도 방언의 성격과 특징에 대한 설명에서 특히 강릉방언의 音韻과 文法에 대한 내용들을 자세하게 언급하였다. 또한 강릉방언의 초분절 음소에 관한 연구로서 윤종남(1989)이 있으며 사회언어학적인 연구를 시도한 전혜숙(1996)이 있다.

위에서 살펴보았듯이 강릉지방은 하나의 독립된 方言圈으로서 다양한 연구가 이루어지지 못하였다. 또한 餘他 지역에 비하여 일련의 연구자료들이 풍부하지 못하다는 사실을 알 수 있다. 이는 강원도방언에 속한 강릉방언이 경기방언이나 중부방언에 귀속되거나 다른 방언권과의 혼성지역으로 파악되어 온 데에 우선적인 이유가 있겠지만 이 방언이 표준어와 비교하여 특기할 만한 요소가 적으리라는 일종의 편견 때문이기도 하다.

본 연구는 강릉방언에 대한 음운체계와 음운현상 및 형태음운에 대하여 논의를 하기로 한다. 이에 관하여는 본 논의는 先行되어진 연구들을 따르는 입장을 취한다. 다만 강릉방언이 이익섭(1981)에서 밝혔듯이 하나의 핵방언권으로 가질 수 있는 언어적 특징들이 다수 있음을 확인하고 이에 대한 가치를 확인해 두는 데 의의를 두기로 한다.

Ⅱ. 音韻

2. 音韻體系

1) 子音

강릉방언의 자음체계는 표준어에 비해 다름이 없다. 다만 聲調와 音長이 모두 음소로 쓰이고 있어 많은 수의 音素를 가진다는 것과 'ㆆ'을 음소로 인정하는 문제, 자음 'ㆁ'에 대한 異音의 音聲的 實現이 특징으로 나타난다.

이익섭(1981:90)은 'ㆆ'이 성대폐쇄음인 [ˀ]의 音價를 가지므로 A. '(못에 옷을) ′걸어라 건:다 걸:재 걸:드라 거:니 거:우'와 B. '(걸음을 빨리) ′걸어라 걸:는다 걸:째 걸:뜨라 ′걸으니 ′걸우'의 대립에서 B의 어간 '걸-'[kəl-] 다음에 어간말음 'ㆆ'[ˀ]가 설정되어 '걿'[kəlˀ-]과 같음을 설명하였다. 즉 '걸음을 걷다'에서 '걷다'의 경우는 '걿-'과 같이 설정되어야 한다는 것이다. 이런 경우 'ㆆ'을 하나의 音素로 인정을 하지 않는다면 A의 '걸-'[kəl-]과 B의 '걸-'[kəlˀ-]의 差異를 확인할 수 없음을 알게 된다는 것이다. 이것은 이 지방에 ㄷ변칙 활용을 하는 용언이 없음을 확인케 한다. 'ㆆ'음에 대한 음소설정 문제에 대하여는 최명옥(1980:190~2)에서 경상북도 영덕군에서의 ㄷ불규칙 용언들에 대하여 'ㆆ'을 하나의 음소로 처리함을 설명하였다. 또한 박성종(1998:77)에서도 '묻-'(問)이 '물:는다, 물:째, 물:뜨라, 물:네야, ′물어라, ′물으니 ′물우'등과 같이 활용되는 예를 들어 'ㆆ'의 음소 설정에 대한 타당성을 인정하였다. 다만 기저음운을 굳이 음소목록으로 설정할 필요가 있느냐에 대한 문제를 지적하였는데 이 문제에 관한 음소목록을 간단히 할 수 있는 차원에서 숙고되어야 할 듯싶다.

이 방언에서는 자음 'ㆁ'/ŋ/의 音聲的 實現에 있어서도 다소의 音價의 價値를 생각하게 한다. '강가'(江邊) 'ㆁ'/ŋ/의 音價와 이 방언에서 쉽게 접할 수 있는 '생우'(새우), '마뎅이'(打作), '다리고뱅이'(무릎), '허리잔댕이', '달갱이'(계란) 등에서 실현되는 'ㆁ'/ŋ~/의 音價가 같지 않음을 알 수 있다. 즉 '강가'와 '생우'의 예를 보면 기저음과 표면음이 각각 다르게 나타남을 알 수 있다. '강가'의 경우는 표면음 [ka-ŋ-ka]와 기저음 /ka-ŋ-ka/가 동일하게 표현된다. 그러나 '생우'의 경우는 표면음은 [sɛ~u~]이나 기저음은 /sɛŋu/로 실현됨을 알 수 있다. '강가'나 '생우' 모두 기저음에서의 /ŋ/의 가치는 제대로 실현되고 있으나 표면음에서 '생우'의 경우는 그 음의 실현이 이루어지지 않고 있음을 알 수 있다.

이 방언에서의 'ㆁ'/ŋ/의 실현은[1] 모음 사이에 놓일 때 특히 심하게 약화되어 실현된다. 이럴 경우 /ŋ~/을 /ŋ/의 한 異音으로 처리하여야 하는지, 아니면 자음체계상의 또 다른 音價의 설정을 두어야 하는지에 대하여 생각을 두고 봐야 할 듯 싶다.

---

1) 이는 /ŋ/음의 첨가 현상으로 볼 수 있다. 이 /ŋ/음의 添加 현상은 '생우'와 같이 모음과 모음 사이에 첨가되는 경우와 '넝쿨'과 같이 모음과 'ㄱ, ㅋ, ㄲ' 사이에서 添加되는 경우가 있는데 이 방언에서는 특히 모음과 모음사이에 'ㆁ'이 添加된다. 이와 같은 모음 사이 'ㆁ'의 첨가현상은 조음상의 노력의 경감과 분절의 기능으로 설명될 수 있다. '생우'의 경우를 예로 든다면 /sɛu/→/sɛŋu/와 같이 /u/를 발음하기 전에 添加된 /ŋ/을 먼저 발음함으로써 두 음절을 모두 口腔音으로 발음하는 것보다는 조음상 긴장을 덜 수 있는데 이는 두 음절의 경계를 분명하게 하기도 한다. 이는 모음충돌 회피현상으로 설명될 수 있다.

2) 모음

강릉방언의 단모음은 10개로서 전국 방언 중에서 가장 많은 수를 가진다. 우선 'ㅔ'/e/ 와 'ㅐ'/ɛ/ 의 경우 일부 지역에서는 대립 상실로 인하여 '/e/>/E/'↔'/ɛ/>/E/'의 사용이 이루어지고 있으나 '게 잡으러 간다'와 '개 잡으러 간다'에서처럼 이 방언에서는 단모음 /e/와 /ɛ/가 구분되어 사용되고 있다.

물론 이러한 경우 이 방언에서도 청소년층이나 청장년층(30~40)에서는 다른 여타의 지역과 같이 변별력이 없음이 확인된다. 이 경우는 음성적 실현은 고사하고 문자상에서조차 변별이 이루어지지 않고 있다.

모음 /e/와 /ɛ/의 변별력은 비어두에서는 세력이 약화하여 중화의 현상 /E/을 보이는 것이 사실이다. 그러나

1) 어머~이 거: ´가센가? (어머니 거기 가시었는가?)
→[ka-se-n-ka]

2) 어머~이 거: '가샌가?'(어머니 그것이 가위인가?)
→[ka-sɛ-n-ka]

에서는 (물론 문장안에 聲調와 强勢(stress)가 실현되어 의미 분별이 쉽기도 하지만) 단모음 /e/와 /ɛ/의 변별이 비어두에서 희미하게나마 실현되고 있음을 알게 된다.[2)]

특히 이 방언에서는 현대 국어에서 이중모음으로의 심각한 변화를 체험하고 있는 단모음 'ㅚ'/ö/와 'ㅟ'/ü/가 단모음으로서의 자리를 굳게 지키고 있음을 살필 수 있다.

3) 외(ö)갓집.

---

2) 이 경우는 노년층(70대 80대 90대)에서만 들을 수 있는 형태이기도 하다.

4) 어자칙에 개뿔이네 하쇠(sö)가 내빴으니...
(어제 아침에 개뿔이네 (숫)소가 도망갔으니..)
5) 내거 쇠(sö)르 달군다 하니 당최 믿지르 안드라니요.
6) 고배~이 깬 데는요, 호박잎에 된(tön)장으 척 싸서..
7) 오늘 지녁은 쥐(sü)야그 놓고: 줄 테이니.
8) 쥐(sü)르 우떠 대뜸번에 잡소?
9) 자:~ 귀경(kü)다 했소? (장 구경을 다 했소?)

이처럼 이 방언에서는 'ㅚ와 'ㅟ'가 단모음 /ö/와 /ü/로써 확실하게 실현되고 있으며 이런 현상은 젊은 세대에서도 자연스럽게 나타나곤 한다.[3)]

3) 이중모음

강릉 방언은 국어 방언 중 가장 많은 수의 단모음(10체계)을 가진 방언이다. 그러므로 이들 단모음과 반모음 /j/, /w/가 결합되어 이루어지는 이중모음의 수가 많음은 당연하다고 하겠다.

이 방언에서는 특징적인 이중모음 /jø/와 /jɨ/을 볼 수 있다. /jɨ/의 경우는 영동지역 몇 곳에서 곧잘 나타나며, 이 방언에서는 응:감, 응:[4)], 을적다, 을:(쓸개) 등 꽤 많은 어휘에 나타난다. 이 음소에 대하여 이병근(1973)은 /jɨ/이 /jə/의 변이음임을 설명하였다.

물론 '을:게~이, 응:감'→'열갱이[jə:lkɛngi], 영감[jə:ngkam]'으로 개신형 /jə:/의 발음이 다소 나타나긴 하지만, 이 방언에는 연(鳶)이 /jə:n/

---

3) 이중모음으로도 실현이 된다. 특히 노년층의 경우에는 [wɛ, wi] 발음이 우세하고 장년층, 청소년층에서는 [wɛ/ɥɛ/E, ɥi/i] 발음이 나타난다. 전혜숙(1996: pp.22~25) 참조.
4) '영 모르겠다'의 '영'에 해당하는 부사어.

으로 표현되고,

10) 일으 하자문 연자˜:(이)(쟁기)이 좋아야 심이 덜 든다니요.

에서처럼 '연장'이 /jə:n/으로 표현되고 있음으로 보아서 /jɨ:n/'과 /jə:n/은 서로 대립의 관계에 있으며, 이는 결국 /jɨ:/이 별도의 한 음소로 존재한다는 사실을 알게 한다. 이 음은 반드시 어두에서 장음을 동반한다.

한편 /jø/의 경우 이익섭(1981:92~3)에서는 출타하여 집에 없는 사람을 위해서 따로이 남겨 두는 그 사람 몫의 음식을 뜻하는 것으로 강릉방언에 이 발음은 퍽 稀貴한 발음임을 설명하였다. 이 /jø/의 경우 이 방언에서도 노년층 이상에서만 나타나고 있다. 그러나 장년층(40~50代)에게 외출한 식구를 위하여 남겨 두는 음식을 무엇이라고 부르는지 질문을 하면 '외' [jø]라고는 정확하게 발음하진 못하지만 '예:' [je:] 정도로 비슷한 발음을 나타내곤 한다.

표준어에 있어 모음체계는 단모음 10체계와 이중모음 11개를 가진다. 여기서 강릉방언의 모음체계를 살펴보면 이중모음 11체계에서 이 방언에서만 특히 들을 수 있는 '외' /jø/와 '읃' /jɨ:/을 포함하면 단모음과 더불어 모두 23개의 모음 수를 가지고 있음을 확인할 수 있다. 이로써 강릉은 가장 많은 수의 모음체계를 가진 방언이라 할 수 있다.

4) 韻素(音長과 高低)

강릉방언의 성조는 高調(hige tone)와 低調(low tone)로 二分된다.[5] 과일을 말하는 '배(梨)'와 사람 신체상의 '배(腹)'의 대립쌍의 의미변별 구별은 高調의 ´배(梨)와 低調의 배(腹)로 구분되며

5) 이익섭(1972) 참조.

11) 을매나 ´소:~이(孫) 귀한데.

에 대해

12) 우리덜같은 농새꾼은 당최 손(手)으 놀(쉴)수가 음:써요.

에서 손(孫)과 손(手)은 高調의 손(孫)과 低調의 손(手)으로 구별된다.

이 방언의 음장 또한 쉽게 변별이 가능하다. 벌:(蜂)과 벌(罰), 눈:(雪)과 눈(眼), ´자:(저 아이)와 자(尺)는 음의 장단에 따라 의미분화가 일어남을 쉽게 살필 수 있다. 이 방언이 가지는 특징 중의 하나가 聲調와 音長, 이 두 개의 韻素(prosodeme)가 같이 존재한다[6]는 것이다.

13) ´가:래.(그 아이)
가:래.(邊)
´가래.(枕)
´가래(농기구)
가래(楸子)

처럼 그 구별이 확연하다. 언어에서 성조와 음장이 함께 기능을 하는 일은 매우 드문 일일 듯한데 이것은 이 방언이 가지는 다른 지역 방언과의 두드러진 차이라 할 수 있겠다. 또한 성조에다 문장 강세가 실현되어

14) 어머~이 √어대 ´가는가.↘
´자:~아 ¯간다.(장에 간다.)

15) 어머~이 어대 √가는가↑
´가긴 ´어대르 ¯가.

와 같이 강세와 고조가 어울려 뜻의 변별을 주기도 한다.

그러나 무엇보다도 이 방언의 특징이라면 音의 성질(色)을 들 수

---

6) 여기서 고저는 '´배'처럼 장음은 '벌: '처럼 표시하며, 고저 音長이 초점이 된 논의가 아닐 때는 그 각각의 표시를 생략하기로 한다.

있다. 이 방언의 토박이들을 만나서 대화를 하다 보면 다른 방언과 쉽게 구별될 수 있는 독특한 무엇을 느끼게 된다. 이것은 보통 音韻이나 文法으로는 설명이 뚜렷이 될 수 없는 것으로써 들어서 크게 드러나지는 않지만 강릉 토박이가 아니면 표현해 낼 수 없는, 그러면서도 뚜렷한 어떤 설명을 곁들일 수가 없는 그런 특징을 가진 언어라 할 수 있다.

2. 음운현상과 형태음운

1) 구개음화

구개음화는 경구개음(硬口蓋音:palatal) 이외의 음이 음 변화에 의하여 경구개음으로 되는 경우를 말한다. 즉 音 구조의 根底에 있는 音韻表示에 있어서, 경구개음 이외의 음이 口蓋化하여 口蓋音으로 음성 실현되는 것으로써, 보통 'ㄷ·ㅌ·ㄱ·ㅎ' 등이 /i/나 /j/ 앞에서 구개 파찰음 'ㅈ·ㅊ' 혹은 마찰음 'ㅅ'으로 발음되는 경우가 그것이다. 이 방언에서는 ㄱ 구개음화를 쉽게 볼 수 있다.

1) 질이(길) 을매나 매했다고.(길이 얼마나 나쁘다고.)
2) 배차 짐치거 마:~이 싱구와.(배추 김치가 많이 싱겁다.)
3) 몸때:~이 찌:다한(긴) 장재~덜이 마:~이 있사요.
   (키가 큰 남자들이 많이 있어요.)
4) 당초 저화:~(경황)이 읍:써요.
5) 아게, 제:우[7](겨우) 이겐가.

이처럼 'ㅈ,ㅊ,ㅉ'이 'ㄱ.ㅋ,ㄲ'에서 각각 변화된 것임을 알 수 있다. 이는 [+후설성]이 [-후설성]으로 변한 것인데 이러한 변화가 일어난

7) '제:워'라고도 한다.

이유는 'ㄱ.ㅋ,ㄲ'의 자체에서 일어난 변화가 아니고 'ㄱ.ㅋ,ㄲ' 뒤의 모음 /i/나 /j/가 있고 그것들이 구성하는 [-후설성]에 의한 자질값의 영향으로 인해 [+후설성]인 'ㄱ,ㅋ,ㄲ'이 [-후설성]으로 동화되어 [-후설성]의 자질을 가지는 'ㅈ,ㅊ,ㅉ'으로 변화됨을 알 수 있다. (4, 5)과 같이 /ㄱ/이 /j/에 선행하여 구개음화를 일으킬 때는 /jə/에 한정된다.

6) 고치르 한 포 치/체(꾸어)왔잔소.

과 같이 /ㄲ/구개음화와

7) 도리깨르 두드리미 치르(키) 지워서 멍석에 널어...

과 같은 /ㅋ/구개음화도 쉽게 볼 수 있다.

이 방언에서의 /ㄱ/구개음화 이외에도 /ㅎ/→/ㅅ/으로 표현되는 현상도 볼 수 있다. 이것은

8) 그기 수:˜이(흉)이라고.

와 같은 경우와 '성<형', '심<힘', '세<혀'등 많은 단어에서 활발하게 사용된다.

국어에서 어말에 'ㅌ'음을 가진 명사가 주격조사 '-이'나 계사 '-이-'와 통합되면 구개음화를 일으키며, 또한 'ㅋ'음을 가진 명사 뒤에 'ㅣ'가 올 때에도 구개음화가 일어난다는 사실은 이 방언에도 유효한 것으로 나타난다.

2) 움라우트

단어 내부에 있어서 후설모음인 /a, ə, o, u/등이 뒤에 오는 /i/또는 /j/에 의해 전설모음 /ɛ, e, ö, ü/로 바뀌는 현상을 말한다. 이는 'ㅣ' 逆行同化 현상으로도 설명된다. 이 방언에서는 이러한 현상이 비교적 많이 나타난다. 즉 형태소 자체에서 또는 파생어나 곡용의 경우에 그 경계에도 나타난다. 우선 '/a/→/ɛ/'로의 변화를 살피면 다음과

같다.

9) 감재도 다문다문 섞었으니 마~이 먹어라.

10) 치매우에 장둥띠 매면 참 보기 매했어요.

11) 쥐~:일 쏘다니다 즈 애비한테 잽히문

등과 같이 나타난다. 또한 '/ə/→/e/'의 경우는

12) 세쌀이 빠지도록 벌어 멕여 살리문.

13) 흔: 누데기르 떡하니 걸체 입구.

에서와 같이 나타난다. 빈번한 현상은 아니지만 아래 (14)와 같이 '/o/→/ö/'로의 변화와 (15)와 같이 '/u/→/ü/'의 현상도 나타난다.

14) 잘 뵈킨다.

15) 언나가 잠이 오능 기다. 얼픈(파딱) 자리에 뉘케라.

명사에 주격조사 '이'나 계사 '-이'가 결합되는 경우에는 선행명사의 움라우트 현상이 제한된 분포를 보인다. 그러나 이 방언에는 흔하지는 않지만

16) 감재밭으 매더이 뭐이 뜨뜨한 바램이 부는 같애서.

17) 신래:~이라는 것이 나: 어리문 말:으 얻어 줄 텐데.

와 같은 현상이 나타나기도 한다. 이처럼 이 방언에서의 움라우트 현상은 다른 여타의 지방보다 활발하게 나타난다는 사실을 알 수 있다.

3) 전설모음화

전설모음화는 후설모음이 다음 음절 /i/, /j/의 영향을 받아 전설모음으로 바뀌는 현상과 치찰음 'ㅅ, ㅆ, ㅈ, ㅊ'과 유음 뒤의 모음 'ㅡ'가 'ㅣ'로 변하는 현상을 말한다. 전자는 보통 움라우트 현상으로 설명된다. 전설모음화를 겪는 단어가 이 방언에는 꽤 많이 발견

된다.[8)]

18) 만원으 맨들어 와도 씰 게 하나도 음싸요.

19) 큰질에 나서보면 씨레기는 온 천지에 난리고.

위에서 '씰 게'의 '씨다'는 '쓰다'에서, 씨레기는 '쓰레기'에서 각각 그 자질이 변화를 가진 것을 알 수 있다. 이것은 모음 'ㅡ'를 구성하는 [+후설성]의 자질이 [-후설성]을 가지는 경구개음 'ㅈ, ㅉ, ㅊ'뒤에서 [-후설성]의 자질에 이끌리어 [-후설성]의 자질을 가지는 'ㅣ'로 변화되어졌다는 사실을 알게 된다.

경구개음 뒤의 'ㅡ→ㅣ'의 변화와 관계가 없고 움라우트와도 직접적인 관계가 없는 형태소 내부에서 이미 전설모음화가 일어난 듯 싶은 명사들이 있다. 그 대표적인 것이 '가마→가매(轎), 가매(가르마)'와 '턱→택'[9)] 등이다. 이 밖에도

20) 생전 첨한 고치 농산데 마음이 쨍해서 배길 수 있소.

21) 국시르요 한 그릇 떡 먹으면.

과 같이 'ㅜ> ㅣ'로의 변화가 있으며,

22) 이기 마크 문에(문어) 라니요.

와 같이 움라우트 현상과도 맥을 같이 하는 'ㅓ> ㅔ' 변화도 쉽게 확인된다. 이렇듯 이 방언에서의 전설모음화는 환경의 제약이 크지 않다는 것을 알 수 있다.

4) 어간말 자음군

국어에서 어간말 위치에 올 수 있는 자음은 일곱 개 뿐으로서 이들 이외의 자음들은 중화 현상이나 絶對同化 현상에 의해 달라진다.

---

8) 움라우트 현상에 대해서는 (前 2.2.2) 참조.

9) 박성종(1998: p.86)에서 재인용.

어간말 자음군 중 어느 하나가 자음 앞에서 탈락하는 현상은 어느 방언에서나 쉽게 일어나는 현상이다. 다만 어느 자음이 탈락하느냐가 문제시될 뿐이다.

23) 날 구치니 온 사방이 홀(흙)탕물이지 머.

24) 마카 두 번씩 따라 일꼬(읽+고)

25) 독사 대가리르 발꼬(밟+고) 있잔나.

이 방언은 자음군 '-ㄺ, -ㄼ', 뒤에 자음어미를 만나면 앞 자음이 남고 뒷 자음이 탈락된다. 그러나 이러한 현상들이 최근에 와서 약간의 동요를 일으켜 뒷 자음을 표면음성으로 나타내곤 한다. 이러한 현상은 체언과 용언에 따라 다소 차이를 보인다. 용언의 경우는 변화가 微微한 반면 체언의 경우는 '흑탕물, 흑또, 홍만'과 같이 뒷자음 대신 앞 자음을 탈락시키는 현상이 두드러지게 나타난다. 변화 대상이 장년층인 50대부터라고는 하지만 급격한 언어변화를 생각한다면 빠른 시일내 이 방언이 갖고 있던 하나의 특징이 줄어들지 않을까 싶다.

5) 어중 자음의 보존

어중에 /ㄱ/음을 간직하고 있는 단어들이 이 방언에 적지않다.

26) 고치 싱구는 일이 머이 어렵나?

의 '심는다→싱군다'의 /ㄱ/ 이나, '만든다→맹근다', '밀가루→밀갈기' '자루→잘기'에서 /ㄱ/음이 그것이다.

27) 아이구, 씨구와라.(쓰다)

28) 팥마~아지... 벌거지(벌레).. 베라벨기 다 있아.

와 같이 그 현상이 쉽게 드러나며 특히

29) 안뵈(베)케, 썩 ˊ물:레.(안보인다 비켜라)

30) 벅케(부엌에) 불 살고야지.

31) 즈:집 서:나가 지붕케(지붕에)서 떨어져..허리 잔대~이르 뺐다드 구만.

처럼 어말에 /ㄱ/음이 나타남이 특징적이다. 이 어중에 /ㄱ/음의 유지 현상은 강원도 전역에서 두루 나타나는 현상이나 특히 영동지역에서 잘 나타난다. 이 음에 대하여 김무림(1995)에서는 영동 방언에 나타나는 어중 자음 /ㄱ/의 유지는 중세 어형으로부터의 /ㄱ/ 삽입에 의한 것이 아니라 古形의 유지임을 설명하였다.

어중에 /ㅂ/음을 유지한 단어 또한 쉽게 발견되는데 '또아리→또바리'가 그것이다. 어중에 /ㅂ/음이 나타나는 현상은 경상도, 함경도와 강원도의 동해안지역에 널리 분포되어 있는데 강릉지방이 이들 지방과의 접촉이 쉬운 지리적인 위치의 영향으로 그 음의 실현이 쉽게 나타나는 것 같다. '또아리→또바리(따바리)'나 '벙어리→버버리' 등은 인근 속초지방에서도 쉽게 나타나는 현상임을 알 수 있다. 또한 '호박(확)'과 같은 어중 /ㅂ/음의 유지는 삼척을 중심으로 하여 영월과 정선 일부 지역에 분포되어 있음을 알 수 있다.

다음으로 /ㅅ/음을 유지한 단어를 살필 수 있다.

32) 그그는 꼭 가새(가위)로 짱커야 대요.

33) 저 가새:~이(邊)에 아주머~이 얼신얼신 나오시오.

이외에도 '나새~이(냉이), 마실(마을)'등등이 있다.

이처럼 강릉방언에서의 어중 자음의 보존현상은 古形의 유지 현상이 대부분임을 알 수 있다.

6) 종결어미 '-아/어'의 교체

이 방언에서 반말체 평서법 및 의문법 명령법의 종결어미 {-아/어}의 분포 조건은 다소의 특징을 가진다. 즉 어간이 자음으로 끝나면, '음:싸(없어)', '물이 샜아(새었어)', '잡아(잡어)', '추와(추워)와 같이 그 끝 음절의 모음이 양성이든 음성이든 관계없이 '-아'로 나타난다는 것이다. 이러한 현상은 인근 삼척지방에서도 쉽게 나타나는 현상이다. 또한 이 방언에는 동사 어간이 2음절이고 어간 말음이 /ㅣ/이고 그 앞에 齒擦音 /ㅅ, ㅈ, ㅊ/이 분포되면 '이그 니: 가자(가지+아)'와 같이 표현된다. 그런데 이러한 현상이 근래에 와서 다소의 변화를 가진 것으로 나타난다. 즉 선행하는 어간말음이 자음이면서 끝 음절이 음모음일 경우에는 '추와→추워', '음싸→음써', '샜아→샜어'와 같이 '-아'가 아닌 '-어'로의 변화를 가진다. 또한 二音節 어간으로 어간 말음이 'ㅣ'이고 그 앞에 치찰음이 놓이어 '가자'와 같이 '아'로 나타나던 현상이 '가자→가저'와 같이 '어'로의 변화를 나타낸다. 이러한 현상은 주로 장년층 세대에서 이루어지고 있는 것으로서 빠른 시일 내 이 방언이 가지는 또 하나의 특징이 소실되는 듯한 위기감을 느끼게 한다.

7) 활음화

활음화란 하나의 모음이 활음 w나 j로 되는 것을 말한다. 즉 어간말 모음 'o, u, i'가 모음 어미와 통합하면 음성형에서 각각 [w]나[j]로 발음된다는 것이다.

j활음화는 '이기-+-어→이:겨', '이-+-어도→여:도'와 같이 실현된다. 이 방언에서도

34) 머르 그리 마˜이 였:소?(이+었소)

(34)과 같이 1음절 모음 어간이라는 조건에서 'ㅣ+ ㅓ→ ㅕ'→/i+ə→jə/와 같이 실현되어 나타난다. 이렇듯 표면형에서 /jə/로 실현되며 이는

35) 은:제/운:제 오셌소.(오셨소) →(오+시+었+...)

36) 구멍이 뚤폤다 글지 머.→(뚤+피+었+...)

37) 살페 가시우야.→(살+피+어)

38) 자우룸이 넹게 달레서.→(달+리+어)

와 같이 'ㅣ+ ㅓ→ ㅔ'→/i+ə→e/로도 실현된다. 이러한 현상은 보통 /ㅣ/변칙 활용으로 설명되어지며 이 방언에서는 비교적 생산적으로 나타난다. 물론 세대적으로 장년층 이하의 세대에는 표준어와 같은 'ㅣ+ ㅓ→ ㅕ'→/i+ə→jə/와 같은 현상이 도출되고 있다. 이러한 현상은 영동지역에 고루 실현됨이 보편적이다.

또한 이 방언에는 어간 말음에 치찰음이 선행하는 경우에는 말음을 가진 동사들 뒤에 어미 '어'가 결합되면 'ㅣ+ ㅓ→ ㅓ'→/i+ə→ə/로 실현된다.

39) 여보서요.→(여+보시+어+...)

이 역시 장년층 이하의 세대에서는 'ㅣ+ ㅓ→ ㅕ'→/i+ə→jə/로의 변화가 이루어지고 있음을 알 수 있다. 그러나 아래 (40, 41)와 같이 선행음이 치찰음임에도 불구하고 'ㅣ+ ㅓ→ ㅔ'→/i+ə→e/의 변화를 보이는 현상을 볼 수 있다.

40) 짐치거 세서.→(시+어)

41) 손으 쎄요.→(씨+어)

이 경우는 여러 규칙들의 빠른 변화에 비해 속도가 비교적 느린 편에 속한다. 이처럼 이 방언에서의 j활음화는 이 형태가 표현됨을 확인할 수 있다.

다음은 w활음화에 대한 것을 살펴보기로 한다. w활음화는 어간 모음 'o, u, i'에 연결모음 /a/, /ə/가 결합될 때 일어나는 현상이다. 이 방언에서는 어간말음 /u/ 앞에 脣音의 분포 여부에 따라 그 상황이 다르게 나타난다.

42) 돈으 하마 조:짠소.→(주+었+지+안+...)

43) '농고(낭고) 먹자.(나누어 먹자)→(나+누+어)

와 같이 순음 이외의 자음이 분포되었을 경우에는 'ㅜ+ㅓ→ㅗ:'→/wə→o:/로 나타난다. 순음이 분포된 경우라면

44) 들어 버:요.→(부+어+...)

에서처럼 'ㅜ+ㅓ→ㅓ'→/wə→ə/와 같이 나타난다.

이 외에도 이 방언에서는

45) 마컨(마커) ´뙤: 댕겠잔소.

와 같이 'ㅟ+ㅓ→ㅚ'→/we→ö:/ 즉, 어간 말음 /ü/가 /ə/와 결합될 때는 /ö:/와 같은 변화를 가진다.

이러한 현상은 인접한 영동방언권 내의 몇 곳에서 곧잘 볼 수 있는 현상이긴 하지만, 이는 이 지방의 특징을 가진 언어규칙이라고 단정을 해도 좋을 듯 싶다.

8) 음운축약

축약이란 두 개의 음운이나 운소가 합쳐져서 다른 하나의 음운이나 운소로 되는 것을 말한다. 이 방언에서는 단어와 단어의 결합이나 용언의 활용시 음운이 축약되는 현상이 곧잘 일어난다. 특히 선어말어미 '-았/었-'이나 '-겠-'에 의문형 어미 '-나?'나 관형형 어미 '-ㄴ/는'이 통합될 경우에는 음운이 축약되는 현상이 쉽게 일어난다.

46) 밥, 먹언? (먹+었+느+냐)

47) 그그 마커 '무리 핸 일이.(하+었+-ㄴ+...)

48) 모르갠데. (모르+겠+-ㄴ+..)

이처럼 활용시 음운축약 현상은 인접 방언에도 쉽게 찾을 수 있는 현상이다.

Ⅲ. 결 론

강릉방언은 聲調와 音長이 모두 음소로 쓰이고 있어 전국 어느 방언보다도 가장 많은 수의 음소를 가진 방언으로 나타난다. 특히 자음체계에서 'ㆆ'음의 음소 가치와 자음 'ㆁ'[ŋ]에 대한 異音의 音聲的 實現은 이 방언이 가지는 특징이라 할 수 있다.

이 방언의 단모음은 'ㅔ'[e]와 'ㅐ'[ɛ]의 경우 일부 지역에서는 대립 상실로 인하여 '/e/>/E/'↔'/ɛ/>/E/'의 사용이 이루어지고 있으나 이 방언에서는 단모음 'ㅔ'와 'ㅐ'가 구분되어 사용되고 있다.

물론 이러한 경우 이 방언에서도 청소년층이나 청장년층(30~40)에서는 다른 여타의 지역과 같이 변별력이 없음이 확인된다.

이 방언에서는 현대 국어에서 이중모음으로의 심각한 변화를 체험하고 있는 단모음 '외'/ö/와 '위'/ü/가 '외가(外家)→[ö], 하쇠→[ö], '쥐'→[cü], '귀경(구경)→[kü]에서와 같이 단모음으로 실현되고 있으며 이런 현상은 젊은 세대에서도 자연스럽게 나타나곤 한다.

이 방언에서는 특징적인 이중모음 /jø/와 /jɨ/을 볼 수 있다. /jɨ/의 경우는 영동지역 몇 곳에서 곧잘 나타나며, 응:감, 응:, 을:적다, 을:(쓸개) 등 꽤 많은 어휘에 나타난다. 이 음은 반드시 어두에서 장음을 동반한다.

한편 /jø/의 경우는 어느 지역에서도 쉽게 발견되지 않은 발음으로서 이 방언에서는 노년층에서 쉽게 확인이 된다.

강릉방언의 성조는 高調(hige tone)와 低調(low tone)로 二分된다. 과일을 말하는 '배(梨)'와 사람 신체상의 '배(腹)'의 대립쌍의 의미변별 구별은 高調의 ´배(梨)와 低調의 배(腹)로 구분되며 손(孫)과 손(手)은 高調의 ´손(孫)과 低調의 손(手)으로 각각 구별된다.

이 방언의 음장 또한 쉽게 변별이 가능하다. 벌:(蜂)과 벌(罰), 눈:(雪)과 눈(眼), ´자:(저 아이)와 자(尺)는 음의 장단에 따라 의미분화가 일어남을 쉽게 살필 수 있다. 이 방언이 가지는 특징 중의 하나가 聲調와 音長, 이 두 개의 韻素(prosodeme)가 같이 존재한다는 것이다. 언어에서 성조와 음장이 함께 기능을 하는 일은 매우 드문 일일 듯한데 이것은 이 방언이 가지는 다른 지역 방언과의 두드러진 차이라 할 수 있겠다.

또한 이 방언에는 /ㄱ/, /ㄲ/, /ㅋ/, /ㅎ/→/ㅅ/과 같은 구개음화 현상도 쉽게 발견된다. 그 외 움라우트 현상 또한 여타의 지방에 비해 많이 나타나는 현상임을 알 수 있다. 이 방언의 어간말 자음군 '-ㄺ, -ㄼ'은 뒤에 자음어미를 만나면 앞 자음이 남고 뒷 자음이 탈락된다. 그러나 이러한 현상들은 최근에 와서 약간의 동요를 일으켜 앞 자음 대신 뒷 자음을 표면음성으로 나타내곤 한다. 이러한 현상은 체언과 용언에 따라 다소 차이를 보이며, 용언의 경우 그 변화가 微微한 편이나 체언의 경우는 '흑탕물, 흑또, 홍만'과 같이 뒷 자음 대신 앞 자음을 탈락시키는 현상이 두드러지게 나타난다. 변화 대상이 장년층인 50대부터라고는 하지만 급격한 언어변화를 생각한다면 빠른 시일내 이 방언이 가질 수 있는 하나의 특징이 줄어들지 않을까 싶다. 또한 '심는다→싱구다', '만들다→맹근다', '가루→갈기'와 같이 어중에 /ㄱ/음을 간직하고 있는 단어들이 이 방언에 적잖다. '지붕케'(지붕에)처럼 어말에 /ㄱ/음도 쉽게 보인다. 어중에 /ㅂ/음을 유지한 단어 또한 쉽게 발견되는데 '또바리(또아리)'가 그것이다. 다음으로 /ㅅ/음을 유지한 단어 '가새'(가위), '가새~이'(邊) 등이 쉽게 발견된다.

이 방언에서 반말체 평서법 및 의문법 명령법의 종결어미 {-아/어}의 분포 조건은 다소의 특징을 가진다. 즉 어간이 자음으로 끝나면, '음:싸(없어)'와 같이 그 끝 음절의 모음이 양성이든 음성이든 관계없이 '-아'로 나타난다는 것이다. 또한 이 방언에는 동사 어간이 2음절이고 어간 말음이 /ㅣ/이고 그 앞에 齒擦音 /ㅅ, ㅈ, ㅊ/이 분포되면 '이그 니: 가자(가지+아)'와 같이 표현된다. 활음화는 이 방언에서도 '였:소?'(이+었+소)와 같이 1음절 모음 어간이라는 조건에서 'ㅣ+ ㅓ→ ㅕ'→/i+ə→jə/와 같이 실현되어 나타난다. 그러나 보통 '똘폤다'(똘+피+었+다)처럼 'ㅣ+ ㅓ→ ㅔ'⇒/i+ə→e/로 실현된다. 세대적으로 장년층 이하의 세대에는 표준어와 같은 'ㅣ+ ㅓ→ ㅕ'→/i+ə→jə/와 같은 현상이 도출되고 있다.

이 방언에서는 어간 말음에 치찰음이 선행하는 경우에는 말음을 가진 동사들 뒤에 어미 '어'가 결합되면 'ㅣ+ ㅓ→ ㅓ'→/i+ə→ə/로 실현된다. 이 역시 장년층 이하의 세대에서는 'ㅣ+ ㅓ→ ㅕ'→/i+ə→jə/로의 변화가 이루어지고 있음을 알 수 있다. 또한 '조:짠소'.(주었다)와 같은 경우에는 'ㅜ+ ㅓ→ㅝ'의 규칙이 'ㅜ+ ㅓ→ㅗ:'→/u+ə→o:/로 실현되며 순음이 분포된 경우에는 '들어 버:요'에서처럼 'ㅜ+ ㅓ→ ㅓ'→/u+ə→ə:/와 같이 실현된다.

이 방언에서는 용언의 활용시 음운이 축약되는 현상이 곧잘 일어난다. 특히 선어말어미 '-았/었-'또는 '-겠-'에 의문형 어미 '-나?'가 통합되거나 관형형 어미 '-ㄴ/는'이 통합될 경우에는 '먹언?(먹었느냐)', '핸 일이.(하였던 일이)', '모르갠데.(모르겠는데). 등과 같이 '-ㄴ'으로 되는 현상이 나타난다.

지금까지 강릉방언에 대하여 음운현상과 형태음운에 대하여 살펴보았다. 이 방언에 관한 전반적인 내용들을 두루 다루어야 하지만 몇 내용들만 특징으로 잡아 논의를 전개하였다. 자료나 체계의 구축 또한 필자의 노력과 창조적인 것에 따르지 못하고 선행 연구된 틀을 기본으로 내용을 정리하는 것에 머물렀다.

참 고 문 헌

고영근(1989). 『國語形態論硏究』, 서울대학교 출판부.

국어국문학회(1990). 『방언학의 자료와 이론』, 지식산업사.

김공칠(1977). 『方言學』, 南陽文化社.

김무림(1992). 『국어음운론』, 한신문화사.

김옥영(1998). "江陵 方言의 音韻論的 硏究", 江陵大 석사학위논문.

김형규(1973). "경기 강원 방언 연구", 『학술원 논문집』 12, 대한민국학술원.

남광우(1984). 『한국어의 발음 연구 1 : 순 우리말과 한자말의 표 발음을 중심으로』 일조각.

문효근(1969). "영동방언의 운율자질에 관한 연구", 『인문과학』 22, 연세대 인문과학 연구소.

(1982). "영동 영서 방언의 어휘적 비교연구", 『인문과학』 46-47, 연세대 인문과학연구소.

박경래(1998). 「중부방언」, 이익섭 선생 회갑기념논총.

박성종(1995). "영동 지역의 어촌언어", 『강원 어촌지역 전설 민속지』, 강원도.

______(1998). "강원도 방언의 성격과 특징", 『방언학과 국어학』 태학사.

사천면(1994). 사천면지.

성낙수(1992). "우리말 방언 연구 분야에 대하여", 『한글』 216.

안병희(1959/1978). 『15세기 국어의 활용어간에 대한 형태론적 연구』, 탑출판사.

윤종남(1987). "강릉방언의 초분절 음소에 대한 고찰", 동국대 석사학위논문.

이병근(1970). “19세기 後期 國語의 母音體系”, 『學術院論文集』 9.
(1973). “동해안 방언의 이중 모음에 대하여”, 『진단학보』 제36호, 진단학회.
이숭녕(1949). “애, 에, 외의 음가변이론”, 『한글』 106.
이익섭(1972ㄱ). “江陵方言의 形態音素論的 考察”, 『진단학보』 36, 진단학회.
(1972ㄴ). “江陵方言의 Suprasegmental Phoneme 體系, 同大語文, 2.
(1974). “영동방언의 경어법 연구”, 서울대 교양과정부 논문집 6.
(1976). “한국 어촌 언어의 사회언어학적 고찰”, 『진단학보』 42, 진단학회.
(1977). “강릉 사투리”, 『임영문화』, 강릉문화원.
(1978). “강릉지방의 방언”, 『임영문화』, 강릉문화원.
(1981). 『嶺東 嶺西의 言語 分化』, 서울대 출판부.
(1984). 『방언학』, 민음사.
(1987). “강원도 방언의 특징과 그 연구”, 『국어생활』 10, 국어연구소.
(1991). “영동방언 연구의 현황과 과제”, 『관동어문학』 7, 관동대 관동어문학회.
(1994). 『사회언어학』, 민음사.
전성탁(1968). “강릉지방의 방언연구”, 『논문집』 5-2, 춘천교대.
(1971). “영동지방 방언의 연구 -음운현상을 중심으로-”, 『논문집』 10, 춘천교대.
(1977). “강릉 방언의 형태론적 고찰”, 『논문집』 17, 춘천교대.
(1989). “강릉 방언의 어휘”, 『관동 향토문화 연구』 7, 춘천교대.
전혜숙(1996). “江陵方言의 變化에 대한 社會言語學的 研究”, 관동대 석사학위논문.
함영세(1986). “영동방언의 활용어미에 대한 연구”, 경희대 석사학위논문.
황문용·민현식(1993). 『국어 문법론의 이해』, 개문사.

栗谷의 漢詩에 나타난 儒·佛觀

鄭亢教*

Ⅰ. 緒言

栗谷이 生世한 宣祖朝는 신라와 고려 천 년의 사상과 문화의 지도이념이 되어온 佛教를 배척하고 儒學으로 國是를 삼아 200여 년을 다져온 崇儒排佛策의 전성기인 穆陵盛世였다. 따라서 栗谷은 孝悌로 修身, 齊家하고 忠恕로 治國, 平天下하려던 聖賢의 大旨를 생활의 귀감으로 살아간 전형적인 선비였다. 무엇보다 조선조의 불교가 新興의 儒學에 외면되고 더욱이 崇儒排佛의 國是로 위축되었음은 사실이다. 그러나 천년의 다스림과 永生 및 往生은 오히려 왕실의 內護까지 입어 신라와 고려에 못지 않은 敬信의 저류가 되어 사뭇 민간신앙의 바탕으로 받들렸다. 따라서 당시 儒·佛은 각종 문화의 모태가 되었고 특히 문학 작품의 사상적 배경이 되기도 하였다. 때문에 당시 대부분의 선비들은 儒冠을 하면 孔門의 憲章을, 閑適을 빌미로 山寺에 들면 禪語를 酬唱함이 互禮였으니 斯文學統의 宗師로까지 우러름을 받던 栗谷도 예외일 수는 없었다. 무엇보다 詩는

* 社團法人 栗谷學會先任研究員, 강릉시립박물관 학예연구실장.

性·情을 표현하는 수단이자 心性陶冶의 방편으로까지 여겼으므로 詩 속에는 자연 사상과 감정이 녹아 있을 수밖에 없다.

본 고에서는 栗谷이 남긴 詩를 밑바대로 儒教의 現實觀을 중심으로 살펴보고 당시 山寺를 나들며 듣본 바 체험을 중심으로 한 생활 불교관을 더듬어 보고자 한다. 그러나 참다운 그의 儒·佛觀을 살피려면 작자가 남긴 관련 작품 모두를 분석하는 것이 원칙이나 그 양이 너무 방대하기 때문에 본고에서는 다만 단편적이나마 시속에 담고 있는 개념만이라도 넘짚어 보고자 함에 있는 것이다. 어디까지나 본고에서 다룬 내용은 栗谷의 儒·佛觀의 한 일면이지 전부가 아님을 밝혀둔다.

臺本은 李縡의 所編인 栗谷全書本을 純祖 때 本板으로 再刊한 것을 다시 大東文化硏究院에서 影印本으로 合冊한 2卷을 사용하였다.

Ⅱ. 栗谷의 儒敎觀

栗谷의 기본정신은 孔·孟의 부끄럼 없는 제자가 되는데 있었으니 經書를 탐독하고 詩賦를 익힌 것도 聖學이요, 仁義를 우러러 흠모하여 심혈을 쏟아 精進한 것도 聖學이다. 堯·舜처럼 되기를 바랄 뿐이었지 글줄이나 弄하는 腐儒가 되는 것이 그의 본심은 아니었다.

따라서 栗谷의 근본사상은 程·朱의 道學思想에 뿌리를 박고 있었으므로 그의 學的 態度와 관련한 修己, 治人은 물론 憂時戀君에 이르기까지 儒經의 테두리에서 벗어나지 않았다. 더욱이 家統의 본밑이 철저한 '奉儒守官'이라 "入則孝於家 出則忠於國"이 윤리적 실천 기본임을, "事父母能竭其力의 至孝가, 事君能致其君의 至忠"이 유교의 실천 역행임을 모를 리 없는 그였다. 따라서 끝내는 儒學의 이념을 實踐窮行하기 위하여 正心修德의 유교적 역정을 바탕으로 현실에 참여하였다.

일찍이 10세에 지은 <鏡浦臺賦>에서도 "선비가 세상에 나서 자기 몸만 사사로이 말 것이니 만약 풍운의 기회를 만나면 마땅히 사직의 신하가 되어야 하느니라"[2]고 하였으며, 19세에 金剛山에 入山하여 지은 <楓岳行>에서도 기기묘묘한 봉우리를 비유하여 "어떤 봉은 만승의 천자와 같아 대궐문 열어놓고 조회하는 듯, 의관을 정제하고 시립을 한 듯, 거마가 구름처럼 모여서 있네"[3]라 하여 일찍이 자연의 모습에다 자신의 속마음을 속절없이 그려 나타냈으니 君君臣臣의 떳떳한 벼리의 실천을 바랜 托物寓意인 것이다.

栗谷은 孝悌로 修身, 齊家하고 忠恕로 治國, 平天下하려던 聖賢의 '一以貫之'를 그대로 실천한 전형적인 선비였다. 따라서 詩에 나타난 그의 儒敎觀을 修己, 治人, 憂時戀君으로 나누어 살펴보기로 한다.

1. 修己

修己란 安民과 平天下를 위한 存心揚名의 첫 길이다. 곧 自我完成을 위한 修身의 과정이니 그래서 天子에서 서민에 이르기까지 한결같이 몸을 닦는 것을 근본으로 삼았던 것이다. 栗谷은 "자아완성을 위한 방편으로 修身보다 우선하는 것이 없다"고 하였다. 그러나 修身에 앞서 먼저 마음을 닦아야 한다고 하면서 그 힘쓰는 방법으로는 몸가짐과 보고 듣는 것, 言語와 威儀를 한결같이 天理에 따라야 한다고 하였다.

동짓날 밤 회포를 쓴 <至夜書懷>에서

---

2) 『栗谷全書拾遺』 卷一, 士生於世 不私其身 倘遇風雲之會 當成社稷之臣.
3) 위의 책, 或如萬乘尊 朝會皆天門 衣冠儼侍立 車馬如雲屯.

前 略	전 략
外貌不莊肅	무엇보다 외모가 정숙하지 않으면
怠慢於斯萃.	태만한 버릇이 여기에 모여드니
散坐與空談	산만한 마음과 쓸데 없는 말들은
畢竟非善戲.	결국에는 좋은 놀이 아님이라네.
衣冠必整飭	반드시 의관을 바르게 갖추고
言語愼勿費.	말이란 함부로 해서는 안되네.
中心不專一	만약에 중심이 한결같지 않으면
邪思所窺覘.	사특한 생각이 기회를 엿보지.
後 略	후 략

〈栗谷全書 卷一〉

외모가 정숙하지 못하면 마음도 게으르게 되어 방탕으로 흘러 들어간다고 하였다. 程子도 "마음이 안정된 사람은 그 말이 편안하고 조용하며 안정되지 못한 사람은 그 말이 가볍고 빠르다"고 하였다. 栗谷이 말한 "專一'은 程子의 "整齊嚴肅 則心自一 一則無非僻之干矣"의 意取로서 이는 "欲修其身者 先正其心"의 要諦이니 즉 "修己而安百姓"이란 德化哲學의 비로솜이다.

栗谷은 또

前 略	전 략
愼獨與不息	홀로 있을 때를 삼가고 공력을 쉬잖는 것이
聖謨斯爲至.	성현의 지극한 말씀이었네.
參前復倚衡	서면 눈 앞에 수레에 오르면 멍에에 보이는 듯
不可須臾離.	어디서나 잠시라도 떠나지 않아야 해.
後 略	후 략

〈栗谷全書 卷一〉

栗谷의 儒教觀은 儒教經典에서 나오지 않은 것이 없었다. "言忠信과 行篤敬"은 "서 있을 때에는 눈 앞에 있는 것 같이, 수레에 올랐을 때에는 멍에에 보이는 듯 해야 한다"[4]는 것이다. 위의 '愼獨'은 中庸의 "君子愼其獨也"라는 말과 '不息'은 易經의 "天行健 君子以自彊不息"에서 비롯된 것이다.

栗谷은 "마음은 몸의 임자가 되고 몸은 마음의 그릇이 되는데 임자가 바르면 그릇도 당연히 바르게 된다"[5]고 하면서 ≪大學≫의 차례에 修身이 正心 뒤에 있는 것도 마음을 바로 한 연후에 그 몸을 잘 다스려야 한다고 보았기 때문이다.

2. 治人

일반적으로 유교를 修己·治人의 道라고 한다. "제 몸을 닦아 백성을 편안하게 한다"는 孔子의 말과 같이 유교의 가르침이야말로 修身을 바탕으로 하여 모든 사람을 평안하게 한다는 이상에 있는 것이다. 따라서 마음을 다스리고 몸을 닦은 연후에 벼슬길에 나가는 것은 儒者의 常道다.

栗谷은 明宗 19년(1564) 明經及第하여 戶曹左郎을 初仕로 그의 奉儒守官의 立身은 시작되었다. 그는 吏曹判書에 終仕까지 아홉 차례에 걸쳐 出退하면서 弊政을 고치고 仁政을 베풀어 二帝三王의 盛德至治를 力勸하였다.

應製詩를 보기로 한다.

前 略	전 략
攀龍大似乘軒鶴	용문에 오르니 얼떨떨 초헌을 탄 학 같고
釋褐眞同脫殼蟬	갈옷 벗고 나니 허물을 갓 벗은 매미와 같네.
存沒被榮悲感集	조상까지 영광 미쳐 감회가 깊으니

---

4)『論語』: 衛靈公, 立則見其參於前也 在輿則見其倚於衡也.

5)『栗谷全書』卷二十一, <聖學輯要>, 心爲身主 身爲心器 主正則 器當正.

親朋送喜慶聲連.	친척과 벗들의 축하 인사 끊이지 않네.
中　略	중　　략
干祿豈懷求餔啜	벼슬을 구함이 어찌 잘 살기만을 위해서랴
補天深願效埃涓.	작은 정성이나 님 보필하길 바라서 일세.
競競怳若臨深谷	언제나 깊은 계곡에 임한 듯 하고
戰戰茫如涉大川.	마치 큰 냇물 건너듯 두려워 해야지.
閶闔可能呈肺腑	궁궐에선 속 마음 다하길 힘쓰고
[illegible]音冀得徹穹玄.	진언에는 하늘까지 알려지길 원했네.
勳華濟衆猶爲病	요순도 대중구제 부족하게 여기었고
文命憂民不自憐.	우임금 백성근심 자신을 돌보지 아니했네.
後　略	후　　략

〈栗谷全書 卷一〉

본 應製詩는 1564년 임금의 명에 의하여 지어 올린 것으로 詩題는 천한 사람이 입는 거친 삼베옷을 벗어버리고 처음으로 벼슬길에 오른다는 내용이다. 平聲先韻으로 총 60句 30聯으로 된 七言古詩이다.

'乘軒鶴'은 衛나라 懿公이 鶴을 좋아하여 화려하게 꾸민 학을 軺軒에 태웠다는 古事를 인용하였으며, '脫殼蟬'은 마치 매미가 막 허물을 벗고 매미 본연의 모습으로 태어난다는 뜻이다. 사실 매미는 幼虫에서 成虫이 되기까지 보통 땅 속에서 4~5년을 지내다 성충이 되기 위해 지상에 나와 마지막 허물을 벗어야 비로소 매미가 되는 것이다.

이는 栗谷이 儒教經典을 익혀 13세에 進士初試에 오른 후 꾸준히 제 몸을 닦고 儒學을 실천한 끝에 29세에 비로소 明經及第하여 初仕로 戶曹佐郎에 나가는 것에 비유한 것이다. 栗谷의 進士初試의 修學期가 매미의 유충에 해당한다면 明經及第는 성충에 비유될 수 있겠다. 즉 자연의 생태를 들어 자신이 '行道'의 문턱에 들어섰음을 비유한 것이다.

栗谷은 '干祿'의 목적이 '餔啜'에 있는 것이 아니라 '補天'에 있음을 밝혔다. '憂道不憂貧'이 儒教의 가르침이고 보면 당연한 귀착이라 보겠다. 일찍이 孔門에 부끄럼 없는 제자가 되겠다고 다짐한 그였다. 허물을 갓벗은 매미와 같이 처음 벼슬길에 임하는 栗谷의 조심스러운 몸가짐과 字字句句 聖王을 본받아 德治를 力勸하겠다는 옹골찬 다부짐이 글 밖에 넘난다.

栗谷은 戶曹, 禮曹佐郎을 거쳐 1566년 司諫院正言이 되어 당시 官界의 흐린 행습을 바로 잡기도 하였다.

다음은 <司諫院契軸> 五言律詩다.

江海空疎客　강해에 묻혀 살던 변변찮은 나그네
薇垣厠衆英.　사간원 뭇 영재들 사이에 끼였네.
匡時五足臣　시대를 바로 잡음 다섯 신하로 족한데
憂國一身輕.　나라를 걱정 차니 한 몸마저 가볍네.
自分非忠直　자신을 돌아보니 충직하지 못했는데
何緣補聖明.　어떻게 성스러운 임금 보필할 건가
後人應歷指　후세 사람 우리 행적 낱낱이 들출 테니
今日愧題名.　사간원에 몸담았다 이름쓰기 부끄럽네.

〈栗谷全書 卷二〉

司諫院 동료들과 契모임의 詩軸이다. 栗谷은 司諫院正言이란 言官의 지위에 있으면서 죄를 기다리는 심정으로 하늘을 우러러 남몰래 탄식하며 밤잠을 이루지 못하고 폐해를 개혁할 근본을 깊이 생각한 끝에 마침내 <諫院陳時事疏>를 올렸다.

'五足臣'은 ≪論語≫ 泰伯篇 "舜有臣五人而天下治"라고 한데서 나온 것이고 '憂國'은 時事에 대한 疏를 올렸던 당시의 피폐한 시대상을 근심한 것이다.

결국 栗谷은 자신이 '忠直'스럽지 못했는데 어떻게 '聖明'을 보필하여 二帝三王의 盛德至治를 이룰 수 있겠는가라는 하염없는 탄식이다. '後人應歷指'는 司馬溫公의 <諫院題名記> "後人將歷指而言曰 某也忠 某也邪 某也曲 某也直 嗚呼 可不懼哉"라고 한 데서 나온 것이다. 그래서 栗谷은 후세인들에게 조롱을 받을까 司諫院契軸에 자신의 이름을 기록하는 것을 부끄럽게 여긴 것이다.

당시 栗谷은 예리한 통찰력으로 時弊를 지적, 이의 개혁 방안까지 자세히 올렸던 것이다. 비록 <司諫院契軸>의 시가 40자로 서술되었지만 4,000여자로 된 <諫院陳時事疏>의 내용을 100배로 함축시켜 놓은 것이나 다름이 없다. 栗谷은 여기에서 임금께서 시급히 결단을 내려 받아들여야 할 세 가지를 주청하였다. "첫째는 正心以立治本이요, 둘째는 用賢以淸朝廷이요, 셋째는 安民以固邦本"이라 하였다.

이렇듯 栗谷은 '治人'의 道理도 儒教經典을 따랐고 언제나 現實을 직시하였기에 現實政治를 부르짖었던 것이다. 그러나 현실정치에 참여하여 비판과 아울러 경륜을 함께 제시하였으나 끝내 실현을 보지 못한 채 눈물로 얼룩진 憂國詩를 낳고 말았다.

3. 憂時戀君

杜甫의 平生信條인 "致君堯舜上 再使風俗淳"[6]의 열화같은 포부를 지녔던 栗谷은 일찍이 孔孟의 道를 익혀 三代日月의 再臨을 갈구하며 血淚를 붓쏟아 王道政治를 부르짖었으나 덧없는 東西의 分朋에 말려 못내는 西人의 領袖로 몰려 고단한 삶을 살았다.

黨爭을 종식시키려 竭力盡忠하였으나 時輩들에 의해 聖寵이 이미 가리워진 데다 奸邪諂佞한 무리들의 탄핵까지 입어 결국 宣祖 16년(1583) 海州 石潭으로 가면서 눈물로 붓을 적셨다.

<去國舟下海州> 五言絶句다.

---

6)『杜詩諺解』: 卷十九, 奉贈韋左丞丈二十二韻.

四遠雲具黑　온누리 곳곳에 구름 짙은데
中天日正明.　중천은 햇볕이 쨍쨍 하구나.
孤臣一掬淚　버림받은 신하의 한 줌 눈물을
灑向漢陽城.　님계신 곳 향해 뿌리옵니다.

〈栗谷全書 卷二〉

라고 북받치는 통분이 憂國과 짝하여 눈물과 慷慨로 다져져 悲壯美가 章中에 도사렸다. 北胡의 再侵을 뛰어난 智略으로 물리쳤으나, "대간을 무시하고 公論을 멸시한다"는 간신들의 모함으로 천 근보다 무거운 발길을 鄕苑으로 돌려야 했다.

'雲具黑'은 간신배요, '日正明'은 聖君이니, '白日'을 성군에, 浮雲을 간신배에 비김은 古今의 通例다. 李白의 "總爲浮雲能蔽日 長安不見使人愁"를 脫化한 創新이니, 聖明을 가리운 浮雲을 걷어야 할 衷情의 소명이 '一鞠淚'에 內在했다. ≪牛山雜錄≫에 "此時 愛國憂國之志切矣"[7]라고 하였으며, "시대를 아파하고 풍토를 탄식한 뜻이 깊다"고 하였다.

去國의 孤臣이 되어 落鄕의 片舟에서도 憂時戀君으로 직핍되어 비장의 절조를 낳았으니 다음은 <乘舟西下> 五言排律이다.

處世苦不諧　처세에 억지로 맞추지 않아
悠然歸意催.　유연히 돌아갈 생각 뿐이네.
天心縱不移　임금께선 변할 리 있으랴마는
變態知誰裁.　변하는 세태를 누가 알리요.
滄海細雨迷　바다에 가랑비 자욱한 속에
斜陽孤棹開.　석양에 외론 배 저어서 가네.
美哉水洋洋　좋구나 끝없이 흐르는 물에

7)『栗谷全書』卷三八.

萬念嗟已灰. 만가지 생각은 사라졌다만.
只有一寸丹 그래도 님향한 일편단심은
九死終不回. 아홉 번 죽어도 끝내 못돌려.
〈栗谷全書 卷一〉

라고 하여 憂國의 丹衷을 그린 꼬장한 孤臣의 戀主가 애처롭기만 하다. 小民에게도 실상이 없는 죄목은 함부로 씌울 수 없는데 盡忠報國이 일념 뿐인 일국의 재상을 매도시키려고 모략이 들끓는 진창이 난 사회다.

그는 <六疏後請罪啓>에서 "만약 실제 죄를 범하였다고 인정한다면, 신에게 비록 귀양을 보내더라도 실로 달게 받겠다"고 請罪한 潔臣이다.

'邦無道'에다 雄志마저 수용치 못하니 '歸意'는 마땅한 進退였다. 그러나 '天心'이야 변할 리 없다는 自安이면서 '變態知誰裁'라 체념 섞인 탄식도 했다. 9聯의 '一寸丹'은 충신의 거룩이니, 님 향한 일편단심은 죽어도 변치 않겠다는 옹골진 기개가 글 밖에 넘난다. "일백 번 고쳐 죽어 백골이 진토되어"도 변할 수 없다는 鄭夢周의 비수와 같은 丹心이 뱃전에 서렸던 것이다. '九死終不回'는 屈原의 〈離騷〉 '亦余心之所善兮 雖九死其猶未悔'의 換骨이다.

宣祖 11년(1583) 癸未 9월 임금의 부름으로 입궐하여 吏曹判書에 임명되자 "三竄의 放還[8])을 力請하고, 不允되자 落鄕하니, 그것이 마지막 벼슬이었다. 그때 남긴 <求退有感>의 七言律詩다.

行藏由命豈有人 진퇴는 명에서지 남 때문이랴
素志曾非在潔身. 내 뜻은 몸사림에 있지를 않아.
閶闔三章辭聖主 사퇴서 써 올려 하직을 하니

---

8) 『栗谷全書』 卷三十五, 行狀, 宣祖16年(1583), 자신을 탄핵하다 귀양간 宋應漑, 許篈, 朴謹元 등의 죄를 사하여 줄 것을 疏請.

江湖一葦載孤臣. 버림받은 신하가 조각배 신세.
疏才只合耕南畝 하찮은 내 재주 밭갈이 맞은데
淸夢徒然繞北辰. 맑은 꿈은 부질없이 대궐 감도네.
茅屋石田還舊業 초가집 돌밭이나 다시 일구어
半生心事不憂貧. 남은 반생 가난 걱정하지 않으리.
〈栗谷全書 卷二〉

功名에 허우적이지 않은 栗谷은 出處를 숫제 명으로 돌렸다. '閶闔三章'을 '一葦'와 맞바꾸어 자기의 적성대로 퇘기밭이나 갈겠노라고 물러나면서도 '淸夢'은 '北辰'[9]을 차마 떠나지 못함이 그의 안스러움이었다. '行藏'은 나아가서 道를 행하고 물러나서 才學을 감춘다는 뜻이요, '閶闔'은 天子의 門이니 대궐이다. 그리고 '孤臣'은 임금의 버림을 받아 물러나는 신하다. 그의 歸去來는 不勞徒食이 아니어서 天地의 大德인 生産에 힘 쓸 것을 드세우며, "不以躬耕爲恥"[10]한 陶潛의 躬耕에 이끌리었으니 "대장간을 세워 손수 쟁기를 벼린"[11] 그였음을 상기할 일이다. 結聯의 '半生心事不憂貧'은 여지껏 벼슬이야 아예 가난을 택함만 같지 못했다는 뉘우침이니 다시는 가난을 근심하지 않겠다는 옹골진 하소연이다.

忠臣의 戀主之情은 君臣간의 의리이자 선비의 常道다. 더욱이 병이 깊어 물러남은 허락받을 때 君恩이야 정작 至情의 戀君이요, 衷情의 感恩이다.

弘文館 直提學에 임명되자 세 번이나 상소를 올린 끝에 물러남을 허락받고 감격하여 <感恩君> 四絶을 남겼다. 다음은 첫수로 君恩에의 發端이다.

---

9)『論語』爲政, 爲政以德 譬如北辰 居其所而衆星拱之.
10) 張基槿 :『中國古典漢詩人選』, 陶淵明, 太宗出版社, 1975, p.41, 再引用.
11) 李殷相 :『師任堂과 栗谷』, 成文閣, 1967, p.166.

君恩許退返鄕園	물러남을 허락받아 시골에 오니
古水荒灣栗谷村.	우거진 숲 물구비가 바로 율곡촌.
一味簞瓢生意足	단사표음 맛갈져 삶의 뜻 족해
耕田鑿井是君恩.	밭을 갈고 우물 파니 성은이로세.

〈栗谷全書 卷二〉

라고 하여 물러감을 군은으로 돌렸다. 스스로의 '返鄕'이니 '簞食瓢飮'도 '一味'라 하여 '生意足'으로 자처했던 것이다. '簞食瓢飮'이야 청빈한 선비의 생활신조니, "한 바구니의 밥과 한 표주박의 물을 마시며, 누추한 구렁에 사는 것을 다른 사람들은 그 근심을 견디지 못하지만 顔回는 그 즐거움을 고치지 않으니 어질도다"[12]라고 하여 孔子도 '不憂貧'한 제자의 삶을 자랑으로 여겼음을 볼 수 있다. 또한 "君子는 도를 꾀하고, 먹을 것을 꾀하지 아니하나니 밭갈아 농사 지어도 굶주림이 그 가운데 있고, 배움에도 녹이 그 가운데 있으니 군자는 도를 근심하고 가난을 근심하지 않는다"[13]고 했다.

栗谷의 생활 전부가 청빈이니 몸소 실천한 樂貧이다. 結句의 '耕田鑿井'은 堯舜시대에 백성들이 태평을 즐기어 부른 노래에 '耕田而食 鑿井而飮 帝力何有於我哉'를 습취한 것이다. 이 첫수는 물러남을 허락받아 성현의 생활철학을 준거로 삼았으니, '耕田'으로 인한 '簞食'와 '鑿井'으로 인한 '瓢飮'도 군은으로 돌렸다. 입으로 되뇌이는 너스레가 아니라 몸으로 값한 군은이다.

다음은 둘째 수다.

君恩許退謝籠樊	물러남을 허락받아 규제 벗어나

---

12)『論語』雍也, 一簞食 一瓢飮 在陋巷 人不堪其憂 回也 不改其樂 賢哉 回也.
13)『論語』衛靈公, 君子 謀道 不謀食 耕也 餒在其中矣 學也 祿在其中矣 君子 憂道 不憂貧.

野逕蕭蕭獨掩門.	들길이 쓸쓸하니 홀로 문닫고.
四壁圖書無外事	벽에 가득 쌓인 책을 볼 뿐이지만
草堂晴日是君恩.	초당의 밝은 햇살 군은이로세.

〈栗谷全書 卷二〉

그는 '尸位素餐'이 달갑잖았으며, '病深才疎'한데다 '徒食稟祿'함이 죄스러워 스스로 물러나고자 한 것이다. 썰렁한 鄕園에다 홀로 지친 빗장이니 적막이 감도는 제재다. 뜨락에 쏟아지는 햇살도 님의 은혜라 아로새긴 "草堂晴日是君恩'은 宋나라 농부가 햇살에 등을 쬐이고, 이 따스함을 임금님께 바치고 싶다고 한 데서 나온 것이다.

다음은 그 셋째 수다.

君恩許退老江村	물러남을 허락받아 강촌 머물며
淸坐垂綸釣石溫.	낚싯대를 드리우고 돌을 덥히네.
晩樣蘭舟紅蓼岸	날 저물어 조각배를 언덕에 대니
渚風汀月是君恩.	갯바람에 어리는 달 군은이로세.

〈栗谷全書 卷二〉

淸江에 '垂綸'은 君子의 修已인 樂其樂의 賞自然이지 고기를 낚자는 垂釣는 물론 아니다. 그의 <斗尾十詠> "小溪釣魚"에도 "垂釣本無鉤 一絲風卷舒"가 그것이다. '淸坐'는 觀魚를 의미함이니 太公望을 드세워 偸閑에 몸을 맡긴 것이다. 이는 '釣石溫'으로 해서 더욱 도탑기만 하다. '蘭舟'로 돌아올 즈음 갯바람이 물결을 일궜다. 물이랑 사이로 어리비치는 강달의 자연 섭리도 君恩으로 돌린 아이러니다.

다음은 넷째 수다.

君恩如海報無門	님의 은혜 높넓은 데 갚을 길 없고
滿腹詩書莫更論.	뱃 속의 시서마저 소용이 없네.
暖日香芹難獻御	바치기 어려워라 살찐 미나리

一生惟詠感君恩. 　　　　일생동안 감군은만 읊고 지내리.

〈栗谷全書 卷二〉

군은이 망극하여 도시 갚을 길이 없다고 하였다. 滿腹의 글도 논하지 않겠다 했으니, 군은을 갚을 도리란 '暖日'에 곱자란 '香芹' 뿐이 없다. 그러나 獻芹歌를 부르려 해도 그조차 못하는 안타까움이다. 이 獻芹과 炙背는 선비의 본분이니, 미나리는 예로부터 정성을 다하여 바치는 이미저리로 우리 입에 자주 오르내렸다. 鄭澈은 〈訓民歌〉 제2수에도 "임금과 백성과 사이 하늘과 땅이로되 나의 설은 일을 다 알려 하시거든 우린들 살찐 미나리를 혼자 어찌 먹으리"라 하였고, 또 芹呈으로 柳希春의 <獻芹歌>가 나란하고, 杜甫 <赤甲> "炙背可以獻天子 美芹由來知野人"에서 '炙背'와 '獻芹'의 換骨은 散見되는 野人의 丹心이다.

그는 感君恩을 읊조리기 위하여 乞退한 것이 아니다. "신은 은혜를 너무 많이 입었기 때문에 아무리 시골에 있더라도 마음은 임금에 달려 있고, 또 병 때문에 숨어산들 무슨 즐거움이 있겠습니까. 다만 아무 것도 하는 일없이 녹만 타먹기가 어려운 까닭으로 물러가지 않을 수 없다"[14]고 하였다.

그의 出仕는 "어버이를 봉양하는 밑천으로 삼을 수 있기 때문에 몸을 굽힌 것"이라 하여, "立身行道 揚名於後世"만을 능사로 詞章에 골몰한 時俗의 선비와는 그 本意조차 달랐던 것이다. '返鄕'하여서 "洗耳人間事不聞 靑松爲友鹿爲群"이라 하여 끝내 이룬 '籠鳥歸雲'이니 망극한 군은이다. 그러기에 평생을 목 메이는 연군으로 마음을 달래며 붓을 가다듬었다.

진작 淸新한 마음의 눈물로 헹궈낸 憂國이요, 戀君의 精核이니 그

---

14) 『栗谷全書』 卷三十五, 行狀, 臣則受恩深重故 雖在畎畝 心縣冕旒 又有疾病 隱居何樂 只是難於尸素故 不得不退耳.

의 憂時詩는 丹衷으로 기울지 않은 글자가 없었다. 栗谷의 門人 趙憲도 "無一字一句不出於愛君之誠澈"이라 하였으니 奉儒守官의 철저한 삶을 솔선한 그의 생활철학이 헹궈낸 녹화임에 틀림이 없다.

이처럼 栗谷은 조선조 파란만장한 정치 상황 속에 한 政客으로 임금에게는 盡忠報國했고 부모를 일찍 여읜 탓에 孝는 兄弟姊妹間에 쏟았으며, 同道의 朋友 사이에는 有信으로 交道했으니 나위없이 그의 儒教觀은 儒經의 大旨를 귀감으로 儒家의 이상적 君子道를 실현하고자 함에 있었다고 하겠다.

Ⅲ. 栗谷의 佛教觀

朝鮮朝 佛教가 新興의 儒學에 외면되고 더욱이 유학을 숭상하고 佛教를 배척하던 國是로 위축되었음은 실은 해묵은 폐단 때문이다. 儒學을 앞세운 기운은 안으로는 佛教에 솔깃 하면서도 밖으로는 짐짓 배척하는 기현상을 낳아 그 거국적인 반대에도 世宗의 內佛堂 건립과 같은 믿음을 낳았다.

특히 文士들은 韻釋과의 酬唱이 파다했고, 儒生들은 山寺에 찾아들어 독서했으니 成俔의 ≪慵齋叢話≫에서도 "…… 士大夫 爲其親囑皆設齋 又設法筵於殯堂行忌祭者 必邀僧飯之 亦有詩僧與縉紳 相唱酬者頗多 儒生讀書者 皆上寺……"라 하였다.

栗谷도 弱冠時에는 儒家書는 물론 諸子百家書를 두루 읽어 넘겼고 그 총명으로 보아 佛教思想에도 상당한 홍미를 느꼈던 것으로 보이며, 특히 "젊었을 때 자못 禪學을 좋아해 佛教書籍을 폭넓게 보았다"고 한 점으로 미루어 진작 각종 佛書를 通讀했음을 알 수 있다. 그에 있어서 불교가 학문적 관심사로 대두되었음을 말해주는 내용이 후일 그의 불교에 대한 회고담 속에 자주 보인다.

불교가 2천여 년을 받들리어 섬기는 동안 깊이 민간신앙으로 받들리었다 해도 당시 儒家의 선비가 드러내 놓고 禪門을 찾는다든가 佛書를 접하는 것은 실로 어려운 異端이었다. 그러나 栗谷은 어려서 이미 佛書를 접했고 이로 인해 心性 공부의 묘처가 禪門에도 있음을 깨달은 데다 더구나 어머니를 여윈 罔極之病이 겹쳐 결국 金剛山 入山을 결행하는 용단으로 이어졌으니 생각할수록 야릇한 栗谷의 불교와의 인연이다.

그러나 "栗谷이 佛門에 들어간 것은 불교의 교리를 터득해 보려는 뜻도 가지고 있었으나 그가 선문을 택한 것은 心性 공부에 본뜻이 있었다. 그가 心性 공부에 뜻을 둔 것은 유교의 教學이 궁극에는 養性에 있기에 이 養性을 불교에서는 어떠한 방법으로 하는가를 알기 위하여 入山하였던 것이지 유교적 종지를 바꾸기 위한 입산은 아니었다."[15] 이는 후일 栗谷이 유학을 宗旨로 一貫하였음에도 입증이 된다.

1. 山僧과의 交遊

栗谷에 있어서 金剛山 山寺生活은 스님과의 交遊로 일관하였다고도 볼 수 있다. <年譜>에 의하면 19세 되던 해 3월 入山해서 內金剛 摩訶衍에서 시작한 修養生活은 산을 나오기까지 1년이란 세월로도 입증된다. 栗谷은 摩訶衍에서만 머문 것은 아니었지만 金剛山을 두루 유람하며 스님답고 절다운 곳에서는 반드시 머무르며 禪語를 나누었으니 山寺와의 인연은 물론 스님과의 交遊도 잦을 수밖에 없었다. 뿐만 아니라 金剛山 入山生活의 여파 때문인지 후일 벼슬길을 나들면서도 자주 山寺를 찾아 禪問答을 주고받았다.

---

15) 崔承洵 : 栗谷의 佛教觀에 대한 硏究, 『栗谷學報』, 1995, p. 56.

먼저 《栗谷全書》에 수록된 스님과의 交遊狀況부터 살펴보기로 한다.

詩에 나타난 스님과의 交遊

交遊내용	山寺 및 關聯地名	스 님
留宿하며 감회를 적음	草 堂	普 應
儒家의 眞理에 대한 贈詩	未 詳	智 正
次 韻	未 詳	靈 熙
送別詩	未 詳	敬 悅
贈 詩	未 詳	參 寥
留宿 五臺山	上院寺	未 詳
贈 詩	未 詳	老 僧
贈 詩	未 詳	惟 命
贈 詩	月精寺	老 僧
贈 詩	未 詳	雪 衣
次 韻	神勒寺	汝 受
贈 詩	月精寺	老 僧
次 韻	花石亭	仁 鑑
留宿 作詩	金山寺	未 詳
贈 詩	浩然亭	雲 水
贈 詩	未 詳	老 僧
次 韻	深源寺	玄 玉
次 韻	未 詳	墳 庵
次 韻	神光寺	玄 旭
留宿 次韻	衍慶寺	義 敏
贈 詩	岩泉寺	天 然
次 韻	神光寺	未 詳
贈 詩	未 詳	信 辯
23회	13여곳	20여명

1년간 金剛山 山寺生活中의 스님과의 交遊는 생활의 일면이었을 테니까 굳이 제외시켰다. 표에서 보듯이 전국 山寺만도 20여 곳을 나들었으며, 交遊한 스님도 20여명이나 되었다. 뿐만 아니라 現傳하는 500여수의 시 가운데 스님과 交遊한 내용의 시만도 50여수에 이른다. 儒·佛 一致論을 주장했던 麗末의 大學者 牧隱 李穡(1328~1396)도 6,000여수의 시를 남겼으나 佛敎에 관계되는 시는 100여수에 지나지 않는다. 이처럼 栗谷이 불교에 대한 관심이 남달랐던 것은 어릴 적 山寺에 들러 불교와 관계되는 서적을 탐독하였을 뿐만 아니라 1년간 金剛山 山寺生活이 그의 불교에 대한 이해를 그만큼 깊게 했기 때문이라 볼 수 있다.

스님과 交遊한 내용의 詩부터 살펴보기로 한다.

招提日夕叩雲扃　　해질 무렵 절을 찾아 안으로 드니
金宇懸燈綺語淸.　　금빛 법당 등불 아래 이야기 깊어.
明發羸驂歸路遠　　내일 여기 출발하여 먼 길 떠나면
疎鍾出谷送人行.　　연경사 종소리가 가는 사람 전송하리.

〈栗谷全書拾遺 卷一, 宿衍慶寺主僧義敏求詩書〉

衍慶寺에 묵을 때 主持僧이 栗谷에게 詩를 얻고자 하기에 지어준 것이다. 衍慶寺는 京畿道 開豊郡에 있는 절로서 栗谷이 먼 길을 다녀오다 이곳에서 하룻밤을 묵으면서 지어준 것이다.

'綺語淸'은 '詩緣情語'로 법당에서 주지스님과 禪詩를 나누는 것을 묘사하였다. 내일 아침 이곳을 떠날 때면 스님이 山門 밖까지 전송하는 것이 아니라 은은한 종소리가 이를 대신할 것이라 했다. 山門에서의 迎送이야 으레 山寺의 종소리 차지다. '疎鍾出谷送人行'은 金富軾의 <送人> '別淚年年添綠波'를 연상케 하는 送別의 絶調다. 衍慶寺를 떠나야 하는 아쉬움이 字句에 서렸다.

栗谷은 또 귀찮을 정도로 詩를 요구하는 스님에게

禪形鶴共臞	참선한 용모는 학같이 청수하고
行脚雲無迹.	떠도는 발길 구름처럼 자취가 없기도
胡爲淡泊僧	어찌면 그토록 담박한 스님이
却有求時癖.	시 요구하는 버릇을 지녔단 말인가.

〈栗谷全書 卷一〉

라고 서슴없이 핀잔을 주었다. 그야말로 참선한 용모는 禪師다우나 文字에 의하여 敎를 세우지 않는 不立文字 즉 眞如는 마음에서 마음으로 전하는 것이 佛敎의 敎義임에도 이를 저버리고 굳이 文字를 요구하기에 깨우치라는 뜻으로 써 준 것이다. 絶慮忘緣하고 不立文字함이 禪定인데 詩가 부질없다는 일침이기도 하다.

다음은 智正과 交遊한 내용이다. 智正은 栗谷의 知己로 金剛山에 함께 들어갔다.

前　略	전　략
法輪心印本無徵	법륜도 심인도 본래 증거가 없거니
三界六道誰汝證.	삼계와 육도를 그 누가 증명할까
吾家自有眞樂地	본래는 우리 유가 참된 낙지가 있어
不絶外物能養性.	외부와 단절 않고 본성을 기른다네
求高立異總非中	높거나 기이한 길 중도가 아니므로
反身而誠可醒聖.	자신만 성실하면 성인이 될 수 있어
師聞此語始聽氷	스님이 이 말을 듣고 의아해 하다가
漸似醉夢人呼醒.	점점더 취몽 속에서 깨어나려 하길래
低頭請讀子思書	머리 숙여 유가서를 읽기를 청하니
欲以墨名儒其行.	이것은 묵가로서 유가 행동 함이려세.
後　略	후　략

〈栗谷全書 卷一〉

'法輪'은 부처의 敎法이 중생의 번뇌와 망상을 없애기를 마치 轉輪聖王의 輪寶가 산과 바위를 부수듯 한다 하여 그를 비유하여 이른 말이고, '心印'은 '佛心'과 '印可', 즉 인정한다는 뜻이며, 文字 이외에 '以心傳心'을 말한다. '三界'는 '欲界', '色界', '無色界'를, '六道'는 '地獄', '餓鬼', '阿修羅', '畜生', '人間', '天上'을 말함이니 栗谷은 이같은 禪家의 法印을 누가 증명할 수 있겠느냐고 물었다. 이에 비하여 참된 진리는 儒家에 있다고 하면서 외부 세계와 단절하지 않고 얼마든지 本性을 기를 수 있으며, 능히 聖人에 이를 수 있다고 하였다. 이는 世俗을 등지지 않고도 능히 眞知實踐하여 구습을 버리고 本性을 회복한다면 儒家의 참된 理想을 실현할 수 있다는 뜻이다.

栗谷은 諸般佛書를 博覽하였기 禪師와의 贈答에서도 조금도 막힘이 없이 卓見을 토로하였던 것이다.

'墨名儒其行'은 韓愈의 <送浮屠文暢序>에 "墨家의 이름으로 儒家의 행동을 하는 사람도 있고 반면 儒家의 이름으로 墨家의 행동을 하는 사람도 있다"는 말에서 인용한 것이다. 곧 智正이 儒敎經典을 읽고 '能養性' 한다면 '墨名儒其行'이요, 栗谷이 佛敎經典을 읽고 坐禪한다면 이는 '儒名墨其行'이 되는 것이다.

조선초기 金守溫(1410~1481)은 儒臣이면서 불교를 옹호하는데 앞장섰으며 스스로 讚佛歌를 짓기까지 하였다. 뿐만 아니라 金時習(1435~1493)도 근본사상은 유교에 두고 불교적 사색을 병행하였으며 禪家敎理를 儒家의 사상으로 해석하기도 하였다. 뿐만 아니라 불교가 國是인 高麗 때 眞覺國師 慧諶은 그의 ≪禪門拈頌集≫에서 "바라건대 요임금의 풍화와 선의 풍교가 함께 날리고 순임금의 해와 부처의 해가 항시 밝으리라"[16] 하였으니 이는 모두 儒釋不二로 본

16) 慧　諶 :『禪門拈頌集』, 所冀堯風與禪風共扇 舜日與佛日共明.

것이나 다름이 없다.

다음은 五臺山 上院寺에서 스님과 交遊하던 때를 생각하며 지어 준 시다.

憶昔中臺下	생각하면 그 옛날 오대산에서
同聞上院鐘.	상원사의 종소리 함께 들었지.
乖離十三載	헤어진 지 어느덧 열세 해인데
雲水幾千重.	모름지기 운수는 몇 천 겹이냐.
洗鉢臨秋澗	가을 계곡 임하여 바릿대 씻고
攀蘿度夕峰.	다래덩굴 더위 잡고 저문 산 오가.
相逢問○○	서로 만나 묻노니(글자가 빠졌음)
各怪舊時容.	옛날 모습 그리며 머쓱해 하네.

〈栗谷全書 卷二〉

이 詩는 13년전 栗谷이 江陵 外祖母를 뵈러 왔다가 잠시 틈을 내어 五臺山 上院寺에서 交遊하던 스님을 우연히 만나자 지난 일을 회고하며 지은 것이다. 13년 전의 일이긴 하나 회고한 내용으로 보아 당시 벼슬길에 있던 栗谷이 명색은 儒者이나 행실은 佛者를 좇았음을 볼 수 있다. 이렇듯 栗谷은 山寺를 나들며 수많은 스님들과 禪語를 나누며 詩로 贈答하기도 하였다. 때로는 佛家에 대한 자신의 견해를 밝히기도 하였고, 儒家에 대한 우월성을 과시하기도 하였다.

2. 佛者의 讚美

斯文學統의 一世의 宗師로까지 우러름을 받던 栗谷이 山寺를 나들며 스님과 交遊했다는 것만도 이채롭다 하겠으나 게다가 그의 詩에는 佛者에 대한 讚美가 적잖이 散見된다. 물론 金剛山 入山 途中이거나 入山時에 언급한 것이 대부분이나 下山以後 栗谷은 佛敎에 대한 시각이 냉철했음에도 이따금 여가를 이용 山寺를 찾아 스님과 교유하였다.

먼저 金剛山 入山時 佛者에 대한 讚美부터 살펴보기로 한다.

前　略	전　　략
排門忽見入定僧	문열고 선정에 든 스님을 보니
鍊得身形瘦如鶴.	수련하여 단련한 몸 학과 같구나.
欣然見我不相語	반기는 듯 나를 보고 말은 않은 채
淨掃禪床留我宿.	깨끗이 선상 쓸고 머물게 하네.
後　略	후　　략

〈栗谷全書 卷一, 楓岳記所見〉

金剛山을 유람하다 山寺를 찾았는데 때 마침 參禪을 하고 있는 스님을 보자 佛道에 精進한 모습이 마치 鶴과 같다고 하였다. 仙禽, 仙鶴이라 불리우는 학은 예로부터 儒·佛·仙의 전유물이다. 학의 고고한 기상은 선비의 이상적인 성품을 상징하여 왔으며, 脫俗한 스님의 淸淨無染한 자태는 담박한 학에 비유되기도 하였다. 또한 신선을 '鶴髮童顔'에 비유하기도 하였으며, 靑鶴은 신선을 상징하여 왔다. 이같은 상징성을 지니고 있는 학에다 스님을 비유한 것은 佛者에 대한 讚美로 볼 수 있다.

'不相語'는 '不立文字'로 "直指人心 見性成佛"하던 부처의 '拈花微笑'다. 잔다른 말이 필요없는 '以心傳心'의 禪旨다. 스님은 물론 栗谷도 이미 터득하고 있었음을 볼 수 있다.

다음은 金剛山 南草菴에서의 기술이다

前　略	전　　략
蕭條南草菴	호젓한 남초암 쓸쓸하지만
居僧有仙姿.	스님의 모습은 신선같구나.

見我薦山羞　나를 보자 산중의 음식 차려내
香蔬療我饑.　향기로운 나물로 허기 면했네.
後 略　　후 략

栗谷은 南草菴의 스님도 신선에 비유하였다. 아무리 禪學에 관심이 있어 入山을 했다고 하나 당시 불교가 배척을 당하던 時代인데다 더구나 家統의 본밑이 儒教가 宗旨인 栗谷이 드러내 놓고 '居僧'을 '仙姿'에 비유한 것은 일단 禪門에 발을 들여놓은 이상 더 이상의 꺼리낌을 가질 필요가 없었기 때문으로 보인다.

뿐만 아니라 金剛山 봉우리 형상을 비유하기를 "어떤 것은 석가여래 모습을 닮아 중생을 거느리고 영취산에 기댄 듯, 어떤 봉은 스님이 참선하듯이 명아주 평상에 무릎 꿇은 것" 같다고 하였다. 이로 볼 때 위로는 보리를 구하고 아래로는 중생을 제도하는 이른바 자신에게도 이롭게 하기 위해 행실을 닦는 佛者를 때로는 崇慕 내지는 讚美했음은 사실이었다. ≪列子≫의 기록에 보면 "공자가 말씀하시기를 서방에 大聖人이 있어 이름을 佛이라 하니 말을 하지 않아도 믿으며, 형체 없는 가운데 화한다"[17]고 하였다. 비록 ≪列子≫에 기록된 내용을 蘇軾이 언급하였다고 하나 여기서는 孔子도 釋迦를 '大聖人'으로 보았다.

朱子도 어릴 때 宗杲의 ≪大慧語錄≫을 愛讀하였으며, 唐나라 禪師 潙山의 사상을 사랑하였다고 했다. 栗谷은 또 超凡脫俗한 高僧을 '禪師'로 호칭하며 讚美했으니 <贈天然上人……>에

然師舊聞名　일찍이 천연선사 이름 났었지
壯氣擎不周.　장기가 부주산을 떠받들만 하네.
一拳破山石　한 주먹으로 천왕봉 돌을 부수니

17)『大東野乘』, 卷三.

妖氛霽頭流. 두류산에 요사한 기운 떨쳐 버렸네.
歸參趙州無 조주선사 무에로 귀참하였고
一悟塵機休. 한번 깨달아 속세 인연 끊어 버렸네.
禪蹤無定所 선사의 발자취는 정한 곳 없이
甁錫隨雲遊. 물병에다 지팡이로 구름따라 노니네.
我到巖泉寺 안협의 암천사에 당도하고서
適倚寒巖頭. 차가운 바윗머리 기대 있는데
師從千里來 천리길 달려온 천연선사가
一笑回靑眸. 한번 웃으며 눈동자를 돌리네.
永夜對孤燈 밤새도록 외로운 등불 대하고
淸談消客憂. 청고한 이야기로 시름 녹이네.
明朝擧別袖 내일 아침 작별의 소매를 들면
路指金剛脩. 멀고 먼 금강산 길을 가리라.
重逢渺何許 다시 만날 그날이 어느 때 일까
天末脩眉浮. 긴 눈썹 하늘 끝에 떠 있을 테지.

〈栗谷全書拾遺 卷一〉

栗谷이 江原道 安峽에 있는 巖泉寺에서 天然스님에게 지어준 시다. '禪師'란 스님을 높여 부르는 존칭도 되겠으나 禪宗의 高僧에게 조정에서 내리는 칭호로도 쓰였다. 여기서는 天然스님의 존칭으로 보아야 한다. '一拳破山石 妖氛霽頭流'는 天然이 智異山 天王峰에다 부정한 귀신에게 아첨하는 무리들이 지어놓은 淫祠를 단숨에 때려 부순 것을 말한다. 趙州禪師는 中國 唐나라 때 사람으로 '無'字로서 佛道를 깨우친 스님이다. 栗谷은 行脚僧인 天然禪師를 趙州禪師에 비유한 것이다.

'靑眸'는 반가운 뜻을 나타내는 말로써 晋나라 때 竹林七賢 중의 한 사람인 阮籍이 嵇康이란 벗이 술과 거문고를 가져오자 '靑眼'으로 보았다는 故事를 인용한 것으로 평소 존경하던 사람을 만나자 기쁨을 눈으로 표현한 것을 이른다.

"永夜對孤燈 淸談消客憂"에서 보듯이 天然 스님과 밤을 밝힌 '淸談'으로 栗谷은 마음의 시름을 덜었다고 했다. 이 詩를 언제 지었는지 확실치 않으나 安峽에 있는 巖泉寺에서 쓴 것으로 보아 1554년 金剛山으로 들어가는 도중 잠시 머물며 지어준 듯하다. '客憂'는 당시 儒者가 禪門에 몸담음으로 인해 후일 헐뜯어 비아냥거릴 주위의 비판을 감내하기 어려웠던 만큼 이는 栗谷의 고뇌에 찬 시름으로 보아야 한다. 결국 高僧과 禪語로 밤을 지샌 栗谷은 이러한 '客憂'를 덜었다고 하였다. 栗谷이 天然스님을 讚美한 것은 禪師로 예우한 데에서도 볼 수 있지만 기약없는 이별을 아쉬워한 점에서도 禪師에 대한 존경심을 엿볼 수 있다.

그러나 栗谷은 佛者를 讚美만으로 일관한 것은 결코 아니었다. 그의 <楓岳行>에서는

前 略	전 략
吁嗟最靈也	이토록 신령스런 천하 명산을
千載空虛棄.	천 년이나 헛되이 버려 두었네.
庸僧汚雲霞	용렬한 중들이 더럽힌 산을
感歎知奈何.	이제야 한탄한들 무엇하리요.
後 略	후 략

라고 핀잔도 서슴치 않았다. 또 <降福寺石佛>에서는

臭腐神奇非異物	진부한 것 신기한 것 이물 아닌데
畵殿荒草孰爲眞.	단청 전각 황량한 풀 진가 못가려.
那知路傍一片石	그 어찌 알았으랴 길섶에 돌이
却引無窮祈福人.	복을 비는 수많은 사람 끌어 들일 줄.

〈栗谷全書 卷一〉

당시 사찰에서는 '祈福佛事'로 번거로웠으며, 이처럼 도타운 佛者가 아닌 보라꾼이 저지른 야료 때문에 지탄의 대상이 되기도 하였다. 후일 이로 말미암은 극성은 결국 佛教의 말폐에까지 이르러 普雨의 作弊를 杖刑으로 다스리게 한 빌미가 됐던 것이다. 그러나 栗谷이 이 때에 올린 <論妖僧普雨疏>에 보면 士女를 속이고 현혹시켰다던가, 乘輿를 만들어 타는 등 至尊을 욕되게 한 普雨 개인의 罪科에만 秋霜 같았지, 불교 자체를 비난했다던가 教理를 論駁한 것은 아니었다. 무엇보다 이는 유교가 지향하는 건전한 인륜질서의 수립, 불교가 지향하는 善한 인간본성의 실현이라는 이념적 요소가 작용했기 때문으로 볼 수 있겠다. 따라서 栗谷은 불교의 교리적 논란보다는 불교의 현실적 폐해에 더 큰 비중을 두었던 것이다. 栗谷이 당시 불교를 탐탁하게 여기지 않은 것은 따지고 보면 불교가 王朝 깊숙한 곳까지 파고들어 新興儒學에 정면 대응하려 한데다 무엇보다 민중의 고통을 외면한데서 비롯된 것으로 보아야 한다.

3. 禪定의 美

禪은 곧 佛心이다. 自靜其意한 無我靜慮야말로 숲처럼 고요하고 그윽한 開心의 達觀에서 얻어진 見性이다. 不立文字를 "直指人心 見性成佛"하던 부처의 拈花微笑가 다름아닌 禪法이다. 그러나 여기에서 栗谷의 禪定은 絶慮忘緣하고 廻光反照하는 無爲而作의 得道에 있었던 것은 아니라고 본다. 그러나 山寺에 머무르며 때로는 禪榻에 기대어 속세를 잊고자 안으로 기틀을 삭힌 대목이라든가, '蒲團'에 가부앉아 禪味를 우러른 것은 禪定을 통해 佛性을 깨우쳐 보려 한 의도 또한 있었다고 본다.

먼저 禪定과 관련한 詩를 보기로 한다.

前 略	전 략
禪房坐蒲團	포단을 깔고서 선방에 앉으니
灑落魂夢淸.	상쾌한 기분에다 꿈마저 맑구나.
晨磬發深省	새벽종 소리에 반성이 일어나
澹澹吾何營.	담담한 이 내 심정 무어라 말할까.

〈栗谷全書 卷一〉

이 시는 1569년 10월 弘文館敎理로 있을 때 임금의 특별 휴가를 얻어 江陵 外祖母를 뵈러 왔다 그 해 겨울 五臺山에서 노닐다 上院寺에서 머무르며 지었다.

'蒲團'은 승려들이 坐禪할 때 깔고 앉는 둥글게 생긴 방석이다. 栗谷도 여기에 앉아 새벽 종소리를 들었다. 담담한 심정에 할 말을 잊은 것은 禪定 체험의 결과다.

다음은 春川에 守令으로 떠나는 沈忠謙을 보내면서 지은 시다.

前 略	전 략
春川擅佳名	춘천은 아름답기 이름난 고장
山水饒淸致.	산수의 경치가 풍요롭다네.
江洲草色遠	강뚝에는 풀빛이 아득할테고
巖壑雲姿媚.	바위 골짝 구름 모습 아름다우리.
鈴齋簿牒閒	관사의 사무가 한가할 때면
幾叩淸平寺.	몇 번이나 청평사를 찾을 것인가.
自嗟絆風塵	이 몸은 풍진에 매인 몸이라
空懷遠遊志.	속절없이 원유의 뜻 가져만 볼 뿐.
何當入禪扃	그 언제 선방문 열고 들어가
共對蒲團睡.	포단에 앉아서 졸아볼 건가.

〈栗谷全書 卷二〉

아무리 新興 儒學에 밀려 배척당했던 佛敎라지만 두루 민간신앙으로 절은 전통과 인습은 좀처럼 가실 수 없었다. 1582년 栗谷이 吏曹判書로 있을 때 10년 연하인 沈忠謙이 春川府使로 부임해 간다는 소식을 듣고 써 준 送別詩다. 官府가 한가하면 淸平寺를 드나들 沈忠謙을 한없이 부러워했다. 그도 공연히 찾고 싶으나 官道에 매인 몸이라 도리가 없다. 그러나 언젠가는 淸平寺를 찾아 '蒲團'을 깔고 앉아 졸아보겠다는 심사다. 栗谷이 이처럼 禪門에 대한 애착이 남달랐던 것은 修學期 禪門에 몸담고 禪定을 체험한 탓도 있겠지만 佛敎에 대한 미련을 아예 떨쳐버리지 못한 때문으로도 보인다. 1565년 妖僧 普雨의 작폐를 보다 못해 "극형을 베풀지 못하면 변방으로 귀양을 보내라"고까지 進言한 栗谷이다. 심지어 당시 선비들의 눈에는 不俱戴天으로까지 비친 普雨다. 그럼에도 普雨가 이름 붙이고, 더구나 이곳 住持까지 지낸 淸平寺를 그토록 그렸다. 더구나 淸平寺가 있는 고을의 守令으로 가는 沈忠謙을 부러워했으니 禪庵에 대한 집착도 이 지경에 이르면 禪和子나 다름이 없다.

다음은 自然에 依托해 자신의 想念을 헹군 <山中> 五絶을 보기로 한다.

採藥忽迷路　　약 캐다 홀연히 길을 잃고서
千峰秋葉裡.　　천봉을 휘감은 단풍 속에 섰네.
山僧汲水歸　　스님이 물길어 돌아들더니
林末茶煙起.　　수풀 속 차 연기 피어오르네.

〈栗谷全書 卷一〉

단풍에 휘감겨 자연의 조화 속에 넋을 잃은 듯 보이나 실은 부처에게 저녁 茶供養을 위해 물을 길어다 찻물을 끓이는 山僧의 禪心에 同和된 것으로 보아야 한다. 티없이 맑은 仙境과도 같은 곳에 있는 山寺다. 게다가 스님마저 脫俗한 禪的 世界를 거닐고 있다. '景中

有情' 즉 한 폭의 동양화 속에 栗谷 자신의 想念을 헹군 대목이라 보겠다.

다음은 深源寺에서 읊은 시다.

山月斜移萬木陰	저녁달 기우니 나무 그림자 옮겨가고
溪風吹雜六絃音.	계곡 바람 불어와 거문고 소리에 섞이네.
香煙銷盡長廊靜	향 연기 사라지고 행랑은 고요한데
兀對高僧坐夜深.	고승과 밤늦도록 마주 앉았네.

〈栗谷全書 卷二〉

深源寺는 鐵原 寶盖山에 있는 절로서 金剛山으로 가는 길목에 위치하고 있으므로 栗谷이 金剛山으로 들어가다 이곳에 머물며 지은 것으로 보인다. 소나무 우거진 계곡에서 달빛을 벗삼으며 季獻과 거문고를 타다 禪房으로 돌아왔다 "兀對高僧坐夜深"은 高僧과 꼿꼿이 마주앉아 밤늦도록 禪定에 들었음을 의미한다.

梅月堂 金時習은 "禪이란 世間을 떠나서 적막한 경지를 찾아 무사안일에 빠지려는 것이 아니라 기뻐할 때 기뻐하고 화낼 때 화내면서 本性을 잃지 않는 지혜를 터득하는 것"이라 했다. 이는 儒·佛에 번갈아 가며 몸담았던 梅月堂이었지만 결국 儒者의 입장에서 禪을 본 것이나 다름이 없다.

이같이 栗谷의 禪定도 儒家의 教學이 지향하는 養性에 더 의미를 두었다고 하겠으나 思惟世界의 진리를 터득해 보려한 면 또한 없진 않았다 하겠다.

Ⅳ. 結 論

栗谷은 朝鮮朝 尙文好學으로 經典의 바탕을 섭렵하고 正心守德하여 一身의 修養을 통하여 현실에 참여, 堯舜時代와 같은 태평성대의 再臨을 갈구하며 敎化善政에 평생을 몸바쳐 온 실천 治人이었다. 따라서 詩에 나타난 그의 儒敎觀은 '修己而安百姓'이 근본이었으며, 현실 자체의 삶을 보다 충실하게 하기 위한 실천 유교의 현실관이 바로 栗谷의 유교관이라 하겠다. 어디까지나 그의 유교관은 "入則孝於家 出則忠於國"의 윤리적 실천주의에 있었으므로 栗谷은 이같은 현실중심주의 유교관을 중시하였다. 그러나 "邦有道則仕 邦無道則可卷而懷之"란 出退의 도를 모를 리 없는 栗谷이었지만 先賢의 유교관을 그대로 답습하지는 않았다.

朋黨의 와중에서도 기울어져 가는 사직을 바로 세우려 끝까지 竭力盡忠하다 끝내 수용되지 않으면 그때서야 하늘을 우러러 탄식하며 천 근 같은 발걸음을 鄕苑으로 돌렸다. 뿐만 아니라 도탄에 빠진 민생을 구제하기 위해 목숨을 걸고 올린 상소가 한 두 번이 아니었다. 그러나 君臣間의 도타운 벼리가 오히려 화근이 되어 三司의 탄핵을 입기까지 하였으니 궐문을 나서면서도 한 마디 원망은 커녕 時輩들로 인해 聖聽이 흐려지는 것을 근심했고 못내는 圍籬의 孤臣이 되어 목 메이는 戀君으로 마음을 달래며 붓을 가다듬었다.

栗谷은 이처럼 철저한 奉儒守官의 유교적 삶을 살았으나 修學期에는 養性을 빌미로 禪門에 들어가 禪學에 沈潛하였고 出仕하여서도 이따금 禪庵을 나들었다, 당시 정신문화와 사회제도의 기반이 모두 유교에서 비롯되었던 만큼 儒者가 道·佛은 물론 유교와 배치되는 행동이나 학문을 연구한다는 것은 어려운 사단이었다. 그럼에도 斯文學統의 宗師로까지 우러름을 받던 栗谷이 出仕 후에도 禪庵을 나들며 山僧과 交遊하였다는 것은 불교에 대한 깊은 이해가 있었기에 가능한 것이었다. 이는 現傳하는 500여수의 시 가운데 스님과 交遊한 내용의 시가 50여수에 달하고 있음을 보아도 알 수 있다. 그러나 아무리 心性修養과 閑適을 달래기 위한 餘默이었다 하더라도 出仕 후 排佛로 一貫한 그가 버릇처럼 山寺를 찾은 것은 儒者一流의 理想社會를 이루어 보려고 기회 있을 때마다 외쳤으나 번번히 무위로 돌아가자 좌절감에 따른 보상심리가 작용했기 때문으로 볼 수 있다. 즉 栗谷은 현실에 대한 실의가 크면 클수록 상대적으로 無爲自然을 동경했다고 보아야 할 것이다.

이것이 栗谷이 표면에 내세우는 명분관과는 달리 이따금 山寺를 나든 원인이었다고 볼 수 있겠다. 이는 그의 排佛의 要諦가 불교의 敎理的 비판이 아닌 현실적 폐해에 있었음을 볼 때 栗谷은 불교를 관념적으로만 생각한 것이 아니었다. 이처럼 栗谷은 조선조 어느 儒者보다도 불교를 깊이 이해했고, 관심이 컸으며, 애착 또한 강했다. 그러나 儒·佛을 넘나들었다고 해서 儒教의 宗旨가 바뀐 것은 아니었다. 비록 心儒踐佛의 행적이었다고 하나 慈理에 몰입하여 眞如의 彼岸을 거니는 고요를 터득하려고 한 점 또한 부인할 수 없다.

이는 그의 宇宙觀과 人生觀 형성에 있어서 새로운 시야가 정립되었음은 물론이다. 특히 儒學的 지식에 바탕한 불교적 소양은 그의 학문적 세계의 폭과 깊이를 그만큼 증진시키는데 기여했다고 볼 수 있다.

강릉관노가면극의 전승집단과 연희적 특징 고찰

정 형 호*

Ⅰ. 머리말

강릉관노가면극은 한국 가면극 중에서 계통을 달리하는 독특한 굿탈놀이 형태이다. 곧 서낭제와 산신제가 결합된 고을 단위의 단오제의에서 연희되는 無言의 탈놀이이다.

그동안 전체적 전개방식이나 구조적 의미, 각 마당별 특징, 축제로서의 기능 등에 대한 연구가 이루어졌다.

임동권은 탈놀이를 강릉단오제의 전체적 전개 속에서 조망하고, 연희에 참여한 제보자를 발굴해서 복원하는데 큰 공헌을 하였다.[1]

장정룡은 현장의 실제적 전승상황, 역사적 전승과정, 인물간의 갈등을 통한 문학적 측면, 탈굿의 성격·素劇的 양상·구성적 특징을 통한 연극적 측면으로 접근해서 종합적인 연구를 시도하였다.[2] 그의 연구는 비교문학적인 접근[3]에까지 시도되고 있다.

---

* 문학박사·중앙대 강사

1) 임동권, 「강릉단오제 관노가면극」, 『한국의 민속예술』 1집, 한국문화예술진흥원, 1978.
임동권, 「강릉단오제」, 『한국민속학논고』, 집문당, 1984.

2) 장정룡, 『강릉관노가면극연구』, 집문당, 1989.

한편 김선풍은 임동권이 조사한 현장의 녹음을 지면에 공개해서 연구의 활성화를 기했고,[4] 탈의 신격적 특성[5]을 제시하였다. 박진태는 굿의 구조 속에서 접근하였고,[6] 정윤수는 신화적 문맥 속에서 신격의 성격을 제시[7]하였다. 한편 김선풍을 비롯한 여러 학자들이 참여하여 작성한 현장의 실측보고서[8]는 자료로서의 가치가 있다. 그 외에 정병호에 의해 춤의 성격이 논의[9]되었다.

이 탈놀이는 비록 계통이 뚜렷하지 않지만, 타 지역의 가면극·굿 탈놀이와 비교연구를 통해 그 성격을 파악한 필요가 있다. 또한 무언극 전승과 관노 주도에 대한 이유 및 연희적 의미에 대하여 명확히 밝혀지지 않고 있다.

본고는 이런 문제를 규명하기 위해서 기본적인 사항부터 단계적으로 검토해 보려고 한다. 따라서 이를 위한 가장 기본적인 의문에서부터 논의를 진행하려고 한다. 곧 전승집단의 성격과 역사적 참여과정, 무언극이 갖는 의미, 제의구조, 타지역 가면극과의 공통점과 차이점 등을 전체적인 단오제의 성격과 관련지어 따져보고, 미의식까지 추출해 보려고 한다. 그리고 현재 전승상의 문제점과 탈놀이로서의 위상 등도 검토해 보겠다.

---

3) 장정룡, 『강릉단오 민속여행』, 두산, 1998.
4) 김선풍, 「강릉관노가면극의 현장론적 반성」, 『강원민속학』 1집, 강원도민속학회·강릉무형문화연구소, 1983.
5) 김선풍, 「강릉관노가면극의 신격구조」, 『강원민속학』 3집, 강원도민속학회·강릉무형문화연구소, 1985, 49~52쪽.
6) 박진태, 『탈놀이의 기원과 구조』, 새문사, 1990, 233~243쪽.
7) 정윤수, 「강릉단오제 근원설화와 관노가면극의 상관성고」, 『강원민속학』 7·8합집, 강원도민속학회·강릉무형문화연구소, 1990. 11, 63~78쪽.
8) 김선풍 외, 『강릉단오제 실측조사보고서』, 문화재관리국, 1994. 12.
9) 정병호, 「강릉관노가면극의 춤사위」, 『강원민속학』 3집, 강원도민속학회·강릉무형문화연구소, 1985, 20~27쪽.

Ⅱ. 전승집단에 따른 연희적 특징

1. 官奴가 주도한 시기 및 연유

가면극을 어느 집단이 주도했는가는 성격을 규명하는데 매우 중요하다. 일반적으로 가면극의 전승집단은 연희층, 향유층, 主宰층으로 구분해서 논의할 수 있다. 연희층은 직접 연희에 참여하는 집단이며, 향유층은 관객으로 즐기는 집단이고, 주재층은 탈판을 주선하는 데 주도적인 역할을 하는 영향력 있는 집단이다.

강릉단오제의 주요 전승집단을 보면, 주재층이 호장 · 도사령 · 府使色 · 首奴 · 城隍直 등이고, 연희층은 무격 · 잽이 · 畵角 · 창우배 · 官隷 등이며, 향유층은 일반 백성들이다.[10]

강릉지방 탈놀이의 경우, 주재층은 향리 · 首奴, 연희층은 관노, 향유층은 일반 백성들이다. 따라서 주요 주재층과 연희층은 관노라고

---

10) 강릉단오제의 전승주도 집단이 1603년에 발행된 허균의 ≪성소부부고≫에는 '명주사람들'(州人)로 나오고, 다만 首吏가 소상히 알고 있었다고 한다. 한편 1933년의 ≪증수임영지≫의 기록에는 戶長과 무당, 畵角, 官隷, 倡優輩, 백성 등이다. 이 기록에 의하면 호장은 대관령 산신에게 고하고, 하산할 때 말을 타고 일행을 뒤따른다. 무당은 신목을 구하고, 하산할 때 무악을 치고 내려오며, 5월 5일에 花蓋를 따르며 풍악을 울리며 시내를 돈다. 화각은 대관령에 하산할 때의 선도자이며, 관예는 신목이 관사에 이르면 횃불을 밝히고 성황사에 안치시키는 역할을 한다. 그리고 창우배는 5월 5일에 화개와 무당 뒤를 따르며 잡희를 한다. 한편 백성들은 신목이 하산할 때나 무당의 풍악, 창우배의 놀이 등이 행해질 때 구경꾼으로 참여한다. 따라서 강릉단오제의 전승집단은 관과 관련있는 호장, 관노인 관예, 사제집단인 무당과 화각, 전문예인집단인 창우배, 단오제를 참관하는 일반 백성으로 되어 있다. 그런 점에서 관과 민이 다 참여하는 대규모 지역적 행사였다.

볼 수 있다.

여기서 논의해야 할 사항은 관노들이 언제 어떤 식으로 탈놀이에 참여했고, 그 이유가 무엇이며, 이들이 탈놀이에 어떤 영향을 주었는가에 있다.

1966년 무형문화재 13호로 지정될 당시에 이 탈놀이는 강릉관노가면극으로 지정되었다. 관노라는 주요 전승집단이 탈놀이의 명칭에 나타난 것은 이례적인 일로, 그 만큼 관노라는 특수한 집단의 역할이 중요시된다.

관노가 전승 주도집단으로 제시되는 근거는 참여한 사람의 신분, 탈의 보관 장소, 역사적 문헌에 의한다.

1909년경에 마지막으로 놀이에 참여한 김동하는 관노의 신분임을 밝히고 있다. 그리고 같이 참여했으며, 후에 증언을 한 차형원은 김동하의 친구라는 점에서 천민 신분일 것으로 추정된다.[11] 한편 녹음 당시의 촌로 및 제보자들은 이 탈놀이를 '관노놀이'라고 불렀다.[12] 따라서 관노가 전승에 주도적으로 참여했음을 알 수 있다.

그리고 탈의 보관 장소가 관노청이라는 점이다. 탈은 경우에 따라 불에 태우기도 하나, 보관해서 다음 해에 사용하기도 한다. 다른 곳이 아닌 관노청에 보관했다는 것은, 전승과정에 관노가 깊이 관여했음을 입증하는 것이다.

한편 秋葉隆은 1928년의 현지조사에서, 대성황당 앞뜰에서 행한 탈놀이에 7명의 관노가 연희자로 참여했다고[13] 구체적으로 제시하고 있다. 그가 조사한 시기는 연희가 단절된 때이지만, 강릉 현지에

---

11) 김선풍, 「강릉관노가면극의 현장론적 반성」, 앞의 책, 27쪽.

12) 임동권 교수는 1999년 9월 4일 필자에게 1966년 당시의 제보자를 대상으로 한 현장 조사에 대해 이런 상황을 설명하였다.

13) 秋葉隆, 「江陵端午祭」, 『朝鮮民俗誌』, 東京六三書院, 1954.(장정룡, 『강릉관노가면극연구』, 집문당, 1989, 202쪽 재인용.)

1주일간 머물면서 현지 제보자를 중심으로 조사하여 정확한 연희 상황을 기록하고 있다. 따라서 대략 1880~1910년 사이의 연희를 대상으로 조사한 것으로 볼 수 있다.

그러나 강릉의 탈놀이에서 일찍부터 관노가 전승을 주도했다고 보기에 몇 가지 의문점이 남는다.

우선 연희가 마지막으로 이루어진 1909년 경에는 이미 노비제도가 폐지되어 김동하옹은 관노의 신분이 아니었다. 내시노비는 이미 1801년(순조 원년)에 혁파되었으며, 모든 노비제도는 1894년(고종 31년)의 갑오개혁으로 폐지되었다. 한편 노비의 신분세습제는 이미 1886년(고종 23년)에 폐지되었다.[14] 김동하가 1884년생이므로, 유아 때 이미 신분 세습이 폐지되었으며, 11살 때에 노비신분제는 혁파되었다. 따라서 김동하는 당시의 제도상 관노 집안일 수는 있어도 관노의 신분은 아니다. 이럴 경우 김옹의 부친을 포함한 다른 관노들이 갑오경장 이전에 실제로 탈놀이에 참여했는가를 규명해야 한다.

한편 문헌의 기록을 보아도 1930년 이전에는 관노가 연희에 참여했다는 기록이 나타나지 않는다. 허균이 명주의 풍속을 보고 기록한 ≪惺所覆瓿藁≫에 의하면, 1600년 초기에 명주사람들은 5월 吉日에 대관령 산신인 김유신장군을 관아에 모시고, 5월 5일에 온갖 잡희를 베풀어 신을 즐겁게 했으며, 주민들이 모여 노래하고 서로 경하했다.[15] 여기의 雜戲는 百戲와 같은 말로, 다양한 연희를 총칭해서 쓰는 말이다. 산대잡희, 가무잡희 등의 말이 문헌에 자주 나오는데, 이것은 다양한 광대놀이를 말한다. 잡희에 탈놀이가 포함되지만, 실제

14) 전형택, 「노비의 저항과 해방」, 역사문제연구소 편 『우리 역사의 7가지 풍경』, 역사비평사, 1999, 124~125쪽.

15) 許筠, 『惺所覆瓿藁』, 卷 14, 文部 11, 大嶺山神贊竝序. "每年五月吉日, 具幡蓋香花, 迎于大嶺, 奉置于府司, 至五日, 陳雜戲以娛之, 神喜則終日蓋不俄仆… 州人父老悉驩呼謳歌, 相慶以抃舞"

로 허균 시대에 탈춤이 추어졌다는 반증이 되지 못한다.

문제는 1600년 초기에 강릉지방에서 탈놀이가 행해졌는가에 있다. 그러나 당시의 관련 기록은 없고, 다만 19C에 쓴 인근 고성지방의 기록만이 전한다. 1849년(헌종 15년)에 홍석모가 지은 『동국세시기』에는 강릉 북쪽 高城지방의 郡 사당에서 비단으로 만든 신의 가면을 사당 안에 비치해 두고, 연말부터 정월 보름까지 신이 오른 사람이 탈을 쓰고 관아와 마을을 돌아다니며 춤을 추는 행사가 있었다.[16] 신탈을 쓰고 행하는 일종의 축귀의식의 신탈놀이라 할 수 있다. 따라서 19C 중반에는 인근 고성에 탈놀이가 있었다고 볼 수 있다. 그러나 강릉 역시 제보자의 증언을 토대로 본다면 19C 중반에는 이미 탈놀이가 있었다.

훨씬 후대인 1933년 기록된 『증수 臨瀛誌』에는 관노가 탈놀이를 했다는 기록은 없고, 전문 예인 집단으로 볼 수 있는 창우배들이 잡희를 했다는 기록만 있다. 곧 5월 5일에 倡優輩들이 무당 일행을 뒤따르며 雜戱를 했다.[17] 창우는 전문적인 예인 집단으로 춤과 노래, 풍물, 온갖 놀이 등에 능숙한 놀이 집단이다. 여기서도 탈놀이가 이루어졌다는 사실을 확인하기 어렵다.

원래 『임영지』는 전·후·속의 3가지가 있다. 前誌는 광해군 연간, 後誌는 영조 무진년(영조 24년, 1748년)에 편찬되었고, 續誌는 정조 병오년(정조 12년, 1788년)에 수정 편찬되었다. 이것을 합쳐 『임영지』 舊誌라 한다. 한편 현존 『증수 임영지』는 1933년에 앞의 구지를 토대로 간행되었다.[18] 이것은 옛 『임영지』를 바탕으로 해서 기록

---

16) 洪錫謨『東國歲時記』, 12월 月內. "高城俗 以錦緞作神假面 藏置堂中 自臘月 念後其神下降於邑人 着其假面 蹈舞出遊於衙內及邑村 家迎而樂之 至正月望前 神還于堂"

17) 瀧澤誠, 『臨瀛誌』, 風俗條, 강릉고적보존회, 1933. "至五月五日 巫覡等聚各色錦緞 鱗次連幅 五彩燦爛 掛長竿如傘垂 名以爲蓋 令力健者 奉之以前行 巫覡等作樂隨之 倡優輩進雜戱 盡日出城南門 到巢鶴川而罷"

된 것이다. 현재는 정조때 출간된 『임영지 속지』와 일제때 瀧澤誠이 펴낸 『증수 임영지』가 전한다.

『증수 임영지』에 창우배의 잡희가 이루어졌다는 기록은 이전의 문헌을 참조로 한 것이다. 따라서 정조때인 18C 말이나 그 이전의 상황을 기록한 것으로 볼 수 있다. 따라서 정조때인 18C 말의 연희 상황이 19C 말과 차이가 있다고 보아야 한다.

결국 강릉 탈놀이는 18C 말까지 잡희의 형태로 전승되었으며, 창우배가 연희를 주도하였다. 그러나 19C 말에는 확실히 관노가 주요 연희층으로 등장한다. 따라서 관노가 연희를 주도한 것은 19C에 들어와서 이루어졌음을 알 수 있다.

강릉과 더불어 관노가 중요한 역할을 한 양주별산대놀이의 경우, 19C 중엽에 이르러 양주의 천한 관속, 곧 관노들이 중심이 되어 서울 본산대를 재현하였다.[19] 따라서 강릉의 경우도 19C 중반에 이르러 관노들이 탈놀이에 적극적으로 참여한 것으로 볼 수 있다. 곧 이전의 창우배들이 잡희 형태로 전승하던 신탈놀이를 관노들이 독자적인 형태로 계승하여 전승 확대시킨 것이다. 여기에는 조선 후기의 신분제의 변화에 따른 당시의 시대상이 작용되었으며, 또한 외부와 교류가 적었던 강릉의 특수한 지역적 환경도 원인이 되었다.

---

18) 『완역 증수임영지』 해제, 강릉문화원, 1997.

19) 양주별산대놀이는 서울 지역의 본산대를 받아들여 19C 중엽에 현지에서 재현하였다. 초기의 주요 연희자 및 전승 主宰者는 관아의 雜役에 종사하던 하층민들로서 都中이라는 조합의 구성원이었다. 11인 이상의 배역을 3계급으로 나누었으며, 都中의 대표자는 완보의 역을 맡았다. 그리고 아전들의 지원이 있었을 뿐, 놀이는 賤役夫들이 중심이 되어 놀았다. 대부분 소작농 출신으로 농한기를 이용해 순회공연도 실시하였다. (서연호, 『산대탈놀이』, 열화당, 1987, 36~38쪽). 따라서 초기의 주요 主宰者 및 연희자는 신명있는 천한 신분의 官屬들이다. 그리고 향유자는 官屬 및 농민, 상인들이다. 한편 근래의 주재자 및 연희자는 주로 농업에 종사하는 사람과 일부 巫夫로 이루어진다.

한편 창우배들의 성격을 보면 관과 무관하지 않다. 이들은 고려나 조선의 기록에 의하면 가무와 놀이에 능한 전문 예인집단으로 조선시대에는 장악원 소속이었다.[20]

창우패들은 평상시에는 각지의 마을을 돌면서 연희를 보여주며 생계를 이어가지만, 관청의 주요 행사, 외국의 사신 접대, 국가적 경사, 연말의 나례행사 등에 차출되어 산대잡희 및 가무잡희를 보여주었다. 따라서 이들은 半官半民의 성격을 지닌다. 그런 점에서 강릉의 창우배들은 수시로 관에 차출되어 지역 행사에 참여하는 전문 예인이며, 이들은 천한 집단이란 점에서 관노와 유사한 신분이다.

결국 강릉의 탈놀이는 19C에 와서, 연희 형태가 탈놀이를 포함한 잡희에서 독립된 탈놀이로 바뀌면서 주요 전승집단도 창우배에서 관노로 변모되었음을 알 수 있다.

문제는 왜 관의 노비인 관노가 주도했느냐는 것이다. 관노는 개인에 소속된 사노비에 비해 관에 일정한 영향력을 지니고 있다. 관노는 행정기관 소속의 공노비의 일종으로, 지방의 공노비는 관아에 차출되어 일정기간 奴役을 제공하는 選上奴婢와 매년 綿布와 楮貨 등의 현물에 의한 納貢을 제공하는 納貢奴婢로 구분된다. 납공노비 뿐만 아니라 선상노비의 경우도 온전한 가족생활을 영위하였으며, 납공노비의 공물은 국가재정에 큰 도움이 되었다.[21]

---

20) 倡優에 대한 고려사의 기록을 보면, 우왕 때에는 倡優로 하여금 百戱를 呈하게(고려사 권 137, 列傳 卷第 50 辛禑 5) 하였으며, 충렬왕 때에는 장군 簡弘이 倡優戱(광대놀이)를 했다는(고려사 권 30, 세가 권제 30 충렬왕 2) 기록이 나온다. 한편 조선시대에도 창우가 掌樂院 소속이고(중종실록, 권 36 14년 8월 11일 임신), 雜戱를 행했으며(숙종실록 권 23, 17년 8월 11일 계사), 특히 歌舞에 능하고(태종실록 권 25, 13년 1월 16일 병신), 온갖 놀음놀이를 하여 歌吹가 시끄럽다는(영조실록, 권 38, 10년 6월 2일 병오)기록이 나온다.

21) 문수홍, 「노비」, 『한국민족문화대백과사전』 5권, 한국정신문화연구원, 1991, 679~684쪽.

강릉의 탈놀이에 참여한 관노가 선상노비인가, 아니면 납공노비인가는 명확하지 않다. 납공노비라면 성격상 일반 상민과 크게 다를 바가 없으며, 선상노비인 경우는 관에 소속되어 있는 노비로 관과의 관계가 더욱 밀접하다.

그러나 탈이 관노청에 보관[22]되어 있었다는 점에서 강릉 탈놀이의 연희자는 선상노비일 가능성이 크다. 따라서 관에 소속된 노비들이 주도적으로 참여했다고 볼 수 있다.

그러면 강릉에서 관노들이 판의 주재자로서, 또는 연희자로서 주도적으로 참여한 이유가 어디에 있는가?

첫째, 관에서 단오제와 탈놀이를 주도하면서 관속간에 상호 역할 분담이 이루어졌다고 볼 수 있다. 단오제는 호장을 비롯한 향리층이 제관으로 참여하면서 의식을 주도하고, 관노들이 탈놀이의 연희자로 참여하였다. 4월 15일에 이루어지는 대관령 국사서낭신과 산신을 위한 奉迎祭는 현재 유교식 의례로 진행되는 매우 격식있는 행사이다. 그러나 일반적인 마을의 서낭제와 산신제를 보면, 헌주의 과정에 유교 의식이 가미될 뿐, 대부분 소박한 마을제의로 진행된다. 홀기를 부르면서 관과 양반층이 주도하는 장시간의 격식화된 의식이 아니다. 따라서 강릉단오제는 민간 주도의 의식이 후대에 오면서 관과 양반층의 입김이 강화되면서 의식도 유교식으로 전환되었다고 본다. 그런 점에서 향리가 제의를 주도하고, 관노는 놀이를 주도하는 역할 분담이 이루어졌다고 볼 수 있다.

둘째, 관노들이 집단의 영향력을 행사하기 위해 탈놀이를 주도했을 가능성이 있다. 특히 관노의 우두머리인 首奴가 제의에서 삼헌관으로 참여[23]하고 있다. 단오제는 규모가 큰 지역 세시축제로서, 관

22) 관노들이 참여해서 마지막 연희가 이루어진 1900년 초기까지 탈을 관노청에 보관했다.(김선풍, 「강릉관노가면극의 현장론적 반성」, 앞의 책, 15쪽.)

23) 秋葉隆, 앞의 글. (장정룡, 앞의 책, 210쪽.)

노들이 신탈놀이를 보여줌으로써 행사의 일부를 담당한다는 자긍심과 더불어, 집단의 힘을 과시하는 계기가 될 수 있다.

그들은 관과 민의 중간자적 입장이라 할 수 있다. 선상노비라 할지라도 가족생활을 영위하면서 일정기간 관에 노역을 제공한다. 그런 점에서 관노는 신분상 천민이지만, 관에 소속되어 있다는 측면에서 사노보다는 영향력이 크다. 따라서 지역민의 현실적 대변자나 言路의 구실을 할 수 있었다. 그래서 민중의 관심이 큰 단오제 행사에 관과 민의 매개자라는 일정한 역할을 수행하게 된 것이라고 볼 수 있다.

2. 無言劇의 의미

연행예술에서 無言은 성격의 효과적인 표현, 갈등의 고조, 풍자의 극대화라는 점에서 강점을 지니고 있다.

첫째, 무언은 효과적인 인물의 성격 표현을 위해 사용된다. 따라서 숭고한 존재이거나, 외형적 자태만을 부각시키는 인물에 적당하다. 일반적으로 다른 지방의 가면극에서는 무언의 경우, 노장과 같이 숭고한 존재로서 파격적 행위를 보이는 인물이거나, 소무처럼 외형적 자태만을 강조하는 인물의 형상화에 사용된다. 가면극에서 노장은 불제자로서 종교적 위엄을 지닌 인물이다. 무언을 통해 이를 최대한 부각시켜 오히려 풍자적 효과를 높인다. 한편 젊은 여성인 소무의 경우, 무언의 인물로서 외형적인 아름다움만을 부각시키기 위해 말이 필요없는 인물로 등장한다.

둘째, 무언은 유언의 인물과 대조를 통해 갈등을 고조시키는 역할을 한다. 가면극에서 무언과 유언은 중:취발이, 소무:취발이 사이에 주로 나타난다. 중은 금욕적인 생활을 강요받는 불제자로서 무언이라는 무기로 취발이와 극단적으로 대립한다. 한편 소무는 취발이와 중 사이에서 갈등을 하며 선택의 여지가 별로 없는 입장에서 무언을 통해 자신의 의사를 표현한다. 결국 소무는 취발이의 젊음과 힘에 굴복한다.

셋째, 무언은 유언으로 표현할 수 없는 현실적 한계를 반영하기도 한다. 강자의 유언에 비해, 약자가 무언으로 등장하기도 한다. 무언은 재담을 통한 갈등노출보다는 직접적이지 못하다. 그러나 약자의 무언은 강자의 힘의 논리에 대항하는 큰 힘이 될 수 있다. 따라서 무언이 무력함을 나타내는 수단으로 사용되지는 않는다.

넷째, 무언은 세속성이 배제되고 신성성이 남아 있는 연희에 나타나기도 한다. 따라서 신을 모시고 행해지는 신탈놀이의 경우, 재담을 통한 현실적 비판이 배제되고, 신을 위한 무언의 행위만이 잔존하게 된다.

강릉관노가면극의 경우, 모두 무언[24]이기 때문에 두번째로 제기된 유언과의 대조를 통한 극적 갈등을 높이는 역할을 수행하지는 못한다. 한편 세번째로 제기된 현실적 한계의 경우, 강릉단오제가 신탈놀이의 성격이 강하고 현실비판성이 약하기 때문에, 전승집단인 관노들이 표현의 제약으로 인해 무언으로 연희했을 가능성은 희박하다.

따라서 첫번째의 효과적인 인물 부각과 네 번째의 신성성의 잔존에 초점을 맞추어 생각할 수가 있다.

그러면 양반광대, 시시딱딱이, 장자마리, 소매각시 등의 인물은 무언으로 표현하는 것이 효과적인가? 양반은 오히려 유언이 적당하며,

24) 예전에는 완전 무언이 아니었다고 한다. 차형원옹의 증언에 의하면 양반광대, 곧 왕왕광대가 호령하는 말 정도는 있었다고 한다.(김선풍, 앞의 글, 13쪽.) 곧 양반이 상대를 호통치는 말이 있었으나, 후대에 와서 양반의 행위를 완전 무언으로 고착시킨 것으로 보인다.

시시딱딱이는 훼방꾼으로서 역신적 성격이 드러난다는 점에서 역시 유언이 타당하다. 그런 점에서 인물의 성격을 부각시키기 위해서는 유언과 무언을 혼용하는 것이 효과적이다.

따라서 강릉의 경우, 신을 위한 굿탈놀이의 성격에서 무언의 이유를 찾아야 한다. 오히려 신성성을 높이기 위해 무언을 사용했다고 보아야 한다. 같은 무언인 예천청단놀음의 경우, 지역 수호신인 검단부인에 대한 마을 제의에서 출발했으며, 검단부인이 원혼의 형태이기 때문에 신성성을 유지하고 있다.[25] 따라서 강릉에 비해 규모는 작지만, 굿탈놀이의 성격을 지니고 있다.

한편 전승집단의 성격이 연희에 일정한 영향을 미치기도 한다. 주요 연희층이 관노라는 점은 이 탈놀이가 사회성을 띠지 못하고 무언의 의식무적 성격에 머무르게 하는 요인이 되기도 하였다.

Ⅲ. 연희적 맥락 속에서의 인물의 성격

강릉관노가면극의 연극적 의미를 분석하기 위해서는 설정된 인물의 성격을 규명해야 한다. 이것은 인물의 자체 성격과 다른 인물간의 관계를 통해서 규명할 수 있다.

다른 지역에 비해 인물의 수가 적고, 갈등 및 결합의 관계도 단순하다. 장자마리는 독립적인 존재이며, 양반광대・소매각시・시시딱딱이는 결합과 갈등 관계를 형성한다.

---

25) 정형호, 「굿놀이가 가면극의 형성에 끼친 영향 고찰」, 『경원어문론집』 2집, 경원대학교 국어국문학과, 1998. 12, 154쪽.

1. 양반광대·소매각시의 지역 守護神的 성격과 변모양상

가면극에는 양반 관련 마당이 광범위하게 나타난다.[26] 그런데 가면극에 나타나는 양반은 일반적으로 부정적인 대상이다. 양반이 허세를 부리고, 무능하며 무지한 행동까지 나타낸다. 양반이 비하되는 방식은 하인형에 의해 희롱을 당하거나, 자체로 비정상적인 외모를 지니고, 비속한 언행을 통해 스스로 비하하는 경우이다.

강릉의 양반 관련 내용을 보면, 양반과 소매각시의 결합 관계에 시시딱딱이가 훼방꾼으로 등장하여 갈등이 빚어진다. 이로 인해 소매각시가 자결하나, 다시 소생하고 서로 화해한다. 따라서 다른 지역의 가면극에 비해 갈등보다는 화해의 구조가 두드러진다.

특히 양반이 부정적 대상이기보다는 극의 중심에 서 있다. 소매각시는 시시딱딱이에게 희롱을 당해 양반으로부터 구박을 당하지만, 결국 자살로 결백을 입증하고, 다시 소생해서 양반과 재결합한다. 따라서 양반과 소매각시가 결합→갈등→분리→화해→재결합의 과정을 거친다.

전체적으로 양반주도형이며, 양반을 직접 희롱하는 하인형이 등장하지 않는다. 양반의 첩을 탈취하려는 시시딱딱이를 하인형으로 보기는 어렵다. 따라서 강릉의 양반은 가면극의 일반적인 양반형에서 벗어나 있다. 양반은 풍자의 대상도 아니며, 자기 비하를 나타내지도 않는다. 오히려 남녀결합에 의해 풍요를 가져다주는 긍정적인 존재로 인식할 수도 있다.

---

26) 가면극에는 양반 관련 내용이 빠지지 않는다. 유형별로 양반주도형, 상호대립형, 하인주도형으로 구분(정형호, 「한국가면극의 유형과 전승원리 연구」, 중앙대 박사학위논문, 1995. 2, 73~86쪽.)할 수 있다. 다만 강릉관노가면극을 비롯해 예천청단놀음에는 양반과 대립하는 하인형이 등장하지 않으며, 다만 양반이 젊은 여자에 대한 성적 욕구를 나타낸다.

김선풍은 양반을 박수로, 소매각시를 무녀로 보고 있다.[27] 다른 인물과의 관계, 특히 시시딱딱이의 역신적 성격에서 추출했다는 점에서 타당성 있는 논의이다. 그러나 탈놀이의 전개에 있어 양반이나 소매각시가 표면상 무속의 사제자로서 나타나지 않는다. 양반이 시시딱딱이를 쫓는 행위를 일상적 逐鬼의 행위로 보지만 사제의 의식적인 逐鬼로 보기는 어렵다. 소매는 양반에 대한 결백의 주장이라는 더욱 수동적인 행위에 머물고 상대에 대한 적극적인 거부는 하지 않는다. 따라서 무속의 사제가 어떻게 양반과 소매각시로 형상화된 것인가에 대한 변모 과정이 규명되어야 한다.

장정룡은 양반광대를 처용 및 수로부인 관련 설화와 관련지어, 처용 및 순정공과 비유하고 있다. 따라서 양반광대를 대관령 국사서낭신(범일국사)으로 소매각시를 대관령 국사여서낭신(정씨가녀)으로 보았다.[28] 기존 가면극의 양반과 다른 또다른 시각에서 접근한 점에서 새로운 해석이다. 그런데 처용이나 순정공의 성격은 매우 다양한 해석이 가능하다는 점에서 이런 점에 대한 논의가 앞서야 한다. 특히 처용이나 순정공이 사제자인 박수무당이라는 해석이 설득력을 얻고 있다는 점에서, 양반의 박수적 성격도 다각도로 규명해야 할 것이다.

박진태 역시 양반광대(왕광대라 지칭)와 소매각시를 국사성황과 여성황으로 보았다. "왕광대가 소매각시를 시시딱딱이한테 빼앗긴 후 다시 되찾는 갈등 구조는 처용설화에서 처용이 역신에게 아내를 빼앗겼다 다시 되찾는 갈등 구조와 일치한다"고 그는 "홍역이 돌지 않게 除砂하는 주체는 왕광대라 풀이할 수 있다. … 단오굿에서 대관령의 국사성황을 맞이해다가 강릉의 여성황과 양주합심굿을 거행하는 사실을 대응시킬 때, 왕광대와 소매각시는 국사성황과 여성황

---

27) 김선풍, 「강릉관노가면극의 신격구조」, 앞의 책, 52쪽.
28) 장정룡, 『강릉관노가면극연구』, 집문당, 1989, 101~104쪽.

에 해당된다."[29]고 하면서 내림굿→ 화해굿→ 싸움굿→ 화해굿→ 環後굿의 구조에 일치시키고 있다.

제의적 문맥 속에서 구조적 특징을 추출해서 기존의 신격 주장에 대한 구체적인 견해를 제시한 점에서 높이 평가된다. 여기서 문제가 되는 것은 양반광대를 왕광대로 보는 근거와 신격으로서 소매각시의 나약한 형상화이다. 그리고 양반광대와 소매각시의 결합을 신성결합으로 보는 근거가 제시되어야 한다는 점이다. 곧 情操를 오해하는 설정이 신성결합의 세속화로 보기에는 지나치게 변모되어 나타나고 있다.

정윤수도 양반광대와 소매각시를 국사성황과 여성황으로 본다는 점에서 장정룡, 박진태의 견해와 동일하다. 다만 그 근거를 양반광대는 고깔 위의 꿩털의 의미를 중심으로, 소매각시는 관련 설화를 중심으로 이끌어 냈다.[30]

이미 박진태가 양반광대를 왕광대라 지칭했듯이, 탈놀이에 직접 참가한 과거의 제보자인 김동하, 차형원은 양반을 왕광대 · 왕왕광대라고 지칭[31]하고 있다. 따라서 양반이란 명칭은 후대에 와서 변모된 것이고, 이전에는 왕(왕왕)광대라는 명칭이 일반화되었음을 알 수 있다.

---

29) 박진태, 앞의 책, 238쪽.

30) 정윤수, 앞의 글, 70~72쪽.

31) 제보자들은 양반의 명칭을 다양하게 사용한다.(김선풍, 「강릉관노가면극의 현장론적 반성, 앞의 책, 8~27쪽.) 김동하는 양광대라는 용어를 4회 사용했으며, 차형원은 왕왕대 3회, 왕왕광대 3회, 왕광대 1회에 걸쳐 사용했다. 함종태만 양반광대라는 용어를 사용했을 뿐이다. 양광대가 양반광대의 약자로 볼 수도 있으나 양반광대를 양광대라고 부를 가능성은 희박하다. 따라서 양광대는 왕광대의 誤記이며, 왕왕대는 왕광대나 왕왕광대와 동일한 명칭으로 볼 수 있다. 한편 함종태옹은 적극적 제보자가 아니며, 탈놀이에 참여하지 않았다는 점에서 신빙성이 떨어진다. 따라서 왕광대 또는 왕왕광대란 명칭이 타당성을 지닌다. 박진태도 양반광대 대신 왕왕광대란 명칭을 수용(박진태, 앞의 책, 240쪽.)하고 있다.

배역의 명칭에 광대를 사용한 것은 연희자와 극중 역할이 동일함을 의미한다. 따라서 광대 중의 우두머리인 왕광대가 으뜸이 되는 위대한 존재인 신의 탈을 쓰고 춤을 추었다는 해석이 가능하다. 이럴 경우 왕광대는 신의 탈을 쓴 광대를 의미한다. 『증수 임영지』에 창우배의 잡희가 이루어졌다는 점을 감안하면, 이전에는 창우배와 같은 전문예인들이 강릉단오제에 와서 대관령 국사성황신의 탈을 쓰고 신을 위한 娛神의 춤을 추었다고 볼 수 있다.

양반의 박수설은 선뜻 수용하기 어렵지만, 왕(왕왕)광대의 무당설은 가능하다. 곧 으뜸무당도 왕무당이라 하며, 신 또는 신과 가까운 존재라는 점에서 왕이란 명칭을 부여할 수도 있다. 그런 성격의 배역에 왕광대란 명칭은 타당성을 지닌다.

다만 왕광대와 소매각시를 신의 사제인 박수와 무당으로 보느냐, 아니면 풍요신격으로서 둘의 결합을 신성결합으로 보느냐는 문제가 대두된다.

소매각시는 젊은 여자라는 의미를 지닌다. 유득공(18C 말의 실학자)의 『경도잡지』에 보면, 野戲에 나오는 小梅는 옛날 미녀의 명칭이라[32] 하였다. 성현의 『용재총화』에는 나례 때에 탈을 쓰고, 초록치마와 빨간 저고리에, 긴 장대를 들고 춤을 추는 인물을 小梅[33]라 하였다.

한편 중국에서 小妹는 門神이며 나례때의 驅役神인 종규(鐘馗)의 누이동생이다. 전통 연극인 昆劇 · 京劇 · 川劇 속에는 종규가 누이동생을 시집보내는 鍾馗嫁妹 또는 送妹란 연극이 나온다. 이 누이동생이 소매이며, 이것은 이미 남송 때에 있었던 설화이다.[34] 따라서 김

32) 柳得恭, 『京都雜誌』 卷 1, 聲伎條, "野戲扮唐女小梅…小梅亦古之美女名"
33) 성현, 『용재총화』 제 1권. "驅儺之事 觀象監主之, 除夕前夜…小梅數人着女衫假面上衣下裳皆紅錄執長竿幢"
34) 김학주, 「나례와 잡희」, 『아세아연구』 6-2, 고려대 아세아문제연구소, 1963.

학주는 우리나라의 『경도잡지』에 나오는 小梅라는 명칭을 중국 小妹의 誤記로 보고 있다.[35]

중국의 종규가 역신을 쫓는 문신이며 주로 나례 때에 등장하는 점을 감안하면, 소매각시 역시 축귀의 주체로 볼 수 있다. 그러나 강릉의 소매각시는 시시딱딱이의 유혹에 의해 오해를 받아서 결백을 입증하기 위해 자결을 기도하는 인물이다. 따라서 현재는 외형상 축귀의 주체로 보기 어렵고, 외부의 부정적 존재로 인해 시련을 받는 청순형의 인물이다.

역사적으로 강릉의 탈놀이에 왕광대나 소매라는 명칭이 유입된 시기는 명확하지 않다. 그런데 16C에 이미 잡희의 성격으로 전승되었다는 점으로 미루어 보아, 창우배와 같은 전문예인들이 신탈놀이 형태의 소박한 의식무가 있었다고 볼 수 있다.

비록 외형적 모습은 변모되었다고 하더라도, 양반광대와 소매각시는 대관령국사성황신과 여성황신이라는 풍요신격의 신성결합에서 출발했다고 보아야 한다. 그 형상화된 인물은 축귀의 주체가 되기 때문에 기능상으로 보면, 신의 사제인 박수무당과 무녀의 역할을 지니게 된다. 이것이 현재는 표면적으로 양반·첩·훼방자 간의 사랑의 갈등과 화해라는 3각 관계로 변모되었다. 곧 신격의 형상이 광대의 신탈로, 다시 인태화되어 인간 사이의 갈등과 화해의 관계로 변이되었다고 볼 수 있다.

2. 장자마리의 海神的 성격

장자마리는 검은 포를 뒤집어 쓰고 배부른 형상으로 둘이 등장한

김학주, 「종규의 변화 발전과 처용」, 『한·중 두 나라의 가무와 잡희』, 서울대학교 출판부, 1994, 116~118쪽.

35) 김학주, 앞의 글, 144쪽.

다. 몸에는 海草의 일종인 말초를 매달고 머리에 桂花라는 꽃을 꽂고 음란한 춤을 춘다. 구체적인 형상이 드러나지 않는 상징적 존재이다. 장자마리에 대한 견해는 다양하다.

김택규는 장자마리를 穀穗의 人態化로, 강릉단오제의 신격도 대관령 국사성황신이 잠시 머물다 가는 점에서 來往神신앙으로[36] 보았다. 곧 장자마리는 곡신의 성격을 지닌 존재로, 이 춤은 풍요 기원의 의식무에서 출발했다고 보는 견해이다.

김선풍은 장자마리가 곡식을 상징하는 穀穗나 해초를 달고 등장한다는 점에서 성황당의 土地之神과 東海之神을 상징[37]하는 것으로 제시하여 앞의 견해를 구체화했다. 그리고 두 남성의 성적 행위로 인식하였다.

박진태는 장자마리를 어원적으로 접근해서 장자는 富者의 의미이고, 마리는 말 또는 마루로 宗·首·大의 뜻을 지닌다고[38] 제시하였다. 따라서 박진태의 해석에 의하면 큰 부자란 뜻을 지닌다. 한편 그는 이 인물의 춤을 벽사의식무로 규정하였다.

장정룡은 강릉의 부락신화로 내려오는 滄海力士가 신체화된 내방가장신격으로 보고 있다. 그리고 중국의 사기에 나오는 진나라의 장자방(장량)이 장자마리로 변모되었다고 추정하였다.[39] 따라서 그 기능을 벽사진경, 장내 정리, 풍농어 기원이라는 복합적인 기능으로 보았다.[40]

전경욱은 사상좌춤 및 오방신장무의 벽사와 동일한 것으로 간주하고, 풍농과 풍어를 기원하는 상징으로 보았다.[41] 정윤수는 장자마

---

36) 金宅圭, 「韓國人의 農耕信仰과 演戱」, 『韓國民俗文藝論』, 일조각, 1980초판, 1982 중판본, 100쪽.
37) 김선풍, 「강릉관노가면극의 신격 구조」, 앞의 책, 52쪽.
38) 박진태, 앞의 책, 243쪽.
39) 장정룡, 앞의 책, 108쪽.
40) 장정룡, 앞의 책, 154~156쪽.

리 관련 내용을 부정굿의 부정가심에 대비시키면서 원초적 무질서의 질서화로 보았다. 따라서 기능을 축귀, 풍요 다산의 기원, 신성성 확보로 보았다.[42]

기존의 견해를 정리하면 토지와 바다의 신격, 곡수의 인태화, 풍요 기원의 벽사의식무의 3가지로 구분할 수 있다.

장자마리를 신격으로 볼 수 있는가? 신격이라면 구체적 인물신인가, 아니면 자연신인가? 현재 제시된 인물신은 창해역사와 장자방이며, 자연신으로는 곡신·토지지신·동해지신이란 설이 있다. 어원적 의미에서 큰 인물, 위대한 존재라는 의미도 제시되었는데, 의미상으로 보아 앞의 신격과 일맥 상통한다.

신격은 숭상의 대상으로서 자체로 신성성을 지녀야 한다. 탈놀이의 처음에 등장해서 다른 인물과 별도로 독립적으로 행동하며, 머리에 桂花를 썼다는 점에서 풍요신격으로 볼 여지가 있다.

머리에 꽂는 계수나무는 우리나라에 흔하지 않는 관념화된 대상이다. 이것이 인물의 성격을 규정지을 수 있는 단서를 제공한다. 계수나무는 신비스럽고 고귀하며 위대한 존재라는 상징성, 제액과 벽사라는 의미를 지닌다. 특히 제액과 벽사는 계수나무의 껍질, 곧 계피가 붉은 색이란 점에 연유한다. 특히 도교에서는 계수나무가 있는 곳은 이상향을 상징하기도 한다.[43]

어원적으로 장자는 長者에서 온 말로, 덕망이 있는 자, 큰 부자의 뜻이다. 특히 마리는 'ᄆᆞᄅᆞ[mari]'에서 유래한 것으로 [maro], [maru]와 상통한다. 신라의 왕인 '麻立干'이나 백제계 일본 지도층의 人名語尾인 麻呂와 연결된다. 이것은 의미상 宗, 上, 首, 頭의 뜻이며, 尊

41) 전경욱, 「관노가면극」, 『강릉단오제 실측조사보고서』, 문화재관리국, 1994, 362~363쪽.
42) 정윤수, 앞의 글, 74쪽.
43) 「계수나무」, 『한국문화상징사전 2』, 동아출판사, 1995.

貴者, 神人의 의미까지 지닌다.[44)]

결국 장자마리가 머리에 계수나무를 꽂은 것은 고귀한 존재를 의미한다. 그리고 그의 춤은 공간을 정화시키는 벽사적 의미를 지닌다. 강릉에서는 구체적인 인격신이기보다는 추상적인 자연신격으로 보는 것이 타당하다. 만약 인격식으로 본다면, 둘이 등장한다는 설정에도 무리가 따른다.

한편 해초를 몸에 지니고 있다는 점에서 海神의 성격을 부여할 수 있다. 그런데 동해의 신은 龍神이라고 할 수 있다. 왜 용신으로 구체화하지 않고 장자마리라는 추상적 명칭을 사용했는가에 의문이 생긴다.

처음에 나와서 판을 정리하고 정화하는 축귀적 존재라면 크고 위대한 존재를 등장시킬 필요가 있다. 그러나 용이라는 해신을 탈놀이에 등장시키기는 어렵다. 실제로 용이 탈판에 등장하는 경우는 없다. 따라서 풍어를 가져오는 해신을 추상화시켜 장자마리로 등장시켰다고 볼 수 있다.

그러면 탈판의 장자마리는 신격으로 등장하는가, 아니면 신격의 人態化인가? 장자마리는 숭고한 존재로서 미약한 점이 있다. 장내정리를 하고, 배부른 상태에서 서로 노골적인 성적 행위를 한다. 따라서 신격이 후대에 인태화된 상태로 변모된 것으로 볼 수 있다.

한편 장자마리를 벽사의식무로 본다면, 오방신장무나 4상좌무의 축귀적 성격과 동일하다. 오방신장무는 경상도 지역의 탈놀이나 처용무, 나례 등에서 연희되는 축귀의식무이다. 여기의 오방신장은 5방위를 담당하는 신격으로 청·백·적·흑·황의 5가지 색깔의 복

44) 宋哲來, 『韓日古代歌謠の比較研究』, 學文社, 1983, 137~139쪽.
尹永水, 「日本의 古代歌聖, 柿本人麻呂는 百濟系인가?」, 제 2회 東아시아 고대학회 학술연구발표요지, 대우재단빌딩 3층 세미나실, 1999. 12. 4, 5~7쪽.

장을 하고 동·서·남·북·중앙에 서서 춤을 추는 도교적인 방위신격이다. 장자마리춤은 처음에 등장해서 마당닦이라는 축귀의식의 춤을 춘다는 점에서 오방신장무와 유사하나, 방위신격으로 등장하지 않는다. 한편 4상좌무 역시 불교적인 의식무로 4방위와 관련이 있다. 판을 정화시키는 축귀의식무라는 점은 동일하다.

장자마리는 방위신격과 달리 단지 둘이 등장하고, 암수 한 쌍이며, 성교와 임신이란 외형적 특징을 지닌다. 기능으로 본다면 사자무와 유사하다.

결국 생산과 관련된 외형과 행위, 辟邪를 통한 豊饒祈願의 기능을 통해 보건대, 장자마리는 해신이 추상화되었다가 점차 人態化의 과정 속에서 세속화된 풍요·축귀의 주체로 변모되었다고 볼 수 있다.

3. 시시딱딱이의 疫神的 성격과 脫化

시시딱딱이는 험상궂은 형상에 칼, 또는 방망이[45]를 들고 양반광대와 소매각시의 관계에 갈등을 일으키는 추상적인 존재이다.

시시딱딱이의 본질 규명은 쉽지 않다. 학자에 따라 다른 관점을 보이는데 金異斯夫 관련 木偶獅子 인태화설, 방상씨설, 역신의 의인화설이 제시되고 있다.

첫째, 김이사부 관련 木偶獅子의 人態化에 대한 가능성은 없는가? 삼국사기에 의하면, 신라는 지증왕 13년(512)에 "伊湌 이사부를 何瑟羅州(강릉)로 삼아 우산국을 정벌했는데, 사나우면서 어리석은 것을 이용해 수많은 목우사자를 보여주고 상대를 겁을 주어 굴복"[46]시켰다. 한편 『성호사설』에는 狻猊라는 것이 이사부의 목우사자를 두려

45) 장정룡, 앞의 책, 145쪽.
전경욱, 「관노가면극」, 앞의 책, 366쪽.
46) 『三國史記』 新羅本紀 제 4, 智證麻立干 13년.

위한 것에 연유한다고[47] 하였다.

이 견해는 이사부가 강릉을 근거로 목우사자를 이용해 우산국을 정벌했으며, 이것을 狻猊, 곧 사자춤의 한 유형으로 본 것이다. 따라서 강릉 탈놀이는 여기에서 연유하며, 목우사자가 후대에 시시딱딱이로 전승되었다는 견해이다.[48] 지리적 동일함과 신라시대부터 전승되는 축귀적 사자춤에 근거를 둔 것이다. 그런데 이사부의 목우사자는 우산국 주민이 본 적이 없는 사자 형상을 이용해 적을 겁 주기 위한 방편으로 사용되었다. 따라서 전시 위협용의 기능으로 사용되어, 일반적인 사자춤의 기능과 차이가 있다.

현존 가면극에서 사자는 주로 축귀의 역할을 하며, 봉산탈춤에서만 팔먹을 공격한다. 곧 사자는 잡귀를 몰아내거나, 사악한 존재를 驅逐하는 기능을 한다. 시시딱딱이를 사자형으로 보면, 양반은 사악한 존재가 된다. 시시딱딱이가 벽사의 주체이면 의식무의 성격을 지녀야 하며, 벽사의 대상이면 거세되어야 한다. 시시딱딱이는 양반광대와 소매각시의 결합을 방해하는 부정적 존재로서 오히려 驅逐의 대상이다. 그런 점에서 잡귀를 쫓는 사자형이기 보다는 쫓아야 할 잡귀의 성격에 가깝다. 오히려 시시딱딱이보다는 처음에 등장하는 장자마리가 사자형에 더 가깝다.

둘째, 방상씨 관련설이 있다.[49] 역시 방상씨도 축귀의 주체라고 볼 수 있으며, 축귀의 대상은 아니다. 그렇기 때문에, 유사성에 근거해 제보자들이 방상씨와 연결시키는 것은 단순히 축귀라는 기능적 측면에 초점을 맞춘 것에 불과하다.

---

47) 李瀷, 『星湖僿說』 권 4, "狻猊者恐自異斯夫木獅子始"
48) 장정룡, 「강릉관노가면극의 기원과 상징」, 『강원민속학』 3집, 강원민속학회 · 강릉무형문화재연구소, 1985, 57쪽.
49) 장정룡, 『강릉관노가면극연구』, 집문당, 1989, 56쪽.
전경욱, 「강릉관노가면극」, 앞의 책, 366쪽.

셋째, 疫神으로 보는 관점이 있다. 김선풍은 차형원의 증언[50]을 토대로 해서 시시딱딱이를 손님굿의 主神인 癘疫之神이 의인화된 역신이며, 양반광대는 박수, 소매각시는 무녀라고 제시[51]하였다. 이것은 마을제의라는 측면에서 인물의 성격을 파악한 것이다. 관노가면극이 단오굿에 연희된 제의적 성격의 무언가면극이란 점에서 그 타당성이 있다.

시시딱딱이는 인물간의 관계나 역할을 통해 보건대, 기존 가면극의 영노형, 말뚝이형, 포도부장형의 어느 유형과도 관련성이 적다. 양반을 희롱하는 말뚝이나 양반의 애첩을 탈취하는 포도부장役이 근사하지만 그럴 경우 인물간의 관계를 고려할 때 행위에 있어 타당성을 갖지 않는다.

일반적으로 가면이 神聖가면에서 출발하며, 탈의 어원이 액운이나 병에서 유래한다는 점을 고려하면, 시시딱딱이를 疫神의 모습으로 볼 수 있다. 그러나 종교적 의미가 약화되고 극적 요소가 첨가되어 부정적 대상이 인간을 공격하는 형태로 나타나게 된다. 따라서 양반을 공격하고 소무를 차지하려는 인물 설정이 가능하게 된다.

관노가면극은 다른 지역과 비교해서 사회적 성격에 의한 극적 변모가 크게 드러나지 않는다. 곧 큰 신을 모시는 단오굿과 밀접한 관련을 지니기 때문에 人態化의 과정이 느려, 현실적이고 구체적인 인물로 형상화되지 못하였다.

양반과 젊은 여자의 결합 양상은 다른 가면극[52]에도 나타나지만, 일반적으로 양반이 부정적 인물로 등장한다. 시시딱딱이는 양반을

50) 차형원은 시시딱딱이에 대해 5월에 성한 홍역을 예방하기 위해서 험상궂은 모습으로 만들어서 춤을 추었다고 말하고 있다.(김선풍, 「강릉관노가면극의 현장론적 반성」, 앞의 책, 18쪽.)

51) 김선풍, 「강릉관노가면극의 신격구조」, 앞의 책, 51쪽.

52) 양반과 소무(새맥시 · 부네 · 쪽박광대)의 결합은 楊州別山臺놀이, 松坡山臺놀이, 殷栗탈춤, 河回別神굿탈놀이, 禮泉靑丹놀음에 나타난다.

풍자하는 말뚝이라는 하인형이 아니며, 표면상 양반을 괴롭히는 거친 無賴漢 정도로 형상화되어 있다. 疫神의 성격이 크게 탈색되지 않았다는 점에서 가면극 변모 과정의 한 형태를 보여준다.

Ⅲ. 관노가면극의 미의식

강릉의 탈놀이는 단오제의 과정에서 연희되는 놀이로서 미의식은 제의적, 세시놀이적, 내용적 특징에서 살펴보아야 한다. 곧 연희 내적인 측면과 연희 외적인 측면에서 접근이 가능하다. 따라서 미의식은 신놀이로서의 숭고미, 화해 지향의 조화미, 결합을 통한 신명의 발산을 드러내고 있다.

첫째, 강릉의 탈놀이에는 신놀이로서의 숭고미가 나타난다. 신탈놀이의 성격에서 출발했다는 점에서 세속화의 과정이 두드러지게 나타나지 않는다. 장자마리는 海神이 추상화되어 의식무적 성격을 지니게 된다. 또한 양반광대 · 소매각시 · 시시딱딱이는 각각 국사성황신 · 여성황신 · 역신의 성격을 내재하고 있다.

신의 형상을 지닌 탈을 쓰고 신의 세계에 접근하려는 신탈놀이의 성격에서 크게 벗어나지 않는다. 따라서 다른 지역의 가면극처럼 갈등이 다양하게 나타나고, 세속화되며, 심화되지 않는다. 부분적으로 나타나는 갈등의 양상은 신격의 위대함을 부각시키기 위해 제시된 장치에 불과하다. 곧 강릉의 단오제는 신화에서 출발한 굿의식이 바탕을 이루기 때문에, 탈놀이도 신놀이적 성격을 지니며 숭고미를 나타난다.

숭고미는 이상적인 것이 현실적인 것보다 우세한 상황에서 이상적인 것을 추구하는 데에서 나타난다. 따라서 탁월하고 위대하며 강력한 힘을 나타낸다. 신화의 세계에서처럼 일시적 고난은 결국 극복된다.

양반광대와 소매각시의 갈등은 신성결합에서 출발하며, 이것은 신화의 결합 양상과 동일하다. 양반은 왕광대로서 으뜸의 존재이며, 일반적인 풍자의 대상으로 등장하는 양반과 다르다. 그리고 소매각시는 양반광대와 일시적 갈등을 극복하고 완전하고 영원한 결합을 이룬다. 특히 장자마리는 풍요신격으로서 초반의 의식을 주도한다. 이런 신탈놀이의 형태에서 숭고미가 두드러진다.

둘째, 화해 지향의 조화미가 나타난다. 극에서 갈등은 필수적이고, 갈등의 양상과 풀이과정이 극적 전개를 이루고 있다. 연희에 나타난 갈등의 노출과 이의 지향점은 연희 내적인 측면에서 등장인물간의 관계를 통한 갈등과 이의 극복 양상에 초점을 맞춘 것이고, 연희 외적인 측면은 연희 현장에서 연희자와 향유자간의 갈등 극복 양상에 초점이 맞추어져 있다.

등장인물간의 갈등은 양반광대 · 소매각시 · 시시딱딱이 사이에 나타난다. 양반광대나 소매각시는 처음에 분리된 상태에 있다가 양반광대의 접근에 의해 둘 사이에 갈등이 발생한다. 갈등은 잠시 후에 사라지고 둘 사이에 결합이 이루어진다. 영감과 할미의 관계로 나타나지 않고, 연로하고 근엄한 양반과 미모의 소매 관계로 등장하는 것은 신탈놀이의 성격이 잔존하기 때문이다. 둘 시이에 갈등을 유발하는 제3의 인물도 시시딱딱이라는 추상적 인물형이다.

표면적으로 설정된 양반은 지배층으로서 사회적 지위와 권위, 경제적 여유를 지닌 인물이다. 여기에 소매라는 젊은 첩을 소유해서 가문을 번성시킬 수 있는 신체적 힘을 지니고 있다. 따라서 다른 가면극처럼 부정적 인물로 등장하지 않는다.

또한 양반은 자신의 욕구를 성취하는 진취적 인물이다. 곧 소매각시에게 적극적으로 접근해서 상대를 설득하고 결국 결합을 이룬다. 그러나 양반은 시시딱딱이라는 외부적 힘의 도전을 받는다는 점에서 절대적 힘을 지닌 존재는 아니다.

한편 외부적 힘은 일정한 한계를 지닌다. 시시딱딱이가 역신의 추상화라는 부정적 대상이며, 양반과 소매의 관계를 일시적으로 갈라놓지만 영원히 단절시키지는 못한다. 따라서 두 인물은 갈등에 의한 분리가 아닌 화해로운 삶으로 귀착된다. 다만 일시적인 갈등이 제기되는 것은 신화가 약화된 시점에서 놀이화 과정 중에 세속성이 가미되었기 때문이다.

연희 외적인 측면에서 본다면, 연희자인 관노는 관의 소속이면서 민과 유사한 생활을 한다. 따라서 그들은 현실 속에서 일정 부분 관과 민, 상층과 기층민중을 연결시켜주는 매개의 역할을 한다. 따라서 역사성을 지닌 단오제를 지역의 풍요와 안녕을 빌고, 갈등을 극복하는 조화로운 축제의 장으로 승화시키는 역할을 수행한다.

셋째, 결합을 통한 신명 발산의 미의식을 지닌다. 연희 외적인 측면에서 보면 강릉의 탈놀이는 단오라는 移秧의 시기에 성장의례적인 의식[53]의 하나로 놀아진다. 이런 점은 중부지방의 산대놀이·해서탈춤, 경상도의 자인팔광대 등과 동일한 세시적 의미를 지닌다. 그리고 내용적 측면에서도 소매각시의 소생과 양반광대와의 화해를 통해, 죽음의 극복에 의한 영원한 결합을 이루면서 암수결합의 주술적 놀이화가 이루어진다. 이런 점에서 다른 가면극에 나타나는 부정적 현실에 대한 풍자, 일탈된 인물의 전도된 현실의 표현 등이 드러나지 않는다.

다만 인간적인 삶을 방해하는 요인을 제거하고 신과의 조화로운 삶을 추구하는 쪽으로 나아간다. 따라서 부분적인 갈등이 나타나나,

---

53) 金宅圭, 앞의 책, 277쪽.

인간화된 신과 신 사이의 갈등이 화해로 전환되면서 조화로운 삶을 지향한다. 따라서 결말에 소생과 화해에 의한 신명 발산의 장이 된다는 점에서 인간 삶의 근본적인 지향의 세계를 보여준다. 결국 풍요 기원의 시기에 화해에 의한 조화로운 삶을 통해 한바탕 삶의 응어리를 풀어제끼는 신명의 미를 보여준다.

Ⅳ. 전승상의 문제점

현재 강릉의 탈놀이에서 문제가 되는 것은 명칭, 춤사위, 극적·놀이적 성격 등으로 나누어 생각해 볼 수 있다.

첫째, '강릉관노가면극'이라는 명칭에 대한 문제점을 살펴보자. 가면극의 명칭은 지역에서 원래 쓰는 용어를 사용하는 것이 좋다. 그러나 민속 현상에 대한 지역적 다양성을 고려할 때, 필요에 따라 어떤 원칙에 의해 조어를 할 수도 있다.

우리나라 가면극의 명칭은 크게 지역명과 놀이의 성격을 결합시켜 이루어진다. 황해도 지방의 경우, 지역명과 '탈춤'이란 명칭을 결합해서 사용한다. 따라서 봉산·강령·은율탈춤 등으로 단순화되어 있다. 한편 서울지방의 경우, 지역명과 산대놀이의 결합이 일반적이다. 따라서 애오개·구파발·녹번·송파산대놀이라는 명칭이 부여된다. 서울의 산대놀이를 받아들여 형성된 양주의 경우, 양주별산대놀이라는 명칭을 사용한다.

한편 경상도의 경우, 지역명과 '오광대', 지역명과 '들놀음'(野遊)의 결합이 일반화되어 있다. 따라서 통영·고성·가산·진주오광대, 수영·동래들놀음의 명칭이 부여된다.

그 외에 하회의 경우는 지역명과 별신(굿) 및 탈놀이란 명칭이 결합되어 하회별신(굿)탈놀이, 또는 하회탈놀이란 명칭을 사용한다. 북청의 경우는 지역명과 '사자놀음', 예천의 경우는 지역명과 '청단놀음', 자인의 경우는 지역명과 '팔광대' 등의 명칭을 사용한다.

따라서 지역명과 탈춤 · 산대놀이 · 오광대 · 들놀음 · 사자놀음 · 청단놀음 · 팔광대 등이 결합되어 명칭이 부여된다.

강릉의 경우, 제보자들이 '관노놀이'라고 지칭하는 것은 관노들이 주로 놀았던 놀이라는 의미를 나타내는 것이다. 따라서 전승집단을 명칭에 부각시킬 필요가 있느냐는 의문이 제기된다. 또한 가면극이란 용어도 학문적인 용어이다. 이런 점에서 탈을 쓰고 노는 놀이라는 의미를 살려 '강릉탈놀이'라는 명칭이 타당할 것이다. 또한 단오굿과 관련이 있기 때문에 '강릉굿탈놀이'라는 명칭을 사용할 수도 있다. 한편 단오제에 연희되는 탈놀이라는 뜻에서 '강릉단오탈놀이'라는 명칭도 생각해 볼 수 있으나, 역시 구체적인 연희의 시기를 부각시키는 것은 명칭에서 일반화되어 있지 않다.

둘째, 춤사위가 이 지역 고유의 것을 재현했는가를 면밀히 검토해 볼 필요가 있다. 강릉지방의 춤은 다른 동해안 지역과 춤사위의 명칭이 다르고, 그 춤사위도 주로 쾌자자락을 가지고 추는 것이다. 춤이 격렬해지면 깨금질춤사위로 跳舞하고, 또 손을 감았다 풀었다 하며 동작을 빠른 속도로 반복하는 주술성을 가지고 있다.[54]

강릉의 탈놀이는 1960년대에 복원하면서 춤사위는 충분한 고증없이 김천흥에 의해 중부지방 탈춤의 춤사위를 삽입[55]하였다. 특히 산대놀이나 해서탈춤에서 유입한 여다지 · 멍석놀이 · 곱사위 · 팔뚝잡이 등의 춤사위는 강릉 고유의 춤사위라고 할 수 없다. 따라서 이런 춤사위를 지역 고유의 춤사위로 대체해야 할 것이다.

---

54) 정병호, 「강릉관노가면극의 춤사위」, 앞의 책, 36쪽.
55) 정병호, 앞의 글, 20쪽.

정병호는 강원도 지역의 춤의 특징을 막춤의 경우 대부분 같은 방향의 손발이 같이 움직이는 手足相應의 춤, 무표정하고 거칠며 매듭없는 연속춤, 생활 기구를 이용한 코믹하고 순수한 춤으로 보았다. 또한 춤사위가 기본자세부터 앞으로 숙이는 폐쇄성을 가지며, 제자리춤이 거의 없고 앞으로만 전진하는 원초적 2박자의 춤과 산악적 기질의 단순한 춤으로 보았다.[56]

결국 강릉의 탈놀이는 제보자들에 의해 구체적인 춤사위가 제시되지 않았기 때문에 지역의 무속춤, 풍물춤, 허튼춤을 바탕으로 재정립해야 할 것이다.

셋째, 강릉의 탈놀이는 다른 지방의 가면극에 비해 극적 구성의 단순성에 의한 흥미의 부족, 무언에 의한 극적 제약, 놀이적 성격의 미약 등이 문제로 제시된다.

우선 극적 구성의 결핍은 이곳의 탈놀이가 제의성을 바탕으로 한 신탈놀이적 성격에 의해 나타나는 현상이기 때문에 크게 바꿀 수는 없다. 다만 전체적 전개 과정에서 극적인 부분을 강화해서 동작을 재구성할 수 있다.

열린 놀이적 성격을 강화하기 위해, 마지막 부분에서 소매각시 재생·화해 이후에 관중의 적극적 참여를 이끄는 환희의 춤판이 이루어질 필요가 있다. 곧 단순히 보는 데에 그치지 말고 적극적인 참여를 유도하기 위해 열린 춤판으로 이끌어야 할 것이다.

또한 구성적 결핍을 보완하기 위해 인물의 성격과 갈등을 부각시킬 필요가 있다. 유사한 하회별신탈놀이의 이매탈은 순진무구한 바보탈로서, 그 인물은 현실 풍자와 해학을 통해 판을 웃음으로 이끄는 활력소적 인물이다. 강릉에는 이와 유사한 인물이 나타나지 않는다. 따라서 시시딱딱이의 부정적 이미지를 사회악의 존재로서 극적

56) 정병호, 앞의 글, 41~42쪽.

으로 부각시켜 세밀한 마임으로 표현할 필요가 있다. 또한 장자마리는 다른 가면극의 오방신장춤이나 상좌춤 마당처럼 축귀적 의식무로 격상시키고, 경우에 따라 시시딱딱이와 대립적 존재로 부각시킬 필요가 있다.

무언극이라는 점이 극적 전개에 제한을 주지만, 세밀하게 계산된 동작은 오히려 극적 흥미를 유발시킬 수 있다. 무언의 경우, 고도로 훈련되지 않은 동작은 의미가 정확히 전달되지 않는다. 따라서 평시의 몸짓을 양극화시켜 갈등과 화해의 구조를 극적으로 표현할 필요가 있다. 한편 무언은 재담이 있는 경우보다 즉흥성이 강하기 때문에 부분적인 몸짓을 삽입할 여지가 크다. 한편 말보다 동작은 상징성과 다의성을 지니고, 진실성을 나타낸다. 이런 점에서 무언은 단점이 아니라, 오히려 극적 흥미를 끌어낼 수 있는 강점이 될 수도 있다.

Ⅴ. 맺음말

강릉관노가면극에서 관노가 주요 주재층·연희층으로 등장한 시기는 대략 19C 중반으로 볼 수 있다. 이전에는 창우배들의 잡희 형태로 전승되면서, 소박한 형태의 탈놀이가 이루어졌다고 볼 수 있다. 후대에 관노가 주도하게 된 이유는, 향리층이 제의를, 관노가 탈놀이를 주도하는 관속간의 역할 분담이 이루어졌기 때문이다. 그것은 관노들이 관과 민의 중간자적 입장에서 자신들의 영향력을 강화하려는 의도가 있었다고 볼 수 있다.

한편 무언극은 강릉단오제의 행사가 신에 대한 굿탈놀이적 성격이 강해서 세속화의 과정이 느리고, 관노라는 신분적 한계로 갈등을 부각시키지 못하는 현실적 한계에 연유한다. 따라서 유언과 무언 사이에 나타나는 갈등 부각, 효과적 성격 표현은 크게 드러나지 않는다.

연희적 맥락 속에 등장인물의 성격을 보면, 양반광대와 소매각시는 대관령국사성황신과 여성황신에서 출발한다. 이것이 후대에 人態化되어 양반과 첩의 형상에 가깝게 변모되어 나타난다. 그러나 양반광대를 왕(왕왕)광대라고 지칭한 점으로 보아, 으뜸이 되는 광대가 위대한 존재의 탈을 쓰고 추는 춤의 형상으로 볼 수 있다. 그리고 소매각시는 여성황신에서 유래하며, 마을을 지키는 수호신으로 축귀의 주체가 된다. 따라서 두 신격의 신성결합이 인태화되어 인간 사이의 갈등과 화해로 변이되었다.

장자마리는 해신이 추상화되어 벽사적 기능을 수행하며, 시시딱딱이는 역신이 양반광대와 소매각시의 관계를 훼방하는 부정적 존재로 변모되어 나타난다.

한편 전체적인 미의식을 보면, 신놀이적 굿탈놀이의 성격이 크게 남아서 숭고미가 나타나며, 갈등보다는 화해 지향의 조화를 지향한다. 따라서 대립보다는 결합을 통한 신명 발산의 장으로 이끈다. 이것은 다른 지역의 가면극과 계통을 달리 하는 독립된 단오제의의 굿탈놀이에서 연유하기 때문이다.

현재 이 가면극은 복원 과정에서 놀이의 명칭, 이질적 춤사위의 삽입, 신놀이로서의 단조로운 구조, 무언극에 의한 극적 흥미 감소 등의 문제가 제기된다. 장기적 과제로 하나씩 극복해야 할 것이다.

참고문헌

자료

『고려사』 권 30과 권 137.
瀧澤誠, 『臨瀛誌』 풍속조, 강릉고적보존회, 1933.
성현, 『용재총화』 권 1.
『완역 증수임영지』, 강릉문화원, 1997.
유득공, 『경도잡지』 권 1.
이익, 『성호사설』 권 4.
일연, 『삼국사기』 신라본기 제 4.
『조선왕조실록』, 「태종실록」 권 25, 「중종실록」 권 36, 「숙종실록」 권 23, 「영조실록」 권 38.
『한국문화상징사전 2』, 동아출판사, 1995.
허균, 『성소부부고』 권 14.
홍석모, 『동국세시기』

저서 및 논문

김선풍, 「강릉관노가면극의 현장론적 반성」, 『강원민속학』 1집, 강원도민속학회 · 강릉무형문화연구소, 1983.
김선풍, 「강릉관노가면극의 신격구조」, 『강원민속학』 3집, 강원도민속학회 · 강릉무형문화연구소, 1985.
김선풍 외, 『강릉단오제 실측조사보고서』, 문화재관리국, 1994.
김택규, 「한국인의 농경신앙과 연희」, 『한국민속문예론』, 일조각, 1980.
김학주, 「나례와 잡희」, 『아세아연구』 6-2, 고려대 아세아문제연구소, 1963.
김학주, 「종규의 변화 발전과 처용」, 『한 · 중 두 나라의 가무와 잡희』, 서울대학교출판부, 1994.
문수홍, 「노비」, 『한국민족문화대백과사전』 5권, 한국정신문화연구원, 1991.
박진태, 『탈놀이의 기원과 구조』, 새문사, 1990.
서연호, 『산대탈놀이』, 열화당, 1987.

송석래, 『韓日古代 歌謠の 比較硏究』, 학문사, 1983.
윤영수, 「일본의 고대歌聖, 柿本人麻呂는 백제계인가?」 제 3회 東아시아고대학회 학술연구발표요지, 1999. 12. 4.
임동권, 「강릉단오제 관노가면극」, 『한국의 민속예술』 1집, 한국문화예술진흥원, 1978.
임동권, 「강릉단오제」, 『한국민속학논고』, 집문당, 1984.
전형택, 「노비의 저항과 해방」, 역사문제연구소 편 『우리 역사의 7가지 풍경』, 역사비평사, 1999.
장정룡, 「강릉관노가면극의 기원과 상징」, 『강원민속학』 3집, 강원도민속학회 · 강릉무형문화연구소, 1985.
장정룡, 『강릉관노가면극연구』, 집문당, 1989.
장정룡, 『강릉단오 민속여행』, 두산, 1998.
전경욱, 「관노가면극」, 『강릉단오제 실측조사보고서』, 문화재관리국, 1994.
정병호, 「강릉관노가면극의 춤사위」, 『강원민속학』 3집, 강원도민속학회 · 강릉무형문화연구소, 1985.
정형호, 『한국가면극의 유형과 전승원리』, 중앙대 박사학위논문, 1995.
정형호, 「굿놀이가 가면극의 형성에 끼친 영향 고찰」, 『경원어문학』 2집, 경원대학교 국어국문학과, 1998.

강릉 경포대의 문화사적 고찰

홍 순 욱

Ⅰ. 머리말

우리나라는 경관이 뛰어난 곳이 많아 승경으로 알려진 곳에는 감상의 편의 도모를 위하여 주위 경관과 조화를 이루는 누정을 창건하는 경우가 많았다. 이들 누정에는 누정의 건립목적이나 주위 경관을 기록한 각종 기문과 시문, 현판 등이 걸려 있어 그 곳을 명소로 만드는 역할도 하였다.

이러한 누정 중 경포대는 경포 호반 서북쪽 언덕 위에 위치하여 관동팔경 가운데 으뜸으로 꼽을 만큼 풍광이 뛰어났다. 경포대 아래로는 호수와 바다가 어우러져 경포대가 창건되기 이전부터 많은 시인, 묵객들이 이곳을 찾아와 풍광을 즐겼으며 오늘날에도 많은 관람객이 찾는 강릉의 대표적 명승지로 자리잡고 있다.

그러나 경포대에 관한 연구는 경포대 건축물에 대한 공학적 측면 외에는 별다른 성과를 보여준 것이 없을 뿐 아니라, 경포대에 관한 내용이 서로 다르게 기술되어 경포대에 관한 종합적인 검토가 필요한 것으로 보인다.

---

* 강릉시립박물관 학예연구사

따라서 본고에서는 경포대의 창건과 중수에 관한 기록은 경포대중수상량문과 관련기록을 토대로 정리하고, 경포대를 소재로 한 문학과 그림을 통하여 시문과 화폭에 나타나는 시대와 개인에 따라 나타나는 특징을 살펴보고자 한다. 아울러 경포대 누정 현판에 대하여 간단히 살펴본 후, 경포팔경의 근원과 특징을 살펴보고자 한다.

Ⅱ. 경포대의 창건과 중수

1. 경포대의 창건과 중수

경포대의 창건은 안축의 <경포대 중수상량문>에 다음과 같이 기록되어 전한다.

> 내가 관동에 아직 놀아보기 전에 관동의 경치 좋은 곳을 의논하는 자가 모두 국도 총석을 말하고 경포대는 그다지 아름답다고 일컫지 않았다. 태정 병인년(1326)에 지금의 지추부학사 박숙이 관동지방의 장절로 갔다가 돌아와서 내게 말하기를 "임영의 경포대는 신라시대 영랑 선인이 놀던 곳인데 내가 이 대에 올라 산수의 아름다운 것을 보고 마음이 참으로 즐거워서 지금까지 생각이 간절하며 아직 잊혀지지 않는다. 이 대는 예전부터 정자가 없어서 비바람이 치는 날에는 놀러왔던 사람들이 곤욕스럽게 여기므로 고을 사람들에게 명하여 그 위에 작은 정자를 지었으니 자네는 나를 위하여 기문을 지으라"고 하였다. ……중략……
> 박공이 고을 사람에게 명하여 이 대를 짓게 하니 고을 사람이 모두 말하기를 "영랑이 이 대에서 놀았어도 정자가 있었다는 말은 듣지 못하였는데 지금 천 년이 지난 뒤에 정자는 지어 무엇하겠는가"라고 푸념하며 마침내 음양가를 내세워 꺼리는 말까지 고하였다. 박공이 듣지 않고 재촉하여 명하니 일을 맡아 하는 자가 흙을 파내다가 옛 정자 터를 발견

했는데 초석과 섬돌이 아직 남아 있었다. 고을 사람들이 이상하게 여기어 감히 말을 하지 못하였다. 정자의 자취가 세월이 오래 되어 매몰되어 버렸는데 고을 사람이 알지 못하다가 지금 우연히 나타났으니, 이것이 어찌 영랑이 지금에 다시 태어난 것이 아닌지 알랴! 내가 전에 박공의 말을 들어서 그 단서를 얻고, 지금 이 대에 올라 그 자세한 것을 상고하여 바로 정자 위에 쓰노라. (『증수임영지』[1] 시문조)

위 기록으로 보아 경포대는 박숙이 1326년 관동지방 장절로 근무할 당시 창건하였음을 알 수 있다. 또 창건 당시 기초 작업 중 옛 정자 터가 발견된 점으로 보아 시기를 확인할 수 없지만 경포대 창건 이전에 정자형태의 건축물이 존재하였음을 추측할 수 있다.

박숙에 의해 창건된 경포대는 『세종실록』지리지 강릉대도호부조에 "경포가 부 동북쪽 10리에 있으며, 옆에 봉우리가 있고, 봉우리 위에 정자가 있다."라고 기록되어 있어 『세종실록』지리지 편찬을 위한 자료 수집이 진행된 1424년 - 1432년 사이에도 현존하고 있었음을 알 수 있다.

이후 『중종실록』에

강릉(江陵)의 대산(臺山) 등에 산불이 일어나 번져서 민가 2백 44호를 태웠고, 경포대(鏡浦臺)의 관사(官舍)도 죄다 태웠는데 주방(廚房)만이 타지 않았으며, 민가의 소 한 마리와 말 한 마리가 타죽었다. ≪중종 050 19/03/19(갑신)≫

라 기록되어 있어 경포대는 강릉부의 관사로 운영되었으나 중종 19년(1524년) 화재로 전소되었음을 알 수 있다.

그러나 『신증동국여지승람』 강릉대도호부조에

1) 『증수임영지』는 정항교에 의하여 완역되어 1997년 강릉문화원에서 『완역 증수임영지』를 발간하였다. 본 글에 인용된 『증수임영지』는 『완역 증수임영지』에서 재인용 하였으며 별도의 주는 생략하였다.

경포 : 부 동쪽 15리에 있다. 호수의 둘레가 20리고, 물이 깨끗하여 거울 같다. 깊지도 얕지도 않아, 겨우 사람의 어깨가 잠길 만하며, 사방과 복판이 똑 같다. 서쪽 언덕에는 봉우리가 있고 봉우리 위에는 누대가 있으며, 누대가에 선약을 만들었던 돌절구가 있다. 호수 동쪽 입구에 판교가 있는데 강문교라 한다. 다리 밖은 죽도이며, 섬 북쪽에는 5리나 되는 백사장이 있다. 사장 밖은 창해 만리인데, 해돋이를 바로 바라볼 수 있어, 가장 기이한 경치다. 또한 경호라 하기도 하며, 정자가 있다. 일찌기 우리 태조와 세조께서 순행하다가 여기에 어가를 멈추었다.(『신증동국여지승람』 <강릉대도호부조> 경포대세주)

고 하여 『신증동국여지승람』이 수정되던 1530년경에는 경포 서쪽 언덕에 경포대가 있었고, 1524년 전소된 경포대가 중수가 이루어 진 것으로 추정된다. 또한 경포대 주위에는 선약을 달이던 돌절구가 당시까지 전하고 있음을 확인할 수 있다.

이후 율곡선생이 10세(1545)에 지은 『경포대부』에

……"옛 현인들은 가 버렸고 지나간 일도 까마득하지만, 죽계의 웅장한 글씨를 관람도 하고, 석간의 맑은 글을 읊기도 했네. 화재 뒤의 건축이라 전일의 화려한 건물을 잃어버림이 애석하지만, 가운데의 난계는 누가 옛날대로 고운 미인을 실었는고, 아! 명예의 굴레가 사람을 얽어매고, 이욕의 그물이 세상을 덮어씌우는데, 그 누가 속세를 초월하여 한가로움을 즐길 건가. 모두들 이리 뛰고 저리 뛰다가 스스로 지치도다. 벼슬 취미는 계륵과 같아 세간의 영화를 믿기 어렵고, 명승 지역은 도구와 다름없어 은거할 계획을 이룩할 만 하네" 그러자 곁에 있던 사람이 이렇게 말한다. "이미 이 지역이 있기에 바로 이 대를 쌓았다오. 영웅들의 남긴 감상이 상상되고, 은사들의 배회한 것이 그리워지네. 이 경포대에 올라 마음껏 노닌 것이 정취가 비록 한 때의 즐거운 일이었지만, 그 모두가 아득하게 자취가 없어 천고를 지난 오늘날 재가 되어 버렸네. …… "[2]

2) 『국역 율곡전서(Ⅰ)』, (정신문화연구원, 1979), 습유 권1 賦조 경포대부세주 번역 인용.

라 하여 1524년 화재 후 중수된 건물이 전일의 화려함에 못 미침을 애석해 하고 있어 당시의 규모를 유추해 볼 수 있다.

화재 후 중수된 경포대를 1628년 이명준에 의하여 다시 중수되었는데 신풍군 장유는 <경포대 중수상량문> 기문에서

> 옛 기록을 살펴보니 이곳은 바로 신라 사선 가운데 한 사람인 영랑이 노닐던 옛 터로서 누대 건축은 고려조에 이미 세워졌으니 바로 당시 강원도 안렴사로 있던 박숙이 창건한 것이다. 당초 이곳에서 누대를 짓기 위하여 땅을 고르다 문득 옛 초석이 발견되었는데 이는 어느 시대에 있었던 건물인지는 자세하지 않으나 대개 상당히 오래된 것임을 알 수 있다. …… 중략 …… 인조가 나라를 중흥한 지 5년에 이명준이 참판으로 있다가 강릉부사로 임명되어 이 고을을 맡아 다스리게 되었다. 이 부사는 고을을 다스림에 있어 경험이 매우 많아, 얼마 되지 아니하여 모든 폐단이 사라지고 백성들의 살림이 넉넉하게 되었다. 일찍이 경포대에 올라 탄식하기를 "이 정자를 무너지게 내버려두면 우리들은 백세토록 후손에게 꾸짖음을 면하지 못하리라" 하였다. 그러나 이곳 주민을 동원하여 중수하자니 번거로움이 많아 어려울 것 같아 불자들 가운데 관심이 있는 이들로 하여금 스스로 소요되는 경비를 모아 이 사업을 이루도록 하니 얼마 안 있어 끝을 냈다. 건물 주요부분을 마무리하고 단청으로 단장을 하자 그야말로 옛 모습대로 중건이 되었다. 이렇듯 경포대를 중수하고 곧바로 천리 길을 말을 달려 나에게 와서 기문을 부탁하므로 거듭 사양하였으나 간곡히 청하기에 마침내 기문을 써 주었다. (『증수임영지』 시문조)

고 기록하여 경포대는 안렴사 박숙에 의하여 창건되었고 인조 5년 강릉부사로 임명된 이명준이 "불자들의 도움으로 옛 모습대로 중건하였다" 하여 화재 이전의 규모로 중수하였음을 밝히고 있다. 이때 중건된 경포대의 모습은 신익성이 1632년경 금강산과 관동지방을 여행하면서 기록한 『유금강산소기』에 "경포대는 잠와공이 다시 지은 것이다. 아주 크기는 했으나 다만 최양포(1567 - 1588)의 시 하나와 계곡 장유의 기문만을

걸어두었고 편액은 내가 쓴 것이었다".[3] 라고 표현하고 있어 당시 중건된 경포대의 규모는 다른 누정에 비하여 상대적으로 크게 지어졌으나, 창건 당시 있었을 안축의 기문은 없어졌고, 장유의 기문과 신익성 자신이 쓴 편액만이 있는 쓸쓸한 분위기였음을 알려주고 있다.

또한 1742년 기록된 이덕수의 기문에

> 경포대의 창건은 사실 고려 때에 이루어졌다. 당시 강원도 안렴사 박숙이 지었으며, 근재 안축이 써서 걸어놓은 기문이 있었으나 이미 세월이 오래 되어 없어지고 말았다. 인조조에 들어와 나의 5대 할아버지 찬성공의 아우 잠와공 이명준이 중건하였을 당시, 계곡 장유가 그것을 기록하였으나 오늘날 또 없어지고 말았다. 이제 다시는 그 옛 모습을 볼 수 없는 줄 알았는데, 서주 조하망이 학문이 넓어 두루 통하고 재량이 뛰어나 전에 대사간으로 있다 다시 임영 고을의 부사로 부임하여 이곳을 둘러보고 혀를 차며 탄식하고는 곧 십시일반 재물을 모아 공을 들인 결과, 불과 수개월만에 시원스레 새롭게 중건되니 무릇 기둥만도 여러 개가 되었다. (『증수임영지』 시문조)

라 기록되어 있어 이명준의 중건에 이어 조하망이 강릉부사로 부임하여 경포대를 중수하면서 소요되는 경비는 주민들의 모금으로 충당되었음을 알 수 있다. 이때 중수된 경포대의 방향과 누정의 공간배치에 대하여 조하망이 직접 기록한 <경포대 중수상량문>에서

> …… 방위를 잡아 주춧돌을 놓으니 강문의 죽도가 정동이 되고 방위를 분별하여 들보를 올리니 동해를 마주할 때 약간 북쪽이 되었다. 오른쪽은 큰 음양이 조화를 이루었고, 왼쪽은 큰 계절의 조화를 이루어 갖추었다. 후면은 바람 정자이고 전면에는 꽃밭이니 음양의 기후에도 합한다 하겠다. 명기 미색(美色)이 노래하는 자리가 되도록 정자의 가운데 여섯 기둥은 세우지 않았고 술동이와 술잔을 간직하는 주방으로 모서리에 방

3) 이혜숙외 3인, 『조선 중기의 유산기 문학』, (집문당, 1997), 298 - 299쪽, 신익성의 『유금강산소기』 번역 인용.

을 붙였다. (『증수임영지』 시문조)

라 기술하고 있어, 경포대에서 일출과 경포호수를 관망할 수 있도록 누정을 동쪽으로 향하게 하고, 주위경관을 고려하여 자연과 조화가 될 수 있도록 건물을 배치하였음을 알 수 있다. 또한 내부공간은 주연을 베풀기 위하여 정자 가운데 기둥을 세우지 않았음을 밝히고 있어 현재의 경포대와 모습이 유사함을 알 수 있다.

위의 내용들을 검토하여 보면 경포대는 고려 때 박숙이 창건한 후, 조선조 태조와 세조의 순행시에는 물론 1524년 화재로 전소될 때까지 존재하였음이 확인되고 있다. 이후 1545년 이전에 경포대의 중건이 이루어졌으나 과거의 규모에는 미치지 못하고 노후하여 1628년 강릉부사 이명준에 의하여 옛 모습대로 중건되었다. 이후 1742년 조하망에 의하여 중수가 이루어졌고, 1785년(정조 9)에 심명덕이, 1814년(순조 14)에 윤명렬이 중건하였고, 1871년(고종 8)에 이직현이 중수하는 등 중건·중수가 수없이 이루지면서 오늘에 이르고 있다.[4)]

---

4) 『증수임영지』 부선생안조에 기록된 경포대의 중수에 관한 기사는 다음과 같다.

-. 부사 양사언 신미년(1571)에 왔다가 병자년에 임기가 되어 돌아갔으며 경포대를 중수하고 선정을 베풀었으므로 선정비가 섰다.
-. 부사 곽간 경진년(1580)에 왔다가 계미년에 어사의 장계로 파직되었으며 경포정자에 배를 건조하였다.
-. 부사 윤승훈 경인년(1590)에 왔다가 신묘년에 감사의 징계로 파직 되었다. 경포 정자선을 개조하였으며 선정비가 섰다. 명성이 높았던 관리의 명단에 있다.
-. 부사 조탁 무신년(1608)에 왔다가 경술년에 정원의 장계로 교체되었으며, 경포대를 중수하였고 창덕비가 섰다.
-. 부사 홍경희 을묘년(1615)에 왔다가 무오년에 갔으며, 경포유선을 건조하였다.
-. 부사 이명준 무진년(1628)에 왔다가 경오년에 임기가 되어 돌아 갔으며 경포대를 중수하였다. 청백리의 비가 섰으며 명성이 높았던 관리의 명단에 있다.
-. 부사 목임유 갑자년(1684)에 왔다가 정모년 임기가 끝나자 돌아갔다. 경포대를 중수하였으며 향교 전사청을 지었다.

2. 한급의 경포대 이전설에 대한 검토

앞장에서 살펴본 경포대의 창건과 중수에 관한 기록에는 일부 기록에서 전하고 있는[5] "경포대는 1326년 박숙이 현 방해정 북쪽(인월사터)에 창건한 것을 조선 중종 3년(1508) 강릉부사 한급이 현 위치로 이건하였다"는 내용이 누락되어 있다.

이는 후세에 기록된 잘못된 내용이 검증 없이 그대로 답습되고 있는데 그 연유가 있을 것으로 생각되어져 앞서 살펴본 기록을 중심으로 그 사실을 규명하고자 한다.

앞서 살펴 본 바와 같이 현존하는 정사에는 한급의 기록은 전하고 있

-. 부사 허경 경진년(1700)에 왔다가 향교 및 경포대를 중수하였고 임기가 되었으나 감사의 장계로 계미년 4월까지 유임하였다. 같은 해 대장간의 장계로 잡혀 갔으나 모시고 있던 관원들이 비를 세웠다.
-. 부사 신택 경자년(1720)에 왔다가 임인년 할머니 상을 당하여 장손으로서 아버지를 대신하여 장례를 치루고자 사임하고 돌아갔다. 향교와 경포대를 중수하였다.
-. 부사 조하망 임술년(1742)에 왔다가 갑자년 임기를 마치자 교체되었다. 경포대를 중수하였다.
-. 부사 이득종 신묘년(1772)에 왔다가 다음해 경포대를 중수하였다. 명성이 높았던 관리의 명단에 있다.
-. 부사 심명덕 을사년(1785)에 왔으나 정미년 이조의 장계로 교체되었다. 향교 성전과 경포대를 중수하였다. 명성이 높았던 관리의 명단에 있다.
-. 부사 유한모 신해년(1791)에 왔다. 경포대 관선을 개조하였으며, 영서에 환곡 일만육천 석을 삼에 대하여 내는 세금으로 상정 민폐를 덜어 주었다. 임자년 벼슬을 버리고 갔다.
-. 부사 윤명렬 갑술년(1814)에 왔다. 경포대를 자비로 중수하였으며, 다음해 어버이 상을 당하여 돌아갔다. 그 후 본도 감사가 되었다.
-. 부사 이직현 신미년(1871)에 왔다가 을해년 성주목사로 자리를 옮겼으며, 경포대를 중수하였다. 대화면에 비가 섰다.

5) 최선만, 『강릉의 역사변천과 문화』, (강릉관광협회, 1962), 32쪽.
『강원도문화재대관』 <강원도 지정편>, (강원도, 1993), 34쪽.
『한국민족문화대백과사전 2』, (한국정신문화연구원, 1993), 190쪽.

지 않다. 한급에 의하여 이전되었다는 1508년과 가장 근접한 『조선왕조실록』 중종 19년(1524) 조에는 화재로 손실된 경포대가 관사로 기록되어 있고, 1545년 이이선생은 경포대부에서 "화재 뒤의 건물이라 전일의 화려한 건물을 잃어버림이 애석하지만"이라 하여 1524년 화재로 손실된 경포대는 관사로 사용되었던 화려한 건축물이었음을 알 수 있다. 이러한 관아 건축물을 부사 개인의 판단으로 다른 장소로 이전한다는 것이 당시 여건으로 가능하였을까? 또한 이이선생의 기록에도 화재로 손실된 경포대의 애석함을 이야기하였지 이전은 언급되어 있지 않고 있다.

또한 당시 상황을 알려주는 기록인 『신증동국여지승람』은 조선 성종 12년(1481)에 편찬한 『동국여지승람』을 1530년 3차 수정시 증보한 것으로, 『동국여지승람』 이후에 증보된 것을 '신증(新增)'의 두 자를 삽입하여 간행하였다. 따라서 경포대가 1508년 한급에 의하여 인월사터 에서 현 위치로 이건되었다면 『신증동국여지승람』 증보시 이에 관한 내용이 기록되었을 것이다. 혹 사정에 의하여 『신증동국여지승람』에 기록이 누락되었어도 후에 기록되었을 경포대 중수상량문에 기록되었을 것이다. 그러나 기문에 전혀 언급이 되어있지 않다.

또한 강릉의 역사와 문화를 종합적으로 기록한 『증수임영지』<누정조> 경포대세주에도

> 태창(泰昌)[6] 연간에 처음으로 호수 위쪽에다 정자를 지었으며, 그후 숙종대왕 어제시를 경포대에 걸었으니 경포대가 지어진 지가 상당히 오래되었음을 알 수 있다. 지난 무진년(1748)에 심하게 기울어 넘어지니 사람들이 모두 탄식하며 안타깝게 여겼는데, 마침 조하망이 강릉부사로 부임하여 중수에 뜻을 두고 누각의 규모를 옛 모습대로 새롭게 단장하였다.[7]

---

6) 명나라 광종의 연호인데 1620년에서 1626년에 해당된다. 그러나 경포대는 1326년 강원도 안렴사, 박숙이 처음으로 창건하였으므로 태창은 태정(泰定) 연간의 오기(誤記)이다.

7) 무진년에 해당되는 간지는 1748년에 해당된다. 그러나 선생안에 기록된 내용

라고 기록되어 있고 <부선생안>조에도 한급의 경포대 이전설에 관하여는 기록이 되어 있지 않았다. 『임영지』는 강릉을 중심으로 기록된 종합 인문지리서로 전지는 만력말년경 즉 1615년경에 처음 나왔으며, 이후 영조 24년(1748)과 정조 10년(1786)에 후지와 속지가 나왔다. 이를 통칭 구지라 칭하고 있으며 1933년 일본인 군수였던 농택성과 강릉고적보존회원들이 이 내용을 포함하여 다시 증수한 것이 활자본 『증수임영지』다. 그런데 『증수임영지』가 발간된 1933년까지의 기록에는 한급에 의하여 경포대가 이전되었다는 공식적인 기록은 나타나지 않고 있다. 그러나 소화2년(1927) 강원도에서 발간된 『강원도 명소고적』[8] 경포대조에

> 지난 500년전 강릉부사 이명준이 처음으로 정자를 호수에 창건하고 그후 1508년경 강릉부사 한급은 다시 정자를 현재 위치로 옮겨지었고 숙종대왕의 친서로 현판이 걸려 있다.

라고 기록되어 있고 그 후 조선총독부에서 1930년 발간한 『생활상태조사 강릉군편』<명승고적조> 경포대세주에는 위의 내용을 인용하여 경포대의 기록을 다음과 같이 기술하였다.

> (강릉) 읍내의 북일리 증산(시루봉) 아래, 강문진의 호수를 경포라 부른다. 주위는 3리 정도 이르고 바닷물이 서로 통하며, 호수물의 색깔은 맑고, 깨끗이 다듬은 거울과 같다. 그래서 이러한 명칭이 붙었다. 호수의 동쪽에는 백사장이 이어져 있고, 바다 물은 호수가 백사장을 씻어주고, 호수 가의 노송 사이에는 민가가 은밀히 보이며, 호수 위에는 달빛이 비추며, 관동의 제일의 명승지이다. 지난 500년전 강릉부사 이명준이 처음으로 정자를 호수에 창건하고 그후 320년 전 강릉부사 한급은 다시 정자

으로 보아 중수를 했던 조하망은 영조 임술년(1742)에 강릉부사로 부임하였다가 갑자년(1744)에 교체되었으므로 중수의 정확한 시기는 1742년부터 1744년 사이이다.

8) 『강원도 명소고적』, (강원도, 昭和2年).

를 현재 위치로 옮겨지었고 이것을 경포대라 불렀다. 숙종대왕은 대단한 그 풍광을 좋아해서 친서로 현판을 걸고 칭찬하였다.[9)]

위 기록들은 일제강점기 기간에 편찬된 것으로 필자가 확인한 바로는 한급의 경포대 이 전설을 최초로 기록한 것으로 보인다. 언급된 내용을 살펴보면 경포대의 창건은 1326년 박숙에 의하여 창건되었고, 이명준에 의하여 1628년 중건이 이루어졌었다. 경포대를 이전하였다는 한급은 1508년에 강릉부사 재직시 독직사건으로 파직된 인물이다.[10)] 또한 두 책

---

9) 『임영문화』 제21집, (강릉문화원, 1997), 강릉지방 생활실태조사 보고서 번역본(Ⅰ), <생활상태조사(기3) 강릉군> 168쪽 번역 인용.

10) 『중종실록』 권10, 5년, 정월, 계유조.

강원도 관찰사 안윤손이 장계하기를, "강릉 부사 한급이, 관물인 면포 1백 50필로 양곡을 산 일이 발각되었습니다. 장오죄를 범하였으니, 속히 파출하소서."하니, 그대로 따랐다.

『중종실록』 권24, 11년, 4월, 계해조.

……사신은 논한다. 한급은 사람됨이 학식이 없고 성격이 교오(驕傲) 탐비(貪鄙)하여, 젊어서부터 제배들에게 끼이지 못하였다. 그러나 민활한 말재주로 간알(干謁)을 잘 하고 이름내기를 좋아하여 몰래 남의 손을 빌어 과거하고, 사람이 모자라는 때를 만나 장령(掌令)이 되니 더러 칭찬하는 사람이 있었다.

당상으로 승진하여 강릉부사가 되어서는 오만한 기습이 그득하여 조정의 사신을 보고도 더러는 예우하지 않았으며, 겉으로 공정 청렴하게 백성 돌보는 뜻을 보이므로 우매한 백성들이 신임하여 모두들 어진 태수라고 칭찬했었다.

일찍이 판관(判官) 유식과 사이가 좋지 못하여 더러 유식의 비밀한 일을 드러내니, 식이 깊이 급을 원망하여 모함하려 했는데, 마침 급이 좋은 말을 팔아 받은 값과 고을에 저장했던 면포를 첩의 집으로 보내자, 식이 가만히 자기의 처남인 동지 윤희손을 교사하여 이 일을 관찰사 안윤덕에게 말하게 하였다. 윤덕이 그 말만 믿고 조정에 계문하였는데, 급이 추국을 받으면서도 스스로 발명하지 못하여 장안(贓案)에 오르니, 식견 있는 사람들은 '비록 죄가 없을 수는 없으나 탐장 죄에 걸림은 과중하다.'고 했었다.

그 뒤에 급이 딸을 강릉 유생 최수성에게 시집보내고서, 수성과 강릉 선비들에게 자기가 애매하게 죄를 받은 정상을 전파하여 조정에 들리게 되기를 바랐었는데, 이때에 이르러 강릉 유생들이 과거보려고 서울에 모이게 되자, 급이 자기 집으로 맞아다 후히 대접하며 연명으로 자기의 원통을 호소하도록 유도하니, 아는 사람들이 모두 간사한 짓이라고 여겼다. 진사 최

모두 오죽헌 설명도 300년 전 율곡선생이 탄생하였다고 되어 있는 점으로 보아 위의 책자들이 사실에 기초하지 않은 채 기록되었음을 알 수 있다.

위 기록들을 편집하였을 1927년과 1930년에는 1933년 농택성에 의하여 『증수임영지』가 편찬되기 이전이지만 강릉에는 『임영지』가 전해지고 있었고, 『임영지』에 실려 있는 각종 기문 및 <부선생안>조에 경포대중수에 관하여 자세히 기록되어 있어 사실 확인이 가능하였을 것이다. 그러나 위의 기록들을 확인하지 않은 채 구전에[11] 의한 기록만으로 편집된 것으로 생각되어진다. 때문에 1933년 편찬된 『증수임영지』에 위의 내용들이 반영되지 않았을 것이다.

따라서 한급의 경포대 이 전설에 관한 내용은 일제강점기 기간 중 강원도청과 조선총독부에 의하여 사실과 다르게 기록되었던 내용이 광복 후에도 그 사실이 올바르게 고쳐지지 않은 채 오늘날까지 전하여 진 것으로 보인다.

세덕·박언충은 곧 수성의 족속인데, 급의 지휘대로 다른 사람들의 성명을 열서하여 상서한 것이고, 다른 유생들은 실지로 몰랐었다.

급이 일찍이 박수량을 초대하여 상소를 짓도록 강박하였었는데 수량이 사절하자니 급의 애걸에 핍박되고, 짓자니 당시의 공론이 두려워 강릉으로 도망하여 버렸는데, 급이 듣고서 '박생원이 어찌 그리 야박한가?'하였었다.

11) 『한국민속종합조사보고서』 제12책 <묘지풍수편>, (문화공보부 문화재관리국, 1989), 200쪽.

원주사람인 한급은 지리에 아주 뛰어난 지리박사였는데 강릉을 망하게 하려고 강릉부사로 부임하여 왔다. 그는 밤마다 힘센 부하 한 명을 거느리고 묵호에서 주문진에 이르기까지 쓸 만한 집터나 묘터를 찾아 쇠말뚝을 박았다.

한번은 강동면 산성우리 발개(피내 혹은 적천이라 함)에 말뚝을 박으니 피가 튀어올라 나왔다는 이야기도 전한다. 또한 박자검의 묘를 망하게 하기 위해 경포대를 구 경포에서 백호등으로 옮겨서 짓기도 하였다.

또 성산면 어흘리 심문계의 묘를 망하게 하기 위해서 묘앞의 인봉을 석자 낮추기도 하였다. <제보자 : 심상봉>

Ⅲ. 문학작품 속의 경포대

1. 「한송정곡」과 화랑사선

경포대가 문학적 소재로 다루어진 작품 중 현재 전하는 가장 오래된 작품이 『고려사』에 실려 있는 「한송정곡」이 아닐까 한다. 상대시가의 특징을 지닌 「한송정곡」의 원형은 접할 수 없으나 그 것을 한역한 기록이 「한송정곡」과 함께 전하고 있어 경포대 문화사의 원류를 찾을 수 있게 하고 있다. 『고려사』 악지조에 전하는 이 작품의 유래와 내용은 다음과 같다.

> 세상에 전하는 말에 의하면 이 노래를 비파(琵) 밑바닥에 써서 둔 것이 중국 강남까지 흘러갔는데 강남 사람들이 그 가사를 해석하지 못한 채 있었다. 광종 때 고려 사람 장진공(장연우)이 사신이 되어 강남에 가니 강남 사람들이 장진공에게 물었으므로 그가 다음과 같은 시로써 해석하여 주었다 한다.

> 달밝은 한송정 밤에
> 경포의 가을 파도 고요한데
> 슬피 울며 왔다가 또 날아가는 저 갈매기는,
> 한낱 미물이나 믿음성이 있구나[12)]

위 내용에서 「한송정곡」의 원문을 중국 강남 사람들이 해석하지 못하고 고려사신으로 온 장진공에게 번역을 부탁하였다는 것은 「한송정곡」이 신라 향가로 쓰여진 신라시대 악곡일 가능성이 있다.

---

12) 『북역고려사』, (신서원, 1992), 제6쪽 585쪽 재인용.

신라향가는 거의가 승려와 화랑들에 의하여 제작되었다[13]. 그렇다면 한송정곡의 제작자는 누구였을까? 한송정곡의 소재로 등장하는 경포와 한송정은 경치가 뛰어나 신라시대 때 산천을 유람하며 호연지기를 기르던 화랑들의 수련처로 널리 알려져 많은 기록들이 전하고 있는 곳이다[14]. 그 중 경포와 신라 사선과의 관계가 기록되어 전하고 있는 것을 일부 정리하면 다음과 같다.

고려 명종 때 초야에 묻혀 지내던 김극기(1170-1200년대)는 강릉지방의 대표적 경관 8곳, 강릉팔경을 소개하였는데 그중 한송정과 경포대를 노래한 시문에서

한송정

나는 한송정도 사랑한다
높은 풍치가 은하에 닿아 푸르다
옥깃대를 세운 듯
구슬비파를 울리는 듯 하다
푸른 꽃순은 비속에 더 빼어나고
누른 꽃은 바람에 따라 다시 향기롭다
네 신선이 놀이 하던 곳
탐승하여 노경을 위로한다

경포대

서늘한 경포대에 물과 돌이 다투어 둘렸네
버들 언덕엔 푸른 연기가 합쳤고
모래 언덕에 흰눈이 무더기졌다
고기는 상점을 불며 가고
새는 교반을 떨어뜨려 온다

13) 한국정신문화연구원,『한국민족문화대백과사전』, 24권 , 628-232쪽.
14) 손익수,『신라 화랑도의 공간』, (1996, 문음사), 451-493쪽.

선인은 어디로 갔나
땅에는 푸른 이끼만 가득하다[15)]

라 하고 있어 한송정과 경포대가 신라화랑들의 유허지였음을 알 수 있다. 또한 권한공(?~1349), 이곡(1298~1351), 이무방(1319~1398)의 시 외에도 한송정과 신라사선의 관계를 잘 나타낸 시들이 전하고 있다[16)].

이 외에도 고려시대 강릉도 존무사로 관동지방을 순례하며 관동와주를 지은 안축(1287~1348)은 「경포대중수기문」에서 "임영 경포대는 신라시대에 영랑 선인들이 놀던 곳이다. ……"라 기록하였다.

이러한 기록들로 미루어 보아 한송정과 경포대는 화랑들의 순례지였음을 확인할 수 있다. 또한 「한송정곡」의 작자도 한송정과 경포대를 찾아 심신을 수련하던 신라 화랑임을 추측할 수 있어, 경포대는 한송정, 신라 화랑 사선과 함께 경포대 문학에 중요한 소재로 등장하였음을 알 수 있다.

이는 당시 문인들의 사상관이 반영된 것으로 비속하게 변해버린 현실을 자각하고 먼 옛날의 유선의 경지를 동경하며 초야에 은둔하려는 시대적 배경이 투영된 것으로 보여진다.

2. 「홍장고사」

조선시대 초 경포대의 새로운 문학적 소재로 등장하는 것이 홍장 고사이다. 『신증동국여지승람』에 아래와 같은 내용이 전하고 있다.

> 박혜숙 신은 젊어서부터 명망이 있었다. 강원도 안렴사로 있으면서 강릉 기생 홍장을 사랑하여 애정이 매우 깊었다. 과만이 되어 돌아갈 참인데 부사 조석간 운흘은 홍장이 이미 죽었다고 속여 말했다. 박신은 슬퍼

15) 『국역 신증동국여지승람』, 강릉대도호부 제영조세주, 재인용.
16) 강릉문화원, 『강릉시사』, 상권, 630-636쪽.

스스로 견디지 못하였다. 강릉부에 경포대가 있으니 형승이 관동에서 첫째이다. 부윤이 안렴사를 맞이하여 뱃놀이를 하면서, 가만히 홍장에게 화장을 곱게 하고 고운 옷을 입게 하였다. 별도로 배 한 척을 준비하고, 늙은 관인으로서 수염과 눈썹이 희고, 모습이 처용과 같은 자를 골라 의관을 정중하게 하여, 홍장과 함께 배에 실었다. 또 채색 액자에다 "신라적 늙은 안상이 천년전 풍류를 아직 못잊어, 사신이 경포에서 놀이한다는 말을 듣고, 꽃다운 배에 다시 홍장을 태웠노라" 라는 시를 적어 걸었다. 노를 천천이 저어 포구에 들어와서 물가에 배회하는데, 거문고 소리와 피리 소리가 맑고 또렷하여 공중에서 나는 듯하였다. 부윤이 안렴사에게, 이 지역에는 옛 선인의 유적이 있고 산 꼭대기에는 차 다리던 아궁이가 있고, 또 여기에서 수십 리 거리에 한송정이 있고, 정자에 또 사선의 비석이 있으며, 지금도 신선의 무리가 그 사이에 오가는데, 꽃 피는 아침과 달 밝은 저녁에 간혹 본 사람이 있오. 그러나 다만 바라볼 수 있어도 가까이 갈 수는 없는 것이요. 박숙이 말하기를 '산천이 이와 같이 아름답고 풍경이 기이하나, 마침 정황이 없오.' 하면서 눈에 눈물이 가득하였다. 조금 뒤에 배가 순풍을 타고 눈깜박할 동안에 바로 앞으로 왔다. 노인이 배를 대는데 얼굴 모습이 기괴하고 배 안에는 홍장이 노래하며 춤추는데 가냘프게 너울거렸다. 박이 놀라서 말하기를, '필연코 신선 가운데 사람이다.' 하였다. 그러나 눈여겨 보니 홍장이었다. 온 좌석이 손바닥을 치며 크게 웃고 한껏 즐긴 다음 놀이를 마쳤다. 그 후에 박신이 조을훈에게 시를 보냈는데

'소년 적에 절(節)을 잡고 관동을 안찰할 때
경포대 놀이하던 일 꿈속에 그리워라
대 밑에 다시 배 띄우고 놀 생각 있으나
붉은 단장에 늙은이 비웃을까 염려된다.'
하였다.(『신증동국여지승람』 강릉대도호부조)

위에서 살펴 본 바와 같이 홍장고사는 경포대와 화랑사선에 얽힌 설화를 바탕으로 한 박신과 홍장의 아름다운 사랑 이야기이다. 강원도 안렴사 박신과 강릉부사 조을훈의 우정과 기생 홍장과의 사랑 이야기는 경포대 문학의 새로운 소재로 등장하여 고려시대의 경포대 문학에서 나

타난 옛 선인들의 자취를 찾는 정적인 공간에서 벗어나 생활과 함께 하는 동적인 경포대의 모습을 보여주고 있다.

이러한 변화의 형태를 『신증동국여지승람』 강릉대도호부조 에서

> 우리나라 산수의 훌륭한 경치는 관동이 첫째이고 관동에서도 강릉이 제일이다. 그런데 일찌기 가정 이 선생의 동유기와 근재 안상국의 관동와주를 읽어보니 강릉에서 가장 좋은 명승지는 경포대, 한송정, 석조, 석지, 문수대라는 것을 알았으며, 따라서 선비의 풍류도 또한 상고할 수 있었다. 한송정 거문고 곡조는 중국에까지 전해졌고 박혜숙, 조석간의 경포대 놀이는 지금까지 좋은 이야깃거리로 되었으며 ………

라고 기록하고 있어 경포대 문화사적 변화를 잘 나타내어주고 있다

위 기문을 지은 서거정(1420~1488)은 조선 초기의 문인으로 세종에서 성종대까지 문병을 장악하였던 핵심적 학자의 한 사람으로서 그의 학풍과 사상은 15세기 관학의 분위기를 대변하고 있어 조선초 문인관에 나타나는 경포대의 문화사적 배경을 단편적으로나마 확인할 수 있다.

위 기문에 나타난 경포대의 문화사적 특징은 석조·석지 등의 화랑사선 관련 유적과 더불어 「한송정곡」, 「홍장고사」를 이야기하고 있어 당시 문인들이 사고하였던 경포대 문화의 특징을 파악할 수 있다.

3. 「관동별곡」

조선 중기 경포대문화의 큰 분수령을 이루는 것이 송강 정철의 『관동별곡』일 것이다.

관동별곡은 정철이 45세가 되던 선조 13년(1580)년 강원도 관찰사가 되어 관동지방을 두루 유람하고 그 여정, 산수, 풍경, 고사, 풍속 등을 노래한 작품으로 기이한 금강산의 모습과 관동팔경의 풍경 묘사가 극히 뛰어난 작품으로 평가되고 있다. 이 중 경포대 부분을 살펴보면 다음과

같다.

> 석양이 지는 저녁 무렵 현산의 철쭉꽃 밟아가며
> 우개 수레가 경포로 내려가니
> 십리에 걸쳐 얼음처럼 깨끗한 수면을
> 다리고 또 다려서
> 커다란 소나무 울창한 속에 실컷 펼쳐 있구나.
> 물결이 잔잔하기도 해서
> 모래를 헤아릴 만큼 밝기도 하구나.
> 배 한 척의 닻줄을 풀어 띄워서
> 정자위로 올라가니
> 강문교 넘어간 곁에 거대한 바닷가 거기로구나
> 조용하기도 하구나, 이 호수의 기상!
> 탁 트여서 넓고 멀기만 하구나
> 동해의 저 수평선!
> 이보다 아름다운 경치를 갖춘 곳이
> 또 어디 있단 말인가?
> 홍장고사를 야단스럽다 할 일이다.
> 강릉대도호부는 풍속도 좋구나
> 충신·효자·열녀를 찬양하는 정문이
> 고을마다 널려 있으니
> 집마다 벼슬 주는 일 지금도 있다고 할 것이다[17].

관동별곡에 나타난 경포대와 바다의 모습은 한 폭의 산수화를 감상하는 모습을 취하고 있어 또 다른 문학적 형태를 보여 주고 있다. 석양이 지는 무렵 현산(양양)에서 붉게 물들은 철쭉꽃 만발한 길을 마차를 도착하여 바라본 경포의 경관을 회화적으로 표현한 것이다. 경포호수의 넓은 수면은 깨끗한 비단을 다린 것과 같이 잔잔하고, 호수안은 맑고 투명하여 호수 아래에 널려있는 흰 모래를 셀 수 있을 것만 같다고 그렸다. 또

---

17) 유홍준외, 『금강산』, (학고재, 1998), 188-189쪽 재인용.

한 그 주위를 감싸고 있는 웅장한 소나무숲과, 강문교 너머로 보이는 끝없이 펼쳐진 동해의 푸른 바다를 한 폭의 풍경화첩을 그리듯 하였다. 이는 당시에 나타나는 시화(詩畵) 일치사상을 보여줄 뿐 아니라 곧 도래할 진경문화의 서막을 알려 주는 듯한 느낌을 주고 있다.

Ⅳ. 회화작품 속의 경포대

1. 겸재 정선의 경포대도

겸재 정선(1676-1759)은 우리나라 회화사상 가장 위대한 업적을 남긴 유명한 화원으로 우리 산천의 아름다움을 사생하는데 가장 알맞은 우리 고유 화법을 창안해 내어 우리 산천을 소재로 그 회화미를 발현해 내는 데 성공한 진경산수화의 대성자이다.

겸재의 진경산수화는 금강산 그림과 서울 근교의 실경을 그린 것이 주류를 이루고 있고 금강산 그림은 내·외금강과 함께 관동팔경을 일부를 소화하고 있어 관동팔경을 소재로 많은 그림을 그렸다. 그러나 관동팔경을 소재로 한 그림중 경포대를 그린 것은 현재 한 폭만이 전하고 있다.

개인이 소장하고 있는 이 그림은(그림 1) 금강산과 영동 일대의 명승을 담은 화첩에 수록되어 있던 것으로 옥소 권섭의 찬문이(도 3) 붙어 있다.[18] 이 그림은 현재 경포호수와 경포대의 모습으로는 이해하기가 쉽지 않은 구도를 보여주고 있다. 이 그림을 이해하기 위해서는 경포호수와 주위 정자들에 관하여 사실적으로 기록한 박종의 <동경기행>중 경포대에 관한 부분을 살펴보아야 할 것이다.

---

18) 『조선시대 회화전』, 1992, 흑림.

강릉부에서 10리허에 있어 바다까지 단 하나의 평탄한 초원을 사이에 두고 파랗게 호수로 된 것이 곧 경포이다. 경포는 산이 서쪽으로부터 바로 경포의 허리로 들어와서 호수가 거의 끊어지려다 다행히 연결되어 있으므로 대개 두개의 구로 형성되었다. 산 남쪽의 반듯하고 둥글게 된 것이 또한 구로서 이를 외호라 하고 산 북쪽의 반듯하게 된 것이 또 한 구로서 이를 내호라 한다. 외호를 볼 때는 내호가 있는 것을 알지 못하고 내호를 볼 때에는 외호가 있는 것을 알 지 못한다. 절벽에서 외호를 누르고 서 있는 정자를 경포대라 하는데 여기에 오르면 안개가 멀고 질펀하여 흉금이 스스로 트이게 되며, 봉우리 기슭에서 내호를 굽어보고 있는 정자를 호해정이라 하는데 여기에 오르면 아늑하고 그윽하여 심신이 스스로 안정되니 이것이 두 구로 구별되며 각기 정취를 달리하게 된 소이이다. 산 모습과 물빛, 구름과 안개의 변화, 풀과 나무들의 색채, 모래언덕과 물새들의 노는 풍경은 대개 같으나 그 규모에 있어서 내호는 약간 작고 외호는 크다는 구별이 있다. 그러나 아득히 바다 멀리 하늘가에 돌아가는 돛배가 석양을 가로 띠고 돌아가는 광경을 바라보는 맛은 내호, 외호가 다 같으면서도 호수가 바다와 더불어 마주 대하고 서로 이웃한 점으로 내호가 외호보다 승하다.

외호 정자의 창건과 보수는 다 관가에서 하여 왔다. 현판에는 숙종의 어제시가 있고 또 율곡의 서문(경포대부:필자 주)이 있다. …… 내호정자의 창건과 보수는 다 선비들이 하여 왔다. 삼연은 일찍이 제자 몇 사람과 더불어 이 정자에서 주역을 토론하였고 현판에는 여러 편의 시도 남겼다.[19]

위 글을 통하여 보면 옛 경포호수의 모습은 내호와 외호로 이루어져 외호에는 경포대가 내호에는 호해정이 있었고, 호해정은 삼연 김창흡이 머물렀던 곳임을 알려주고 있다. 그러나 오늘날 내호는 논들로 변하여 옛 경관에 모습을 감상할 수 없는 아쉬움을 남겨주고 있다.

위의 내용을 참고하여 정선의 경포대 그림을 자세히 살펴보도록 하자. 해변가에서 멀리 보이는 산아래 구릉 뒤로 내호가 있음을 암시하면

---

19) 박종, <동경기행>, 『조선 고전문학전집』, (민족출판사, 1991) ; 『답사여행의 길잡이3』, (돌배개, 1995), 188쪽 번역인용.

서 구릉을 양쪽으로 분리시켜 정자를 표현하고 있다. 바다와 인접한 호수 왼쪽 구릉 절벽 위에는 굵은 기둥에 붉은 채색을 한 정자와 정자로 오른 논 길이 그려져 있어 외호에 임한 경포대임을 알 수 있다. 오른편 구릉 뒤에 있는 정자는 구릉으로 앞을 가려 외호가 보이지 않게 하면서 내호쪽을 바라보고 있어 호해정으로 추정해 볼 수 있다.

정자들 앞에는 화폭의 구성에 비하여 외호를 상대적으로 크게 표현하면서 중앙에 새바위를 비롯한 암석을 그려 외호의 광대함을 강조하였다. 외호를 둘러싸고 있는 왼쪽 소나무숲 속에 초당마을을 간략히 표현한 후 호수 물이 바다로 흐르는 개울을 상징적으로 표현하고 있다.

이 그림에 나타나는 또 하나의 특징은 경포대뿐만 아니라 호해정을 같이 배치하고 있다는 점이다. 호해정이 왜 정선의 경포대 그림에 중요한 소재의 하나로 등장하였을까? 그 연유는 그림과 함께 있는 권습의 찬문에서 그 연유를 찾아볼 수 있다.

> 큰 바닷가에 어찌 이런 맑은 호수 있나.
> 호수는 내외로 나뉘어 각기 별경을 이루고 있다.
> 삼연 김창흡의 의취와 양포 최전의
> <벽도난생:碧桃鸞笙>이란 시 구절이 실감난다.[20]

찬문에 나오는 삼연 김창협은 겸재 정선에게 진경문화의 대성자가 될 수 있도록 영향을 끼쳤을 뿐만 아니라 벼슬길로 나갈 수 있도록 주선하여 준 스승이었다. 때문에 정선이 경포대를 화폭에 담으면서 각별한 은혜를 받았던 삼연을 생각하지 않을 수가 있었을까. 따라서 경포대를 그리면서 스승인 삼연이 1년간 머물던[21] 호해정을 함께 표현하였을 것이다.

이렇듯 겸재 정선의 경포대 그림은 과감한 생략과 확대를 통하여 경

---

20) 홍선표, 『조선시대 회화전』, (흑림, 1992), 123쪽, 번역인용.
21) 『증수임영지』, 누정조, 호해정 세주.

포대의 특징을 잘 표현하면서 스승에 향취를 표현하려 하였다.

2. 규장각소장 관동 10경첩

겸재 정선이 활동하던 시기인 1748년 제작된 필자미상의 관동10경 화첩이 규장각에 소장되어 있다. 이 화첩은 홍중희, 조하망 등 당대의 명사들이 관동지역의 명소를 돌아보며 제시를 곁들인 기행실경첩으로 흡곡의 시중대, 통천의 총석정, 고성의 삼일포, 고성의 해산정, 간성의 청간정, 양양의 낙산사, 강릉의 경포대, 삼척의 죽서루, 울진의 망양정등이 9곳의 경관이 그려져 있다.[22)]

경포대 그림(그림 4)은 경포대와 호수를 높은 위치에서 바라보는 부감법으로 표현하였으며 일출광경의 동해와 경포호수를 묘사하고 있다. 화폭 왼쪽으로 치우쳐 일출모습을 그렸고 바다 중앙에는 오른쪽으로 항해하는 돛단배가 있다. 바다와 호수가 경계하는 부분에는 백사장과 함께 현재 죽도봉을 사실대로 나타내고 있다. 호수에는 평화롭게 낚시를 하는 고깃배와, 새 바위에 앉은 새의 모습을 통해 정적이 감도는 듯한 분위기를 연출하고 있다.

정선과 같은 시기에 그렸을 이 그림은 무명화가가 그렸지만 당시 유행하였을 정선의 그림 양식에 관심을 기울이지 않은 화풍을 보여주고 있다. 호수를 내호와 외호로 구분하면서 광활하게 표현한 점이나, 호수를 감싸고 있는 구릉에 모습을 우리의 시야로는 한 순간에 포착할 수 없을 정도로 크게 표현하고 있다. 때문에 규장각소장 관동10경첩 속의 경포대 그림은 회화식 지도처럼 풍수적인 관점에서 모든 사물을 재구성하여 나름대로 재미있고 소박한 모습으로 승경을 사실대로 표현하고 있는 것이 특징이라고 볼 수 있다.

---

22) 방동인, 『영동지방 역사기행』,(문화사, 1995).

3. 김홍도의 금강사군첩

조선후기 풍속화가로 잘 알려진 단원 김홍도는 서민생활의 시정을 담은 풍속화에서 회화사적 위치를 굳힌 화가로 정선과 함께 조선 후기 회화의 쌍벽을 이루었으며, 산수 · 풍속 · 도석인물 · 초상 · 화조 · 영묘화 등 모든 화재에 능통하였다.

1788년 정조의 명으로 복헌 김응환과 함께 영동 아홉 개 군의 명소를 다니며 명승도를 제작하였으며, 이때 정조는 금강 제군에 이들에게 경연관과 같이 대접하도록 지시하여 이례적인 은총을 내리기도 하였다. 이를 통하여 정조의 영동구군 명승에 대한 관심과 김홍도의 위치를 확인해 볼 수 있다. 그때 그려진 것으로 추정되는 <금강사군첩>이 1995년 단원 탄생 250주년 기념 특별전에 공개되었다.[23] 이 화첩에는 현재 60폭만이 전해지고 있으며, 그림 중에는 경포대(그림 6), 호해정(그림 7), 대관령(그림 8)등을 포함하여, 금강산과 영동지방 명승들이 사실대로 그려져 있다.

경포대 그림은 앞서 살펴본 규장각 소장 관동10경첩과 같이 경포대와 호수를 높은 위치에서 내려다 볼 수 있는 위치에서 그린 부감법으로 표현하고 있다. 그러나 관동10경첩과는 달리 외호를 중심으로 하여 경포호수와 경포대를 표현하고 있다. 멀리 보이는 바다에 이어 백사장과 죽도봉을 간략히 그린 후 호수를 화면 가득히 표현하고 있다. 호수에는 새바위와 홍장암, 유람을 즐기는 유람선 한 척 그려져 있어 상대적으로 경포호수의 거대함을 표현하고 있다.

호해정 그림은 내호 왼쪽에 정자를 그려 호해정임을 알 수 있게 한 후 오른쪽으로는 호수가 막히지 않고 외호와 연결되고 있음을 표현하고 하고 있다. 그러나 경포대 그림과는 달리 내호의 모습을 폭이 좁고 길게 표현하고 있는 등 겸재의 경포대 그림과는 달리 사물을 사실적으로 표

23) 삼성문화재단, 『단원 김홍도』, (호암미술관, 1996).,

현하고 있어 단원 김홍도의 실경산수화 특징을 잘 보여 주고 있다.

4. 김오헌의 관동팔경 병풍

김오헌은 관동팔경과 금강산 그림을 세필로 잘 그린 것으로 알려져 있으나 생몰 연대와 출생지에 대한 기록은 전하고 있지 않다. 구전에 의하면 일제강점기 기간에 서화에 관심 있는 부호들의 배려로 주인들 집에서 머물며 금강산 그림과 관동팔경도를 그렸다고 전해지고 있으며, 금강산도 및 관동팔경 뿐만 아니라 영모도도 함께 그렸던 것으로 알려져 있다.

그에 필명은 한남산인, 오헌인, 양주산인, 김오헌 등을 사용하였고 그에 묵적들이 주로 강릉과 영동 북부에서 많이 발견되고 있다. 그의 필명을 양양의 옛 지명인 양주로 사용한 점으로 보아 양양 출신으로 추정된다.

강릉시립박물관에 소장되어 있는 관동팔경 8폭 병풍은 총석정, 삼일포, 청간정, 낙산사, 경포대, 죽서루, 망양정, 월송정으로 이루어져 있다. 경포대 그림(그림 9)은 화폭 왼편으로 방해정을 그린 후 내호와 연결되는 호수를 간략히 표현한 후 구릉정상에 경포대를 그리고 있다. 경포대 오른쪽으로 호수를 그려 오른쪽과 완연히 구분을 짓고, 오른쪽 상단에 죽도봉을 다른 사물에 비하여 상대적으로 크게 표현하였다. 죽도봉 아래로 강문 마을을 간략히 표현한 후 초당마을 그리고 경관에 명칭들을 함께 기록하고 있어 민화적 특징을 보여주고 있다.

이 그림들은 겸재의 그림과 같이 표현하고자 하는 대상물 외에는 과감히 생략을 시도하고 있어 겸재화풍의 영향이 강릉지방을 중심으로 한 민화가의 실경산수화에도 영향을 끼치고 있음을 확인할 수 있다.

김오헌의 이 작품은 같은 병풍에 있는 낙산사 그림(그림 10)은 의상대를 그리지 않고 글로써 의상대를 표현하고 있어 의상대가 건립된 1926

년 이전에 그렸을 것으로 보인다

5. 민화

조선 후기에는 세시풍속에 따라 그려졌던 속화를 포함하여 여러 종류의 그림이 궁중 사대부가에서부터 일반 서민 집에 이르기까지 폭넓게 장식되고 있었다. 『동국세시기』에 보면 "……병풍에는 금강산 일 만이천봉 혹은 관동팔경을 그린다" 고 기록되어 있어 18세기 후반부터 관동팔경도 병풍이 집안 장식용으로 이용되었음을 알 수 있다.

이에 따라 서울과 향촌 사회에서 새롭게 등장하였던 신흥 부유층의 존재는 회화수요의 확장을 가져 왔으며 일반 서민에게까지 파급이 확대되어 민화제작이 활발하게 진행되었다.

이 시기에 제작된 것으로 추정되는 민화를 2점만 살펴보자.

(그림 11)은 경포대가 주위 경물에 비하여 크게 그려졌으나 경포호수는 상대적으로 작게 그려 꿈속의 세계와 같이 그렸을 뿐 아니라 바다에 떠있는 배를 피하여 파도가 지나가고 있어 현실성을 전혀 무시한 채 작가가 표현 하고자 함을 그대로 표현하고 있다.

(그림 12)는 경포대를 단순화시켜 거대하게 중앙에 자리잡고 있다. 정자 앞쪽에 호수를 과감히 생략하면서 역동적으로 보이는 물결에 따라 움직이는 배를 통하여 호수가 있음을 상징적으로만 보여주고 있어, 위에서 살펴본 전통회화와는 달리 환상적이고 관념적으로 표현하고 있다..

이와 같은 원인은 민화제작자가 실제 경관을 살펴보고 그린 것이 아니라 작가의 주관적 상상력을 극대화시키면서 현실적인 공간성과 장소성은 완전히 무시한 채 작가의 자의에 따라 재구성, 재해석되어 그려졌기 때문이다.

V. 경포대의 현판

경포대의 아름다운 풍치로 예로부터 많은 묵객들이 찾아와 남긴 글들이 누각 안에 현판으로 남아 있다. 누각 동쪽에 걸려 있는 경포대(鏡浦臺)의 해서체 현판은 조선 순조때 승지를 지낸 명필가 이익회가 쓴 것이고, 남쪽에 걸려 있는 전서체의 현판은 조선후기의 서예가 유한지가 쓴 것이다.

이 외에도 조하망이 중수하면서 새로 새기어 건 현판내용이 『증수임영지』에 기록되어 있어 각 현판의 유래를 알 수 있게 하여 주고 있다.

> 경포대를 준공하고 나서 오죽헌에서 옛날부터 간직하여 내려오던 기록인 율곡 선생이 10세에 지은 경포대부를 찾았다. 부사 조하망이 이같은 일은 결코 우연한 일이 아니라 하고 이를 가래나무에다 새기어 경포대 기둥과 기둥 사이인 문설주 윗부분에다 걸고 또 안축과 계곡 장유의 서문과 시도 함께 새기어 걸었다. 중수기문은 상국 조현명이 지었다. (『증수임영지』 <누정조> 경포대세주)

이들 현판과 함께 누각 내부 중앙에 '第一江山'현판(도 13)이 걸려 있다. 이 현판을 쓴 서예가에 대하여 주지번 또는 미불이 혹은 '第一'은 미불이 '江山'은 후대의 서예가가 쓴 것으로 전해 졌으나,[24] 1995년 5월 10일 서울 거주 임송자씨가 평양 영광정 '第一江山' 현판 모본(도 14)을 강릉시립박물관에 기증함으로 인해서 그 필적의 주인을 확인할 수 있게 되었다.[25][26]

임송자에 의하면 강릉시립박물관에 기증한 '第一江山'모본은 강원도

---

24) 『강릉시 문화재대관』, (강릉시, 1995), 136쪽.
25) 강원일보, 『강원도민일보』, 1995년. 5. 11 기사 참조.
26) 아래의 내용은 강릉시오죽헌 · 시립박물관 정항교 학예실장에 의해 제기된 내용을 보완 정리한 것이다.

동해시 송정동 출신으로 서예가였던 부친 임병기로부터 물려받았고, 임병기는 이 모본을 명필가로 이름이 알려진 소남 이희수가 평양 인근에 거주할 때 관서팔경의 하나인 평양 영광정의 '第一江山' 현판(도 15)을 임모하여 온 것을 받았다고 확인하여 주었다. 또 6.25직후인 1953년경 강릉에서 경포대의 현판을 제작하기 위하여 각 장으로 되어 있던 평양 영광정 '第一江山' 모본을 빌려 갔으나, 현판 제작 중에 '江'자를 분실하여 '第一山'자만 돌려 받았고 후에 '江'자는 후일 충청도에서 되찾았다고 하였다.

이를 토대로 경포대의 '第一江山' 현판 제작과정을 추정하여 보면 이희수가 평양 영광정의 '第一江山' 현판을 임모하여 동해시에 거주하는 임병기에게 건네주었고, 임병기는 1953년경 강릉 사람들에게 경포대 현판 제작을 위하여 위 임모본을 건네 주었으나 현판제작 도중 '江'자를 분실하여 '第一山'은 평양 영광정 임모본을 그대로 사용하였으나, '江'자는 분실되어 신원을 알 수 없는 이곳 서예가에 의하여 제작되었음을 확인할 수 있다.

그러면 강릉 경포대의 '第一江山' 현판의 모본이 된 평양 영광정의 '第一江山' 현판은 누구의 글씨일까? 원교 이광사가 쓴 서결 하권에

> 우리나라의 편액서는 모두 설암(雪菴:원대 승려서가인 李溥光의 호)의 필법을 쓰는데, 화의와 자세가 모두 이 계(戒)를 범하였으니 추괴(醜怪)하여 볼 만한 게 없다. 유독 성천 강선루의 여러 편액은 옹정춘·미망종 등 제공의 글씨이므로 자못 뛰어나나 절가함은 없다. 평양 영광정의 '第一江山' 편액은 바로 미원장(米元章)의 석각서를 탑인(榻印)하여 판각한 것이다. '第'자는 협하면서도 장하고 '山'자는 단하면서도 광하니 진실로 과한(過限)에 얽매이지 않고 기장능려하여 속정을 멀리 뽑아냈으니 원장(元章)의 소자(小字)에 비할 바가 아니다. 그 자신이 "지금까지 나만이 이를 얻었다"고 자신한 것은 헛된 과시가 아니다. 그중 '江'자는 본래 없어 주란우(朱蘭嵎)의 글씨로 채웠으나 둔열하여 썩 어울리지 않았다. 백하께서 써서 바꾸셨으나 오히려 주보다 손색되니 애석한 일이다. 백하

의 대자는 본래 특장이 아니지만 그가 쓴 여러 편액은 자못 아름답다.[27]

라 하고 있어 평양 영광정의 '第一江山' 현판은 '第一山'자는 미불의 석각서를 탑본(사진 16)하여 사용하였으며 '江'자는 처음에는 주란우가 써 놓았으나 후에 백하 윤순이 현재의 '江'자로 바꾸어 놓았음을 알 수 있다.

따라서 이희수가 임병기에 전하여준 평양 영광정의 '第一江山' 임모본도 미불의 '第一山'과 윤순의 '江'자가 혼합된 현판임을 확인할 수 있으므로 현재 걸려 있는 경포대의 '第一江山' 현판은 '第一山'자는 미불의 석각서 탑본이 그대로 이용되었으나 '江'자는 1953년경 현판을 제작하면서 강릉지방 서예가에 의하여 쓰여졌음을 알 수 있다

Ⅵ. 경포팔경의 기원과 내용

경포대의 경관을 기록한 안축의 기문에

> 이 대에 올라보니 평담하며 조용하고 광활하게 기괴한 다른 물건이 사람의 눈을 놀라게 할 만한 것은 없고 다만 멀고 가까운 산수 뿐이었다. 앉아서 사방을 돌아보니 물의 먼 것은 큰 바다가 끝없이 넓어서 연기 같은 물결이 산같이 높고, 가깝게는 경포가 맑고 깨끗하여 바람 물결에 찰랑거린다. 산의 먼 것은 동학(洞壑)이 천겹이나 되어 구름과 놀이 아득하게 보이고, 가깝게는 봉안이 10리쯤 되어 수풀과 나무가 울창하다. 항상 모래 위에는 갈매기와 물새가 떴다 잠겼다 하며 오락가락 대 앞에서 한가하게 논다. 그 봄·가을의 연기에 어린 달이 아침저녁으로 흐리고 개임이 때를 따라 변화하며 기상이 일정하지 않으니 이것이 대에서 바라볼 수 있는 정경이다. (『증수임영지』 시문조)

---

27) 이완우, <원교 이광사의 서예>, 『미술사학연구 190·1991』, (한국미술사학회, 1991), 83쪽 번역 인용.

라고 했다. 위의 내용을 살펴보면 바다와 호수, 구름과 놀, 모래 위의 갈매기와 물새, 봄과 가을의 연기에 어린 달의 모습을 경포대에서 바라보는 경관의 특색으로 꼽고 있다. 그러나 이들 소재들이 중국 동정호의 풍경을 묘사한 소상팔경과 유사함을 보이고 있다.

소상팔경이란 중국 양자강 이남 호남성 장사현 영릉군 부근에서 상강과 소강이 만나 동정호로 들어가는 지점의 경치로 여덟 주제로 이루어져 있다. 소상팔경의 여덟 장면은 대체로 그 순서는 일정하지 않으나 다음과 같다.

평사낙안(平沙落雁) - 평평한 모래밭에 앉은 기러기
어촌낙조(漁村落照) - 어촌에 비치는 저녁 놀
산시청람(山市晴嵐) - 산 마을에서 피어오르는 맑은 이내
원포귀범(遠浦歸帆) - 멀리서 포구로 돌아오는 돛단 배
동정추월(洞庭秋月) - 동정호의 가을달
연사모종(煙寺暮鍾) - 안개에 싸인 절에서 들려오는 종소리
강천모설(江天暮雪) - 강산에 내리는 저녁 눈
소상야우(瀟湘夜雨) - 소상강의 밤비

소상팔경이 언제 우리나라에 처음으로 전래되었는지는 불확실하나 고려의 명종 연간에는 이미 소상팔경도가 전래되어 소상팔경을 주제로 하여 시와 그림으로 표현되고 있고, 고려시대의 문인들 사이에 시제로 보편화되어 이인로, 진화, 이규보, 이제현 등 고려 후반기 대표적 문인들이 소상팔경시를 남기고 있어 고려시대에 있어서의 소상팔경에 관한 관심을 엿볼 수 있다.

고려시대에 있어서 소상팔경의 전개와 관련지어 또 한 가지 관심을 끄는 고려시대의 후반기에는 소상팔경도가 유행함에 따라 이에 영향을 받아 '송도팔경'을 비롯한 각종 팔경들이 읊어지고 그려지게 된다. 이 송도팔경은 고려 말기 이제현의 『익제난고』와 『세종실록』의 "지리지"

기록에 남아 있어서 고려말부터 조선 초기에 걸쳐 유행했음이 확인된다.[28]

이와 같이 중국에서 발달한 소상팔경도는 늦어도 12세기 고려시대에 우리나라에 소개된 후 19세기까지 적어도 7세기 동안의 긴 기간 그려졌고 문학에서도 많은 시인들이 시를 지었다. 이렇게 소상팔경이 중국에서보다 우리나라에서 더 인기를 끌 수 있었던 것은 아름다운 자연에 대한 우리 민족의 집착과 고전적인 것을 쉽게 버리지 않는 전통주의적 경향이 합쳐졌기 때문이다. 이러한 전통은 신도(한양)팔경을 낳게 하는 등 우리나라 고유의 팔경 전통이 확립되는 하나의 계기가 되었으며 경포팔경의 시원이 되고 있다.

경포팔경은 기원이 정확치 않으나 일반적으로 전하여 지는 경포팔경과 우암 송시열의 경포팔경이 있다. 일반적으로 전하여 오는 경포팔경의 자세한 내용을 살펴보면 다음과 같다.

녹두일출 (綠荳日出)

녹두는 녹두정으로 옛 한송정을 가리킨다. 한송정은 경포대의 정동쪽에 위치하고 있어 바다와 호수에 비추는 해돋이의 장엄함과 아름다움을 표현한 것이다.

죽도명월(竹島明月)

죽도는 호수동쪽에 있는 섬모양의 작은 섬으로 현재 경포관광호텔이 위치하고 있는 곳이다. 경포대서 바라보는 죽도봉에서 솟아오르는 하늘의 달과 함께 바다와 호수에 연출되는 달 뿐만 아니라 술잔에 떠오르는 달과, 님에 눈동자에 비치는 달등 5개의 달을 감상하는 모습을 표현 한 것이다. 특히 경포대의 달맞이는 달빛에 의하여 호수와 바닷가가 이어져

---

28) 안휘준, <한국의 소상팔경도>, 『한국회화의 전통』, (문예출판사, 1988), 164 - 168쪽.

바다와 호수의 경계를 허물어 버리는 모습과 바다와 호수물에 비추어지는 달그림자, 잔잔히 일렁이는 호수에 비친 달의 모습은 절경으로 알려져 있다.

강문어화(江門漁火)

강문은 죽도와 맞닿은 곳으로 호수와 바다를 서로 교류하게 되어 있어 강문이라 한다. 이곳 강문에서 야간에 나룻배로 작업시 사용되는 횃불이 바다와 호수면 에 영도되는 아름다움을 보는 광경이다.

초당취연(草堂炊煙)

초당은 호수 동남쪽에 있는 마을로 허균과 허난설의 아버지인 허엽이 낙향하여 거주하였던 촌락으로 경포대에서 바라보면 지세가 호수와 바다보다 낮은 듯하다. 마을에 소나무가 군집을 이루고 있고 잡목과 잡초가 창성하고 있다. 일몰시 이 초당 마을에서 피어오르는 연기에서 느껴지는 평화로운 농촌에 모습을 표현한 것이다.

홍장야우(紅粧夜雨)

홍장은 조선초기 조운흘이 부사로 재직할 시 강릉부의 기녀로 있던 기녀로 현 방해정 앞 홍장암 위에서 죽었다고 전한다. 홍장이 죽은 뒤로부터 그의 미모와 재원을 아끼는 마음이 누구나 할 것 없이 간절하여 이름을 붙인 것으로 알려져 있다. 지난날 호수 위에 띄워졌던 꽃배의 화려함과 백숙과 홍장의 고사를 기념하기 위한 일경이다.

시루봉낙조(甑峰落照)

시루봉은 대의 북서쪽에 위치하고 있으며 생긴 모습이 비슷하므로 시루봉이라고 한다. 해가 서쪽으로 떨어질 무렵 채운이 시루봉 북쪽 봉우리에 수평선으로 반영되는 아름다움을 말한다.

환선취적(喚仙吹笛)

고요한 달밤이면 시루봉 정상에서 신라 선인들이 불었던 퉁소 소리가 송정까지 들렸다는 신선경을 회상하는 모습을 그렸다.

한송모종(寒松暮鍾)

한송사는 경포남쪽에 있는 옛 절터로 문수사로도 알려져 있다. 한송사가 융홍하였을 당시 들렸을 은은히 들려오는 종소리에 대한 회상을 표현하고 있다.

이와 함께 조선시대 대학자였던 송시열의 경포팔경시가 8폭 병풍이 전하고 있다. 그 내용은

해운소송(海雲疎松) : 바다 위에 뜬 구름과 듬성듬성한 소나무
망서향일(望西向日) : 서쪽으로 지는 해를 바라봄
환선요월(喚仙邀月) : 신선을 부르고 달을 맞음
홍장문적(紅莊聞笛) : 홍장의 피리소리를 들유.
초당연광(草堂烟光) : 초당의 저녁 연기와 지는 햇빛
강문어화(江門漁火) : 강문의 고기잡이 불빛
조암관어(鳥巖觀魚) : 조암에서 고기떼를 바라봄
인월모종(引月暮鍾) : 인월암의 저녁종소리

로 되어 있어 앞서 살펴본 경포팔경과 유사한 형태를 띠고 있을 뿐 아니라, 이들 경포팔경(송시열의 경포팔경)중 홍장야우, 한송모종(인월모종), 죽도명월(환선요월), 시루봉낙조(망서향일), 초당취연(초당취광)은 각기 소상팔경 중의 소상야우, 연사모종, 동절추월, 어촌석조, 산시청람과 서로 상통하는 요소들을 지니고 있다. 즉 이 두 가지 팔경들은 각기 사찰의 종소리, 비, 달, 저녁노을 등의 요소들을 공유하고 있어서 그 둘 사이의 상호 연관성을 엿볼 수 있다. 이러한 점은 결국 경포팔경이 소상팔

경을 바탕으로 한국적으로 발전 변화한 것임을 알려주고 있다.

Ⅶ. 맺음말

이상에서 살펴보았듯이 경포대는 고려 1326년 박숙에 의하여 건립된 것이 확인되었으나 안축의 기문에 그 이전에도 건물지가 있었다는 기록이 있어 누정의 건립은 1326년 이전으로 상회할 것으로 보여진다. 또 창건 이후 계속된 누정의 중수는 관에서 주도하였으나 소요되는 비용은 불교신자와 주민들의 모금으로 충당되었음을 알 수 있었고, 일부 기록에 전하고 있는 1508년 강릉부사 한급의 경포대 이전설은 일부 잘못된 기록을 사실 확인없이 그대로 인용함에서 비롯된 것임을 알 수 있었다.

경포대를 소재로 그려진 그림 중 겸재 정선은 과감한 생략과 확대를 통하여 경포대와 스승인 김창협의 체취를 화폭에 담았다. 규장각에 소장되어 있는 <관동10경도첩>중 경포대는 한 번의 시야로는 감상할 수 없는 정도로 크게 표현하고 있어 당시 유행하였던 겸재 화풍과는 달리 전통적 회화식 지도 양식에 의거한 실경산수화의 한 단면으로 그려졌음을 알 수 있다. 또 풍속화가로 잘 알려진 김홍도의 <금강사군첩>속 경포대는 전통적인 부감법을 이용하여 생략과 압축을 통하여 실경산수를 표현하였으나 사실의 왜곡없이 현장에서 보는 듯이 표현하였고, 김오헌의 그림은 표현하고자 하는 대상물 외에는 과감한 생략을 하면서 경관에 명칭을 적어 민화적 특징이 잘 나타나 있다. 조선 후기에 나타난 민화는 현실적인 공간성과 장소성이 무시되어 버리고 관념적이고 환상적으로 표현되고 있어 작가의 주관적 상상력에 의한 경포대의 한 단면을 볼 수 있었다.

이와 함께 누정 중앙에 걸려있는 '第一江山' 현판은 미불의 '第一山'

석각서를 탑본한 것과 백화 윤순이 쓴 '江'자를 모본으로 하여 제작된 평양 영광정의 '第一江山' 현판의 임모본을 모본으로 제작하였으나 '江'자는 현판제작시 강릉 서예가에 의하여 쓰여져 제작된 것임을 확인하였다.

마지막으로 경포팔경은 고려시대 유행하였던 소상팔경을 근원으로 하여 자연에 대한 우리 민족의 집착과 고전적인 것을 쉽게 버리지 않는 우리의 전통주의 경향이 합쳐져 경포 고유의 팔경으로 확립되었던 것으로 보인다.

경포와 경포대는 위에 열거된 것 뿐만 아니라 경포대와 경포를 소재로 한 문학적 특징이 구체적으로 정리되고, 건축적 특징, 경관구조 등 경포대와 관련된 모든 것이 총체적으로 조명되어야 될 것이다. 이때 우리 모두가 공감할 수 있는 경포대 문화사가 종합적으로 정립되어 강릉을 대표하는 문화자원 경포대의 이론적 토대를 마련 할 수 있을 것이다.

〈그림 1〉 정선, 경포대

(대림화방, 『조선시대회화전』, 흑림, 1992. 도판20 재인용)

〈그림 2〉 경포대 실경(유재원 제공)

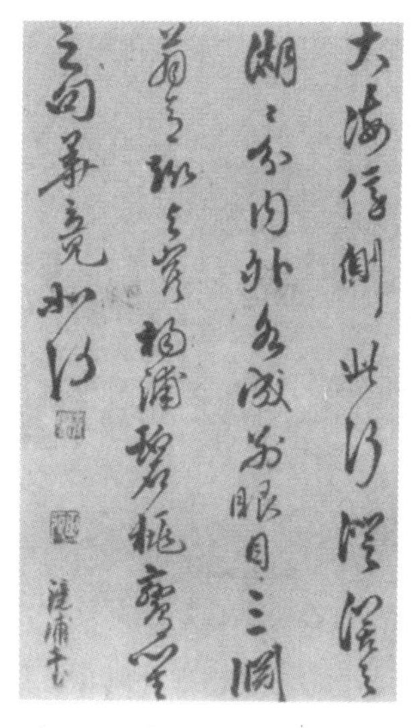

〈그림 3〉 정선, 경포대 그림 찬문

〈그림 4〉 작자미상, 경포대, 규장각소장

〈그림 5〉 김홍도, 경포대

(호암미술관, 『단원 김홍도』, 삼성문화재단, 1996. 도판13 재인용)

〈그림 6〉 경포대 실경 (김종달 제공)

〈그림 7〉 김홍도, 호해정

(호암미술관, 『단원 김홍도』, 삼성문화재단, 1996. 도판14 재인용)

〈그림 8〉 김홍도, 대관령

(호암미술관, 『단원 김홍도』, 삼성문화재단, 1996. 도판11 재인용)

〈그림 9〉 김오헌, 경포대, 강릉시립박물관 소장

〈그림 10〉 김오헌, 낙산사, 강릉시립박물관 소장

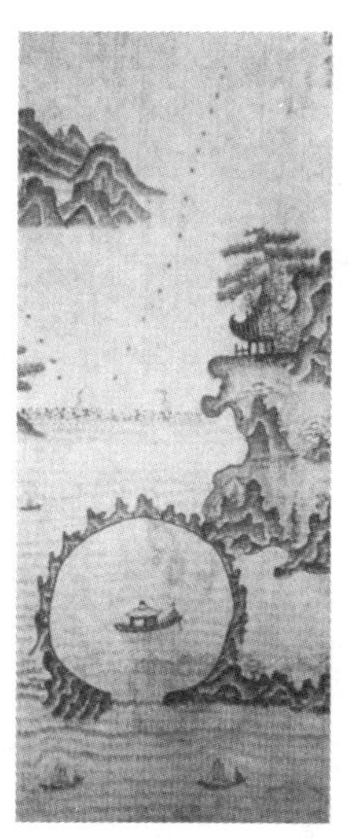

〈그림 11〉 작자미상, 경포대
(임두채, 『한국의민화Ⅴ』, 서문당, 1993. 도판298 재인용)

〈그림 12〉 작자미상, 경포대
(임두채, 『한국의민화Ⅴ』, 서문당, 1993. 도판300 재인용)

〈그림 13〉 경포대 '第一江山' 현판

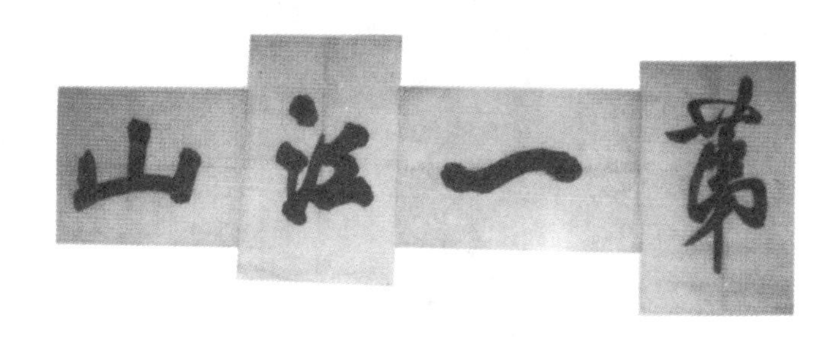

〈그림 14〉 第一江山, 임송자 기증, 강릉시립박물관 소장

〈그림 15〉 평양 영광정 '第一江山' 현판

〈그림 16〉 미불 '第一山' 탑본, 강릉시립박물관 소장

■ 두 창 구(杜 鋹 球)

全北 群山 出生
中央大 國文科 및 大學院 卒業
世宗大 大學院 卒業
文學博士
現 關東大學校 敎授

〈著書〉

『國文學硏究』, 『燕巖小說의 敍事構造硏究』
『한국문학총설』(共著)
『韓國 江陵地域의 說話』 외

〈論文〉

「洪吉童傳構成考」, 「영동지방 설화고」
「<만파식적> 考」, 「영동지역 성황설화 연구」
「교산 허균의 五傳 연구」 외 다수

江陵地域의 傳統文化 硏究

印刷 · 2000年 3月 1日
發行 · 2000年 3月 5日

편저자 · 杜 鋹 球
발행인 · 鄭 贊 溶
편집인 · 韓 鳳 淑
펴낸곳 · 國學資料院

등록번호 · 제2-412호
주소 · 서울시 성동구 행당동 28-7 정우B/D 407호
전화 · 2293-7949／2291-7948, 팩시밀리 · 2291-1628
천리안 · KH058／하이텔 · kuk7949
http://www.kookhak.co.kr

값 · 20,000원